HEYNE <

Zum Buch
Als Sybille Schnehage 1994 für die Hilfe in Afghanistan den Verein Katachel e.V. gründet, ahnt sie nicht, dass der Projektleiter Dadgul, dem sie unter schwierigsten Umständen das Leben gerettet hat, sie Jahre später hintergehen und erpressen wird. Solange sie denken kann, hat sie sich besonders für Frauen und Kinder in der Provinz Kunduz eingesetzt. Doch 2010 ermitteln die deutschen Behörden gegen Sybille Schnehage: Aufgrund von Dadguls Verleumdung wird sie verdächtigt, Spendengelder veruntreut zu haben. Wie eine mit vielen Preisen ausgezeichnete Frau um ihre Reputation kämpfen muss, erzählt Hera Lind in ihrem Tatsachenroman.

Sybille Schnehage, geboren 1950 in Magdeburg, lebt mit ihrer Familie in Bergfeld (Niedersachsen), reist aber mindestens zweimal im Jahr für mehrere Wochen nach Afghanistan. Seit 1987 engagiert sich die Diplomphysikerin für humanitäre Hilfe in Afghanistan, 1994 gründete sie dort den Verein Katachel e.V., dessen erste Vorsitzende sie bis heute ist. Für ihr Engagement wurde sie vielfach ausgezeichnet, u.a. 2003 mit dem Bundesverdienstkreuz, 2006 erhielt sie die *Malalai*-Medaille, die höchste afghanische Auszeichnung, und 2008 den *Shining World Heroine Award.*
Hera Lind studierte Germanistik, Musik und Theologie und war Sängerin, bevor sie mit zahlreichen Romanen sensationellen Erfolg hatte. Seit einigen Jahren schreibt sie ausschließlich Tatsachenromane, ein Genre, das zu ihrem Markenzeichen geworden ist. Mit diesen Romanen erobert sie immer wieder die SPIEGEL-Bestsellerliste. Platz 2 erreichten *Die Frau zwischen den Welten*, *Grenzgängerin aus Liebe* und *Mit dem Rücken zur Wand*, auf Platz 1 gelangten *Die Hölle war der Preis* und *Für immer deine Tochter*. Hera Lind lebt mit ihrem Mann in Salzburg, wo sie auch gemeinsam Schreibseminare geben.

HERA LIND

Drachenkinder

Roman nach der wahren Geschichte
von Sybille Schnehage

WILHELM HEYNE VERLAG
MÜNCHEN

Vorbemerkung

Dieses Buch erhebt keinen Faktizitätsanspruch. Es basiert zwar zum Teil auf wahren Begebenheiten und behandelt typisierte Personen, die es so oder so ähnlich gegeben haben könnte. Diese Urbilder wurden jedoch durch künstlerische Gestaltung des Stoffs und dessen Ein- und Unterordnung in den Gesamtorganismus dieses Kunstwerks gegenüber den im Text beschriebenen Abbildern so stark verselbstständigt, dass das Individuelle, Persönlich-Intime zugunsten des Allgemeinen, Zeichenhaften der Figuren objektiviert ist.

Für alle Leser erkennbar erschöpft sich der Text nicht in einer reportagehaften Schilderung von realen Personen und Ereignissen, sondern besitzt eine zweite Ebene hinter der realistischen Ebene. Es findet ein Spiel der Autorin mit der Verschränkung von Wahrheit und Fiktion statt. Sie lässt bewusst Grenzen verschwimmen.

Von Hera Lind sind im Diana und Heyne Verlag bisher erschienen:

Die Champagner-Diät – Schleuderprogramm – Herzgesteuert – Die Erfolgsmasche – Der Mann, der wirklich liebte – Himmel und Hölle – Der Überraschungsmann – Wenn nur dein Lächeln bleibt – Männer sind wie Schuhe – Gefangen in Afrika – Verwechseljahre – Drachenkinder – Verwandt in alle Ewigkeit – Tausend und ein Tag – Eine Handvoll Heldinnen – Die Frau, die zu sehr liebte – Kuckucksnest – Drei Männer und kein Halleluja – Mein Mann, seine Frauen und ich – Der Prinz aus dem Paradies – Hinter den Türen – Die Frau, die frei sein wollte – Über alle Grenzen – Vergib uns unsere Schuld – Die Hölle war der Preis – Die Frau zwischen den Welten – Grenzgängerin aus Liebe – Mit dem Rücken zur Wand – Für immer deine Tochter

MIX
Papier | Fördert gute Waldnutzung
FSC® C014496
FSC www.fsc.org

Penguin Random House Verlagsgruppe FSC® N001967

3. Auflage
Neuausgabe 04/2023

Neumarkter Straße 28, 81673 München
produktsicherheit@penguinrandomhouse.de
(Vorstehende Angaben sind zugleich Pflichtinformationen nach GPSR.)

Umschlaggestaltung | t.mutzenbach design, München unter Verwendung eines Fotos von © Jane Sweeney/Robert Harding World Imagery/Corbis und shutterstock
Satz | Greiner & Reichel, Köln
Druck und Bindung | GGP Media GmbH, Pößneck
Printed in Germany

978-3-453-42820-1

www.heyne.de

Gewidmet Sybille Schnehages Vater, Arnold Bosse

ERSTER TEIL

1987–1996

1

Nebenan schnarchte ein dicker Opa in der prallen Sonne auf seinem Liegestuhl. Um mich herum herrschte gepflegte Langeweile im Vier-Sterne-Ressort. Die Hotelgäste blätterten träge in Illustrierten oder starrten einfach Löcher in die Luft.

Das war irgendwie nicht der Tunesienurlaub, den ich mir vorgestellt hatte.

»Komm, Micki, ich habe keine Lust, hier herumzusitzen. Hauen wir ab!«

»Mich interessieren Land und Leute auch viel mehr als dickbäuchige Touristen beim Brutzeln«, pflichtete mir mein Mann Michael bei. »Rumliegen kann ich auch zu Hause in Bergfeld.«

Wir schnappten uns die Kinder und fuhren mit dem Taxi in die nahe gelegene Hafenstadt Zarzis. Gut eingecremt und mit Sonnenhut taperten Simon und Vanessa brav an der Hand neben uns her. Staub und Dreck, Hupen, lautes Stimmengewirr, fremde Gerüche, bunte Gewürze, Ziegen, barfüßige Kinder mit dunklen Gesichtern, die uns anstarrten – all diese ungewohnten Eindrücke stürzten auf uns ein. Mich erfasste ein aufregendes Prickeln.

»So sieht die Welt also aus, wenn man nicht im Hotelgetto bleibt!«

»Achtung, Eselskarren!«

Wir schoben uns durch die Souks, wo man Souvenirs aller Art bewundern konnte. Die Kinder klammerten sich an uns, halb ängstlich, halb fasziniert. Das Geschrei der Händler, ihr Feilschen und Lachen machte uns unsicher und gleichzeitig neugierig. Dazwischen drängten sich krebsrote Touristen durch das Gewühl, die sich gierig auf Silberschmuck und Lederwaren stürzten. Wie krass die zwei Welten hier aufeinanderprallten! Plötzlich empfand ich Scham.

»Puh, hier stinkt's!«, jammerte mein Sohn und fächerte sich mit der Hand Luft zu.

»Na ja, wir sind in die Nähe des Schlachtplatzes geraten.« Michael nahm Vanessa auf den Arm. »Ist nicht gerade appetitlich hier.«

Mehrere Männer in bodenlangen braunen Kaftanen schleiften ein frisch geschlachtetes Schaf über den steinigen Boden und zogen eine ordentliche Blutspur hinter sich her.

»Lass uns mal da rübergehen!« Ich zupfte Micki ungeduldig am Arm.

Hinter der Markthalle lag in flirrender Hitze ein staubiger Platz, auf dem es von faulenden Gemüseresten nur so wimmelte. Fliegen umsurrten die stinkenden Abfälle. Ich presste mir ein Tuch vor Mund und Nase.

»Kein schöner Anblick«, bemerkte Micki. »Lass uns zum Hafen runtergehen. Bunte Fischerboote gucken.«

»Jetzt warte doch mal!« Wie angewurzelt blieb ich stehen. »Sind das etwa … Menschen?«

Mir stockte der Atem. Die schmutzigen Haufen am Rande des Schlachtplatzes, wo sich Abwasser mit Blutlachen mischte, die hatten … Gesichter!

»Schatz, das sind Bettler.«

Mir wurde schlecht.

»Aber der hier hat keine Beine!«

»Nein, Liebling. So sind die Zustände hier.«

»Er sitzt im Dreck! Und der hier ist blind!«

»Ja, mein Schatz. Das ist traurig. Hier sitzen eine Menge Krüppel. Was sollen sie machen?«

»Und diese völlig ausgemergelte Frau, die hat doch nicht etwa ... O Gott, das ist ein – Baby!«

Die ausgezehrte Gestalt presste einen winzigen Säugling an sich und streckte bittend die Hand aus. Mitten im Gewühl, kaum beachtet von Händlern und Touristen, starrte sie uns mit riesigen glanzlosen Augen an: die nette, satte Familie aus Niedersachsen, die nur mal so zum Bummeln hier war. Mein Magen zog sich schmerzhaft zusammen.

»Aber Micki, wir können doch nicht einfach so weitergehen!«

»Nein, Schatz. Wir geben ihnen was.«

Ich suchte nach dem Portemonnaie und verteilte mein ganzes Bargeld an die Bettler, die mich fassungslos anstarrten. Zahnlose Münder öffneten sich, um sich zu bedanken. Ich sah entstellte Gesichter, Geschwüre und verstümmelte Gliedmaßen. Ich sah das nackte Elend. Und das Beschämende war: Es lächelte. Demütig. Ich fühlte mich miserabel.

»Komm Sybille, jetzt ist es gut. Im Hotel ist jetzt Kaffee- und Kuchenzeit.«

»Kaffee und Kuchen?« Ein Abgrund tat sich auf. »Wir können doch jetzt nicht einfach so in unsere Vier-Sterne-Anlage zurückgehen und so tun, als ob wir das hier nicht gesehen hätten!« Mir schossen Tränen in die Augen.

»Liebes, ich weiß dein großes Herz sehr zu schätzen.« Micki legte den Arm um mich und zog mich fort. »Aber das ist kein Anblick für Kinder. Die sind schon ganz verstört.«

Simon und Vanessa blickten mit einer Mischung aus Faszination und Ekel auf diese menschlichen Wracks. Ihnen konnte ich das nicht verdenken, schließlich waren sie erst sechs und drei. Aber die Touristen, die auch noch ihre Kameras auf dieses Elend hielten! Wie können Menschen nur so seelenlos sein! Mich quälten schlimme Schuldgefühle.

Keine halbe Stunde später saßen wir wieder auf denselben Liegestühlen wie vorher, im Schatten von bunten Schirmen. Mir war, als würde ich aus einem bösen Traum erwachen. Hatte ich dieses Grauen wirklich gesehen? Musik dudelte aus den Lautsprechern, Kinder planschten im Pool, neben uns wurden Krimis gelesen oder Kreuzworträtsel gelöst. Livrierte Hotelangestellte servierten Drinks, Eis für die Kinder und verteilten Tücher, mit denen man sich die rote Rübe kühlen sollte. Wie dekadent! Am Buffet drängelte man sich um Torten und Kuchen. Aus dem Lautsprecher tönte ein bekannter Schlager: *»Aber bitte mit Sahne!«*

Mir wurde übel.

»Ich hatte Cola light bestellt«, herrschte eine Frau meines Alters den tunesischen Kellner an. »Hans-Joachim, ich habe in diesem Urlaub bestimmt schon drei Pfund zugenommen, weil die Kellner so blöd sind! Wenn wir zu Hause sind, musst du mich mit 'ner Sackkarre zum Auto bringen.«

»Dann mach doch einen Fitnesskurs!« entgegnete Hans-Joachim und wälzte sich auf seinem Liegestuhl wie ein Seeelefant, um seiner Gattin den Rücken zuzukehren. »Hör auf zu jammern!«

Jammern. Die verkrüppelten Gestalten auf dem Schlachtplatz hatten nicht gejammert.

Ich drehte mechanisch den Kopf. Wohin ich auch sah, wohlgenährte Körper. Weiter hinten am Strand begann gerade die Aerobicstunde. Ein entsetzlich gut gelaunter Vorturner in schrillem Fitnessdress brüllte zu lauter, rhythmischer Musik ins Mikrofon: »Uuuund: Knie heben, Knie senken, rechtes Bein hoch, und Hüfte drehen, Step vor, Step zurück …« Ein paar mollige Muttis in bunten Badeanzügen versuchten kichernd ihren Urlaubsspeck loszuwerden. Einige Bikinischönheiten stellten ihre makellosen Körper zur Schau.

Micki kümmerte sich währenddessen um unsere kleinen Mäuse, die gerade mit Schwimmflügeln im Kinderbecken herumtobten. Es war gut, sie abzulenken, damit sie das eben Gesehene möglichst schnell wieder vergaßen.

Auf Udo Jürgens folgte Bobby McFerrin, »*Don't Worry, Be Happy*« – damals der Hit schlechthin.

Vielleicht sollte ich das jetzt auch tun: Mir keine Gedanken mehr machen. Vergessen. Spaß haben. Aber die Eindrücke von vorhin hatten sich mir regelrecht eingebrannt. Wie konnte man danach einfach so zur Tagesordnung übergehen? Wie sollte man lachend gegen den Wohlstandsspeck anhopsen, wenn man gerade nagendem Hunger und nacktem Elend ins Auge geschaut hatte?

Plötzlich machte es klick in meinem Kopf. Das war der Moment, in dem mir klar wurde, dass das schreiende Unrecht auf dieser Welt niemals enden wird, wenn nicht einer anfängt, etwas dagegen zu tun.

2

»Vati, schau mal, diese Rollstühle! Die sind doch noch ganz gut in Schuss!«

Mein Vater und ich stöberten auf einem Schrottplatz in der Nähe von Wolfsburg herum. Da wir gerade an unserem Haus in Bergfeld bauten, sahen wir uns an den Wochenenden gern hier um – immer auf der Suche nach brauchbaren Dingen, die andere achtlos entsorgt hatten.

»Liebchen, wozu brauchen wir denn Rollstühle!« Mein Vater kam, die Hände in den Hosentaschen vergraben, gemütlich angeschlendert.

»Tunesien! Ich hab dir doch von den verkrüppelten Bettlern dort erzählt!«

»Ach, Schatz!« Mein Vater schüttelte seufzend den Kopf. »Du hast wirklich ein weiches Herz! Denk mal zur Abwechslung an dich und deine Familie! Hier!« Er hielt mir ein blau-gelbes Kinderfahrrad unter die Nase. »Das wär doch was für Simon! Das Tretlager ist kaputt, aber das kriege ich wieder hin!« Er klopfte mir aufmunternd auf die Schulter. »Das repariere ich für meinen Enkel, dann braucht ihr kein Geld für ein Neues auszugeben!«

Ich straffte die Schultern. »Vati ich meine es ernst! Diese beiden Rollstühle hier, kannst du die wieder flottmachen?«

Der Besitzer der Schrotthandlung, ein feister Kerl in speckiger Lederjacke, kam rauchend näher. »Für beide zusammen hundert Mark.«

»Hundert Mark?« Entrüstet starrte ich ihn an. »Die hat jemand weggeworfen!«

»Neunzig.« Der Kerl zog die Nase hoch. »Die sind noch tadellos. Muss man nur das Rad hier austauschen.«

»Die sind für arme Obdachlose in Tunesien!«, entrüstete ich mich.

»Mir doch egal!« Der Schrotthändler warf seinen Zigarettenstummel weg und zog erneut die Nase hoch. »Achtzig. Mein letztes Wort.«

»Arschloch!«, entfuhr es mir.

Mein Vater legte das Kinderfahrrad beiseite und sah mich liebevoll an. »Du meinst es ernst, was?«

Dankbar sah ich meinen Mitstreiter an. »Ja, Vati. Ich meine es ernst. Ich kann einfach nicht untätig bleiben.«

Vater drehte sich zum Schrotthändler um und streckte ihm die Hand hin.

»Sechzig. Mein letztes Wort.«

»Na meinetwegen!« Der Kerl sackte die Kohle ein und stapfte kopfschüttelnd davon.

Stolz zogen wir mit unserer Ausbeute ab. Immerhin: Das Kinderfahrrad hatten wir auch noch dazubekommen.

Nur drei Tage später stand Vati mit dem Ergebnis seiner Bemühungen bei uns am Gartenzaun: »Schaut mal hier, fährt wieder.« Stolz führte er uns den Rollstuhl vor.

»Ich will!«

»Ich will auch mal!«

Simon und Vanessa ließen sich hineinplumpsen und einmal um unser Grundstück schieben.

»Und wohin jetzt damit?« Michael kratzte sich am Kopf.

»Nach Tunesien!«

»Adresse?«, fragte Michael amüsiert. »Bettler ohne Beine, Schlachtplatz, Zarzis?!«

Wütend raufte ich mir die Haare. »Kinder, hört auf zu streiten, ich muss nachdenken!«

»Ihr Lieben, ich hab eine Adresse!« Mein Vater faltete mit gewichtiger Miene einen Zettel auseinander. »Habt ihr gestern zufällig die ZDF-Sendung über Afghanistan gesehen?«

Micki und ich zuckten die Achseln. »Nö.«

»Grauenvolle Zustände da! Was die Russen mit ihren Sprengsätzen und Granaten da angerichtet haben …« Er schüttelte den Kopf, und seine Lippen wurden ganz schmal. »Die armen Menschen! Hungernde Flüchtlinge, schlimme Kriegsverletzungen, Kinder ohne Eltern …«

»Vati …« Betroffen legte ich meine Hand auf seine Schulter. Er war sichtlich mitgenommen.

»Hilfe für Afghanistan.« Mein Vater zeigte auf den Zettel. »Die haben eine Adresse in Berlin eingeblendet. Dorthin kann man spenden.«

»Geld haben wir keines«, wandte Micki ein. »Wir bauen gerade ein Haus und haben nur ein Gehalt.«

Als die Kinder kamen, hatte ich meinen Beruf als Diplomphysikerin aufgegeben, um ganz für sie da zu sein.

»Aber dieser Rollstuhl!« Mein Vater zeigte auf sein Meisterwerk. »Den könnte man dorthin schicken.«

»Ach, Schwiegervater!« Micki stieß ein unfrohes Lachen aus. »Mit der Post oder was?« Er warf die Hände in die Luft: »Adresse: armer Krüppel in Afghanistan.«

»Micki«, rief ich entrüstet aus. »Wenn alle so denken würden, ändert sich nie was auf dieser Welt!«

»Es DENKEN alle Leute so.« Micki strich mir eine Haarsträhne aus dem Gesicht. »Jeder sagt, ach, das hat doch sowieso keinen Zweck. Jeder beruhigt sein Gewissen, indem er ein paar Mark spendet, an Weihnachten vielleicht, und wenn möglich, setzt er seine Spende von der Steuer ab. Und dann steckt er den Kopf in den Sand und kümmert sich wieder um seine eigenen Angelegenheiten.«

»Bis wieder so eine Dokumentation im Fernsehen kommt«, seufzte mein Vater. »Dann sind alle ganz furchtbar betroffen und schütteln die Köpfe, schimpfen auf die Kriegsverbrecher und Machthaber dieser Welt.«

»Und gehen zur Tagesordnung über«, sagte ich anklagend. »Vanessa, Simon, nicht so wild! Ihr macht mir ja den Rollstuhl schon wieder kaputt!«

»Also, ich lass euch jetzt eure Kinder erziehen.« Vater winkte mit dem Zettel: »Ihr hört von mir!«

Eine Woche später – ich schälte gerade Kartoffeln und spähte immer mal wieder aus dem Fenster, um die Kinder im Blick zu behalten – fuhr ein alter, klappriger VW-Bus mit Berliner Kennzeichen bei uns in Bergfeld vor.

Der junge, hochgewachsene dunkelhaarige Mann, der kurz darauf an der Tür klingelte, stellte sich in nicht ganz akzentfreiem Deutsch als Geschäftsführer des Vereins »Hilfe für Afghanistan«, kurz HFA vor.

»Hallo, Khalid Wakili mein Name. Ich hab gehört, hier ist ein Rollstuhl abzuholen?«

»Oh. Ja. Ähm ... Simon und Vanessa, hört auf im Garten Rennen zu fahren und bringt das Ding mal her!«

Maulend schoben die beiden Kamikazefahrer ihr lieb gewordenes Spielzeug über den noch neuen Rasen. »Och, Mann eh! IMMER muss ich gleich alles wieder abgeben!«

»Der macht so'n Spaß!«, lispelte Klein Vanessa.

»Ja, aber andere Menschen können ihn besser gebrauchen!« Khalid Wakili ging in die Hocke und erklärte den Kindern, wie schlecht es manchen Menschen ging, die keine Beine mehr hatten.

Die Kinder nickten verständig. Sie erinnerten sich noch sehr gut an die armen Bettler in Tunesien. Bereitwillig trennten sie sich von ihrem Gefährt.

Khalid Wakili verlud den Rollstuhl in seinen Bus. »Leider habe ich keine Zeit mehr, Frau Schnehage. Aber Sie können mir glauben, die Not in den Flüchtlingslagern im angrenzenden Pakistan und Iran ist unvorstellbar groß. Ich versichere Ihnen, Ihr Rollstuhl kommt jemandem zugute, der ihn wirklich braucht.«

Er tätschelte den Kindern die Wangen und gab mir die Hand. »Toll, dass es wenigstens vereinzelt noch so engagierte Menschen wie Sie und Ihre Familie gibt!«

»Ist doch Ehrensache«, murmelte ich beschämt.

Khalid Wakili, der schon den röchelnden Motor angeworfen hatte, lehnte sich noch einmal aus dem Autofenster: »Sagen Sie, Frau Schnehage, wenn Sie noch mehr Rollstühle auftreiben könnten ... Das wär echt super!« Er sah mich mit seinen großen dunklen Augen an.

»Sie meinen, ich soll ... Ich könnte ...?«

»Ja, das meine ich!« Khalid Wakili legte grüßend zwei Finger an die Stirn. »Ich muss weiter. Vielleicht höre ich von Ihnen! Tschüs, Kinder!«

Mit knatterndem Auspuff tuckerte der Bus vom Hof.

Ein paar Wochen später hielt ich ein Foto in den Händen und konnte kaum glauben, was ich da sah: Ein junger Mann ohne Beine saß in »unserem« Rollstuhl und winkte dankbar in die Kamera.

3

»Hallo? Spreche ich mit der Lokalredaktion?«

»Ja bitte? Was kann ich für Sie tun?«

»Wir suchen Rollstühle für afghanische Flüchtlinge in Pakistan«, erklärte ich dem jungen Redakteur, während Simon auf das Klavier einhämmerte und Vanessa mit viel Spucke in ihre bunte Kinderblockflöte blies. »Kinder, seid doch mal leise! Können Sie nicht einen Spendenaufruf machen? Die Rollstühle kommen wirklich an! Dafür sorge ich persönlich!«

Der nette Redakteur wollte gern ein Foto von meinem bastelnden Vater veröffentlichen – so nach dem Motto: »Wackerer Rentner wird nicht müde, für den guten Zweck zu arbeiten.«

Na, daran sollte es bestimmt nicht scheitern. Ich schickte ein Foto von Vati im Drillich – und weil ich gerade so gut in Form war, gleich auch noch eines an ein Hausfrauenmagazin (auf das ich gerade Kartoffeln geschält hatte).

So. Der Anfang war gemacht, ich hatte wirklich etwas getan. Beschwingt widmete ich mich wieder der Hausmusik meiner Kinder in Dresch-Moll und Blech-Dur.

Der junge Lokalredakteur hielt Wort: Es erschien ein anrührender Artikel über den »unermüdlichen Rentner Arnold B., der eigenhändig auf dem Schrottplatz brauchbares Material für die Ärmsten der Armen zusammensucht. Natürlich erschien auch das Foto von dem armen Flüchtling im Rollstuhl. Es trieb einem die Tränen in die Augen. Wow!

Vati war stinksauer, weil sich sein Kegelverein über ihn kaputtlachte und ihm der Männergesangsverein schon einen Heiligenschein an den Hut gesteckt hatte – aber damit konnte ich leben. Denn zu meinem grenzenlosen Erstaunen klingelte es von da an in regelmäßigen Abständen bei uns an der Haustür, und jede Menge ausrangierte Rollstühle wurden abgegeben. Schon bald türmten sich an die hundert Exemplare in unserer Garage! Mickis Familienkutsche musste draußen stehen.

Leicht verärgert, aber auch voller Bewunderung nahm mein Mann mein neues Engagement zur Kenntnis.

»Wenn du dir etwas in deinen hübschen blonden Kopf gesetzt hast, ziehst du das auch durch!«

»Klar!« Ich strahlte meinen Micki an. »Dich habe ich mir schließlich auch in den Kopf gesetzt, Herr Doktor Physikus!«

Während ich das Abendessen auf den Tisch stellte, erzählte ich Micki, dass sich heute Nachmittag bei mir eine junge Afghanin mit ihrem deutschen Ehemann eingefunden hatte, um weitere Hilfsgüter für Pakistan bei uns zwischenzulagern.

»Die beiden sind durch den Zeitungsartikel auf uns aufmerksam geworden, wir wollen zusammenarbeiten!«

»Aaah, meine Frau hat also Mitstreiter gefunden?!« Micki gab mir einen Kuss. »Solange das Essen nicht angebrannt ist, habe ich nichts dagegen einzuwenden«, sagte er augenzwinkernd.

»Na, das wäre ja noch schöner! Ich bin so aufgeregt!«

»Wieso? Bist du verliebt?«, zog mich mein Mann auf.

»Ja, du Knallkopp – in DICH! Aber das alles ist so neu für

mich und voller Abenteuer.« Ich küsste Michael einen Klecks Tomatensoße aus dem Mundwinkel.

Die Kinder grinsten uns mit ihren verschmierten Mündern an.

»Apropos voll – und wie kriegst du das ganze Zeug wieder aus der Garage, Frau Physika?«

Micki nahm sich noch eine zweite Portion Spaghetti aus der Schüssel.

»Du wirst es nicht glauben.« Ich verteilte Tomatensoße. »Deine Frau KANN schon telefonieren. Ich habe bei der Bundesbahn angerufen.«

»Bei der Bundesbahn?« Micki hörte auf zu kauen.

»Ja, was denkst denn du? Dass ich den ganzen Tag mit Bauklötzen spiele? Nö! Zwischendurch mach ich auch mal was SINNvolles«, sagte ich im O-Ton Loriot. »Dann hab ich was Eigenes.«

»Und was hat der Herr Bundesbahn gesagt?« Micki zwinkerte Simon und Vanessa belustigt zu.

»Dass die Bundesbahn die Hilfsgüter gratis zur HFA nach Berlin schafft.« Triumphierend streckte ich Micki die Zunge heraus.

»HFA ist noch mal was?«

»Der Verein ›Hilfe für Afghanistan‹.« Ich drehte meine Spaghetti mit der Gabel kunstvoll auf dem Löffel. »Ich bin schließlich nicht auf der Nudelsuppe dahergeschwommen.«

Mickis Augen ruhten halb belustigt, halb bewundernd auf mir. »Nein«, sagte er kopfschüttelnd. »Das bist du weiß Gott nicht.«

Am selben Abend kuschelte ich mich in Mickis Armbeuge, und er knipste die Nachttischlampe aus. »Weißt du, was mir Samira, die junge Afghanin, erzählt hat?«

»Nein, Liebes« Mein Mann strich mir übers Haar. »Wollen wir jetzt nicht schlafen?«

»Ich kann nicht schlafen, Micki. Das kann einen doch nicht kaltlassen!«

»Also.« Micki setzte sich auf und knipste die Nachttischlampe wieder an. »Was hat sie dir denn erzählt?«

»Die Kinder, Micki! Die Kinder!« Ich stützte mich auf. Mit brennenden Augen schaute ich auf meinen müden Liebsten herunter. »Die Minen haben ihre Beine zerfetzt!«

»Liebes, dein Mutterherz kann solche Informationen natürlich gar nicht ertragen. Jetzt wo Simon und Vanessa so klein und schutzbedürftig sind.«

Wir hatten die süßen Mäuse gerade gemeinsam gebadet und ins Bett gebracht. Und weil sie Angst hatten, die Tür wie immer einen Spaltbreit offen gelassen.

»Micki, mir will einfach nicht in den Kopf, dass ein paar Tausend Kilometer weiter südöstlich genau solche kleinen schutzbedürftigen Kinder mit offenen Wunden, ohne medizinische Versorgung, ohne sauberes Trinkwasser, ohne genügend zu essen vor sich hin vegetieren! Viele von ihnen sind Vollwaisen, weil ihre Eltern erschossen wurden! Die Kinder sind komplett traumatisiert. Man muss doch HELFEN!«

Ich spürte, wie mir die Röte in die Wangen stieg. »Wer dreht sich denn gemütlich im Bett um und schläft seelenruhig ein, wenn er so etwas weiß!«

Micki sah mich nachdenklich an. »Die meisten, Sybille. Wenn du mich fragst, neunundneunzig Prozent. Denn uns geht es gut, und unsere Kinder haben ein warmes Bett.«

Eine unbändige Welle der Wut schlug über mir zusammen.

»Aber MIR ist das nicht gleichgültig, Micki!« Ich schlug die Bettdecke zurück, weil mir so heiß geworden war. »Die

Kinder dort leiden an infektiöser Knochenentzündung – kannst du dir diese SCHMERZEN vorstellen?«

»Nein. Entsetzlich.« Micki schloss gequält die Augen.

»Osteomyelitis. Das ist dort vor Ort nicht zu behandeln. Die Kinder verfaulen bei lebendigem Leib!«

»Aber was willst du dagegen tun, Sybille?«, wandte Micki zaghaft ein.

»Ich habe mir Folgendes überlegt: Morgen recherchiere ich, welche Ärzte auf diesem Gebiet tätig sind, und telefoniere sie alle einzeln ab. Ich werde eine kostenlose Behandlung für diese Kinder erbetteln. Und wenn meine Telefonrechnung sechsstellig wird!«

»Wo? Hier in Deutschland? Wie sollen die verletzten Kinder denn herkommen?«

»Ich kann einfach an nichts anderes mehr denken!« Hastig wischte ich mir eine Träne aus den Augen.

Micki legte sanft die Hand unter mein Kinn und zwang mich, ihm ins Gesicht zu sehen.

»Ich kenne dich, Sybille. Das ist jetzt keine vorübergehende Laune. Wenn du wirklich helfen willst …« Er sah mich lange und liebevoll an. »Meinen Segen hast du.«

Okay. Er hatte es gesagt. Ich hatte seinen Segen. Das bedeutete, dass er am Wochenende bei den Kindern blieb, während ich wild entschlossen durch die Berliner Innenstadt stapfte. Ja, genau, ich hatte mich in den Zug gesetzt und war von Wolfsburg dorthin gefahren. Es sah aus wie ein Einkaufsbummel, war es aber nicht. »Hilfe für Afghanistan«, murmelte ich vor mich hin. Die Adresse war leicht zu finden. »Ab jetzt bin ich mit im Boot.«

Khalid Wakili arbeitete noch zu fortgeschrittener Stunde

in seinem Büro. Seine Frau und die beiden Töchter leisteten ihm Gesellschaft.

»Ich brauche Röntgenbilder und Krankenberichte der Kinder«, platzte ich gleich mit meinem Vorhaben heraus. »Dann kann ich Ärzte und Krankenhäuser anschreiben und ganz konkret um eine kostenlose Behandlung bitten.«

Der hagere Afghane sah mich fassungslos an. »Das wollen Sie wirklich tun?« Gleich darauf griff er zum Hörer und rief, wie er sagte, Peshawar an.

»Wer ist Peshawar?«, fragte ich flüsternd seine Frau.

»Die Stadt mit den riesigen Flüchtlingslagern in Pakistan! Dort sind Millionen Afghanen untergebracht!«

In einer mir völlig unverständlichen Sprache erklärte Khalid Wakili unser Anliegen. Es kam mir vor, als ließe jemand ein Tonband rückwärts ablaufen, aber egal. In seinen Augen sah ich ein Leuchten, als er nickte, mitschrieb und schließlich den Hörer auflegte.

»Sie schicken Röntgenbilder.«

»Na bitte!«, sagte ich und wünschte noch einen schönen Abend.

4

»Das ist ja ein Kinderbauch voller Splitter!«, sagte der Chirurg der Kinderklinik Hannover, Professor Norbert Meyer, dem ich das erste Röntgenbild unter die Nase hielt. Er kniff die Augen zusammen und hielt die Aufnahme gegen das Licht. »Himmel, Herrgott! Wie kann ein Kind so etwas überleben!«

»Dort im Flüchtlingslager in Peshawar jedenfalls nicht«, sagte ich mit Nachdruck.

Der Arzt warf mir einen bedauernden Blick zu.

»Das Kind lebt nicht mehr lange«, sagte er. »Es müsste im Grunde morgen hier sein.«

Ich schluckte.

Der Chirurg betrachtete das Röntgenbild wie einen seltenen Schmetterling.

»Das ist eine medizinische Herausforderung. Aber ich kann es versuchen.«

Das ist ja toll!, hämmerte es zwischen meinen Schläfen. Ich erreiche etwas! Er macht es! Er macht es umsonst! Fragen kostet nichts! Er will es versuchen! Wie großartig ist DAS denn? Vielleicht kann ich dem Kind das Leben retten! Entschuldigung. Ich meine natürlich: ER.

Noch während ich ungeduldig in seinem Sprechzimmer saß, rief Professor Meyer den Aufsichtsrat seiner Klinik an, um das Finanzielle absegnen zu lassen.

Entschuldigend sagte er: »Formalitäten. Deutsche Bürokratie.«

»Macht ja nichts.« Ich strahlte. »Hauptsache, es tut sich was!« Meine Gedanken überschlugen sich. Das war schon mal geschafft. Aber jetzt musste es verdammt schnell gehen. Wie brachte ich dieses Kind nur bis morgen hierher? Konzentriert presste ich die Fäuste gegen meine Schläfen. Los, komm schon! Finde eine Lösung! Irgendwer Wichtiges ist da doch zuständig! Denk an die Fernsehbeiträge über Afghanistan!

Plötzlich spuckte mein Gehirn eine Information aus.

»Jürgen Todenhöfer«, murmelte ich laut. »Der Bundestagsabgeordnete!«

»Bitte!« Der Chirurg zeigte auf seinen Stuhl und das Telefon. »Wenn Sie die Reise des kleinen Patienten mit ihm absprechen wollen ...« Anschließend vertiefte er sich wieder in das Röntgenbild.

Mit laut klopfendem Herzen rief ich im Bundestag an und ließ mich mit dem Bundestagsabgeordneten verbinden: »Es geht um Leben und Tod!«

Jürgen Todenhöfer zögerte nicht lange. Er war ein Mann der Tat. Schon nach kurzer Zeit rief er mich zurück und gab sein Okay: »Das Kind wird morgen früh um sieben von einer Maschine der Bundeswehr in Peshawar abgeholt. Sorgen Sie dafür, dass es pünktlich bereitsteht.«

»Äh, klar, Mensch, also ... ähm ... Ich meine, danke!«, stammelte ich und legte auf. »Wie soll ich das nur machen?« Verdattert sah ich den Chirurgen an, der mir fast amüsiert zugesehen hatte.

Ja, wie machte ich das denn mit MEINEN Kindern? Waschen, kämmen, Köfferchen packen, Butterbrotdose, Äpfelchen, Trinkfläschchen mit Strohhalm und ab?

»Da bringen Sie aber einen Stein ins Rollen«, sagte der Professor anerkennend. »Sind Sie ein Verein oder so was?«

»Nein«, sagte ich schlicht. »Ich bin einfach nur ein Mensch. Eine ganz normale Hausfrau und Mutter von neununddreißig Jahren.«

»Mit einem Herz aus Gold!«, sagte der Arzt beeindruckt.

»Quatsch. Mit ganz normalem Mitgefühl«, gab ich bescheiden zurück. »Kann ich noch mal telefonieren?«

Über Khalid Wakili erreichte ich, dass meine Mitstreiter, Samira samt Ehemann, die gerade zufälllig vor Ort waren, den Knaben am nächsten Morgen um sieben in die Bundeswehrmaschine setzen würden.

Prompt klingelte einen Tag später bei mir in Bergfeld das Telefon: »Knabe lebt noch, in Hannover abgegeben, ist bereits im OP.«

Ich konnte es nicht fassen. Weil ich nicht lockergelassen hatte, bekam dieses Kind noch eine Chance!

Jubelnd tanzte ich erst mal eine Runde im Nachthemd durch unser selbst gefliestes Bad.

Micki, der sich gerade rasierte, ließ den Pinsel sinken. »Großartig, Sybille.« In seinen Augen war so ein Leuchten. »Mein Gott, wie stolz ich auf dich bin!« Wie hatte Micki in der ersten Zeit unserer Verliebtheit immer gesagt? »Wo Derbheit sich mit Grazie paart, beginnt manch edlen Ritters Fahrt.« (Wobei ich entschieden von mir weise, derb zu sein. Außer beim Fliesenlegen oder bei gröberen Maurerarbeiten oder so.)

»Micki, ich will es sehen!« Mit der Zahnbürste in der Hand hüpfte ich aufgeregt auf und ab. »Los, wir fahren nach Hannover!«

»Jetzt?« Micki sah verdattert auf seine Armbanduhr.

»Na, klar!« Mit Schaum im Mund stand ich vor ihm. »Wenn es von Pakistan nach Hannover nur zwölf Stunden gebraucht hat, wann glaubst du, will ich es sehen? Nächste Woche?«

»Ja, also …« Micki schabte sich den Rasierschaum von der Wange. »Eigentlich hätte ich heute ganz normal Dienst in der Firma …«

»Heute ist kein normaler Tag!«

»Und die Kinder?«

»Gehen zu Oma und Opa!« Ich verschluckte mich fast an meiner Zahnpasta.

Micki sah mich gerührt an. »Du hast recht, Florence Nightingale. Heute ist kein normaler Tag. Wir fahren!«

Und als ich ihm stürmisch um den Hals fiel, murmelte er in meine Halsbeuge hinein: »Wo Derbheit sich mit Grazie paart …«

»… beginnt Sybille Schnehages Fahrt«, rief ich grinsend und drückte ihm einen Pfefferminzkuss ins Gesicht.

Natürlich hatte ich Schiss, als wir über den Krankenhausflur schlichen. So ein zerfetzter Bauch ist ja nichts, was man so vor dem Frühstück gerne besichtigt. Armer, kleiner afghanischer Patient! Würde er wach sein? Ansprechbar? Sich in Schmerzen winden? Unter Schock nach all den Strapazen? Lauter fremde Gesichter? Ohne Mama?

Vorsichtig öffnete ich die Tür und spähte mit Herzklopfen ins Krankenzimmer.

Navid Nurak saß kerzengerade in seinem Bett. Blass und verkrampft starrte er uns an.

»Wieso kann der sitzen?«, flüsterte ich fragend über die Schulter.

»Keine Ahnung,« gab Micki ebenso leise zurück. »Ich sehe jedenfalls weit und breit keine Wunde an seinem Bauch.«

»He, Kleiner, was ist los? Hast du Aua am Bauch?« Ich kniete mich vor den etwa siebenjährigen Jungen und nahm seine magere, kalte Hand.

Er starrte mich an. Klar – für den sprach ich ja auch rückwärts.

»Guten Tag, Frau Schnehage«, ließ sich Professor Norbert Meyer vernehmen.

»Wunderheilung?« Ich starrte ihn ehrfürchtig an.

»Nee, Frau Schnehage. Gucken Sie mal!« Der Arzt reichte mir eine Krankenakte.

»Richtiger Name, richtiges Alter, aber die falsche Verletzung.«

Ich verstand gar nichts mehr. »Äh … wie?«

»Na ja, der kleine Bursche hier hat Splitter im Bein, nicht im Bauch.«

»Aber das Röntgenbild?«

»Stammt wohl leider von einem anderen Kind.«

Ich schluckte. Das war jetzt bestimmt tot. Wütend wirbelte ich zu Micki herum. »Ich glaub, mein Schwein pfeift!«

»Sybille, bitte!« Micki kratzte sich verlegen am Kopf. »Entschuldigung, Herr Doktor, aber meine Frau ist manchmal ein wenig temperamentvoll.«

»Das habe ich auch schon gemerkt.« Der Arzt grinste. »Schauen Sie …« Vorsichtig zog er die Schlafanzughose des kleinen Jungen hoch, und entsetzt zuckten wir zurück.

Das Bein war von Splittern durchsetzt und deutlich verkürzt. Der ganze Unterschenkel war so dünn wie ein Fünfmarkstück.

»Unbrauchbar?«, flüsterte ich.

»Behandelbar«, gab der Arzt zurück. »Ein Jahr werden wir brauchen.« Er erklärte uns seinen Plan, der mehrere Knochentransplantationen vorsah. Anschließend würde er eine Orthese, also eine stiefelartige Beinstütze, anfertigen lassen und den Jungen durch eine langfristige Therapie daran gewöhnen. Sein Versprechen stand. Er machte es gratis.

Na toll, dachte ich. EIN JAHR!

Ratlos sah ich in das verschüchterte Kindergesicht, das genauso ratlos zurückschaute. Aber ein winziger Funke Vertrauen glomm in den dunkelbraunen Augen. Der kleine Navid war völlig verwirrt. Er war in einem sauberen (!) Krankenhaus, lag in einem sauberen (!) Bett, hatte etwas im Magen (!) und lauter besorgte, liebevolle Blicke ruhten auf ihm. Hätte er damals schon gewusst, dass er mit deutscher Unterstützung einmal selbst Arzt werden würde, wäre er wohl noch verwirrter gewesen.

Der nächste kleine Patient war Rahim, den Khalid Wakili von der HFA eines Tages höchstpersönlich bei mir ablieferte. Der Junge hatte eine gelbe Gebetsmütze auf dem Kopf und heulte Rotz und Wasser. Kein Wunder, bestimmt hatte er schreckliche Schmerzen: Eine furchtbare Knochenentzündung fraß sich unter seinem Gipsbein immer tiefer.

»Kleiner, ich helfe dir. Verlass dich auf mich!« Kurz entschlossen packte ich das brüllende Bündel, schnallte es in Simons Kindsitz fest und raste zum Wolfsburger Krankenhaus. »Junge, hol doch mal Luft!« Los, Allah, dein Auftritt: Sag ihm dass ich eine von den Guten bin! »Ich tu doch, was ich kann!« Vor dem Krankenhaus blieb ich im Halteverbot stehen und trug den brüllenden Knaben zur Notaufnahme. »Können Sie uns vorlassen, wir können hier unmöglich warten!« Schweißgebadet steckte ich meinen Kopf in das kleine Glasfenster bei der Anmeldung. »Der Junge hat Schmerzen!«

»Erst mal müssen Sie diese Formulare hier ausfüllen!« Eine Hand schob mir gefühlte sieben Din-A-4-Seiten hin. »Krankenkasse, Name, Adresse, behandelnder Hausarzt …«

»Das ist ein Flüchtlingskind aus Afghanistan«, schrie ich gegen den Krach an, den das Flüchtlingskind machte. »Mit akuten Verletzungen!«

»Wir tun, was wir können.«

Dennoch saß ich unter den bösen Blicken der anderen Mütter eine gefühlte Ewigkeit im Wartezimmer und versuchte, den fremden kleinen Terroristen auf meinem Schoß zu bändigen. Verständlicherweise hatte er weder Lust auf Pippi Langstrumpf noch auf pädagogisch wertvolle Bauklötze. Auch mit einem Kinderschokoladeriegel konnte ich ihn nicht zum Schweigen bringen. Wie ich später lernen sollte, ekeln sich kleine Afghanen nämlich vor Schokolade: Sie wollen Zuckermandeln und getrocknete Feigen. Aber die gab's hier gerade nicht.

Endlich wurden wir in den kleinen Behandlungsraum vorgelassen, und der Anblick, der sich mir nach dem Aufschneiden des Gipsbeins bot, war einfach nur grausam. Zu viert mussten wir den wild um sich schlagenden kleinen Kerl festhalten. Widerlicher Verwesungsgeruch schlug uns entgegen, und ich fühlte, wie sich mir der Magen umdrehte. Grüner Eiter quoll aus den Wunden, der Knochen lag blank. Ich rang nach Luft, musste den Kopf wegdrehen. Jetzt bloß nicht schlappmachen, Sybille!, schnauzte ich mich selber an. Los, reiß dich zusammen! Du hast das Kind hergeholt, und jetzt stehst du ihm auch bei! Schweißgebadet presste ich den Kleinen an mich und versuchte, mir das blanke Entsetzen nicht länger anmerken zu lassen. Lächeln, Sybille! Trösten, gut zureden, streicheln.

Erst als der Knabe auf Station E 6 in seinem Gitterbettchen lag, hörte er auf zu schreien. Völlig fertig mit der Welt schlich ich zu meinem Wagen zurück, an dem – natürlich – ein Knöllchen steckte. Eingeschränktes Halteverbot! 70 Mark!

Danke fürs Helfen, Sybille.

Ach, wie wichtig, ach, wie nichtig, dachte ich völlig erschöpft, ist doch die deutsche Bürokratie!

Als ich eine Viertelstunde später beim Kindergarten vorfuhr, waren meine beiden Prinzenkinder *not amused.*

»Mama, wo warst du? Wir warten schon, wie siehst du überhaupt aus? Bäh, du stinkst.«

Na also. Das war doch ein gelungener Vormittag gewesen.

5

Treu und brav besuchte ich »mein« afghanisches Schreikind täglich im Krankenhaus, und immer wenn Rahim mich sah, ging das nervenaufreibende Gebrüll wieder los. Ich war für ihn logischerweise die Horrorhexe, die ihm Schmerzen zugefügt hatte und damit an all seinem Elend schuld.

Er war inzwischen mehrmals operiert worden und humpelte eines Tages auf Krücken durch die Gänge. Wie ich heimlich bemerkte, durchaus ohne zu schreien. Außer wenn er mich sah. Dabei wollte ich ihm doch nur helfen! Aber das muss man einem sechsjährigen, traumatisierten Kraftpaket mit Gebetsmütze, in dessen Ohren man rückwärts sprach, erst einmal erklären!

Außerdem war ich für Rahim sowieso kein weibliches Wesen. Denn als solches ist man natürlich voll verschleiert, trägt keine Jeans, hat keine blonden Haare und kann auch nicht Auto fahren.

Nach seiner Entlassung aus dem Krankenhaus fand Rahim, der Brüller, erst einmal bei einem Pastorenehepaar in Wolfsburg ein neues Zuhause. Doch dann verbrachte er ein Wochenende bei uns in Bergfeld mit Simon und Vanessa, und auf einmal war der Bann gebrochen: Die Kinder mit ihren vielen Spielsachen, dem großen Garten (und ihrer treu sorgenden Mutter, die rein zufällig immer irgendein leckeres Salamihäppchen hervorzauberte) faszinierten ihn weitaus mehr als das ältere Ehepaar mit bereits erwachsenen Kindern. Deshalb setzte sich Rahim samt Gebetsmütze schreiend im Schneidersitz auf die Erde und verharrte so lange im Sitzstreik, bis er bei uns einziehen durfte.

Nicht dass wir Freunde geworden wären. Mitnichten! Rahim hasste mich aus tiefster Knabenseele. Ich war doch die mit den Schmerzen gewesen! Aber er kuschelte mit Hund und Kindern im Bett. Eines Tages sah ich beim Blick aus dem Küchenfenster, wie eine kleine gelbe Gebetsmütze auf dem Dreirad durch die Gemüserabatten fuhr. Die dunklen Augen darunter funkelten triumphierend: Jawoll, die Salatköpfe waren skalpiert! Nieder mit der Schnehage-Mama!

Sybille, dachte ich, du bist bekloppt! Jetzt hast du dem Kleinen schon die überlebenswichtige Behandlung ermöglicht – ist das etwa nicht genug? Nein, jetzt musst du ihn auch noch in deine Bergfelder Idylle holen. Wart's ab, bald schießt der noch mit der Gummiflitsche auf dich! Und dafür mästest du ihn auch noch! Der afghanische Mini-Bud-Spencer verdrückte nämlich zu jeder Mahlzeit sieben Salami-Brote. (Da fuhr er voll drauf ab. Kein Mullah konnte ihm hier einen vom Schwein erzählen!) Aber sollte ich ihm böse sein?

Als Nächstes trat er den Fußball gegen mein Küchenfenster.

»He, Kleiner! Du sollst doch mit dem kaputten Bein noch nicht Fußball spielen!«

Klirr, war die Antwort: Die Frau schweige in der Küche.

Na gut. Ganz wie er wollte. Was konnte schon Schöneres passieren, als dass dieser Knabe wieder Spaß am Leben hatte? Blöd nur, dass er meine beiden mühsam erzogenen Kinder zu immer neuem Unsinn anstiftete. Spätestens als Simon und

Vanessa mir kichernd eine lange Nase zeigten, beschloss ich, den Knaben etwas härter anzufassen.

»He! Rahim! Was tust du da? Lässt du wohl die teure Vase … RAHIM!«

RAWUMM!!

Das Hochzeitsgeschenk meiner Eltern lag in tausend Scherben auf dem Wohnzimmerparkett. Mit hämischem Lachen verkrümelte sich Rahim, humpelnd zwar, aber siegesgewiss. Sein Triumphgeheul durchzog die angrenzenden Nachbargärten.

Wahrscheinlich würden Simon und Vanessa demnächst auf seinen Vorschlag hin den Konzertflügel zertrümmern, wenn ich jetzt nicht Grenzen setzte! Ich knallte den Staubsauger in die Ecke und durchmaß mit wütenden Schritten den Garten. So, Freund der Berge. Jetzt reicht's! Egal wie groß Allah ist, jetzt gibt's Ärger.

Der kleine Macho konnte es kaum glauben, dass ein Weibsbild es wagte, ihn am Schlafittchen zu packen und ihm einen leichten Klaps auf den Po zu geben. Tja, so weit war es nun schon gekommen: dass ich das arme, kriegsversehrte Kind verdrosch. Aber Rahim hatte es nicht anders verdient.

Tödlich beleidigt ging er seiner Wege und sprach fortan kein Wort mehr mit mir.

Während ich dem schmollenden Rahim die siebte Stulle schmierte, überlegte ich schon allen Ernstes, ihn um Verzeihung zu bitten.

Spinnst du, Sybille? Der muss DICH um Verzeihung bitten! So ist die Sachlage!

Ja, aber was, wenn er das nie gelernt hat? Frauen bittet man als afghanischer Kriegsheld nicht um Verzeihung! Wurscht!, dachte ich, reichte ihm den letzten Wurstzipfel, und er verschlang ihn beleidigt, während seine Augen Giftpfeile auf mich schossen. Unversöhnt gingen wir zu Bett. Rahim in das von Simon, Vanessa und dem Hund und ich in meins und Mickis.

»Herzchen, das machst du alles freiwillig!«, sagte Micki lachend, als ich ihm von meiner täglichen Schlacht erzählte. »Außerdem hat mir die Vase sowieso nie gefallen.«

Pah! Männer aller Nationen und Religionen halten doch zusammen, wenn es um schwiegermütterliche Vasen geht!

Am nächsten Morgen, kurz vor sechs, krabbelte plötzlich ein schlafwarmes kleines Wesen in mein Bett und kuschelte sich an mich. Ich legte schlaftrunken den Arm um das Kind, in der Annahme, es sei Simon oder Vanessa. (Der Hund war es nicht.)

»Hallo Mama«, kam es heiser aus Rahims Mund. Sehr viel wortreicher fiel seine Entschuldigung in der Rückwärtssprache nicht aus. Aber sie wurde natürlich angenommen.

Rahim sollte noch einige Monate bei uns leben – und just nachdem er die Gebets- gegen eine coole Polizeimütze eingetauscht hatte, stand seiner Heimkehr nach Afghanistan nichts mehr im Wege. Sein Vater wartete bereits sehnsüchtig auf ihn. »Mama, ich will eigentlich bei dir bleiben«, beschloss der Mini-Machthaber, und fast wäre ich weich geworden. Aber Afghanistan brauchte starke Männer. Am Tag seiner Abreise habe ich den ganzen Tag geheult, und auch Micki hatte feuchte Augen. Ich sollte Rahim nie wiedersehen.

Keine drei Tage später war Shakila da, ein sechsjähriges Mädchen, dem der Kiefer weggeschossen worden war. Ich lief buchstäblich Amok vor Mitgefühl.

»Sybille, du kannst nicht alle verletzten Kinder bei uns aufnehmen!«

Michael – so beeindruckt er auch war – hatte mir geraten, den Kreis der Helfer zu erweitern. Da Shakila sowieso in Hamburg behandelt werden musste – man transplantierte ihr aus einer Rippe einen neuen Kiefer, in den man ihr später neue Zähne einsetzte –, suchte ich dort eine Pflegefamilie für sie. Die nahm Shakila nach erfolgreich abgeschlossener Therapie bei sich zu Hause auf. In Hamburg lernte das Mädchen lauter Dinge, die für afghanische Mädchen biologisch-genetisch völlig unmöglich sind: Radfahren, Schwimmen, Reiten, Tanzen, Lachen und Flirten. Ein weiteres afghanisches Flüchtlingskind, ein taubes Mädchen, konnte ich ebenfalls an eine hilfsbereite Familie weitervermitteln.

Bald waren wir schon vier Helferfamilien – und das fühlte sich toll an.

»Wie sieht's aus, Sybille? Sollen wir uns zusammentun und einmal selbst nach Peshawar fliegen?«

Sebastian Arnold, Shakilas Pflegevater sprach diese »Einladung« aus. »Die HFA fliegt demnächst wieder runter, um hilfsbedürftige Kinder zu holen. Wir können bei der Auswahl behilflich sein.«

»Außerdem könntest du deine hundert Rollstühle dann selbst verteilen, Fotos machen und sie den Spendern zukommen lassen. Erinnere dich doch mal, wie glücklich du warst, als du das Foto von deinem ersten Rollstuhlempfänger gesehen hast!«, meinte seine Lebensgefährtin Heike. »Das motiviert viele, auch zu spenden!«

»Tja«, sagte Micki stolz und legte den Arm um mich. »Da hat meine Sybille wohl eine kleine Lawine ins Rollen gebracht.«

Ich sah verunsichert von einem zum anderen. Fein, das mit der Lawine. Aber ich selbst wollte da eigentlich nicht reingeraten.

»Ähm …« Schluck. Ich sollte selbst in diese … Hölle auf Erden reisen?

»Ach, wisst ihr …« Ich biss mir auf die Unterlippe. »Helfen und handeln in unserem gut organisierten Land ist das eine, aber ehrlich gesagt fürchte ich mich vor dem Elend da unten. Ich weiß nicht, ob ich das verkrafte …«

Dort gab es bestimmt keine schöne Hotelanlage mit Pool, reservierten Liegestühlen und so. Und ein frisch bezogenes Bett sollte schon sein! Am Abend dann ein leckeres Bier aus der Minibar! Wie man hörte, gab es dort solche kleinen Freuden nicht. Überhaupt hatte man da als Frau die Arschkarte, um es mal etwas derber auszudrücken.

Hier saß ich nun auf meinem schönen Sofa im Kreis meiner neuen Freunde und schämte mich. Abwartend sahen sie mich an. Ich meine, ich hatte das hier schließlich alles angezettelt! Konnte ich da jetzt wirklich kneifen?

Einerseits war ich schon ziemlich tief in die Materie eingedrungen und hatte echt was bewirkt. Andererseits … war ich eine feige Nuss.

»Ihr Lieben, seid mir nicht böse, aber ich kann meine eigenen Kinder unmöglich wochenlang allein lassen …« Ich fuhr mir nervös über das Gesicht. »Noch jemand Tee?« Mit angestrengtem Lächeln reichte ich die Kuchenplatte herum. »Probiert mal den Nusskuchen. Hat Vanessa fast ganz allein gemacht.«

Hilfesuchend schaute ich mich zu meinem Mann um, der gerade mit Simon und Shakila die neue Modelleisenbahn ausprobierte.

»Also, von mir aus kannst du gerne fahren«, sagte Micki. »Ich stehe hinter dir.«

Ja, aber musste er mir deshalb gleich in den Rücken fallen? Ich schluckte trocken.

»Ähm … Du würdest also bei den Kindern bleiben?« Ich schloss die Augen und zählte langsam bis drei. Bitte sag Nein, bitte sag Nein, bitte sag …

»Ja«, sagte Micki. Um seine Mundwinkel zuckte es. »Ich nehme mir Urlaub. Sybille, du würdest dir das nie verzeihen, wenn du nicht mitfliegen würdest«, fügte er fast entschuldigend hinzu, als er das entsetzte Flackern in meinen Augen sah. »Du wolltest doch schon lange mal raus hier!«

»Ja schon, welche Mutter will das nicht …«

»Du bist doch nicht der Typ Frau, der ins Müttergenesungswerk fährt, um dort Schlammpackungen zu genießen.«

»Ähm, nö. Natürlich nicht.« (Im Moment konnte ich mir nichts Schöneres vorstellen als so eine Schlammpackung.)

»Na bitte!«, freute sich Sebastian Arnold, und auch seine Lebensgefährtin schlug mir begeistert auf die Schulter. »Einen tollen Mann hast du, Sybille!« Sie klatschte in die Hände. »Also, abgemacht! Wir fliegen!«

6

Kleine Lehmhütten und von Mauern umgebene staubige Gärtchen waren vom Flugzeug aus zu erkennen, als wir von Karachi kommend in Peshawar landeten. Jetzt hatte ich endlich eine ungefähre Idee, wo dieses Flüchtlingslager überhaupt lag!

Das *Greens*-Hotel war nicht gerade das *Bristol* oder *Interconti*, aber auch nicht so furchtbar wie befürchtet. Europäern und Amerikanern vorbehalten, galt es in diesem Landstrich als unvorstellbarer Luxus. Wenn man die Ratten und Kakerlaken für niedliche Tierchen hielt, war sogar ein Streichelzoo mit dabei. Es gab ganz gutes Essen, Reis mit scharfen Soßen, und Pepsi und Trinkwasser in Dosen.

»Ich habe hervorragend geschlafen, Kinder«, behauptete ich forsch, als wir Pflegeeltern am nächsten Morgen gemeinsam zu unserem Besuch im Flüchtlingslager aufbrachen.

»Tja, so eine bewaffnete Security hat man in Bergfeld nicht«, sagte Heike mit einem ehrfürchtigen Seitenblick auf die finsteren Gesellen mit Kalaschnikow, die vor dem Hotel Wache schoben.

»Ein echt heimeliges Urlaubsdomizil«, meinte auch Sebastian.

Draußen auf der Straße fühlte ich mich angesichts der Turbanträger und Frauen in Burka in Karl Mays *Durchs wilde*

Kurdistan oder die Abenteuerwelt meiner Kindheit versetzt. Wie war das noch gleich? Hadschi Halef Omar Ben Hadschi Abul Abbas Ibn Hadschi Dawuhd al Gossarah – oder so. Wo blieb Kara Ben Nemsi Effendi?

Während wir auf der Ladefläche eines klapprigen Jeeps saßen – wir Mädels natürlich mit trendigem Kopftuch und knielangem Hemd über Pluderhosen – und über badewannengroße Schlaglöcher holperten, holte Sebastian stolz die Fotos seiner Pflegetochter Shakila aus der Aktenmappe. »Die zeige ich ihrem Onkel. Na, der wird Augen machen!«

Die Mutter war einem Bombenangriff zum Opfer gefallen, und der Vater von Truppen der Nordallianz ausgeraubt und ermordet worden.

Man sollte meinen, der Onkel hätte sich wahnsinnig gefreut, dass sich jemand seiner verletzten, verwaisten Nichte so liebevoll angenommen hatte. Aber der alte Pashtune (der wahrscheinlich längst nicht so alt war, wie er aussah!), war kein bisschen *amused*. Unter buschigen Augenbrauen starrte er uns böse an und schimpfte und fluchte. Nicht dass ich was verstanden hätte, aber Miene, Gesten und Tonfall waren unmissverständlich.

Erstens hatten wir es gewagt, ein Besprechungszimmer zu betreten, das nur Männern vorbehalten war. (Entschuldigung, wir konnten kein Schild »*Gentlemen only*« erkennen, und ich schwöre, es war auch keins da!) Zweitens hatte ich ihn beim Sprechen angesehen. So etwas tut eine anständige Frau nicht. Sie schaut demütig zu Boden und sagt gar nichts, bevor sie nicht gefragt wird. Und drittens zeigten die Fotos ein fröhliches Mädchen, das mit wehendem Haar Rad fährt! Ohne Kopftuch war es mehr oder weniger nackt! Außerdem wisse jeder anständige Afghane, dass ein Mädchen beim Radfahren seine Unschuld verliert, wie uns der Übersetzer tadelnd mitteilte. Weshalb auch kein einziges afghanisches weibliches Wesen Rad fährt. (Ich brauchte lange, um zu begreifen, was der Onkel empfand. Vermutlich das, was ich empfunden hätte, hätte ein unmöglich aussehender Ausländer mir stolz Fotos von Vanessa gezeigt, die nackt an der Stange tanzt!)

Puh, das war schon mal gründlich danebengegangen. Ziemlich geknickt schlichen Heike und ich aus dem Männer-Besprechungsraum und schämten uns. Wir hatten einfach deutsche Maßstäbe angesetzt und waren davon ausgegangen, dass man sich hier darüber freute! Es hatte den Onkel einen feuchten Kehricht interessiert, wie es Shakila ging, ob sie lachte, ihren Albtraum vergessen konnte, Freunde gefunden hatte und in der Schule etwas lernte. Immerhin wurden wir in das Haus der Frauen geschickt, die irgendwie alle mit Shakila verwandt waren.

»Oh, guck mal, wie süüüüß!« Heike wies mich auf eine junge, höchstens vierzehnjährige Mutter hin, die uns stolz ihre neugeborenen Zwillinge präsentierte.

»Die sind ja wie Mumien eingewickelt und können sich gar nicht rühren!« Von wegen Strampelanzug. Später erfuhr ich, dass auf diese Weise der Rücken gerade werden soll – außerdem lernen die Kleinen durch das Einschnüren, sich unterzuordnen. Einige Frauen hatten noch ein Holzstück mit einem daran angebrachten Röhrchen eingebunden, durch das die Kinder Pipi machten. (Von Pampers hatte man hier noch nie etwas gehört.)

»Ein Pärchen!«, stellte ich fest und blieb im selben Atemzug wie erstarrt stehen. »Der Junge ist ja viel dicker und rosiger als das Mädchen!«

Das Mädchen wog gerade mal ein Drittel des wohlgenährten Wonneproppens und wimmerte vor sich hin. Vor meinem inneren Auge sah ich schon einen neuen Rahim die Weltherrschaft an sich reißen.

»Ähm … hallo? Kann uns das hier mal einer erklären?«

Der Leiter der Hilfsorganisation in Peshawar, der die medizinischen Hilfsgüter zwischengelagert hatte – und vermutlich auch den falschen kleinen Patienten ins Flugzeug gesetzt hatte –, kam diensteifrig herbei. »Bei uns sind die Söhne viel mehr wert als Töchter«, erklärte er stolz. »Der Sohn bekommt so lange die Brust, bis er satt ist. Erst dann wird die Tochter zur Resteverwertung angelegt.«

Hahaha. Sehr witzig. Die vierzehnjährige Mutter nickte ernst. Ja. So ist das bei uns. Und selbst wenn das junge Mädchen auf ihr Herz hören und ihrer Tochter genauso die Brust geben würde, käme sofort die Oma aus ihrer Ecke geschossen! (Die Oma war in meinem Alter, also Ende dreißig.) Denn die überwachte den Stillvorgang und auch sonst alles, was die weiblichen Wesen hier taten. Solche Hierarchien waren mir völlig fremd. Wie konnte es angehen, dass sogar Frauen der eigenen Familie diese himmelschreiende Ungerechtigkeit guthießen?

»Schnehage, kommen Sie, Sie dürfen die Rollstühle im Krankenhaus verteilen, die Sie gesammelt haben!« Beeindruckt ließ ich mich von Flüchtlingslager zu Flüchtlingslager fahren, von Camp zu Camp, von Lazarett zu Lazarett. Unglaubliches Elend schlug mir entgegen, die nackte Not. Witwen mit acht, zehn, zwölf Kindern, verwahrlost, unterernährt, starrten uns an und hielten flehend die Hände auf, zerrten an meinen Armen und bettelten mich wimmernd an. Zahnlose Münder, Eiterbeulen, Hautausschläge, Brandnarben in zerfurchten Gesichtern. Verzottelte Kinder spielten in Abwasserkanälen, aus denen es grausig stank. Die Menschen hockten einfach so am Boden, viele waren verstümmelt. Ein junges Mädchen »badete« ein schreiendes Baby in einer Blechschüssel mit brackigem Wasser. Es lachte mich an.

Eine andere verschleierte junge Frau walkte Wäsche in einer anderen Schüssel. Sie hockte auf zerschlissenenen Bastmatten, und ein Kind hielt den Wasserschlauch, aus dem es tröpfelte. Eine andere Familie kauerte am Boden, ich konnte auf Anhieb sieben Kinder unter acht Jahren ausmachen. Der Mann hatte besitzergreifend seinen Arm um die junge Frau gelegt, die ein Baby auf dem Schoß und eines im Bauch hatte. Alle lachten mich an. Diese Familie konnte sich glücklich schätzen, da sie nur den Verlust von Heimat, Haus und Hof zu beklagen hatte, aber keine schlimmen Verletzungen oder Todesfälle. Ein schmutziges Kleinkind war am nackten Fuß angebunden, damit es nicht wegkrabbeln konnte. Es presste einen kleinen struppigen Hund an sich. Der gesamte Besitz dieser Familie bestand aus einer Blechschüssel und einem gelben Trinkwasserkanister.

Wie im Traum schritt ich durch diese völlig fremde Welt und musste mich immer wieder in den Arm kneifen: Das hier war real und kein Bibelfilm! Das hier waren keine Statisten, die gleich in einen Wohnwagen verschwinden und sich wieder umziehen würden, bevor sie in die Kantine gingen! Die Frauen trugen lange bunte Gewänder, blaue oder gelbe Schleier, die Männer bodenlange Hemden, Turbane oder Gebetesmützen.

Als Nächstes fuhren wir fuhren zu einer Art Lagerschuppen, in dem meine Rollstühle standen und auf die Verteilung warteten. Auf dem ölverschmierten Vorplatz lungerten jede

Menge junger Männer herum. Mit eingerosteten Gliedern sprang ich aus dem Führerhäuschen und spuckte in die Hände: So, dann wollen wir mal mit der Rollstuhlverteilung beginnen. Kommt her zu mir, alle die ihr mühselig und beladen seid.

Als der Schuppen geöffnet wurde, prallte ich zurück: Ein unbeschreiblicher Gestank nach Fäkalien und – Entschuldigung, Pisse – raubte mir den Atem.

»DA stehen unsere Rollstühle?« Ich hielt mir die Nase zu.

»Ja! Hundert Stück! Gute Arbeit, Sybille!«

»Aber …« Sollte ICH da jetzt etwa reingehen und die Rollstühle rausholen?

»… ist das hier die öffentliche Toilette?«

»Für die Arbeiter – ja! Das darf man nicht so eng sehen.«

»Welche Arbeiter?« Ratlos sah ich mich um. Die Männer, die hier im Staub lagen und dösten, schienen sich nur zu erheben, um ihre Notdurft zu verrichten.

»Na hier! Sie BEWACHEN die Rollstühle. Das ist auch Arbeit.«

Aha. Mehr kam für sie offensichtlich nicht infrage. Denn als wir die sperrigen Dinger keuchend und fluchend aus diesem Scheißloch herauszerrten, um sie auf die Jeepladefläche zu wuchten, machten sie keinerlei Anstalten sich zu erheben. Stattdessen taxierten sie mich unverwandt und schienen sich sogar zu amüsieren, als ich »Könntet ihr vielleicht euren Arsch mal heben?« brüllte. Aber anscheinend hielten sie gerade ihre Ramadan-Entspannungs-Meditation: Sie durften den ganzen Tag nichts essen und trinken, und da durfte man sie nicht weiter belästigen.

Immerhin kam noch ein Jeep angefahren. Der magere Fahrer sprang im langen Hemd heraus, öffnete die Klappe und warf mir unter lautem Geschepper die Säcke mit den Ersatzteilen vor die Füße.

»Hier. Bitte. Gern geschehen.« (Also, ich vermute mal, dass er so etwas sagte.)

»Ja, wie jetzt!?« Genervt kratzte ich mich am Kopf(tuch).

»Geht der jetzt davon aus, dass wir die selbst zuordnen? Ersatzteile für hundert Rollstühle? (Mann, das wäre was für meinen Vater gewesen! Nur dass es in seiner Bastelhütte nicht so bestialisch stank.)

»Ach, Schnehage«, wurde ich beruhigt. »Jetzt regen Sie sich mal nicht so auf. *Inshallah!* (Der Kölner würde übersetzen: »Et kütt, wie et kütt!«) Wenn ein Ersatzteil gebraucht wird, wird sich schon das Rechte finden!«

Und solange es nicht gebraucht wird, können die faulen Säcke auf den Säcken hier auch ein Schläfchen machen, dachte ich grimmig. Aber irgendwann war es geschafft, und die Verteilung im Flüchtlingslager begann.

Die war wesentlich komplizierter als gedacht: Es gab nämlich tausendmal mehr »Interessenten« an unseren Hilfsgütern, als wir verteilen konnten. Leider würde das mit der wunderbaren Brotvermehrung hier nicht klappen! Ich musste also auswählen. Aber nach welchen Kriterien? Ich konnte ihre Schilderungen nicht verstehen. Die Menschen zerrten an mir, hielten mir ihre grauhäutigen ausgemergelten Babys entgegen, zeigten mir ihre offenen, eiternden, stinkenden Wunden, indem sie ihre zerfetzten Gewänder hochrissen. Nein danke!, wehrte ich ab. Lasst ruhig stecken. Ich habe einen Eindruck. Kein schöner Gedanke, dass ich hier die Schiedsrichterin sein sollte. Doch die von der HFA schienen den Anblick bedürftiger Menschen gewöhnt zu sein und ließen es langsam angehen. Doch kaum tauchte Presse auf, drängten sie sich ins Rampenlicht. Wochen später sollte ich in der Zeitung den Bericht sehen: »Die HFA verteilt Rollstühle an die Ärmsten der Armen.« (Und die blonde Frau mit dem Kopftuch im Hintergrund – wer war das noch mal?)

Ein Vater hielt mir seinen kleinen Jungen entgegen, dessen Schienbein einfach weggefault war. Abdul Haq hieß der kleine Bursche. Es sollte mir gelingen, auch diesen Jungen nach Wolfsburg zu vermitteln, wo eine Knochentransplantation vorgenommen wurde. Dort wurde klar, dass der Junge mitwachsende Krücken brauchen würde. Leider konnte er nicht mehr zu seinem Vater nach Peshawar zurückkehren, denn sonst wäre er bald wieder als Krüppel geendet. Dafür sollte er in Christel und Rudi Klauß eine liebevolle Pflegefamilie finden, die ihn schließlich als Hagen Klauß adoptierte.

Sechs Monate später brach ich zu meiner zweiten Reise nach Pakistan auf. Auch in der Zwischenzeit war ich nicht untätig gewesen: Unermüdlich telefonierte ich herum, erklärte, schickte Fotos, bat und drängte. Bis ich Micki stolz vermelden konnte, dass ich es tatsächlich geschafft hatte, mehrere Dutzend Patenschaften für Witwen und Waisen im Flüchtlingslager zu vermitteln! Ich hatte ein eigenes Spendenkonto dafür eingerichtet.

Und als ich im NDR einen Beitrag über die Hilfsorganisation »Kieler Gruppe« sah – Ärzte und Pfleger, die in ihrem Urlaub ehrenamtlich in Krisengebieten arbeiten –, stellte ich gleich den Kontakt zur HFA in Berlin her. Und tatsächlich! Zwei Ärzte der »Kieler Gruppe« würden mich nach Pakistan begleiten – ein Team vom *Stern* war auch mit dabei. Ich war begeistert – besser konnte ich gar nicht für mein Projekt werben!

Doch ich konnte ja nicht ahnen, dass sich mein Leben mit dieser Reise vollkommen verändern sollte. Denn auf ihr begegnete ich ihm: dem Drachenkind, das zur Drachenbrut werden sollte.

7

Wir deutschen Helfer waren wieder im *Greens*-Hotel untergebracht, die Reporter und Fotografen vom *Stern* im etwas feudaleren *Interconti*. Ich hatte keine Lust mehr auf die Kopftuch-Abendkleid-Variante, in der ich mir verkleidet vorkam. Deshalb zog ich mich an wie ein Mann: lange Militärhosen mit Seitentaschen an den Oberschenkeln, Turnschuhe, eine weite, langärmelige Bluse, Kappe. Meine blonden Haare hatte ich kurz geschnitten. (Für Föhn, Lockenwickler und so ein Gedöns gab es erstens keine passenden Steckdosen, und zweitens hatte ich einfach keine Zeit für solchen Schnickschnack!)

Als Erstes stand ein Besuch im Büro der Afghan Union Aid (AUA) auf dem Programm. Das war die örtliche Vertretung der HFA. Hier sollten Kinder untersucht werden, die für eine Behandlung in deutschen Kliniken und einen Aufenthalt in deutschen Gastfamilien infrage kamen.

Schon vor dem Gebäude scharten sich die Hilfesuchenden. Meist waren es Männer mit Söhnen. Frauen und Mädchen waren selbstverständlich nur in männlicher Begleitung erlaubt und mussten ganz hinten in der Schlange warten. Sie alle harrten schon seit Tagen hier aus.

Im Untersuchungsraum erregte vor allem ein völlig abgemagertes Bündel Mensch mein Interesse, das entkräftet in der

Ecke lag. Obwohl die Gestalt vollkommen verschleiert war, sah ich am grünen Turban, dass es sich dabei um keine Frau handeln konnte. Aus schmalen Sehschlitzen starrte sie mich unverwandt an. Wie fanatisch ist der denn drauf?, schoss es mir durch den Kopf. Sogar als Mann komplett verschleiert?

Ein ungutes Gefühl beschlich mich, dem ich allerdings nicht näher auf den Grund gehen konnte, da mich die kleinen Kinder viel zu sehr in Anspruch nahmen, die mir die Väter fordernd entgegenstreckten. Bei dem, was ich da zu sehen bekam, musste ich mich wieder schwer beherrschen, nicht zusammenzuklappen. Los, Sybille, schau hin! Diesen Kindern wirst du helfen. Dieses Leid wirst du lindern. Mir zog sich der Magen zusammen. Oft drehte ich den Kopf weg, weil mir das Frühstück hochkam. (Welches Frühstück?) Dann sah ich »das Wesen« mit dem grünen Turban, das mich unverwandt anstarrte, und schaute schnell wieder woanders hin.

Die beiden Ärzte gingen sehr liebevoll mit den Kindern um. Aber nur die wirklich schlimmen Fälle würden eine Chance bekommen, mit uns nach Deutschland zu reisen. Die anderen mussten wieder fortgeschickt werden, so grausam das auch war. Ich rieb mir fröstelnd die Arme, obwohl die Luft zum Schneiden war. Der altersschwache Ventilator, der sich an der grün gestrichenen Decke drehte, konnte bei vierzig Grad im Schatten kaum Kühlung bringen. Viel helfen konnte ich nicht, nur abwarten. Aber warum starrte mich dieses Wesen immer noch so bohrend durch seine Sehschlitze an? Ja, Loch Ness, finde dich damit ab! Ich bin eine Frau in Männerkleidung. Und ich fahre nicht zur Hölle, wie du siehst. Irgendwann schlurfte es kurz davon, und als es wiederkam und sich mit letzter Kraft die Stufen raufschleppte, ja als ich sein völlig abgeflachtes Profil sah, durchzuckte mich das nackte Grauen. Wo war denn da die Nase? Wo das Kinn und wo der Mund?

Als letzter Patient kam der Turbanträger nach stundenlanger Wartezeit endlich an die Reihe. Beide Ärzte beugten sich über ihn, und er nahm mit schmutzigen Fingern den Schleier ab.

O Gott. Mich packte ein eiskalter Schauer. Das Wesen hatte kein Gesicht mehr! Da waren nichts als ein struppiger schwarzer Bart und – zwei feuchte Löcher! Ich unterdrückte einen akuten Würgereiz. Und ich hatte diesen bedauernswerten Menschen insgeheim »Loch Ness« genannt! So etwas hatte ich noch nie gesehen, nicht in den schlimmsten Fernsehberichten, nicht in Zeitschriften, ja nicht einmal in Horrorfilmen. Dass dieses gesichtslose Wesen überhaupt noch lebte! Wie nahm es denn Nahrung auf, wie konnte es trinken? Wo war da eine Zunge, wo ein Gaumen? (Von Zähnen will ich jetzt gar nicht reden.) Als es von einem Übersetzer befragt wurde, wie es zu diesen schrecklichen Verletzungen gekommen war, gab es nur gurgelnde Laute von sich. Anscheinend hatte ihm ein Panzergeschoss das Gesicht weggerissen.

Selbst die Ärzte waren so geschockt, dass sie auf ihren Hockern zusammensanken, und mir versagten schlichtweg die Beine. Ich hatte mir so fest vorgenommen, nicht schlappzumachen, aber das hier war mehr, als ich auch nur ansehen konnte. Geschweige denn anfassen, so wie die Ärzte! Während die beiden Mediziner noch diskutierten, ob es überhaupt einen Zweck habe, diesen Menschen mitzunehmen, versuchte ich meinen Ekel in den Griff zu bekommen. Sybille, reiß dich zusammen. Kack jetzt hier nicht ab. Du hast diesen Weg eingeschlagen, und jetzt gibt es kein Zurück mehr.

Du könntest jetzt auch in einer blitzblanken Schönheitsklinik sitzen, aber du hast es nicht anders gewollt. Ich sah Mickis aufmunterndes Gesicht vor mir, spürte förmlich, wie er mir die Hand auf die Schulter legte und mit seiner tiefen Stimme sagte: »Sybille, es ist ein steiniger Weg, den du gewählt hast, aber ich stehe hinter dir.«

Ich weiß gar nicht mehr, wie wir alle zum Fototermin für den *Stern* in den Garten des Gebäudes gelangt sind. Aber die Entscheidung war gefallen: Zweiundzwanzig kleine Kinder und dieser – Quasimodo durften am nächsten Tag mit nach Deutschland.

Die Mitglieder der Hilfsorganisationen, darunter auch eine Medizinstudentin und ein engagierter junger Zivildienstleistender, stellten sich mit den Kindern ins Halbrund. »Und jetzt bitte noch mal enger zusammen, bitte den Arm um die Kinder legen!« Der Fotograf spähte durch seinen Sucher. Das entstellte »Monster«, jetzt wieder mit Gesichtsschleier, stand abseits. Es war kein bisschen süß und niedlich. Es war ein erwachsener Mann, dabei aber so schmächtig und verhungert, dass es kaum noch stehen konnte. Und es stank entsetzlich. Ich stellte mich dazu.

Auch am nächsten Tag suchte ich seine Nähe. Niemand verabschiedete den Vermummten, als wir ins Flugzeug stiegen, keine weinende Mutter segnete ihn, kein Vater drückte ihn gerührt ans Herz.

Während des zwölfstündigen Zwischenstopps in Karachi kuschelten die anderen mit den süßen Kleinen, wickelten sie in Schlafsäcke, brachten ihnen Knabbereien und etwas zu trinken.

»Guckt mal, das Monster! Der geht doch tatsächlich auf die Damentoilette!«

Die Studentin kicherte. Tatsächlich. Weil er mit den Buchstaben auf der Tür nichts anfangen konnte. Ich war verärgert. Da gab es nichts zu lachen!

Sichtlich überfordert kehrte der Vermummte zurück. Ich tippte ihm auf die Schulter und bedeutete ihm, sich neben mich zu setzen. Eine innere Stimme sagte mir, dass es nicht weiter schwer war, sich mit den süßen Kleinen zu beschäftigen. Aber sich um das »Monster« zu kümmern, das war schon Schwierigkeitsstufe drei.

Auch im Flugzeug setzte ich mich neben ihn. Zwei kleine Mädchen waren ebenfalls in meiner Obhut, eine Gehörverletzte, die ein Implantat bekommen sollte, und eine mit einem Hüftschaden. Sie alle würden Familien finden, die sie aufnehmen würden.

Aber wer nahm das Monster?

Die Stewardess teilte Trinkpäckchen aus. Angewidert wollte sie schon an ihm vorbeigehen, als ich sie am Rockzipfel festhielt und ihr bedeutete, auch ihn zu bedienen. Der musste doch irgendwas zu sich nehmen, und wenn es nur Fruchtsaft war!

Der schwer Verstümmelte zog einen langen Schlauch mit Trichter aus seiner Tasche, hob das Tuch und führte die Magensonde in das Loch ein, das einmal sein Mund gewesen war. Saugen konnte er nicht (womit denn, keine Lippen!), und so tröpfelte ich den Saft durch Trichter und Schlauch und betrachtete mit einer Mischung aus Abscheu und Mitleid die tiefe Narbe über seinen Schlüsselbeinen. Wie ich später erfahren sollte, hatte sein Erstversorger hier mit dem Skalpell eine Atemöffnung für ihn gestochen, sonst wäre er jämmerlich erstickt.

Ich atmete scharf aus. Sybille, dieser Flug dauert zwölf

Stunden!, dachte ich. Na, dann mal los. Von wegen Bordentertainment und so.

Ich kramte nach einem Kugelschreiber und einem Zettel und legte beides vor ihn hin.

Seine Schriftzeichen konnte ich natürlich nicht entziffern, seine Gurgellaute nicht verstehen, aber dennoch gelang es mir mit Hilfe eines Afghanen von der HFA in den nächsten Stunden, mich halbwegs schlau zu machen.

Sein Name war Dadgul. Dadgul Delawar. Er war neunundzwanzig Jahre alt und hatte eine schwangere Frau und drei kleine Kinder in Katachel, seinem Heimatort unweit von Kunduz, zurückgelassen.

Mit sechzehn Jahren war er von der Regierung gefangen genommen, nach Kabul gebracht und so lange im Gefängnis gefoltert worden, bis er bereit gewesen war, Soldat zu werden. Für die damals kommunistische Regierung der Russen, die Afghanistan eingenommen hatten. Das verstieß gegen all seine Überzeugungen, und so riss er aus, ging in den Untergrund und wurde Mudjahed. Die russische Armee griff seinen Heimatort Katachel an, warf Bomben und tötete in einer Nacht achtzig Zivilisten. Dadgul fand seinen Vater und seine zwei jüngeren Brüder tot in den Trümmern. Er begrub sie und wurde danach von den hilflosen, überlebenden Mitgliedern seiner Familie zum »Kommandanten« gegen die feindlichen Kommunisten ernannt. Er schoss auf einen russischen Panzer, tötete acht russische Soldaten und nahm einen weiteren achtzehnjährigen Ukrainer gefangen, den er später auch tötete. Bei einem Vergeltungsschlag sechs Monate später fielen weitere hundertdreißig Mitglieder seines Dorfes russischen Panzern zum Opfer, und er selbst wurde von einem Panzergeschoss getroffen, das ihn Nase, Gaumen und

Oberkiefer kostete – sprich das halbe Gesicht. Seine Kameraden brachten den Halbtoten, der viel Blut verlor, im Jeep ins sechs Stunden entfernte Feldlazarett, wo er einen Luftröhrenschnitt und eine Bluttransfusion bekam. Erst dort war Dadgul ohnmächtig zusammengebrochen.

Ich atmete tief ein und aus. Okay. Das genügte erst mal.

Als wir nach weiteren zwei Schläuchen Saft und einem Trichter Milch in Frankfurt landeten, wollte ich dem armen Dadgul die Zeitumstellung erklären, aber er hatte noch nicht mal eine Uhr. Aus lauter Mitleid und Hilflosigkeit nahm ich meine kleine Armbanduhr ab und band sie ihm um. Das war so eine Art Versprechen, wie mir später bewusst wurde.

Dadgul sah mich aus seinen schwarzen Augen fragend an. Verwundert? Dankbar? Ich weiß es nicht.

Als er mit der gesamten Gruppe per Taxi auf die zuständigen Krankenhäuser verteilt wurde, winkte ich ihm noch lange nach. Mit einem riesigen Kloß im Hals setzte ich mich in den Bummelzug nach Wolfsburg und konnte das alles noch gar nicht fassen. Und als ich abends in Bergfeld die Haustür aufschloss und meine gesunden, nach Zahnpasta und Nivea duftenden Kinder in den Arm nahm und mein heiß geliebter Micki die Arme ausbreitete und mich an seine Brust drückte, brach ich zum ersten Mal in Tränen aus.

Was für ein unbeschreibliches Glück, wieder zu Hause zu sein.

8

»Was soll denn das jetzt schon wieder?« Michael stapfte die Einfahrt hoch und wies mit dem Kinn auf sein Auto, das wieder mal draußen parken musste. Dabei schwang allerdings kein Ärger, sondern eher Amüsement in seiner Stimme mit. »Mit was hat meine bezaubernde Frau denn diesmal die Garage vollgestopft?«

»Mit Medikamenten«, sagte ich nicht ganz ohne Stolz. »Sechzehn Tonnen. Von Pharmafirmen aus ganz Deutschland zusammengebettelt.«

Michael schüttelte lächelnd den Kopf: »Würde man dich bitten, einen Stadtpark auf dem Mars anzulegen, würden jetzt sechzehn Tonnen Gras, Erde und Stiefmütterchen in der Garage lagern, was?«

»Na ja.« Achselzuckend vergrub ich die Hände in den Hosentaschen. »Das nennt man wohl Berge versetzen, nicht wahr?«

Micki nickte, zog mich an sich und drückte mir einen Kuss aufs Haar. »Also, wenn eine das wörtlich nimmt, dann du!« Er schnupperte erfreut in Richtung Küchenfenster: »Hmmm! Und bei alldem hast du sogar noch was Leckeres gekocht!«

Logisch. Während meiner unzähligen Telefonate mit Pillendrehern aller Art hatte ich mit der freien Hand den Kochlöffel geschwungen.

»Ich verstehe gar nicht, dass sich andere Hausfrauen beim Kochen langweilen.« Grinsend sah ich zu, wie Micki den Topfdeckel hob. »Man kann dabei doch so viel SINNvolles tun!«

»Genau.« Micki musste laut lachen. »Dann hat man als Frau auch was EIGENES.«

»Besser als ein Jodeldiplom«, gab ich zu bedenken.

»Ich bin dir sehr dankbar, dass du nicht singst.« Michael umarmte mich und sah mich mit zärtlicher Bewunderung an: »Du bist wirklich jemand ganz Besonderes, Sybille.«

»Ich weiß.« Ich winkte bescheiden ab. »Aber es macht mir einfach Spaß zu helfen!« Ich zeigte auf die vollgestopfte Garage. »Irgendwie hat der Jäger- und Sammlertrieb von mir Besitz ergriffen! Sechzehn TONNEN!« Ich strahlte bis über beide Ohren.

»Besser als wenn du sechzehn Tonnen Schuhe oder Klamotten sammeln würdest.« Michael nahm sich ein kaltes Bier aus dem Kühlschrank und ging zur Tagesordnung über. »Wo sind die Kinder?«

»Simon ist beim Fußballtraining und Vanessa beim Kunstturnen. Ich hole sie gleich ab.«

»Eine interessante Familie habe ich da«, murmelte Michael, während er in sein Arbeitszimmer hinaufstapfte. »Da kommt nie Langeweile auf.«

Bald darauf klingelte das Telefon. Ich nahm ab.

»Hallo? Spreche ich mit Sybille Schnehage?«

Eine männliche Stimme mit ausländischem Akzent. Mein Herz klopfte.

»Ja?«

»Katharinenhospital, Stuttgart. Ich bin Dadguls Pfleger. Mein Name ist Syrus.«

»Oh! Ja! Toll! Ich meine, wie geht es ihm?«

»Er hat die erste Operation gut überstanden! Sie hat über dreizehn Stunden gedauert, er hat sechs Liter Blut übertragen bekommen, wird über eine Magensonde ernährt und ist ziemlich deprimiert. Hier ist ja alles völlig neu für ihn – angefangen von der Krankenschwester mit nackten Armen und Beinen, die ihn ständig anfasst, über die Schmerzen bis hin zur Sehnsucht nach seiner Frau und den Kindern. Mal ganz abgesehen davon, dass keiner weiß, wie es noch wird.«

Syrus erklärte mir, dass den Ärzten das Kunststück gelungen war, Dadgul einen neuen Gaumen zu formen, und zwar aus dem Gewebe seiner linken Achselhöhle. (Dass daraus fortan kräftige schwarze Haare sprießen sollten, lag damals außerhalb meiner Vorstellungskraft.) Darüber hinaus wurde ein Versorgungsgefäß vom Hals in den Gaumenbereich verlegt. Die nächsten vier Jahre würde Dadgul nur durch eine Sprachkanüle am Hals atmen können.

Das waren ja rosige Aussichten. Ich schluckte. Klar, dass Dadgul depressiv war. Wahrscheinlich hatte er sich vorgestellt, im Wunderland Deutschland ginge alles ganz fix, so nach dem Motto: »Da werden Sie geholfen.« Gaumen, Kiefer, Zähne, hübsche Nase, und wupp: neuer Dadgul. Leider nein, dachte ich betroffen. Selbst in Deutschland brauchen Wunder ihre Zeit.

»Na ja, ich wollte Ihnen nur ausrichten, dass er ständig von Ihnen spricht.«

»Ja, danke. Toll. Grüßen Sie ihn lieb.«

»Sie scheinen der einzige Mensch zu sein, den er in Deutschland hat.«

»Ja, ähm, wenn er das so sieht.« Ich kratzte mich am Kopf.

»Na ja, um ehrlich zu sein, müsste er dringend mal Besuch bekommen. Wir haben Angst, dass er sich sonst was antut.«

Dadgul Delawar. Das »Monster« von Afghanistan. Verlangte nach mir. Verdammt! Stuttgart war nicht gerade um die Ecke.

Andererseits: Er brauchte mich. Ich hatte ihm Hoffnungen gemacht. Ich war die Einzige gewesen, die sich um ihn gekümmert hatte. Auch wenn er kein Leckerchen war: Er war ein Mensch. Mit ganz normalen Sehnsüchten und dem Recht auf menschliche Zuwendung. Ich schluckte. Wie sagte Micki immer so schön? Wer A sagt, muss auch B sagen.

Die Zugfahrt würde ewig dauern. Für einen Flug hatte ich kein Geld. Hallo? Kein Geld? Wer tonnenweise Medikamente zusammenbettelt, der kriegt auch ein Flugticket. Ist doch für einen guten Zweck. Der Hörer war noch warm, als ich mich mit der Lufthansa in Braunschweig verbinden ließ.

»Sie wollen was? Ein Flugticket geschenkt bekommen?« Am Schalter herrschte doch einigermaßen Verblüffung. Erst Schweigen, dann Gelächter. »Hört mal, hier ist eine Mutti dran, die will für einen Krankenbesuch ein Gratisticket!«

»Vielleicht will sie auch noch ein Upgrade in die Businessclass!«, spottete jemand im Hintergrund.

Ich straffte die Schultern. Freunde. Verarschen kann ich mich alleine. (Da war sie wieder, die Derbheit in der Grazie.) Aber ich wäre nicht Sybille Schnehage, wenn ich nicht nach zehn Minuten Überzeugungsarbeit geleistet hätte. Die Lufthansa spendierte mir einen Freiflug von Hannover nach Stuttgart. Und wieder zurück.

Also, ein Blind Date ist ja schon aufregend, aber ein Blind Date mit einem »Monster«? Fröstelnd stand ich vor dem

Stuttgarter Flughafen und wartete auf Pfleger Syrus, meinen Abholer. Ein bisschen bekloppt bist du ja schon, Sybille Schnehage!, dachte ich mir, während ich neben den wartenden Taxis auf und ab lief. Wenn es jetzt wenigstens ein heimlicher Geliebter wäre, mit dem ich mich hier traf!

Da kam ein dunkelhäutiger junger Mann mit schwarzem Bart im Parka auf mich zugestapft.

»Syrus?«

»Nein. Hadji. Der Bruder. Syrus hat Dienst.«

Och, warum auch nicht, redete ich mir Mut zu. Der eine ist wie der andere. Kennen tust du keinen, also warum ihm nicht vertrauen? Und so setzte ich mich in den klapprigen Kleinwagen und gurkte mit ihm durch Stuttgart. (Andere Ehemänner würden ihrer Frau den Hintern versohlen, wenn sie sich solche Eskapaden leistete, dachte ich halb vergnügt, halb bange. Zum Glück war mein Micki so cool!)

Dann stand ich im Krankenhaus. Intensivstation. Eintritt nicht gestattet. Mein Herz klopfte bis unter die Haarwurzeln.

»Du meinst, wir sollten ...?«

»Ja! Syrus geht da auch immer rein!«

Wir traten ein. Dadgul lag im weißen Nachthemd und Jogginghose, an viele Schläuche angeschlossen, im Bett und traute seinen schwarzen Augen nicht. Anscheinend hatten die Gebrüder nichts von Damenbesuch gesagt.

»Tja, Junge. Da staunst du. Überraschung!«

Dadgul begrüßte mich auf afghanische Weise: Er nahm meine beiden Hände in seine und verbeugte sich, so tief es seine Schläuche zuließen. Er war sprachlos vor Freude.

Ich musterte sein frisch operiertes, mit Narben übersätes Gesicht. Den Bart hatte man ihm abrasiert, und Haut vom Oberschenkel war auf die Stirn transplantiert worden. Dort ringelten sich interessante Männerbeinhaare. Über der Augenbraue verlief eine lange dicke Naht, deren rote Stiche noch deutlich zu erkennen waren. Ein kurzer schiefer Hautlappen sollte die Nase darstellen. Aber es war höchstens die vage Idee einer Nase: Rechts war sie viel zu kurz und endete stark seitenverschoben in einer nässenden Öffnung. Die Oberlippe gab es nicht mehr, sodass man einen Teil der Unterlippe nach oben verpflanzt hatte. Die oberen Zähne gab es auch nicht mehr, die unteren waren gegeneinander verkantet. Aus dem Loch, das der Mund sein sollte, hing die Magensonde, durch die allerhand interessante Flüssigkeiten liefen: Blut, Nasensekret und Speichel.

»Prima siehst du aus, Dadgul, schon viel besser als neulich!«

Ich kreuzte die Finger hinter dem Rücken.

Insgeheim hatte ich erwartet, bei diesem Anblick in Ohnmacht zu fallen, aber nichts dergleichen geschah. Ich glaube, ich hatte mich innerlich zu Dadgul bekannt wie eine Mutter zu ihrem hässlichen Entlein, das ihr irgendjemand ins Nest gelegt hat. (Ich hatte ihn mir ja selbst ins Nest gelegt! Keiner hatte mich gezwungen!)

Die Freude über unser Wiedersehen überstrahlte all seine Hässlichkeit, und in meinen Augen war er nur noch ein liebenswerter Mensch, um den ich mich kümmern wollte.

Es klopfte kurz, und Pfleger Syrus schlüpfte ins Zimmer. Er hatte sich mit Dadgul angefreundet und konnte sich erstaunlich gut in ihn hineinversetzen: Kein Wunder, denn sein Bruder Hadji und er waren ebenfalls Flüchtlinge – wenn auch aus dem Iran und ohne Kriegsverletzungen.

»Wissen Sie, wir müssen ihn motivieren, an der Genesung mitzuarbeiten«, vertraute mir Syrus an. »Ich hab ihn jetzt schon ein paarmal von der Fensterbank gezogen. Er wollte springen. Hinzu kommt, dass er fast stirbt vor Scham, weil die Krankenschwestern ohne Kopftuch mit nackten Armen an ihm rumzupfen«, erklärte mir Syrus. »Bei seinem ersten Versuch zu duschen ist so ein robuster Dragoner reingekommen und hat ihn nackt gesehen. Das ist für einen afghanischen Mann eine unvorstellbare Demütigung!«

Da musste ich fast schon wieder grinsen. Helfen soll man dir, mein lieber Dadgul, aber bitte ohne Anfassen!

»Ich weiß, wie wir ihn motivieren können!«, sagte ich zu Syrus. »Gib mir mal seinen Pass.«

»Warum?« Syrus kramte in Dadguls Kleiderschrank. »Da ist noch sein altes Passbild drin. Von seinem Gesicht im Urzustand.«

»Eben. Ich lasse es vergrößern, und dann hängen wir es ihm hier an die Wand.«

»Neben den Spiegel?«

»Genau. Es gibt doch in Frauenzeitschriften diese Vorhernachher-Bilder. Wenn das keine Motivation ist!«

Syrus murmelte achselzuckend was von weiblicher Logik, aber das war mir egal. Ich war mir sicher, dass Dadgul in seiner männlichen Eitelkeit von nun an alles dransetzen würde, um eines Tages wieder so auszusehen wie früher. Er war nämlich wirklich ein gut aussehender junger Mann gewesen.

9

Bei uns in Bergfeld war Großreinemachen angesagt, als der Oberarzt aus Stuttgart anrief. Mit dem Staubsauger war ich gerade auf Tauchgang unter Simons Bett, sodass ich mir erst mal den Kopf stieß, als ich zum Hörer krabbelte.

»Grüß Sie Gott, Frau Schnehage! Dadgul wäre nun reisefähig.«

»Wie schön«, sagte ich. »Nach Afghanistan?« Ich rieb mir die schmerzende Stirn.

»Wo denken Sie hin!«, rief der Oberarzt entrüstet. »Wir stehen zwischen der sechsten und siebten von schätzungsweise vierzig Operationen! Nein, er braucht jetzt eine Phase der Erholung, und da nannte er mir Ihre Adresse.«

Ich legte den Staubsauger auf die Erde und setzte mich gleich dazu. »Ach was.«

»Ja, er schwärmt regelrecht von Ihnen, wenn ich das mal so interpretieren darf!« Der liebe Oberarzt lachte. »Ohne Sie und das Foto neben seinem Spiegel hätte er längst nicht solche Fortschritte gemacht!«

»Ähm, wann wünscht der Herr denn zu reisen?«

»Am besten gleich morgen. Wir brauchen hier jedes Bett.

»Morgen.« Ich pustete eine Staubflocke über den Teppich. »Das kommt jetzt etwas überraschend.«

»Na, dann übermorgen. Wir setzen ihn in den Flieger.

Tschüs Frau Schnehage, und vielen Dank für Ihre Hilfsbereitschaft!«

»Och, dafür nicht«, murmelte ich und rappelte mich auf.

Schon übermorgen würde dieser ... ähm ... Kinderschreck hier einziehen. Da hieß es, Vorarbeit leisten.

Ich beeilte mich, das sogenannte Gästezimmer herzurichten. Es war voller Plunder, und noch während ich putzte und Meister Propper verspritzte (war ich eigentlich bescheuert?), überlegte ich fieberhaft, wie ich unseren zukünftigen Dauergast meinen lieben Kindern schmackhaft machen sollte. Und natürlich Micki: Der hatte ja eigentlich auch noch ein Wörtchen mitzureden. Was, wenn er sagen würde: »Ein süßes Afghanenkind, meinetwegen. Wenn es sein muss auch noch einen kleinen Rahim, der hier Vasen zerdeppert, mit dem Bobbycar sämtliche Salatköpfe abrasiert und täglich dreißig Salamistullen zur Strecke bringt. Aber so einen ... Mit diesem zerschossenen Gesicht?«

Und wenn ich dann sagen würde: »Also bitte, Micki, auf das Aussehen kommt es doch gar nicht an! Der Charakter ist wichtig!«, dann würde er sagen: »Ah, ein Gutmensch also! Wie viele Russen hat der noch gleich mit seiner Kalaschnikow niedergemäht? Ach, nur ein Dutzend Menschen hat der ermordet? Sybille, geht's noch?«

Aber Micki war wie immer sehr souverän. »Du weißt schon, was du tust«, lautete sein einziger Kommentar.

Die Kinder reagierten sehr unterschiedlich. Simon war mehr als zurückhaltend, als ich ihm von seinem neuen Gastbruder berichtete. »So alt schon? Was? Und scheiße sieht der auch noch aus?«

Vanessa ließ erst mal alles gelassen auf sich zukommen. »Mama, wenn du den liebhast, dann hab ich den auch lieb.«

Na ja!, dachte ich. LIEB habe ich den nicht gerade, aber erstens hat er niemanden sonst auf der Welt, und zweitens hat die Prinzessin im Märchen ja auch den Frosch geküsst. Die Geschichte vom Prinzen, der dann von der Wand fiel, ist ja hinlänglich bekannt. Außerdem ging es darum, dieser geschundenen Kreatur zu helfen, die unsere Sprache nicht kannte und ohne mich keine Zukunftschancen hatte. Was hatte der denn gelernt außer schießen? (Na gut, das andere, was sich so ähnlich schreibt, auch. Aber das war auch schon alles!)

Mit Herzklopfen stand ich am Flughafen Hannover. Ich hatte mich sogar fein gemacht. Wo andere Frauen vielleicht auf einen tollen Mann warteten, galt mein gespannter Blick nicht den Geschäftsreisenden in Zwirn und Krawatte, sondern dem mageren jungen Mann dort, dessen Karohemd und Jogginghose mir irgendwie bekannt vorkamen: Das waren Mickis ausrangierte Klamotten, die ich meinem afghanischen Patienten mit ins Krankenhaus gebracht hatte. Ja, hätte er seinen Flug denn in seinem zerfledderten Kämpferkittel mit Turban und Pluderhosen antreten sollen? Er sah mich, hob schüchtern den Arm und winkte. Ich hüpfte fröhlich auf und ab und rief begeistert: »Juhuuu!«

Mit Mundschutz und Reisetasche schlurfte er auf mich zu. Sybille!, dachte ich. Jetzt kannst du nicht mehr zurück. Du kannst ihn nicht umtauschen wie ein Kleidungsstück, das nicht passt. Ich spürte, dass sich mein Leben von nun an grundlegend verändern würde. Ich war jetzt für ihn verantwortlich.

Als ich mich hinters Steuer plumpsen ließ, sah er sich hilfesuchend um. »Wo ist hier der *Motorwan*, der Fahrer?« Nach irgendeinem männlichen Wesen, das mir das wahnsinnige Ansinnen, das Lenkrad auch nur anzufassen, austreiben würde. Wenn nötig mit Peitschenhieben.

Ich drehte den Zündschlüssel und ließ den Motor an.

In seinen Augen glomm Verzweiflung. Ja, wie jetzt? Die will doch nicht ernsthaft Auto fahren?

»Komm schon, Dadgul! Steig ein!« Ich beugte mich vor und stieß die Beifahrertür auf. »Worauf wartest du noch? Chauffeur habe ich keinen!«

In banger Erwartung krabbelte Dadgul in mein Auto. Ich schloss den Sicherheitsgurt über seinem mageren Körper und spürte förmlich wie er errötend die Luft anhielt. Das ging ihm schon wieder entschieden gegen seine Kommandantenehre.

»Prima siehst du aus, Dadgul!«, log ich tapfer, setzte den Blinker und reihte mich in den Berufsverkehr ein. »Da haben die schwäbischen Flicker gute Arbeit geleistet!«

(Er verstand mich sowieso nicht, aber der Ton macht die Musik.)

Jawoll, hier wird nicht rumgezärtelt!, dachte ich wild entschlossen, während ich Gas gab und auf die Überholspur wechselte. Von wegen du Armer und heile, heile Segen: Dadgul krallte sich röchelnd an die Haltegriffe. Ich gab noch ein bisschen mehr Gas und lachte. Dadgul hatte noch nie eine Frau am Steuer gesehen! Da sollte er doch was geboten kriegen für sein Geld!

Zu Hause angekommen, wurde er von meinen Eltern zurückhaltend begrüßt. Sie fanden, dass ich es ein bisschen übertrieb mit der Nächstenliebe. Simon starrte seinen neuen »Bruder« entsetzt an und entschwand traumatisiert ins Wohnzimmer, wo er sich vor den Fernseher warf und ein Gruselvideo einlegte (zur Beruhigung).

Vanessa umtänzelte den Neuen auf der Küchenbank, drehte sein Gesicht ins Licht, betrachtete alle von mir bereits ausführlich anmoderierten Narben mitsamt Beinhaaren und Zahnkatastrophen und piepste dann, ganz Mutter Teresa: »So schlimm siehst du doch gar nicht aus, Dadgul!«

Das einzige Familienmitglied, das sich nicht heimlich vor Dadgul ekelte, war Asa, unser Dackelweibchen. Asa schnupperte an seinem Bein und wollte sich gleich damit paaren.

Dadgul, der Kinder, und erst recht weibliche Kinder, nicht zu beachten pflegte – von Hunden ganz zu schweigen, die in seinen Augen nicht in eine Küche, sondern auf die Straße gehörten – schob den Dackel wie ein lästiges Insekt beiseite und wandte sich dem eigentlich Spannenden zu: Einer warm gemachten Reissuppe von Aldi. Begeistert sprang er auf, wühlte in seiner Reisetasche und kam mit etwas wieder, das mir den Schrecken in die Glieder jagte: Es war eine Schnabeltasse. Dadgul bedeutete mir, die Suppe mit der Kelle in das schicke beige Plastikaccessoire zu füllen, damit er sie genüsslich daraus schlürfen konnte.

Aber NICHT mit mir. Nicht mit Sybille Schnehage. Hier galten MEINE Regeln. »Wir essen mit Besteck!« Ich hielt ihm den Teelöffel unter die Nase.

Er schob meinen Arm weg und wedelte auffordernd mit der Schnabeltasse.

Die Suppe dampfte verführerisch. Maggigeruch breitete sich in der Küche aus, dass Dadgul das Wasser im Mund (?) zusammenlief. Dackeldame Asa jaulte gierig.

»Arrghhh«, gurgelte Dadgul hungrig. Die Frau gehorche, wenn der Kommandant zu speisen wünscht!

Nö. Dadgul hatte seine erste Lektion zu lernen. Ich griff nach der Schnabeltasse, entriss sie ihm und rannte damit in den Flur, wo ich sie in der Innentasche eines dort hängenden Skianoraks versteckte. Da Dadgul vermutlich nicht so schnell Ski fahren würde, würde er sie nie und nimmer finden.

Vanessa verfolgte unseren wortlosen Disput mit großen Augen. Das hier war doch ungleich spannender als Simons Gruselfilm!

Entgeistert starrte Dadgul mich an. Der Suppenduft zog ihm in die Nase beziehungsweise in das, was davon übrig war. (Nicht von der Suppe! Von der Nase!) Eine auf ihn gerichtete Kalaschnikow ließ ihn wahrscheinlich kälter als eine Frau, die ihm die Schnabeltasse wegnahm.

Aber ich blieb unerbittlich. Bei uns herrschten ein paar grundsätzliche Benimmregeln.

»Los, Dadgul, Mund auf!«

Das war gemein, denn der »Mund« war sowieso schon auf: Mangels Lippe konnte er ihn nicht schließen, und da ihm auch noch ein Stück Zunge fehlte, konnte er die Suppe nicht vom Löffel nehmen. Also flößte ich ihm Schlückchen für Schlückchen von dem köstlichen Gebräu ein.

»Guck mal Mama, Dadgul hat Haare am Gaumen!« Vanessa betrachtete ihn mit einer Faszination, die Kinder entwickeln, wenn sie einen Wurm vierteilen.

Dadgul schlürfte und schlabberte, und Dackelweibchen Asa schlemmte zu seinen Füßen. Sie liebte ihn vom ersten Moment an. Er war und blieb über Jahre ihre Futterquelle.

»So Dadgul. Und jetzt du.« Auffordernd hielt ich ihm den Löffeln hin, und er aß wie ein Schaufelbagger.

Plötzlich lichtete sich sein zorniger Gesichtsausdruck, und auch wenn kaum Mimik möglich war, leuchteten doch seine Augen: Dies war die erste Mahlzeit, die Dadgul seit über einem Jahr selbständig zu sich genommen hatte!

Ja, ich war grausam gewesen. Aber was nützte das ganze mitleidige Getue? Was Dadgul brauchte, war Hilfe zur Selbsthilfe. Dies war und blieb immer mein Motto, für das mir Dadgul noch dankbar war. Ich sollte ihm noch ganz andere Sachen beibringen – angefangen von der Benutzung von Klopapier (Afghanen seines Landstrichs verwenden Steine zum Hinternputzen) bis hin zum Autofahren, aber davon später.

Nachdem er die ganze Dose Reissuppe vertilgt hatte – na ja, mit tatkräftiger Unterstützung von Asa –, schlurfte der Herr Kriegskommandant satt und zufrieden ins Wohnzimmer, ließ sich dort auf den besten Fernsehsessel fallen und starrte auf den Gruselfilm. Simon wiederum starrte auf Dadgul, und Vanessa kletterte vertrauensvoll auf seinen Schoß.

Als Micki nach Hause kam – ich wischte gerade den Küchenfußboden –, steckte er nur kurz den Kopf ins Wohnzimmer, fand seinen Fernsehsessel besetzt vor und stapfte die Treppe hinauf in sein Arbeitszimmer.

Später, im Badezimmer mit Vanessa allein beim Zähneputzen vor dem Spiegel, fragte ich sie: »Sag mal, hat dir das denn gar nichts ausgemacht, gleich so mit Dadgul – zu schmusen?«

»Eigentlich doch«, sagte Vanessa treuherzig. »Aber wenn ich mich ekel und sage, ›iiihhh, wäääh, ist der widerlich‹, dann ist der doch traurig!«

Dafür liebte ich mein Töchterchen ganz besonders.

Simon verarbeitete die Ankunft seines neuen »Brüderchens« übrigens auf seine Weise: Obwohl er sonst ein As in Mathe war, schrieb er am nächsten Tag eine glatte Fünf: So, Mutter, das hast du nun davon!

Unser Herr Dauergast verfügte nun über ein geräumiges eigenes Gästezimmer mit Doppelbett, eigenem Bad mit Dusche, Wanne und Toilette und eigenen Möbeln wie Couch, Tisch, Stühle, Regale und Schrank. Ratlos stand er vor seinem neuen Reichtum und konnte es gar nicht fassen. Immer wieder ging sein Blick suchend umher: »Wo sind denn die andern alle?« In Afghanistan hatte er mit Frau und fast vier Kindern in einem winzigen Zimmer gelebt, das Haus teilten sich dreißig Personen. Außerhalb des Hofes gab es für sämtliche Familienmitglieder ein Plumpsklo, und von fließendem Wasser, einer Badewanne gar – er hätte seine Kalaschnikows darin gelagert –, einer Wasch- oder Spülmaschine hatte er noch nie geträumt!

Aber wir wohnten hier nur zu viert plus Dackel, den er für unrein hielt. Er konnte einfach nicht verstehen, dass wir den auch noch fütterten und, wie pervers, bei Bedarf zum Tierarzt brachten! Die Geräusche von Staubsauger, Föhn und Trockner erschreckten ihn. Anfangs klammerte er sich immer erschrocken an mich, wenn wieder so ein Teufelsapparat ertönte. Das Geräusch, das der Computer beim Einschalten machte, ließ ihn ängstlich zusammenzucken.

Da die Kinder mich »Mama« nannten, war das ebenfalls sein erstes deutsches Wort. Der tapfere Krieger wurde zum hilflosen Kleinkind: »Mama!« Dann kam ich, tröstete ihn und erklärte ihm, wie harmlos das alles war.

Eine vollkommen neue Welt tat sich vor ihm auf. Doch wie jeder auf dieser Welt gewöhnte er sich erschreckend schnell daran. Besonders das Duschen gefiel ihm. Bis zu viermal täglich verweilte der Herr Kommandant unter dem heißen Wasserschwall und aalte sich im Schaum. Wer wollte es ihm verdenken?

An unseren disziplinierten Tagesablauf musste er sich auch erst mal gewöhnen. Ein WECKER?! Was war DAS denn? Und wozu? Aufstehen? Sich beeilen? Zum Dienst, zur Schule, zum Sport? Pünktlich? Hä? Es war doch kein Krieg!

Simon war wie gesagt begeisterter Fußballer, und Vanessa trainierte fünfmal in der Woche Kunstturnen. Außerdem gingen beide Kinder zweimal wöchentlich zum Schwimmen. Ich war einfach keine Mutter, die ihre Kinder stundenlang vor dem Fernseher hängen ließ. Bei mir wurde angepackt, sich bewegt, die Zeit sinnvoll gefüllt.

Da Dadgul sich ohne mich im Haus fürchtete (und sich alle im Dorf vor ihm), nahm ich ihn kurzerhand immer mit zum Training. Da saß er dann am Schwimmbadrand oder in der Turnhalle und starrte meine trainierenden Kinder an, die ganz in ihrem Element (und damit glücklich) waren. Das war alles zu viel für ihn. Dass Kinder, besonders Mädchen und junge Frauen, sich völlig ungeniert in Bade- und Turnanzügen bewegten, mit nackten Armen und Beinen und unbedeckten Haaren, machte ihn anfangs völlig fertig. Er wusste gar nicht, wo er hinschauen sollte. Deshalb drückte ich ihm anfangs auch ein Computerspiel in die Hand. (Sicherlich hätte unsereiner sich genauso unwohl gefühlt, wenn er ständig Kinderpornos hätte schauen müssen. Das verletzte einfach permanent sein Ehrgefühl und seine Vorstellung von Anstand.)

Damit erst gar kein Heimwehblues bei ihm aufkam, übertrug ich ihm gleich ein paar wichtige Aufgaben im Haushalt: Ich ernannte ihn zum »Gartendirektor«, sprich, »Unkrautingenieur«, was er mit Feuereifer übernahm. Aus Mickis alten Beständen suchte ich Gummistiefel, Jeans, Männerhandschuhe, Spaten, Rechen hervor, und schon hatte Dadgul etwas Sinnvolles zu tun, das auch seine Mannesehre nicht verletzte.

Auch zum »Müllingenieur« wurde er feierlich ernannt, und samstags zum Gossefegen und Gullyreinigen.

»Mama!« In Panik kam Dadgul mitsamt seinen dreckigen Stiefeln ins Wohnzimmer gestürmt, wo ich gerade mit Vanessa Klavier übte. Die Todesangst stand ihm ins Gesicht geschrieben. Und Vanessa die Unlust.

»Dadgul! Wie oft habe ich gesagt, Schuhe aus und Hände waschen, bevor du ins Wohnzimmer kommst ...«

Dadgul stieß gurgelnde Angstlaute aus und zeigte auf den Nachbargarten, der einem Bauern gehörte. Erfreut klappte Vanessa den Klavierdeckel zu. Was waren das denn für nackte Tiere?

»Ja. Da sind Schweine drin. Na und?« Ich stand auf und ging zum Fenster.

»Schweine? Das sollen Schweine sein, die sind doch schwarz und leben im Wald?«

Die Muttersau von nebenan hatte gerade zwölf niedliche Ferkel geworfen, und die rosige Kinderschar balgte sich dort quietschend um die Zitzen.

»Ist doch niedlich, was hast du denn?!«

Ein Horrorszenario für Dadgul! UNREINE Schweine, vom Koran streng verboten, im Nachbargarten! Nacktes, rosa Borstenvieh!

»Ach, Dadgul!« Jetzt musste ich aber lachen. »Soll die Muttersau sich etwa verschleiern, oder was!« Gut, dass hier weit und breit keine Kalaschnikow war. Er hätte da ein ordentliches Gulasch zusammengeschossen.

»Komm mit, ich mach euch bekannt!«

Ich winkte auffordernd mit der Hand, aber Dadgul, der Held, versteckte sich mitsamt Hacke und Spaten hinter dem Wohnzimmervorhang.

»Komm schon! Die Muttersau fällt ja auch nicht in Ohnmacht, wenn sie DICH sieht!«

Ich nahm ein paar pralle Äpfelchen, stiefelte, gefolgt von Vanessa, rüber zum Nachbargarten und bot der drallen Muttersau diesen Vitaminkick an. »Wir Mütter müssen zusammenhalten, nicht wahr, Ulrike? Und lass dich bloß nicht von meinem Gast beleidigen. Bei denen zu Hause sitzt der Busen halt nicht so straff.«

Ulrike knurpselte begeistert.

Dagdul ekelte sich schrecklich.

»Ich weiß gar nicht, was du hast, Dadgul«, rief ich fröhlich. »Du isst genauso!«

»Und machst genau solche Geräusche dabei!«, schrie Vanessa begeistert. »Komm rüber, du Weichei! Wir sagen ja auch nicht zu dir, du bist unrein!«

Später, als die Ferkel größer waren, kamen sie täglich durch ein Loch im Zaun zu uns herüber, um Äpfelchen zu knurpseln. Und wer bückte sich und streichelte die kleinen Nackedeis mit einer Mischung aus Faszination und Grauen? Richtig. Unkrautminister Dadgul. Ich machte heimlich vom Schlafzimmerfenster ein Foto von ihm. So, Freund der Berge. Das wird in Afghanistan niemand gern sehen. Jetzt hab ich was gegen dich in der Hand!

»Obwohl …«, sagte meine superschlaue Vanessa: »Im Koran steht nur, dass man Schweine nicht ESSEN darf. Da steht nicht: Man darf Schweine nicht STREICHELN.«

Ich lachte. »Als wenn in Afghanistan auch nur eine SAU auf die Idee käme!«

»Das ist ebenso abwegig, als wenn bei uns in der Bibel stünde: ›Du sollst nicht mit einem Schwein Flöte üben‹«, mutmaßte ich. Vanessa nickte ernst. »Und schon gar kein Klavier.«

Doch wir hatten nicht immer so viel zu lachen. Nachdem Dadgul etwa eine Woche bei uns war, bemerkte ich, dass seine Sprachkanüle am Rand verschmiert war. Von Tag zu Tag wurde diese Schicht aus getrocknetem Schleim dicker, und ein übler Geruch ging vom Tubus aus. Uns verging beim Essen der Appetit. An sein nervtötendes Geschlürfe hatten wir uns inzwischen gewöhnt.

»Dadgul, geh mal dein Dings sauber machen, hier hast du 'ne Kukident.«

Dadgul wusste nichts damit anzufangen. Kukident, Schwein – alles unrein.

»Komm mal mit, Dadgul.« Ich zog den armen Kerl in sein Badezimmer und versuchte, seine Sprech- und Schluckkanüle mit einem Wattestäbchen zu reinigen. Puh. Das Schwein Ulrike von nebenan war ein Appetithäppchen dagegen.

Dadgul zuckte unter Schmerzen zusammen.

»Nee, Dadgul, so geht das nicht.«

Dadgul erklärte mir irgendetwas, das ich nicht verstand.

»Also, Dadgul, da kommen wir jetzt nicht drum rum. Das Ding muss raus und in ein heißes Wasserbad mit Desinfektionsmitteln.« Ich hielt die Luft an. Dadgul auch.

Dadgul begann das blaue Klebeband zu lösen, mit dem die Kanüle am Hals fixiert wurde. Dann zog er sie langsam aus dem Hals. Jetzt konnte er gar nicht mehr sprechen, noch nicht mal mehr Dari, sondern nur noch Handzeichen geben. Wir waren zwar ganz vorsichtig gewesen, aber die Kanüle hatte die Öffnung dennoch verletzt, und der Hals begann zu bluten.

»Scheiße, Dadgul!«, schrie ich in Panik. Ein schmales Rinnsal floss über Dadguls Brustbein und meine Hände. Mit Zellstoff versuchte ich die Blutung zu stillen. Dadgul bedeutete mir mit Mimik und Gestik, was zu tun war. Ich musste unbedingt verhindern, dass Blut in die Luftröhre gelangte. Immer wieder war der Zellstoff blutgetränkt, bis sich die verletzten Gefäße endlich wieder schlossen.

Erschöpft sank Dadgul auf den Badewannenrand, während ich mit einer alten Zahnbürste (also nicht mit meiner, keine Sorge!) die Sprachkanüle reinigte. Das empfindliche Plättchen durfte dabei nicht beschädigt werden. Dann eine Runde Kukident, sprudel sprudel, und dann das Ganze wieder rückwärts. Mit zitternden Fingern schob ich den gereinigten Tubus wieder in Dadguls Luftröhre – bloß nichts wieder verletzen! – und befestigte das blaue Klebeband an seinem Hals.

Uff. Geschafft. Nun war ich an der Reihe, zitternd auf den Badewannenrand zu sinken. »Mann, Dadgul, das war knapp.«

Dadgul murmelte etwas Zustimmendes. Vielleicht drohte er mir aber auch mit Tod durch Erschießen. Obwohl ich so etwas wie Dankbarkeit in seinen Augen sah.

»Scheiße, Dadgul, das ist eigentlich ein Job für eine ausgebildete Krankenschwester.«

Dadgul fixierte mich mit seinen schwarzen Augen.

»Das machen wir jetzt jede Woche, Dadgul. Immer freitags. Statt Mittagessen.«

Dadgul nickte. Freitags gab es sowieso immer Fisch.

10

»Los, komm, Puddingminister, du kannst mir rühren helfen.«

Mit Pudding kannte Dadgul sich aus, schließlich aß er so gut wie nichts anderes. Für die mehrstöckige Buttercremetorte, die ich entworfen hatte, hieß es rühren, rühren, rühren. Wir Hausfrauen in Bergfeld waren eine eingeschworene Gemeinschaft, und so war es für mich Ehrensache, eine mega-bombastische Torte für die Hochzeit unserer Nachbarin zu backen. Nicht für Ulrike, sondern für eine andere Nachbarin: für Jasmin, die Tochter von Frau Brechenmacher. (Ich kann nämlich nicht nur Dachdecken und Fliesenlegen, ich kann auch Torte!)

»So, Achtung, Dadgul, ich komm jetzt mit der Butter!«

Das war der Moment der Wahrheit. Würde die Puddingcreme klumpen oder nicht?

Dadgul schwitzte schon unter der Macht des Rührbesens. »Nicht aufhören, weiter, weiter – jau, Dadgul, sie gelingt! Schau mal, welch sämiges Meisterwerk!«

Wir schwangen den Schneebesen und dekorierten, und nach acht Stunden war das vierstöckige Meisterwerk perfekt. Das Brautpaar aus Marzipan stand stolz auf der Torte.

»Dadgul, das haben wir super gemacht.« Ich klopfte meinem Backingenieur anerkennend auf die Schulter, und er grinste stolz. Außer der Torte hatte ich noch einen Fotokalender für das Brautpaar gebastelt, mit selbst gedichteten Versen zu jedem Monatsbild. Ich kannte das Brautpaar schon von Kindesbeinen an und hatte viele Fotos von ihnen. (In aller Bescheidenheit: Fotografieren und Fotos entwickeln kann ich auch.) Ehrlich gesagt, hatte ich mir wochenlang Mühe für unsere lieben Nachbarn, die Brechenmachers, gegeben.

»Los Kinder, macht euch fein, wir fahren!«

Als absoluten Höhepunkt für die Hochzeitsfeier hatten wir noch eine Überraschung parat. Nein, nicht Dadgul für die Mitternachtseinlage im Dunkeln: Unsere Vanessa wollte eine ganz tolle akrobatische Nummer hinlegen, mit Saltos und halsbrecherischen Sprüngen. Wir schleppten die Musikanlage zum Auto. Außerdem sollte Dadgul als Matratzenminister ein paar weiche Matten tragen: Jeder der einmal Turnunterricht hatte, weiß wie sperrig und schwer solche Matten sind. Und dass ich die im Cocktailkleid mit Pumps nicht allein zur Gaststätte hätte wuchten können, war auch klar. (Micki war auf Dienstreise, und Simon war zu klein.)

Als wir jedoch voller Vorfreude mit unseren vielen originellen Geschenken eintrafen, begegnete uns die Mutter der Braut. Brautmutter-war-die-Eule hob kritisch eine Braue hoch, als sie den eifrigen Dadgul sah, und hätte wohl gern mit dem Schnabel auf ihn eingehackt.

»Frau Brechenmacher«, sagte ich liebenswürdig, »Dadgul hilft nur schnell mit den Matten.«

»Die Vorführung ist sicher eine schöne Sache«, zischte sie zwischen zusammengebissenen Zähnen hindurch. »Aber der hier kommt mir nicht in den Saal!«

»Moment!«, sagte ich. »Wie alle in diesem Dorf wissen, ist Dadgul unser Dauergast. Er will gar nicht an der Hochzeitsfeier teilnehmen, sondern nur aufbauen helfen.«

Dadgul stand mitsamt seinen Entstellungen da und starrte fasziniert zu der Hochzeitsgesellschaft hinüber. Lauter festlich gekleidete junge Mädchen mit nackten Schultern, Armen und Beinen strebten in knappen bonbonfarbenen Cocktailkleidchen kichernd und mit Sektgläsern in der Hand dem Eingang zu.

Die Braut selbst war ein einziger Traum in weißer Seide: Dadgul fielen fast die Augen aus dem Kopf. Er tat mir so leid! Natürlich war er nicht eingeladen. Aber helfen, schnell ein paar schwere Matten reinschleppen, das durfte er doch wohl?

»Der Anblick eines solchen Gesichts ist den Gästen nicht zuzumuten«, befand die Eule.

Wie gut, dass Dadgul ihre Worte nicht verstehen konnte! Aber ihren Tonfall, das Eisige, Schneidende in ihrer Stimme, verstand er sehr wohl.

Mir gefror das Blut in den Adern.

»Tut mir leid. Der darf auf keinen Fall hier hinein. Den Schock möchte ich den Gästen ersparen.«

Und ich möchte den Gästen den Schock ersparen, Ihnen die Torte ins Gesicht zu werfen!, dachte ich. Nur, weil ich meiner süßen Vanessa den Auftritt und der netten Braut ihre Hochzeit nicht verderben wollte, machte ich gute Miene zum bösen Spiel.

Dadgul musste nach Hause gehen, und ein paar männliche Gäste halfen beim Tragen der Matten.

Aber während der ganzen Zeremonie kochte ich vor Wut. Diese Demütigung hatte mich genauso getroffen wie Dadgul, wenn nicht noch mehr. Er kannte ja diese Zimtziege Brechenmacher nicht, aber ich musste noch jahrzehntelang mit ihr in enger Nachbarschaft leben. Wenn sie Dadgul wenigstens ein Stück von der tollen Hochzeitstorte rübergebracht hätte zum

Trost. Aber selbst das brachte die arrogante Kuh nicht fertig. Im Gegenteil. Den ganzen Abend quälte sie mich mit beleidigten Blicken. Kaum dass Vanessa ihren letzten Salto gemacht hatte, zerrte ich meine Kinder aus dem Saal.

»Sagen Sie mir Bescheid, wenn alle Gäste weg sind«, sagte ich knapp zur Gastgeberin. »Dann kann der Sklave kommen und die Matten wegräumen.« Ich spuckte förmlich vor ihr aus vor lauter Verachtung. »Schönen Abend noch. Wir sehen uns dann in der Kirche, wenn von Nächstenliebe und Toleranz gepredigt wird!«

»So, Dadgul. Es hilft nix, du musst Deutsch lernen.« Vanessa kletterte auf die Küchenbank und legte ganz vorsichtig ihr Lesebuch aus der ersten Klasse auf die Wachstischdecke. »Pu, der Bär. Das ist Pu«, las sie vor, indem sie mit dem Bleistift auf jede Silbe zeigte.

Dadgul sah mich hilfesuchend an. Das Kind schweige in der Küche! Besonders das weibliche Kind! Dadgul wollte sich in seinen Lieblingssessel verziehen und fernsehen!

»Nix da«, sagte ich. »Vanessa hat recht. Pu, der Bär. Na los.«

Was blieb dem armen Freiheitskämpfer und Opfer des Djihad auch anderes übrig: Jetzt war er Opfer der gestrengen Lehrerin Vanessa.

»Pu, der Bär«, röchelte er durch seine Gaumenspalte.

»Das ist Pu«, sagte Vanessa unerbittlich.

»Das ist Pu«, wiederholte ihr Schüler brav. »Was Pu?«, fragte er mich.

»Bär!«, sagte ich ungerüht. Keine Ahnung. Gab es in Afghanistan Bären? Sorry, ein Lesebuch mit Kamelen und Ziegen hatten wir leider nicht. »Los. Und jetzt noch mal alles zusammen.«

So zwangen wir unseren lieben Dadgul mit weiblicher Taktik, lesen und schreiben zu lernen.

»Opa ruft, Oma sagt, Papa arbeitet, Mama kocht.« (Ich wollte Dadgul jetzt nicht gleich mit so ungeheuerlichen Thesen wie »Mama arbeitet, Papa kocht« überfordern.)

Vanessa bewies dabei eine ungeheure Konsequenz. Ich glaube, das hatte sie sich von mir abgeschaut. Ich bin einfach keine Mutter, die sich nicht durchsetzt: Wenn ich sage, das wird von nun an jeden Tag gemacht, wird es auch gemacht. Ich weiß, viele Mütter geben irgendwann seufzend auf, weil sie das Theater mit dem ewigen Ermahnen und Diskutieren leid sind. Aber ich lasse so etwas gar nicht erst einreißen. Wenn ich etwas entscheide – zum Beispiel, dass die Kinder zweimal wöchentlich zum Schwimmen gehen –, dann tun sie das. Basta. Ich fahre sie hin und bin dazu auch nicht zu faul. Natürlich würde ich auch manchmal lieber mit einem Heimwerkerhandbuch auf dem Sofa liegen. Aber dann würde der Laden einfach nicht so laufen, wie er läuft.

»Nein, Dadgul, du schreibst über den Rand.«

Dadgul krakelte ungeschickt mit Vanessas Bleistift in ihrem linierten Heft herum, und manchmal hätte er vor lauter Wut bestimmt gern den Bleistift abgebrochen – oder gleich mit der Kalaschnikow herumgeballert. Aber nach Monaten in unserem Haus änderte er langsam, aber sicher seine Einstellung.

Ein kleines Mädchen, das ihm geistig überlegen war und ihm mit Engelsgeduld und liebevoller Strenge einen neuen Horizont eröffnete, war die reinste Offenbarung für ihn.

Nach knapp zwei Jahren schrieb Dadgul aus eigenem Antrieb folgenden Aufsatz:

»Mein Name ist Dadgul Delawar. Ich bin am 16.10.1963 in Katachel geboren.

Meine Mutter heißt Nigargh. Zwei Jahre bin ich in die Schul gegangen und mit sechzehn Jahren wurde ich von der Regierungen gefangen genommen, nach Kabul gebracht und im Gefängnis gefoltert, bis ich gesagt habe dass ich Soldat werden will. Ich bin Sodat geworden, aber dann ich bin weggelaufen nach Hause und Mudjahed geworden.

Am 5.8.1985 ein komonistisch General Taher und Nakib und Jemaldin und Russische Arme zosammen in kunduz zwischen Khanadabad Krieck angefangen. Zwei Tage war das schwierick Krieck. In diese Tag drei Dorfer wird total kabut. Die Dorfe heißt Chrakhab und Ludin und Katachel. Insgesamt 80 Modjaheddin gestorben und 130 Ziwilisten getoten, davon war Kinder und Frauen an diese Tag.

Mein Komandant Asadullah auch gestorben. Am dies Tag Hupschrauber ein Bombe in meine haus angegrifen. Mein Pater und zwei Brüder unter die Dach gestorben. Nach drei Tag hab ich die Toten gefunden auf der Erde. Mein Vater heiß Wali Mohammad mein Brüder heiß Juamgaol der war 13 Jahr alt die andere heißt Azizgul, der allt war 11 Jahr. Nach dem vergaben die Leut Katachel hat mich gesagt: Dadgul du musst von die Gropp Komandant werden, weil Konmandat Asadullah ist tot. Dann zeit 1985 bin ich Komandant von die Gropp war.

Zeit 8.2.1985 hab ich ein russische Panzer geschossen, da drin war 8 rusische Sodlat getoten und ein russische Soldat hab ich festgenommen. Er kam aus Urkrein. Er heißt Viktor, die war 18 Jahr allt. Er war 8 Monaten bei mir, dan am 12.10.1985 noch mal Krieck er gestorben. Am 1989 russische Arme aus Afghanistan Rausgegangen. Noch drei Jahr die komonistesche Regierung weiter mit Modjahidim Krieck gemacht. Am

26.4.1991 kam wieder die komenischtes General Taher und Nakib und Jemaldin in Kunduz. Damals drei Monate war groß Krieck, in diese Krieck 110 Modjahedien gestorben und 60 Modjahidin verletzt geworden. Am 26.6.1991 bin ich auch verletzten. Die Krieck war in Kwajapist zwischen Kunduz und Khanabad. Durch ein Panzergeschossen fehten mir Nase und Oberkiefern. Fünf Modjahidien hat mich nach Talokan gebracht. 20 Tage war ich in Talokan. Hab ich nicht kanst sprechen, mein Zung war verletzt ich habe immer getrunken mit Strohhalm. Dan kam mein groß Komandant, er heiß Haris, er hat mich mit 6 Modjahehidin über der berge nach Pakistan geschickt. In Peshawar war ich 5 Monate im Krankenahaus. Dort 3 mal operiert worden. Aber er kann nicht gut getan. Dann wir hab viel Glück gehabt zur Operation mit Sybille Schnehage nach deutschland gekommen. Hier in Stuttgar Katharinenhospital in Kiefer Klienick behandelt werden. Am 26. 2. ist Operation Prefesur Bublitz hat angefangen und lebten zwischen den Operationen bei Familie Schnehage in Bergfeld.«

Ich selbst konnte inzwischen einige Brocken Dari (nicht nur Dadgul lernte täglich Vokabeln!) und erfuhr so durch ihn auch mehr über seine Kinder.

Dadgul hatte zwei Töchter in Simons und Vanessas Alter, Anissa und Palwasha, sowie einen dreijährigen Sohn, Tadjudin. Zu seiner großen Freude hatte seine Frau Kandigol ihm nun noch einen Sohn geboren! Jedenfalls hatte ihm das sein Cousin so am Telefon gesagt!

Dadgul war völlig aus dem Häuschen vor Freude. Mädchen seien nicht einen Bruchteil so viel wert wie Söhne!, erklärte er stolz. Söhne würden schließlich eines Tages für einen sorgen, Töchter müsse man dagegen verheiraten, anschließend arbeiteten sie für die Familie des Ehemannes. Diese lästigen Wesen seien leider bis zum heiratsfähigen Alter mit durchzufüttern, also so zwölf, dreizehn Jahre. Sobald die Periode einsetze, seien sie endgültig nicht mehr zu gebrauchen. Außer zum Verheiraten. Man dürfe eine Tochter allerdings auf keinen Fall zu billig verkaufen. Denn dann sei sie dem Bräutigam und seiner Familie nichts wert und bekomme das für den Rest ihres Lebens zu spüren.

Ich schluckte, aber das war nun mal Dadguls Frauenbild und das von Millionen seiner Glaubensgenossen.

Doch jetzt, wo sich meine intelligente und gebildete Vanessa um ihn kümmerte, wandelte sich auch sein Frauenbild: Er wolle seine Töchter Anissa und Palwasha sehr viel liebevoller behandeln, wenn er sie eines Tages wiedersehen würde, verkündete er stolz.

Auch zwischen Simon und Dadgul entstand langsam, aber sicher eine Art Männerfreundschaft: Wie so oft war es der Gott Fußball, der die beiden zusammenbrachte. Simon brauchte länger als Vanessa, um sich daran zu gewöhnen, dass er seine Mama mit diesem ungebetenen Gast teilen musste. Aber beim Thema rundes Leder passte keine Briefmarke zwischen die beiden. Täglich bolzten sie im Garten herum, und Dadgul wurde wieder zum Kind: Wiehernd warf er sich vors Tor, wenn es galt, beim Spiel Bergfeld gegen Katachel die Ehre Afghanistans zu verteidigen. Nach einer ausgiebigen Dusche saßen die beiden Bolzprofis dann Schulter an Schulter im Schlafanzug vor dem Fernseher, und wenn ich Schnittchen servierte, hörte ich Simon neunmalklug Trainer Otto Rehagel beraten, wozu Dadgul ergeben nickte. Ihr gemeinsamer Lieblingskicker war Mehmet Scholl.

Dass Simon und Dadgul endgültig dicke Freunde geworden waren, zeigte mir der Wunsch, den Simon zum Geburtstag äußerte: Er wünschte sich Geld für eine Kuh in Katachel, die für Dadguls Kinder Milch und Eiweiß produzieren sollte.

Ich war stolz auf meine beiden Kinder. Egoistisch waren sie jedenfalls nicht.

11

»Was hast du mit Dadgul vor, wenn er seine vierzig Operationen hinter sich hat?«

Micki saß mir am gemeinsamen Schreibtisch gegenüber und sah von seinem Computer auf. Ich schrieb gerade Spendenquittungen an meinem Laptop, hatte ich doch mit und ohne Dadgul an tausend Haustüren geklingelt und um Spenden für sein Heimatdorf Katachel gebettelt.

»Er muss wieder in seine Gesellschaft eingegliedert werden, ich weiß.« Stolz starrte ich auf die stattliche Summe, die ich zusammengebettelt hatte: »Viertausendsechshundertdreißig Mark und achtundzwanzig Pfennige!«

»Klasse, Sybille, ich bin stolz auf dich!« Micki schaute mich über seinen Brillenrand hinweg anerkennend an. »Aber Schießen kann für ihn keine Perspektive sein.«

»Ich weiß!« Ich warf den Drucker an, um die Spendenquittungen auszudrucken. »Weißt du, was ich mir gedacht habe?«

»Na?«

»Als Erstes muss er fotografieren lernen. Ich möchte, dass er ganz viele Fotos von bedürftigen Menschen in Afghanistan macht und sie zu uns nach Deutschland schickt, damit wir gezielt Patenschaften vermitteln können.«

»Eine großartige Idee!« Micki nickte. »Schenken wir ihm eine Kamera!«

»Aber das nächste Fotolabor ist weit. Er muss richtig Entwickeln lernen!«

Gesagt, getan. Unermüdlich übten wir mit ihm, mit Mickis alter Kamera umzugehen und die Negative in der Dunkelkammer zu entwickeln. Zuerst knipste er wild in der Gegend herum, schnitt Köpfe ab (eine alte Angewohnheit eben) und ärgerte sich maßlos über seine Verstümmelungen. (Wir lachten ihn natürlich aus.) Aber er bewies Geduld und Zähigkeit. Er lernte vernünftig Belichten, Fotografieren und Entwickeln, und in der Dunkelkammer hingen ständig neue Kunstwerke, auf die er stolz war wie Bolle.

Doch vom Fotografieren allein konnte er nicht leben, deshalb kam ich auf die Idee, ihm das Imkerhandwerk beizubringen. Dadgul hatte immer wieder von den fruchtbaren Hochebenen Afghanistans geschwärmt, wo die Natur noch in Ordnung war, wo Störche lebten und Schwärme von Insekten. Ein wahres Paradies, wenn man es zu nutzen weiß (also nicht reinballert wie bisher).

»Das hier sind Arbeiterbienen, das sind Drohnen, und das ist die Königin! Vorsicht, nicht anfassen!« In Schutzanzügen standen wir vor den Kästen, umschwirrt von Tausenden von Honigbienen. Dadgul war ein gelehriger Schüler.

Nach einigen Wochen marschierte unser neuer »Bieneningenieur« schon selbstständig zum Bienenhaus. Ich telefonierte gerade mit einer willigen Spenderin, die bereit war, eine Patenschaft von fünfzig Mark im Monat für eine Witwe mit zwölf Kindern in Katachel zu übernehmen, als ich Dadgul, umschwärmt von hundert aggressiven Bienen, in Panik nach Hause flüchten sah. »Mamaaaaaa!«

»Entschuldigung, ich muss auflegen!«

Ein Griff zum gefüllten Wassereimer, der auf der Terrasse

stand, und schon überschüttete ich meinen kopflosen Guerillakrieger mit Wasser. Wasserscheu, wie sie waren, zogen die Bienen böse brummend ab, und Dadgul stand da wie ein übergossener Pudel. Über zwanzig Stiche hatte er, hauptsächlich in den Beinen, aber auch leider einen auf der – Nase. Tja, Dadgul. Pech gehabt.

»Ach, Dadgul. Kann man dich denn nicht einen Moment aus den Augen lassen! Aber egal, Lehrgeld ist das am besten angelegte Geld. Los, rein mit dir, du holst dir ja noch 'ne Erkältung!«

Das ließ sich Dadgul nicht zweimal sagen. Jetzt hatte er wieder einen Grund, lange und ausführlich zu duschen. Und während er später genüsslich im Fernsehsessel lümmelte und dem VfL Wolfsburg zuschaute, kümmerte ich mich um seine zwanzig Bienenstiche. Dabei erklärte ich ihm, dass bei uns in Deutschland sogar ein cremiger Mandelkuchen so heißt. (Man weiß ja nie, wozu ein Mudjahed so eine Information noch brauchen kann.)

Da Dadgul ein Riesen-Nudelfan geworden war – bei seiner Großbaustelle Mund blieb ihm auch gar nichts anderes übrig als Pasta, Pasta und nochmals Pasta –, fragte ich mich eines Tages, wie er sich nach seiner Rückkehr nach Afghanistan ernähren sollte. In Katachel gab es Reis, Reis und nochmals Reis. Und zwar mit Reis. Den konnte er nicht kauen, somit schied dieses Grundnahrungsmittel für Dadgul aus.

»Du, Dadgul, was ich dich schon immer mal fragen wollte: In Katachel gibt es keine Supermärkte mit Barilla, Birkel und Co?« Das war natürlich eine rein rhetorische Frage.

Dadgul verneinte. Eigentlich eher weniger, gab er zu. Im Klartext: null. Fertiggerichte – Dosen, Suppen, Tütchenkost: null Komma nada.

»Na, dann müssen wir eben lernen, Nudeln zu machen.«

Sybille, jetzt übertreibst du es mal wieder!, schimpfte ich mich selbst, als ich auf den Dachboden krabbelte und die alte, sperrige Nudelmaschine hervorholte, die dort seit unserer Hochzeit einstaubte. (Vase und Nudelmaschine: die überflüssigsten Hochzeitsgeschenke überhaupt! Bis einem ein zahnloser Afghane ins Leben schneit. Wie gut, dass ich sie aufgehoben hatte!)

»Hier, Dadgul, halt mal!« Mit Eiern, Mehl, Wasser und vielen sauberen Geschirrtüchern ging es dann ans Experimentieren. Das alte Rezept von Tante Trinchen lag auch noch vergilbt dabei. »Da hauen wir jetzt ein Ei drauf und dann …«

Boah! Eh! Schweinerei! Die ganze Küche: ein Schlachtfeld. Dadgul fühlte sich ganz in seinem Element. Asa schmatzte und schleckte.

Mit Lesebrille und Schürze ausgestattet, befahl ich Dadgul, die klebrige Masse zu verkneten. Am Ende hatten wir beide reichlich Mehl auf der Nase und Tränen in den Augen, aber wir gaben nicht auf. (Vielleicht habe ich schon mal erwähnt, dass eine Sybille Schnehage nicht aufgibt. Niemals!)

Endlich hatten wir einen ähnlichen Teig wie auf der Abbildung in Tante Trinchens Rezept. Den walzte Dadgul mit dem Nudelholz platt. (Obwohl er es mir wahrscheinlich lieber über den Schädel gehauen hätte.)

»Dadgul, du gehst jetzt hinter die Nudelmaschine, und ich schiebe die Teigplatte zwischen die Messerwalzen. Mann, der Teig fällt ja in sich zusammen wie die Spendenbereitschaft unserer Nachbarn!«

Begeistert sahen wir zu, wie sich endlich so etwas wie Spaghetti auf das Geschirrtuch ringelten.

»Na bitte!« Ich legte meinen Arm um Nudelminister Dadgul, und so ließen wir uns von Micki fotografieren. Unser erstes Nudelprodukt!

»Es lebe die deutsch-afghanische Freundschaft!« Ich nahm Dadguls Arm und hielt ihn in Siegerpose in die Höhe. Wieder eine Hürde geschafft! Dadgul platzte fast vor Stolz.

»Es lebe die Hilfe zur Selbsthilfe«, sagte Micki bewundernd. »Ich habe ja oft gedacht, jetzt ist meine Frau völlig übergeschnappt, aber langsam sehe ich, das Ganze hat System! – Wann gibt's Essen? Ich meine richtiges Essen?«

Ich schlug mit dem Nudelholz nach ihm, und Dadgul grinste begeistert: Szenen einer Ehe, die fand er immer toll.

Ich wollte unbedingt erreichen, dass Dadgul in seiner Heimat selbstständig leben und arbeiten konnte – und nicht nur das, er sollte dort auch das Projekt »Hilfe für Katachel« leiten.

»Ein Projektleiter muss Buch führen können, Dadgul. Komm, setz dich her, wir üben.«

Dadgul hatte schon viel gelernt. Besonders alles Handwerkliche fiel ihm leicht (na gut, als ich ihm das Fischen beibrachte, erklärte er mir, was solle der Scheiß mit Angel und Netz, er fische zu Hause immer mit Handgranaten: bumm – alle Fische tot, super!)

Aber Listen machen, Zahlen addieren, Quittungen ausstellen, Pläne schriftlich verfassen, womöglich eine Schule auf Millimeterpapier planen und einen Kostenvoranschlag machen, das überstieg doch bei Weitem Dadguls Kenntnisse. Zu Hause in Afghanistan wurde nicht lange diskutiert, da wurden Kommandos gegeben, und wenn die nicht befolgt wurden, wurde das Anliegen mit dem Dolch oder notfalls mit dem Gewehr unterstrichen. Da sagte man nicht: »Man könnte dies oder jenes mal andenken«, oder: »Wenn möglich, bitte zeitnah« – da machte man peng!

»Nein, Dadgul, ich lass dich erst wieder nach Hause, wenn du das beherrschst. Also. Wir planen jetzt mal – eine Mädchenschule.«

Also, planen – na gut und schön. Aber eine MÄDCHEN-schule? War ich noch ganz dicht?

»Genau, Dadgul. Apropos dicht. Wir brauchen ein Grundstück, das nicht hochwassergefährdet ist, also nimm ein höher gelegenes Grundstück und keines in Flussnähe. Und jetzt rechne mal die Quadratmeter Bauland aus …«

Oh, da waren aber Dadguls Schleimhäute von Hochwasser bedroht. Auch ein Mudjahed kann vor Wut weinen.

Wir brauchten Wochen und Monate, in denen viele böse Worte fielen. Viele. (Dadgul konnte am Ende mehr Schimpfwörter als ich!) Aber ich zog einen Trumpf aus dem Ärmel, der seine Mannesehre wiederherstellte:

»Ja, Dadgul, wenn du erst Projektleiter in Katachel bist, brauchst du natürlich einen Führerschein!«

»Oh! Mama ist die Beste!« Kuss, schmatz, Tränen abwisch. Das mit dem Eselskarren war inzwischen weit unter Dadguls Würde.

Ich machte zur Bedingung, dass diese und jene Aufgabe erfolgreich gelöst sein musste, und zwar ohne zu schmieren, zu fluchen oder mit dem Messer zu drohen und sah mich dann im Gegenzug nach einer Fahrschule um.

Natürlich hatte ich nicht vor, Dadgul den teuren Führerschein zu bezahlen. (Ich bin doch nicht blöd, Mann!) Den sollte er mal schön in Pakistan machen, da kostete er nur umgerechnet zwanzig Mark. In Pakistan braucht man auch kein fahrerisches Können, man muss nur wissen, dass der Stärkere

Vorfahrt hat und Frauen grundsätzlich nicht ans Steuer gehören. Dennoch sollte Dadgul fahren können, bevor er sich in das chaotische Verkehrsgewühl seiner Heimathauptstadt Kabul stürzte, und so telefonierte ich in Wolfsburg die Fahrschulen ab. (Natürlich ersuchte ich um Gratis-Unterricht. Ohne Führerscheinprüfung.)

Und, gleich der erste Fahrlehrer sagte nicht etwa: »Gute Frau, haben Sie noch alle Tassen im Schrank? Wieso soll ich einen afghanischen Kriegsversehrten umsonst unterrichten?« Sondern: »Frau Schnehage, aber gern! Am Dienstag um drei, wenn es recht ist!«

Irgendwie hatte sich inzwischen herumgesprochen, dass ich mich für ein afghanisches Kriegsopfer starkmachte und mich sowieso nicht abwimmeln ließ. Also. Am Dienstag um drei. Vanessa zum Turnen, Simon zum Schwimmen und Dadgul zur Fahrschule.

»Sitz gerade, bohr nicht in der Nase, ach so, du hast ja keine (Spaß), und sag artig guten Tag!«

Dadgul ließ nervös die Fingerknöchel knacken, als wir schon Schritte auf der Treppe hörten. Oh. Frauenschuhe. Nun, das war bestimmt die Sekretärin. Mitnichten. Eine junge, knackige Fahrlehrerin in engen Jeans erschien mit knallrot pedikürten Zehen und sagte freudig: »Na, dann wollen wir mal!«

Dadgul sah panisch zu mir herüber. Jetzt hatte er schon viel erduldet und erlitten, insgesamt achtzehn Operationen im Gesicht, er hatte von einer Achtjährigen Lesen und Schreiben gelernt und aß inzwischen einwandfrei mit Messer und Gabel, er konnte eine Serviette benutzen und duschte viermal täglich, aber DAS? Er sollte von einer FRAU fahren lernen?

»Hier«, sagte die reizende junge Dame, »schau mal auf meine Füße.«

Ungern tat Dadgul das. Äußerst ungern. Er errötete bis in die Haarspitzen.

»Rechts ist Gas und Bremse, links Kupplung. Checko?«

Wie ein begossener Pudel zog Dadgul mit der Schönen ab, und ich gönnte mir erst mal einen Kaffee. Dabei machte ich mir noch mal bewusst, was das alles für Dadgul bedeutete. Denn der afghanische Dresscode für Frauen, erst recht in einer so abgeschiedenen ländlichen Gegend wie Katachel, abseits von jedem europäischen Einfluss, sah anders aus: Nach altem pashtunischem Brauch tragen Frauen bunte Pluderhosen, darüber knielange Kleider mit langen Ärmeln. Innerhalb des Familienhofs, Purdah genannt, wird das Haar mit Tüchern bedeckt. Außerhalb der Purdah leistet frau sich dann noch zusätzlich die Burka, eine Art Kappe, an der ein Plisseeumhang befestigt ist, der die Trägerin komplett verhüllt. Geguckt wird durch ein Häkeldeckchen in Augenhöhe. Das hat den Vorteil, dass niemand außerhalb der eigenen vier Wände Rückschlüsse auf Alter, Figur oder Aussehen ziehen kann. (So gesehen, erspart es der Trägerin auch viel Stress. Das Wort Problemzone ist gänzlich unbekannt.) Die afghanischen Ehemänner, aber auch Väter, Brüder, Cousins oder wer auch immer sich für die Ehre des weiblichen Wesens zuständig fühlt, gehen davon aus, dass Gesicht und andere Intimzonen (sprich alles) ausschließlich dem engsten Familienkreis vorbehalten sind. Die Frauen fühlen sich beschützt und kennen es nicht anders. Und ja, auch mit der Burka kann man flirten: Hat man den Haarzopf ganz nach oben gesteckt, sodass eine dicke Beule am Oberkopf durch die Burka zu sehen ist, heißt das: Ich bin ein junges Mädchen und noch zu haben. Je älter man ist, desto niedriger der Dutt.

Kein Wunder, dass für Dadgul vieles unfassbar war, als er in

Deutschland ankam. Von den halbnackten Krankenschwestern, die ihn sogar bis unter die Dusche verfolgten (und deren Achselhaare er unter dem Kittel sehen konnte – was ihn offenbar mehr schockte als seine eigenen, die ihm im Mund wuchsen!), bis hin zur selbstständigen Frau Schnehage, die ohne Mann in der Stadt unterwegs ist, Auto fährt, über ein eigenes Konto verfügt, zum Friseur geht, sich im Baumarkt ohne Scheu mit fremden Männern unterhält und eigenständig bestimmt, was es zu essen gibt – eine Ungeheuerlichkeit! Schlimmer noch: die Ausübung von Sport. Eine Frau, die auf dem Sportplatz herumrannte und schnaufte, war eine absolutes Unding. Beim Fernsehen kroch er fast unter das Sofa, wenn harmlose Liebesszenen vorkamen. Kaum war eine Frau spärlich bekleidet oder ein Liebespaar schickte sich an, sich zu umarmen, verließ Dadgul verschämt das Zimmer und krächzte: »Ni gut für Moslem, ni gut!«

Ja, und dass wir Frauen uns unsere Männer selbst aussuchen, dass wir aus Liebe heiraten (häh? Wieso denn das? Was sollte DAS denn!), lag für den armen Dadgul erst recht außerhalb seines Vorstellungsvermögens. Als Pashtune war es Dadgul gewohnt, im Großfamilienbund zu leben, das heißt mit allen Verwandten bis zum vierten Grad, wenn nicht noch weiter. Die Ältesten hatten das Sagen. So konnte es sein, dass der Urgroßvater den Ton angab, obwohl er schon nicht mehr ganz dicht im Hinterstübchen war, während ein hellwaches Mädchen in der Rang- und Hackordnung noch hinter Hund, Katze, Maus rangierte. Nachdenklich rührte ich in meiner Kaffeetasse, als mein Schützling auch schon um die Ecke gebraust kam.

»Na Dadgul, wie war die Fahrstunde?«

Dadgul strahlte hinter der Windschutzscheibe mit der

Sonne um die Wette, als er stolz vorfuhr und nach einigem Vor und Zurück sogar korrekt einparkte.

»Er stellt sich sehr geschickt an!« Leichtfüßig sprang die Fahrlehrerin aus dem Auto und klopfte ihm anerkennend auf die Schulter. »Dadgul, noch zehn, zwölf Stunden, dann kannst du es!«

Wieder zu Hause, leerte ich den Briefkasten. »Post, Dadgul!« Ich wedelte mit einem zerfledderten Umschlag. Endlich kamen die von uns schon lange angeforderten Bilder von seinen Kindern! Ich hatte doch noch keines gesehen!

Neugierig entriss ich Dadgul das Päckchen, warf mich neben ihn aufs Sofa und zog die Fotos heraus.

Zum Vorschein kam das Bild eines etwa Fünfjährigen, der mit traurigen Augen auf einer Art Feldbett saß, neben sich eine Kalaschnikow und hinten an der Wand ein Militärfunkgerät.

»Ist das dein Sohn, Dadgul?«

»Hmhm.« Er nickte. »Tadjudin.«

»Aber wo sind seine Spielsachen?«

Blöde Frage. Das sah man doch.

»Und seine Geschwister? Deine Frau? Deine anderen Verwandten?«

Es waren keine weiteren Bilder von Menschen in dem Umschlag. Nur von Raketen, Panzern, Waffen und von zerstörten Häusern.

»Dadgul«, redete ich auf ihn ein. »Du hast doch noch einen Sohn bekommen! Auch deine Töchter möchte ich sehen!«

Dadgul ging auf sein Zimmer. Schließlich kam er mit einem kümmerlichen Schwarzweißfoto zurück, auf dem noch andere Kinder zu sehen waren. Alle starrten sie mit zerzausten schwarzen Haaren, in Lumpen gekleidet, barfuss, in die Kamera.

»Und? Wo ist dein neuer Sohn?«

Dadgul druckste lange herum, drehte sich von mir weg und wischte sich die Augen.

»Hallo? Dadgul?«

Aus dem stolzen Michael Schumacher von vorhin war ein trauriges Häufchen Elend geworden. Ich nahm ihn in den Arm. »Du hast Heimweh, nicht wahr?«

Dadgul zuckte die Achseln. »Nein«, sagte er schließlich ruppig, »Das ist es nicht. Aber Sohn ist gar nicht Sohn. Ist Tochter.«

»Wie?« Ich starrte ihn verständnislos an.

Er machte ein Gesicht, als hätte er das Auto der Fahrlehrerin zu Schrott gefahren: »Mädchen. Nur Mädchen.«

»Ja, aber ...« Ich raufte mir die Haare. Dass Mädchen in Afghanistan kein Sechser im Lotto waren, hatte ich ja schon begriffen. Aber dass Dadgul mir gesagt hatte, er hätte noch einen Sohn bekommen. Hatte er mich etwa mit dieser Lüge beeindrucken wollen?

»Dadgul.« Ich nahm seine Hände und sah ihm eindringlich in die Augen. »Du weißt doch, dass für mich ein Mädchen genauso wertvoll ist!«

Ja. Das hatte er inzwischen begriffen. Selbst ER sah die Sache schon aus einem anderen Blickwinkel als vorher. »Sie haben es mir nicht gesagt«, rückte er schließlich mit der Wahrheit heraus.

»Hä? Spinnen die?«

»Ja, die Verwandten wollten mich glauben lassen, ich hätte noch einen Sohn hingekriegt, nachdem ich schon so verstümmelt bin.«

Er wischte sich über die Augen. »Sie haben mich trösten wollen.«

Ich war sprachlos.

»Ich weiß es schon seit ein paar Wochen, konnte es dir aber nicht sagen. Deshalb schicken sie auch nur Foto von Sohn.«

Er zeigte wieder auf den kleinen Jungen auf dem neuesten Bild.

»Aha.« Da hatte ich mal wieder eine Lektion gelernt.

»Egal, ist auch Mensch«, stieß Dadgul fast trotzig hervor.

Ich schüttelte den Kopf. »Und wie heißt dein neues Töchterchen?«

»Aziza.« Dadguls Augen strahlten nun doch. »Heißt Liebling.«

»Und du wirst sie genauso liebhaben wie deinen Sohn?« Ich rüttelte an seinem Arm.

»Ja, Mama«, grinste Dadgul, und eine Spur von Verlegenheit huschte über sein Gesicht.

»Genauso lieb. Versprochen.«

12

Die Zeit zwischen den Operationen verlief schleppend. Oft wurde die Behandlung unterbrochen, da ja keine Gelder flossen. Kaum war Dadgul frisch operiert, wurde er von der Klinik einfach wieder nach Hause geschickt. Sein Bett wurde gebraucht. Dann lag er blutend und kotzend hier bei uns, und ich durfte die Krankenschwester spielen. Ich telefonierte und drängte, bettelte und rückte den Ärzten auf die Pelle. Dadgul, der sich naiverweise vorgestellt hatte, nach drei Monaten mit einem neuem Gesicht und neuen strahlenden Zähnen nach Hause zu dürfen, wurde immer depressiver. Manchmal kam er sich vor wie ein interessantes Versuchsobjekt für Ärzte und Medizinstudenten, aber nicht wie ein Mensch.

Die Kinder waren sauer, dass ich keine Zeit für sie hatte, meine Eltern meckerten, ich würde mich um das Elend der Welt kümmern, aber nicht um sie.

Micki war zwar nie sauer oder eingeschnappt, aber das Thema Dadgul war wirklich mein Steckenpferd, nicht seines. »Da hast du dir was eingebrockt, Sybille!«

Oft hing Dadgul einfach nur kraftlos im Wohnzimmer auf dem Fernsehsessel rum und starrte Löcher in die Luft. Wie jeder weiß, stinken Besuch und Fisch nach drei Tagen. Dadgul war nun schon zwei Jahre bei uns, und wenn er sich so gehenließ, ging er mir einfach nur auf die Nerven. Ich hasse jegliche Art von Selbstmitleid. Natürlich konnte ich gut verstehen, dass er sich oft vorkam wie das fünfte Rad am Wagen. Er vermisste seine Sprache. Seine Familie. Seine Kinder. Es ging ihm alles nicht schnell genug.

Eines Tages kam ich tatendurstig mit dem Staubsauger ins Wohnzimmer. Jetzt würde ich Dadgul aber Beine machen! Der Herr Oberkommandant Trauerkloß saß im Fernsehsessel und ...

»Dadgul! Heulst du etwa?«

Im Nu war mein Zorn verraucht. Nachdem alles Zureden nichts half, dachte ich, egal, ging in die Küche und holte eine Flasche Bier aus dem Kühlschrank.

»So, Dadgul. Trink mal 'nen Schluck.« Ich öffnete die Flasche mit einem Plopp und hielt sie ihm unter die Nase.

Dadgul starrte mich an, als hätte ich ihm vorgeschlagen, dem Teufel einen Zungenkuss zu geben.

»Da darf ich gar nicht dran DENKEN!« Panisch sprang er auf und schlug mir das Teufelswasser aus der Hand. Die Flasche landete auf den Wohnzimmertisch und zersprang in tausend Scherben. Das Bier tropfte von der Tischplatte und verteilte sich großzügig auf dem guten Teppich. Überall lagen Scherben herum.

»Mensch, Dadgul! Ich war gerade am Saubermachen!«

»Das ist allergrößte Sünde! Alkohol ist schlimmer als Mord!«

Ich stemmte die Arme in die Hüften und starrte wutentbrannt zurück. »Statt die Flasche zu zerdeppern, hättest du höflich sagen können: ›Danke nein, aber nimm doch selbst einen Schluck, liebe Sybille. Du siehst aus, als könntest du ihn brauchen!‹«, schnauzte ich ihn an. »Scheiße! Jetzt kann ich noch Teppichreinigungsschaum kaufen!«

»Und ich? Kriege den Arm abgehackt vom Mullah!«, brüllte Dadgul.

»Wieso? Er sieht's doch nicht!«, patzte ich zurück. Scheißsitten bei euch! Im gleichen Moment schämte ich mich. Bah! Reingefallen, Sybille! DU predigst doch immer den Kindern, dass man sich an Regeln halten soll, AUCH wenn die Mama gerade nicht hinguckt! KEIN Gummibärchen heißt KEIN Gummibärchen!

»Allah sieht alles!« Ehrfürchtig zeigte Dadgul an die Decke. »Der Mullah muss diese drastische Strafe durchführen, wenn jemand der Versuchung Alkohol nicht widersteht!«

»Na gut«, gab ich klein bei und kroch bereits auf allen vieren über den Teppich, um die Scherben einzusammeln.

Dadgul kroch hilfsbereit mit mir durchs Wohnzimmer. »Tut mir leid, Mama!«

»Lass stecken! Für noch mehr Operationen kann ich keinen Handchirurgen mehr hinter dem Ofen hervorlocken.«

Es zerbrach mir beinahe das Herz. Auch wenn ich Dadgul immer öfter an die Wand klatschen wollte: Er war auch nur ein Mensch voller Ängste, Sehnsüchte und Heimweh.

»Komm mal her zu mir!« Ich klopfte neben mich auf das Sofa. »Erzähl mir doch mal, wie du deine Frau kennengelernt hast!«

Ablenken ist das beste Mittel, ein weinendes Kind zu trösten. Das weiß jede Mutter.

Sofort entspannte sich Dadguls leidgeprüftes Gesicht. Er legte den Lappen weg und begann zu erzählen.

Kandigol war die kleine Schwester seines besten Freundes, der mit ihm im Widerstand kämpfte. Obwohl er sie noch nie gesehen hatte, setzte er sich das Mädel in den Kopf. Irgendwann wagte er es, mit seiner Mutter Nigargh darüber zu sprechen, aber die war total dagegen: Das Mädel kann nicht kochen, das Mädel kann keine Feldarbeit verrichten, das Mädel kann kein Fladenbrot backen.

Aber das könne sie doch lernen, bettelte Dadgul.

Nigargh brauchte Wochen, bis sie bereit war, mit Kandigols Mutter darüber zu sprechen.

Schließlich traf man sich mit Kandigols Eltern, um mit den Verhandlungen zu beginnen.

Nach weiteren Monaten stand der Brautpreis für Kandigol fest: umgerechnet zwanzig Mark, billiger als eine Kuh!

Trotzdem – als der junge, gut aussehende Krieger seine Braut endlich zu sehen bekam, war sein Glück perfekt: Sie war vielleicht dreizehn Jahre alt, ihre Brüste begannen gerade zu knospen, und sie war kräftig und gesund.

Fairerweise wurde Kandigol bei der Trauung über dem Koran gefragt, ob sie auch einverstanden sei, Dadgul zu heiraten. (Ja! Man darf nämlich Nein sagen als Frau! Doch was einem dann blüht, entzieht sich jeder Vorstellungskraft! Von wegen die Braut, die sich nicht traut! Da zeigt sich die Verwandtschaft aber durchaus verstimmt!) Da Dadgul jung war und nicht etwa ein lüsterner, alter Tattergreis, dem sie als Drittfrau untergejubelt werden sollte, konnte sich Kandigol glücklich schätzen! Dadgul war das Beste, was ihr passieren konnte. Zumal ihr Bruder immer von ihm schwärmte!

Die Hochzeit wurde zelebriert. Wie üblich feierten Männer und Frauen drei Tage lang voneinander getrennt in verschiedenen Zelten. Kandigol war nun das Opfer von Nigargh, ihrer Schwiegermutter. Nie konnte sie es ihr recht machen.

Die Hochzeitsnacht wurde von beiden Müttern überwacht, sprich, das Ergebnis auf einem blütenweißen Laken streng kontrolliert. (Auch hier drohen einer Braut drastische Strafen, falls der besagte Fleck nicht echt ist. Unter Umständen sogar die Todesstrafe.)

Kandigol hatte das Glück, ohne Komplikationen Kinder zu bekommen. Dadgul schickte sie dann einfach jedes Mal zu ihrer Mutter. Bei den Pashtunen steht die Ehre der Frau und somit die Ehre des Mannes an höchster Stelle. Daraus folgt, dass kein fremder Mann die Frau jemals sehen, geschweige denn berühren darf. Geburtshilfe durch einen männlichen Arzt oder gar ein Kaiserschnitt wird dadurch völlig unmöglich. (Aber eine Ärztin wird gern gesehen. Fragt sich nur, wo die lesen und schreiben gelernt hat!)

13

Weihnachten stand vor der Tür, und wieder einmal war unsere Familie in Bergfeld mit Plätzchenbacken, Dekorieren und Geschenkeverpacken beschäftigt.

In Simons Schule gab es eine Weihnachtsfeier. Die Kinder würden ein Krippenstück aufführen, und Simon gab den Josef. Ganz großes Kino! Das musste sein Fußballkumpel unbedingt auch sehen.

»Los, Dadgul, du kommst mit!«

»Ich weiß nicht …«

Seit der Brechenmacher-Hochzeit, bei der Dadgul noch nicht mal Vanessas Matten hatte tragen dürfen, hielten wir uns mit öffentlichen Auftritten zurück.

Dadgul sah mich ratlos an. Einerseits wollten wir nie wieder so eine Erfahrung machen wie damals, andererseits war Weihnachten das verdammte Fest der Nächstenliebe! Ich wollte auf keinen Fall, dass Dadgul wieder in schlimme Depressionen versank und wir bei unserer Rückkehr einen heulenden Mudschahedin vorfinden würden, der sich mit Selbstmordabsichten trug!

»Na los, zieh dir was Anständiges an!« Auffordernd warf ich einen Blick auf seine Zimmertür, der besagte: aber dalli!

Beim Krippenspiel verzogen wir uns in eine dunkle Ecke hinter einer Säule, und beim anschließenden Kuchenessen saßen wir abseits, mit dem Gesicht zur Wand, um niemandes ästhetisches Empfinden zu stören.

»Mama, da kommt Simons Lehrerin!« Vanessa stupste mich warnend an.

Ich versuchte, mich unsichtbar zu machen und zog den Kopf ein.

»Frau Schnehage, darf ich Sie mal sprechen?«

Oh. Mist. Hoffentlich sagte sie jetzt nicht so was Ähnliches wie Frau Brechenmacher: »Frankensteins sind hier nicht erwünscht, auch nicht mit gesenktem Blick« oder so.

Das Gegenteil war der Fall! Sie setzte sich freundlich zu uns und fragte Dadgul, ob Simons Klasse nicht eine Patenschaft für eine Witwe in seiner Heimat übernehmen könne!

»Wie? Das meinen Sie ernst?« Fast wäre ich der Guten um den Hals gefallen!

»Ja! Wir diskutieren gerade mit den Kindern über den Sinn des Weihnachtsfests, und beim Einstudieren des Stückes – Maria und Josef auf Herbergssuche – hat uns Simon von Dadgul erzählt! Ist ja quasi eins zu eins dasselbe Stück!« Sie lachte mich entwaffnend an.

»Nur dass Sie ihm Herberge gewährt haben und die in Bethlehem nicht!«

»Und dass wir noch kein Baby im Stall haben«, witzelte ich und winkte bescheiden ab.

(Na ja, aber auch nur, weil dieser Josef seine schwangere Kandigol bei seiner Mutter gelassen hatte!)

»Wie gesagt, ich möchte den Kindern Nächstenliebe nahebringen! Aber wir wollen nicht anonym spenden wie so viele Klassen. Durch Sie, Dadgul, hätten wir ein Gesicht zu unserer Spende. Und wenn Sie uns Fotos zukommen lassen, vielleicht sogar viele Kindergesichter!«

»Sie sind ein Engel, Frau Hoffmeister!« Ich sprang auf und umarmte die nette Lehrerin.

»Und das müssen ausgerechnet SIE sagen Frau Schnehage!« Karin Hoffmeister hielt mich auf Armeslänge von sich ab. »Was wir machen, ist doch nur ein Tropfen auf dem heißen Stein!« Sie strich sich verlegen eine Haarsträhne aus dem Gesicht. »Ich habe allerdings schon auf dem Elternabend und im Lehrerkollegium von Ihnen und Dadgul erzählt. Das ist Ihnen doch hoffentlich recht?«

Träumte ich? Normalerweise redeten alle immer nur von der Familie mit dem »Monster« und wie durchgeknallt ich wohl sei.

»Jetzt wollen noch mehr Klassen und auch einzelne Familien meiner Schüler eine Patenschaft übernehmen und Sie unterstützen!«

»Yep! Aufessen, Kinder, genug gefeiert! Die Pflicht ruft.« Ich klatschte in die Hände und scheuchte meine Kinder und das afghanische Kuckuckskind zum Auto.

Zu Hause setzte sich Dadgul mit wichtiger Miene an meinen Schreibtisch und listete in seiner Krakelschrift fünfzehn Namen von kinderreichen Witwen auf, die er in Katachel kannte. Sie alle waren bedürftiger als bedürftig, ihre Männer waren auf grausame Weise ums Leben gekommen und konnten sie nicht mehr versorgen.

»Was ist denn hier los?« Micki kam von der Arbeit und sah den »Witwenminister« an meinem Schreibtisch sitzen. Er legte den Arm um mich: »Eine neue Lektion?«

Eifrig erzählte ich ihm, was diese Lehrerin gesagt hatte. »Weißt du was? Wir gründen ein eigenes Projekt, nur für Katachel!«

»Ihr müsst eine Mädchenschule bauen!« Micki klopfte Dadgul freundschaftlich auf die Schulter. »Dann habt ihr später auch so pfiffige Mädels wie ich!« Er kniff mir in die Wange und verschwand pfeifend in der Küche, wo schon der aufgewärmte Schweinebraten mit Knödeln verführerisch duftete. (Soße und Knödel ließ Dadgul an seinen Gaumen, Schweinebraten nicht.)

»Eine Mädchenschule findet unser Gouverneur nicht gut.« Dadgul kratzte sich mit dem Bleistift am Kinn. »Damit wird Maulawi Mohammad Omar ganz und gar nicht einverstanden sein.«

Ja, wie jetzt? Musste man den Herrn auch noch bitten, seinem zerbombten Dorf helfen zu dürfen!?

Dadgul überlegte. Schließlich drehte er sich auf dem Schreibtischstuhl zu mir um und sagte verschmitzt: »Man müsste den Gouverneur Maulawi Mohammad Omar glauben machen, die Spende käme von einem Mann.«

»Kommt sie aber nicht!«, beharrte ich trotzig. »Die Lehrerin Karin Hoffmeister, ich, Mädchenschule: Wo ist da ein Mann?«

»Ich bin ein Mann!«, warf sich Dadgul in die Brust. »Und ich werde Projektleiter!«

»Ja ja, wenn Allah es will.« Ich tippte mir mit dem Bleistift an die Stirn. »Man müsste Gouverneur Maulawi glauben machen, er hätte selbst die Idee mit der Mädchenschule!«

Denn Männer finden nun mal alles gut, von dem sie glauben, sie wären selbst drauf gekommen. Das weiß jede Frau auf dieser Welt.

»Dadgul, schreib an deinen Gouverneur, dass du davon Wind bekommen hast, es bestünde die Möglichkeit, eine Mädchenschule zu bauen. Aber dass der Gouverneur natürlich offiziell darum ansuchen muss.«

Der Plan ging auf. Einige Wochen später traf ein Brief an »Dr. Michael Schnehage« ein, mit der Anrede »*Dear Sir.*« Verhandlungspartner für das Projekt »Eine Schule für Katachel« war Mr. Schnehage.

Ich schluckte. Diese Pappköppe! GING es in deren Schädel denn einfach nicht rein, dass auch Frauen lesen, schreiben und etwas bewirken können?

Na gut. KONNTEN sie ja noch nicht. Aber bald. Mit MEINER Mädchenschule.

Ich rieb mir die Hände. Ab jetzt würde ich nicht mehr der HFA zuarbeiten, damit die sich mit meinen Spenden und Patenschaften brüsten konnten. Jetzt gründete ich einen eigenen Verein. Katachel e.V. – Vorsitz: *SIR* Sybille Schnehage, 1. Geschäftsführer: Schulbauingenieur Dadgul Delawar.

»Dadgul, wir müssen viel mehr Werbung machen!«

Über einen weiteren Artikel in den Wolfsburger Lokalzeitungen versuchte ich, die hiesige Bevölkerung auf uns aufmerksam zu machen, und schon bald klingelte das Telefon.

»Frau Schnehage? Hier ist der Eine-Welt-Laden *Pueblo* in Wolfsburg! Würden Sie auch einen Vortrag halten?«

»Klar«, rief ich stolz. »Sogar einen Diavortrag, der sich gewaschen hat!«

»Oh, toll«, sagte der Eine-Welt-Laden-Typ, den ich mir in selbst gestrickten Socken vor einer Kiste mit unbehandelten bolivianischen Kaffeebohnen und runzeligen Bioäpfelchen vorstellte. »Dann rühren wir jetzt die Werbetrommel, und Sie können mit einem vollbesetzten Gemeindehaussaal rechnen!«

Oh, jetzt ging mir aber die Flatter. »Dadgul, wir haben einen Auftritt! Meinst du, ich sollte noch vorher zum Friseur …?«

»Du kannst dich auch ganz einfach verschleiern«, sagte Dadgul grinsend.

»Blödkopp!« Ich zog ihm seine VfL-Wolfsburg-Fankappe ins Gesicht.

Zitternd vor Lampenfieber fuhren wir mit unserem Diaprojektor und Tausenden von Fotos, die ich im Flüchtlingslager in Peshawar gemacht hatte, nach Detmerode und schleppten unsere Ausrüstung die Vielen Kirchenstufen rauf.

»Wir müssen heute richtig gut sein, Dadgul!«

»Wir SIND gut!«

Dadgul hatte sich fein gemacht. Mit gewichtiger Miene stellte der Technikingenieur die Leinwand auf. Einige ältere Damen rund um den Arbeitskreis von Pastor Brehmer hatten sich lose auf Holzstühle verteilt und harrten interessiert der Dinge, die da kommen sollten. Dadgul schob Dias, und ich stand vorn an der Leinwand und erklärte und erklärte. Mit geröteten Wangen, einer Betonfrisur made by Dorffriseur »Chez Ingrid« und in dem hellblauen Kostüm, das ich schon bei der Brechenmacher-Hochzeit angehabt hatte, schilderte ich das Schicksal dieser und jener Familie sowie die Leidensgeschichte jeder Witwe mit acht bis dreizehn Kindern. Zwischendurch ließ ich auch Dadgul zu Wort kommen – als Vorbereitung auf die großen Aufgaben, die das Leben als Projektleiter noch für ihn bereithalten würde – aber die älteren Damen im Saal verstanden ihn doch sehr schlecht.

»Der Ausländer mit der Hasenscharte soll doch lieber die Frau reden lassen«, tuschelte eine ältere Dame ihrer Nachbarin zu. (Hasenscharte! Da machte sie aber aus dem Elefanten eine Mücke!) Tja, dachte ich und warf Dadgul einen tröstenden Blick zu. Hier in diesem unserem Lande darf eine

Frau sehr wohl den Mund aufmachen. Nur bei euch nicht. Aber das werden wir ändern!

Das Resultat unseres engagierten Diavortrags waren 2000 Mark Spenden!

»Mensch Dadgul, wir sind ja richtige Showtalente!« Jubelnd schwenkte ich den Einzahlungsbeleg unseres neuen Spendenkontos. »Los, du kannst dem Gouverneur schreiben, dass sie das Baugrundstück kaufen sollen!«

Das tat Dadgul. Dann kam allerdings ein Antwortschreiben an SIR Dr. Michael Schnehage (grummel, schmoll), dass der Gouverneur Maulawi es bevorzuge, zuerst die zerstörte Schule an der Schnellstraße Kunduz-Khanabad wieder aufzubauen. Katachel sei nicht so wichtig. Mir schwoll der Kamm. Mit meinen Spendengeldern! Wollte ER bestimmen, wofür ich gesammelt hatte? Ich straffte die Schultern. Nö. Nicht mit Sybille Schnehage, mein lieber Maulawi!

Es ging mir weniger darum, recht zu behalten. Na klar war die Schnellstraße Kunduz- Khanabad wichtig und der Lerneifer der dortigen Anwohner lobenswert.

Aber ich wollte ja für DADGUL ein Projekt schaffen. ER sollte Projektleiter sein, die Dinge vor Ort selbst regeln. Das sollte SEINE neue Lebensaufgabe werden. SEINE weiche Landung und gesellschaftliche Wiedereingliederung in das wieder aufzubauende Heimatdorf. Im Krieg war er Kommandant gewesen, und das sollte er jetzt auch zu Friedenszeiten sein. Für DADGUL hatte ich das alles gemacht. Und für Kandigol und seine Kinder. Nicht für den Maulawi-Gouverneur.

»Los, Dadgul. Setz dich hin und schreib. Entweder eine Schule in Katachel oder gar keine Schule!« Wie ein Zerberus stand ich hinter ihm und überwachte sein exotisches Geschreibsel. (Keine Ahnung, was er da schrieb, vielleicht, die Alte ist störrisch wie ein Esel, aber das war mir egal!)

Keine drei Wochen später hatte ich *Governor* Maulawi *himself* am Telefon! Bei uns in Bergfeld! Tja, da staunt ihr, Kinder!, dachte ich. Mit der einen Hand rührt die Mama im Kartoffel-Brokkoli-Auflauf, mit der anderen telefoniert sie mit einem afghanischen Gouverneur! In dessen Muttersprache, versteht sich.

Der Gute sprach natürlich kein Englisch, und so musste ich mit den paar Brocken Dari, die ich bisher von Dadgul gelernt hatte, meinen Standpunkt vertreten. »Entweder Katachel oder nix.«

Der Gouverneur zeigte sich erstaunlich kooperativ, bedankte sich bei »Mr. Schnehage«, also mir, und die Sache war abgesegnet.

14

»Dadgul! Was müssen wir einpacken?«

Endlich war der große Tag der Abreise da. Dadguls Narben waren so weit verheilt, dass sein Gewebe im Gesicht zusammengewachsen war, und auch wenn er aussah wie der Flickenteppich Achtjähriger aus dem Sonderschul-Handarbeitsunterricht, hatte man ihn doch als vorerst geheilt entlassen. Natürlich hatte ich beschlossen, meinen Schützling eigenhändig nach Hause zu bringen. Nie im Leben hätte ich mir das nehmen lassen.

Leider durften wir wegen der dramatischen Lage nicht nach Afghanistan einreisen. Der Flughafen von Kabul wurde beschossen. Aber nach Pakistan ins Flüchtlingslager Peshawar durften wir reisen. Dort lebten auch Verwandte von Dadgul, aber nicht seine Frau und Kinder. Die waren noch in ihrem Heimatort Katachel.

»Wecker«, sagte Dadgul.

»Wie, Wecker? Ich denke, wir nehmen Stifte und Hefte mit und vielleicht noch Decken und warme Kleidung?«

»Wecker«, beharrte Dadgul.

»Ach komm, jetzt sei nicht albern. Wir sollten Kuscheltiere einpacken.«

»Nein, Mama, wirklich! Wecker sind das Allerwichtigste!« Dadgul saß auf seinem Bett und packte seinen Rucksack.

»Aber warum, Dadgul?« Erschöpft ließ ich mich neben ihn auf die Bettkante sinken.

»Schau mal, Mama: Bei uns ist jetzt Ramadan.«

»Ja und?«

»Die Frauen dürfen nur nachts kochen, weil wir nach Sonnenaufgang bis Sonnenuntergang nichts mehr essen dürfen.«

»Ist bekannt.« Innerlich schüttelte ich den Kopf. Fasten ist ja gut und schön: In sich gehen, Gott nahe sein – das tun wir ja in der Fastenzeit auch. Aber nachts kochen und sich dann die Bäuche vollstopfen, um tagsüber apathisch rumzuhängen, das macht doch keinen Sinn!

Wie bei so vielem musste ich erst mal von meinem hohen Ross herunterkommen. Es stand mir nicht zu, über ihre Glaubensregeln zu urteilen oder sie gar infrage zu stellen.

»Ja, und weil die Frauen die Uhr nicht lesen können, kommen sie nachts alle halbe Stunde an und fragen, wie spät es ist.«

Ich biss mir auf die Unterlippe.

»Sie rütteln einen wach und fragen: ›Wie lange noch bis zum Sonnenaufgang? Soll ich jetzt anfangen zu kochen?‹«

So langsam begann ich zu begreifen.

»Und wenn du den Frauen die Wecker stellst – können Afghanistans Männer wieder durchschlafen.«

Dadgul nickte bedächtig.

»Aber der Muezzin fängt doch ohnehin an zu singen!«

»Nicht früh genug. Die Frauen müssen ja vorher kochen, also muss der Wecker so gegen drei Uhr nachts klingeln, dann ist das Essen um halb fünf Uhr fertig, und um sechs geht die Sonne auf. Da muss das Geschirr gespült sein.«

Herr, wirf Hirn vom Himmel, dachte ich insgeheim. Aber wie vermessen war ich denn! Seit über tausend Jahren gilt im

Islam diese Regel, da wird doch eine Sybille Schnehage aus Bergfeld sich nicht erdreisten, sich darüber lustig zu machen?! In unserer übertriebenen Konsumwelt machen wir uns ganz anderen Stress, der mit Religion im eigentlichen Sinne auch nicht mehr viel zu tun hat, dachte ich beschämt. Nehmen wir nur mal Weihnachten: maßloser Geschenkzwang. Luxusgüter, Wegwerfartikel, Überfluss, überfüllte Kaufhäuser, Gedrängel, Geltungsdrang, Gier, Alkohol und Essen im Übermaß. Und danach ganze Zeitschriften voller Diätrezepte. Was hat das mit Christi Geburt zu tun?

»Klar, Dadgul. Wecker. Das Wichtigste überhaupt. Ich geh gleich nachher zwei Dutzend kaufen.«

»Ach, Mama, du bist die Beste!« Dadgul umarmte mich, und wir packten weiter.

»Achtung, auf Gleis drei fährt ein: der Intercity von Berlin nach Frankfurt.«

»Ach, Michael, Scheiße, ich glaub ich krieg Muffensausen!«

»Ja, wie – du heulst doch nicht etwa?«

»Ich weiß nicht, Micki, ich hab solche Angst dass ich euch nie wiedersehe ...« Schluchzend klammerte ich mich an meine Lieben.

»Och, Mama, das wird schon!« Simon tätschelte mir verlegen den Rücken. Er witterte sturmfreie Bude. Vanessa schluchzte gleich mit: »Dann bleib doch hier, Mama!«

»Na, das hättest du dir aber früher überlegen können!«

Während der Zug pfeifend und zischend einfuhr, fiel ich meinen Eltern, Micki und den Kindern noch einmal stürmisch um den Hals. »Wenn mir was passiert: Ihr wisst, dass ich euch unendlich liebe!«

»Sybille, Kleines, dir passiert schon nichts!« Tapfer lächelnd hielt Michael mich auf Armeslänge von sich ab. »Schau mir in die Augen. Du WOLLTEST das. Du würdest dich grün und blau ärgern, wenn du deinen Schützling nicht eigenhändig nach Hause bringen könntest. Hm?« Er sah mir prüfend ins Gesicht. »Du musst deine Lebensaufgabe weiterführen. Wer A sagt, muss auch …?«

»Rschloch sagen«, heulte ich in seinen Ärmel hinein.

Schon fühlte ich mich mitsamt den Rucksäcken und Taschen von liebevollen Händen in den Zug geschoben. Rudi, der Adoptivvater von Hagen, der eigentlich Abdul hieß – Abdul, der Junge mit dem zertrümmerten Bein –, weinte auch. Er hatte jetzt richtig Schiss, dass Hagen wieder zu Abdul werden und bei seinem leiblichen Vater in Peshawar bleiben würde.

»Ich bring ihn dir wieder, Rudi, versprochen!« Winkend und weinend lehnte ich mich aus dem Abteilfenster. »Kinder, seid lieb zu Oma und Opa, und tut, was sie sagen!«

»Und du Dadgul, weich meiner Frau nicht von der Seite!«

»Versprochen! Großes Afghanen-Ehrenwort!«

»Tag und Nacht, Dadgul! Du schläfst mit der Kalaschnikow neben ihr auf dem Fußboden!«

»Ja! Hatten wir alles schon besprochen! Mach dir keine Sorgen, Papa!«

Der Zug setzte sich in Bewegung, und ich ließ mich mit meinen beiden afghanischen Jünglingen erschöpft in die Sitze sinken. Dadgul und Abdul. Meine Schützlinge – und gleichzeitig Bodyguards.

Am Frankfurter Flughafen trafen wir eine Gruppe von der HFA, unter anderem auch Khalid Wakili, mein erster afghanischer Bekannter aus Berlin. Er war ein bisschen verschnupft, dass ich von nun an nicht mehr für die HFA arbeiten würde, sondern mich selbstständig gemacht hatte, aber das war mir egal. Es ging ja nicht um meinen oder seinen Geltungsdrang, sondern um Dadgul und die Menschen in seiner Heimat. Auch Ärzte und Pfleger der »Kieler Gruppe« und ein Kamerateam vom WDR waren mit dabei. Auf diesem Flug begleiteten sie eine Gruppe von erfolgreich behandelten Kindern, die sich mit neuen Prothesen und verheilten Narben auf ihre Familien freuten. Auch diesmal würden die Ärzte wieder entscheiden, welche Kinder sie auf dem Rückweg mit zur Behandlung nach Deutschland nehmen würden.

In Islamabad landeten wir bei Morgenröte, und eine Gänsehaut überzog mich. Da war er wieder, der Orient, der mich so unwiderstehlich anzog. Schwarzhaarige und schwarzbärtige Männer in langen weißen Hemden dienten sich uns laut schreiend an, als wir mit unseren schweren Koffern den Ausgang nahmen.

»Dadgul, fass doch mal mit an!«

»Warte, Mama, ich hole einen Kofferwagen!«

»Abdul, was machst du denn da!«

Abdul ging stolz neben einem Gepäckträger her, der seine Sachen bereits auf einen Karren geladen hatte. Ja, sein Dari funktionierte noch einwandfrei!

»Abdul, der will doch Geld!«

»Ach, Scheiße, Frau Schnehage, daran habe ich gar nicht gedacht!«

»Du bist aber auch ein Knallkopp, Abdul!«

»Hat jemand Rupies dabei?«

»Mist! Keiner hat Rupies in kleinen Scheinen!«

»Abdul, wie kannst du denn so blöd sein!«

»Verdammt, Frau Schnehage, ich hatte gedacht, Sie hätten vielleicht ...?«

»Ja, bei uns in der Bergfelder Sparkasse haben sie immer Rupies in kleinen Scheinen, du Dussel!«

Streitend erreichten wir den Kleinbus der HFA, und diesmal fiel ich selber rein: Die langbärtigen Typen in ihren weißen langen Hemden und Gebetskappen, die helfend ihre Hände nach unseren schweren Koffern ausstreckten, waren keine HFA-Angestellten, sondern ebenfalls Gepäckträger, die sich etwas verdienen wollten.

»Haha, und wer ist jetzt der Dussel, Frau Schnehage!«

»Hat jemand Rupies?«, wandte ich mich beschämt an die Ärzte. Wenn hier jemand die Pakistan- und Afghanistan-Spezialistin war, dann doch eigentlich ich!

»Na? Wollen Sie sich immer noch selbstständig machen?«, scherzte Khalid Wakili. Ausgerechnet er half mir aus der Patsche.

Endlich saßen wir nassgeschwitzt im klapprigen Gefährt.

Wieder einmal bestaunte ich das märchenhafte Treiben auf der »Autobahn«: Eselskarren, bunt verzierte Lastwagen, Fahrräder, Mopeds, auf denen ganze Familien eng aneinandergeschmiegt saßen – natürlich ohne Helm –, alle möglichen Gefährte schepperten jedes in seinem Tempo grob in eine Richtung. Fußgänger, die riesige Lasten auf dem Kopf trugen oder in einem Handkarren vor sich her schoben, waren auch keine Seltenheit. Ich genoss das malerische Treiben in der grandiosen Landschaft: schneebedeckte Berge, überspannt von einem makellos blauen Himmel. Wir nahmen eine abenteuerliche Brücke über den riesigen türkisblauen Indus, der sich in nur hundert Metern Entfernung mit den braunen Wassern des Kabulflusses vereinigte. Ich seufzte tief auf. Was für eine großartige Kulisse! Wie aus *Tausendundeiner Nacht*. Hier durfte ich sein! Nicht als neugierige Touristin, sondern als tatkräftige Helferin. Vielleicht sogar ein bisschen als zukünftiges Mitglied dieser Gesellschaft. Eine Woge der Zuneigung für dieses Land und seine Menschen überrollte mich. Hier gehörte ich her.

Fünf Autostunden später merkten wir an Staub und Abgasen, dass wir in Peshawar waren, der Stadt der Flüchtlingslager, aus der ich vor vier Jahren »das Monster« mitgebracht hatte. Den Vermummten, der damals fast schon verhungert und verdurstet war. Der aus Versehen auf die Damentoilette gegangen war, weil er nicht lesen konnte.

Jetzt konnte Dadgul lesen und schreiben, Auto fahren, schwimmen und Schlittschuh laufen. Und für den VfL Wolfsburg brüllen. Welch ein Unterschied!

Abdul/Hagen, mein anderer Schützling, rutschte nervös auf seinem Sitz hin und her, als wir uns wieder dem *Greens* näherten. Suchend ließ er seinen Blick über das Getümmel schweifen. Einer der vielen Turbanträger mit langen weißen Bärten war sein leiblicher Vater, Mullah Schah Mahmud, der ihn damals schweren Herzens hergegeben hatte. Seine ganze Familie wartete auf den Genesenen. Für Abdul/Hagen war dies hier »nur« ein Besuch. (Falls er es sich nicht anders überlegte.)

Für Dadgul ein Nachhausekommen.

»Frau Schnehage, ich geh dann jetzt.« Abdul stand neben mir im Staub, umringt von seinen Verwandten, die ihn umsurrten wie ein Bienenschwarm. Ich konnte förmlich mitansehen, wie er sich vom Deutschen Hagen wieder in den Afghanen Abdul zurückverwandelte.

»Du weißt, was du deinem Vater Rudi versprochen hast?«

»Ja.« Er senkte den Blick. »Dass ich mit dir zurückkomme.«

»Und?«

Abdul zuckte mit den Schultern. Seine Verwandten schrien auf ihn ein, zerrten an ihm, küssten und umarmten ihn unter Tränen.

»Gib mir mal deinen Pass.« Ich streckte die Hand aus. Seine Entscheidung würde ich nicht beeinflussen können, aber ich wollte das Meine dazutun. Schon für Rudi, in dessen Schuld ich stand. Und für Christel natürlich. »Den behalte ich, und in zwei Wochen stehst du wieder hier. Dann bekommst du ihn zurück!«

Hagen/Abdul hatte einen deutschen Pass. Der war bei mir gut aufgehoben. Wenn er hierbleiben wollte, konnte er mit dem Pass sowieso nichts mehr anfangen.

»Dadgul, was ist los?« Mein eigener »Sohn« klopfte mir zaghaft auf die Schulter.

»Khalid sagt, ich kann hier nicht pennen.«

»Khalid, was soll das heißen?« Wütend fuhr ich herum. »Kann mir hier mal jemand mit dem Gepäck helfen?!«

»Tut mir leid, Frau Schnehage.« Khalid stemmte die Hände in die Hüften. »Sie arbeiten nicht mehr für die HFA, und Ihr Schützling erst recht nicht.«

»Dadgul, du pennst bei mir auf dem Fußboden!« Mir doch egal, was die Leute von uns denken würden.

Dadgul nickte freudig und verschwand, um seine Verwandten im Flüchtlingslager zu suchen.

»Na, ihr seid ja toll!« Kopfschüttelnd schleppte ich meine Koffer und Taschen selbst in den dritten Stock der bescheidenen Herberge.

Khalid Wakili, für den ich seit drei Jahren gearbeitet und gesammelt hatte wie blöd, dem ich jede Spende ausgehändigt und für den ich über zweihundert Patenschaften organisiert hatte, sah sich nicht veranlasst, meinen Schützling im Hotel unterzubringen?! Geschweige denn mir mit dem Koffer zu helfen? Es lebe die deutsch-afghanische Freundschaft!

Nach einer Dusche und ein paar Flüchen aus dem Heimwerkermilieu gesellte ich mich zu den Ärzten und Pflegern, die unten in dem mir schon bekannten »Restaurant« Tee aus Plastikbechern tranken.

Manfred gefiel mir am besten. Er hatte so eine ruhige, überlegte Art, die in dem hektischen Getümmel hier sehr wohltuend war. Als Krankenpfleger war er schon oft in Krisen- und Kriegsgebieten gewesen, ihn konnte so schnell nichts erschüttern.

»Man muss die Menschen hier so nehmen wie sie sind. Andere Länder, andere Sitten«, sagte er schmunzelnd. »Wir wollen ihnen helfen, aber wir dürfen uns nicht anmaßen, sie zu erziehen. Und Dankbarkeit dürfen wir auch nicht erwarten.«

Auf einem Plastikstuhl, mit Tee und süßem Gebäck aus Kürbiskernen, Rosinen und Zucker ließ ich meinen Ankunftstag in Peshawar mit der »Kieler Gruppe« und der HFA ausklingen.

Nachts gesellte sich dann irgendwann mein »Schutzengel« Dadgul zu mir und machte es sich mitsamt geladener Waffe neben meiner Schlafstatt auf dem Fußboden gemütlich.

Na bitte. Wenn das kein romantischer erster Urlaubstag war!

15

»Hier müsste es sein, Mama!«

Dadgul beugte sich vor und redete auf den mageren Taxifahrer ein, der die ganze Zeit so etwas wie Tabak kaute. Aus dem Radio kam eintöniges Geheul, zu dem der Fahrer rhythmisch mit dem Kopf wackelte. (Für mich war das eher entnervendes Gewinsel, für Dadgul und den Fahrer wahrscheinlich der neueste Hit.)

Wir waren über zwei Stunden gefahren, um den Teil des Flüchtlingslagers zu finden, in dem Dadguls Verwandte untergebracht waren. Besser gesagt hausten. Von einer echten Unterbringung konnte keine Rede sein. Zum besseren Verständnis: Über 3,5 Millionen (!) afghanische Flüchtlinge vegetierten in den Slums rund um Peshawar vor sich hin, und das seit vielen Jahren, bei tropischer Hitze ebenso wie bei sibirischer Kälte.

»Was wir uns in Deutschland anstellen mit unseren paar Asylbewerbern!«, ging es mir durch den Kopf. »Wenn da mal ein paar Dutzend auftauchen, gehen die Bürger gleich auf die Barrikaden!«

Der Fahrer bog in Richtung Khyberpass ab. Nach der Überquerung eines trockenen steiniges Flussbettes, nach Gemüseständen, wo runzelige Gestalten hinter runzeligen Kohlköpfen saßen, ja nach einem schlammigen Abwasserkanal, an dem scharenweise halbnackte Kinder spielten, schienen wir unser Ziel erreicht zu haben. Am liebsten hätte ich gleich wieder kehrtgemacht.

»Nein, Sybille, du wolltest es so!«, hörte ich meinen Michael mit fester Stimme sagen. Pobacken zusammenkneifen und durch!

»Gib ihm vier Dollar, Dadgul!«

»Vier Dollar? Mama, das ist viel zu viel!«

»Sag ihm, er kriegt noch mal vier Dollar, wenn er hier auf uns wartet!«

Das sah Dadgul ein. Ein Taxistand war hier nämlich weit und breit nicht in Sicht, und von öffentlichen Verkehrsmitteln konnte keine Rede sein.

»Los, komm jetzt, Mama.« Dadgul marschierte vor mir her, und sofort waren wir von einer Wolke kreischender Kinder umgeben, die uns umschwirrten wie ein Möwenschwarm. Wir passierten mannshohe Lehmwände, kletterten über stinkende Rinnsaale und Gesteinsbrocken, liefen durch ausgetrocknete Bachbetten, überwanden Kackhaufen und Urinlachen. Es stank bestialisch, und ich schlug mir das Kopftuch vor Mund und Nase.

»Dass die ihre Hunde aber auch überall hinscheißen lassen!«

»Das sind keine Hundehaufen, das ist Menschenscheiße«, belehrte mich Dadgul.

Und richtig, jetzt sah ich es auch: Jeder, den ein kleines oder großes Bedürfnis überkam, setzte sich ganz ungeniert auf die »Straße«, hob sein Hemd und machte in die Gegend. (Frauen natürlich nicht. Die haben keine Bedürfnisse in Afghanistan.)

Wir kamen an einem Wasserhahn vorbei, der Treffpunkt

einiger Mädchen war, die mit Kanistern bewaffnet Trinkwasser für ihre Familien holten. Auf dem Kopf(tuch) balancierten die Acht- bis Zwölfjährigen dann zehn Liter, ohne mit der Wimper zu zucken. (Das sollten mal unsere verwöhnten pubertierenden Mädchen sehen!, dachte ich erschüttert. Die heulen ja schon, wenn sie mal eben beim Spar um die Ecke Milch holen müssen.) In der schlammigen Lache, die der tropfende Wasserhahn hinterlassen hatte, spielten begeistert barfüßige Kinder.

Wir hasteten durch eine schmale Seitengasse, Ratten huschten geschäftig vorbei, als hätten sie noch was vergessen.

»Mama, da wären wir. Bist du so weit?!« Dadgul schaute mich erwartungsvoll an, und die Vorfreude stand ihm ins Gesicht geschrieben. Nach Jahren würde er seine Verwandten wiedersehen. Er war ein anderer geworden. Es war der größte und erhabenste Moment seines bisherigen Lebens.

Ich atmete tief durch und straffte die Schultern.

»Klar«, sagte ich tapfer. »Ich bin bereit.« Beklommen sah ich zu, wie er an eine klapprige Blechtür klopfte.

Ein junger bärtiger Mann öffnete, die beiden umarmten sich begeistert, und auch ich wurde hineingezogen. Kurz darauf stand ich in einem kleinen Innenhof, in dem mich schon Dutzende von Familienmitgliedern neugierig erwarteten.

»Ähm, hallo erst mal ...« Ich winkte verlegen in die Runde. »Ich weiß nicht, ob Sie es schon wissen, aber ich bin die Sybille Schnehage aus Bergfeld ...«

(Haha. So sagte ich es natürlich nicht. Ich glaube, ich sagte gar nichts, sondern grinste nur verlegen.)

Gefühlte hundert Frauen- und Kinderhände betatschten mich, griffen mir ins Gesicht und an meine blonden Haare (die frecherweise unter dem Kopftuch hervorsahen) und auch sonst überallhin, wo man andere eigentlich nicht anfasst. Ich wertete es als herzliche Begrüßung.

»Schau dich um, Mama, schau dich nur in Ruhe um!« Dadgul wehrte die Kinderhände ab und bedeutete seinen Verwandten, mit dem Schreien und Zerren aufzuhören.

»O ja, gerne, wenn ich darf.«

Links vom Hof führte eine schiefe Tür zu einem winzigen dunklen Raum, in den ich vorsichtig hineinspähte. Drei Nähmaschinen mit Handkurbelbetrieb standen auf dem mit einer zerschlissenen Bastmatte ausgelegten Boden. Daneben lag Stoff mit Millitärtarnmuster, und hie und da schauten halb fertige Munitionstaschen unter den Maschinen hervor. In einer Ecke lag ein Stapel bereits fertig genähter Patronengurte. An der Lehmwand war ein Haken befestigt, an dem eine Kalaschnikow hing. Mit anderen Worten: Hier war es urgemütlich, so richtig zum Wohlfühlen. *Schöner Wohnen* war nix dagegen.

Zwei verrunzelte Männer starrten mich unter ihren Turbanen erwartungsvoll an.

»Lasst euch nicht stören«, stammelte ich, als die Männer mich durchaus freundlich begrüßten.

Im Hinterzimmer dieser Nähstube lag anscheinend der private Bereich: Die Wände waren mit bunten Tüchern verhängt, davor stapelten sich Decken und Kissen, die nachts wohl als Bettstatt dienten. Wie bei uns in der guten Stube das Kruzifix, hing auch hier eine Kalaschnikow an der Wand.

Rechts vom Hof gab es einen besonders dunklen Verschlag, vor dem zerschlissene Vorhänge hingen: Hier schliefen die Großeltern und die Kleinen. Im Freien stand der Herd: eine Lehmbank, in deren Mitte sich eine Öffnung für das Feuer befand, das von getrockneten Kuhfladen gespeist wurde. Ein großer verbeulter Blechtopf stand darauf, in dem ein wässriges Essen vor sich hin köchelte. Hm, lecker. Gleich neben der Küche hatte das Plumpsklo seinen Platz gefunden. Neben dem einfachen Loch im Boden stand eine Plastikkanne mit Wasser.

»Nachdem du dein Geschäft verrichtet hast, reinigst du dich mit der linken Hand«, erklärte mir Dadgul. »Mit der Rechten wird gegessen.«

Nee, ist klar.

»Bei den Schiiten reinigt man sich mit Wasser, uns Sunniten dient zum Abwischen ein Stein oder ein Lehmklumpen«, erläuterte Dadgul die geltenden Hygienevorschriften.

»Interessant«, murmelte ich ergriffen. Von wegen Hakle feucht, siebenlagig, weich.

»Und hier ist noch der Backofen für das Brot.« Stolz öffnete Dadgul die untere Feuerklappe, und sofort stürzte mir ein gackerndes Huhn entgegen, das Dadgul offenbar bei seiner Vormittags-Meditation gestört hatte. »Die brüten halt gern im Warmen.«

»Klar«, murmelte ich. »Wer tut das nicht.«

Im Hof liefen Enten und Hühner geschäftig hin und her, und überall lagen die grünlichen Ergebnisse ihrer Verdauung. Das störte hier anscheinend niemanden.

Die Hausführung war beendet.

»Tee, Mama?«

»Ach, nein danke.« Ich wollte nicht in die Verlegenheit kommen, das Plumpsklo hinter dem zerschlissenen Vorhang aufsuchen zu müssen. Dann hätte ich einige Meter vorher laut hüsteln müssen: Wäre kein Hüsteln zurückgekommen, hätte ich gewusst, dass das stille Örtchen frei ist.

Inzwischen berichtete Dadgul seinen Verwandten mit gewichtiger Miene von seinen Erlebnissen in Deutschland. Und das auch noch auf Pashtu. Aber Dadgul war mir inzwischen so vertraut, dass ich seine Gesten und seine Mimik auch so deuten konnte. Ehrerbietig lauschte ihm der Familienclan.

Dadgul war ein Mann von Welt geworden!

Während der weltmännischen Männergespräche gesellte ich mich zu den vielen Frauen und Kindern im Hof und versuchte herauszufinden, wer zu wem gehörte.

»Na, ihr Lieben? Wie heißt ihr denn?«

Ein sechzehnjähriges bildhübsches Mädchen konnte Dari, sogar ein paar Brocken Englisch, und führte mich herum wie bei Hofe. Ich versuchte, mir die Namen und Verwandtschaftsverhältnisse zu merken, und zu meiner großen Freude posierten die Mädels und Kinder ohne Scheu, nachdem ich meine Leica aus dem Rucksack gekramt hatte.

»Och, wie süß! Darf ich auch mal?« Ich schnappte mir ein klebriges Baby, dessen Augen schwarz geschminkt waren, und lächelte möglichst fotogen in die Kamera, die nun ein Cousin Dadguls fachmännisch bediente. Gerade als ich fand, das exakte Lady-Di-Lächeln hingekriegt zu haben, pinkelte mir das Kleine in freudiger Erregung auf die Bluse. Die jungen Mütter, Cousinen und Schwestern quietschten vor Begeisterung und ich vor Entsetzen – die Kinder, Hühner und Enten quietschten sowieso die ganze Zeit. Schnell gab ich der Mutter das Baby zurück und fragte: »Hat euer Supermarkt noch offen?« Blöde Frage. Verdammt, wo bekam ich jetzt eine frische Bluse her?

Auswaschen an der Wasserleitung war angesagt.

Ich warf mir eines dieser Tücher über und wrang gerade meine Bluse unter dem kümmerlich tropfenden Hahn aus, der für etwa fünfhundert Mitglieder dieses Ortes »Katchagari« zuständig war, als Dadgul mit dem Familienoberhaupt ankam, dem fünfzigjährigen Ältesten Gol Rahman.

Was nun folgte, war, wie ich später erfuhr, ein typisch afghanisches Gespräch:

Der Hofkommandant erkundigte sich sehr ausführlich nach dem Ergehen meines Vaters.

»Dem geht's prima«, sagte ich verlegen. »Der bastelt in seiner Hobbygarage herum und hat sich neulich mit dem Hammer versehentlich auf den Daumen gehauen. Ist aber nicht schlimm.«

»Und wie geht es deiner Mutter?«, übersetzte Dadgul formvollendet.

»Na ja, weißt du doch! Die hat halt jetzt die Kinder an der Backe.«

»Und wie geht es deinem Mann?«

»Oh, Michael arbeitet viel, und neulich hatte er eine Blasenentzündung, aber warum fragt er?«

»Und wie geht es deinen Kindern?«

»Dadgul! Was will er?«

»Also schau, Mama, diese Wasserquelle hier ...«

»Ja?« Ich erhob mich aus der Hocke. »Ist nicht so sprudelnd, ich weiß.«

»Sie liegt fünfhundert Meter von unserem Hof entfernt, und wir tragen uns mit dem Gedanken, eine Leitung zum gemeinsamen Vorhaus zu legen.«

»Eine prima Idee!« Ich nickte zustimmend und presste die nasse Bluse an mich.

»Da wäre nur noch das Problem mit der Finanzierung.« Dadgul räusperte sich.

»Was kostet denn der Spaß?«

Das fragte Dadgul den Clanchef, und dieser antwortete etwas.

»Eintausendzweihundertfünfzig Rupies.«

»Hm.« Ich kratzte mich am Kopf. »Und das wäre – nur mal so, Pi mal Daumen?«

»Fünfzig Mark.«

Tja. Da standen wir nun. Bis ich in Deutschland Spenden über fünfzig Mark gesammelt hatte, war der Dadgul-Clan längst vertrocknet.

Spontan kramte ich den braunen Schein aus der Gürteltasche. »Hier. Kleines Gastgeschenk.«

Erfreut zogen die Männer mit der Kohle ab.

Kaum zu glauben, aber am nächsten Tag war sie fix und fertig, die neue Wasserleitung! Frisches, klares Wasser strömte im Hof in einen Blecheimer, und alle freuten sich wie Bolle. Mehr noch: Die Sensation wurde von Dutzenden von Nachbarn bestaunt, die von nah und fern herbeigeströmt waren. Männer, Frauen und Kinder bewunderten den neuen Luxus, der ihnen das Leben ab jetzt kolossal erleichtern sollte. Die Frauen hatten bereits Großreinemachen veranstaltet: Der ganze Hof glänzte vor Sauberkeit.

Zur Feier des Tages spielten wir alle *Mensch ärgere dich nicht*. Das Spiel hatte Dadgul von Vanessa mitgebracht. Als erfahrener Spieler schaffte es Dadgul sofort, mich zur Strecke zu bringen. Mit diabolischem Grinsen warf er mich raus, sooft er konnte. Da ging aber das Protestgebrüll los! Wütend schimpfte man auf ihn ein, hielt seine Hand fest, um ihn zur Herausgabe meiner Spielfigur zu zwingen: Das sei doch wohl ein Unding, die edle Spenderin einer neuen Wasserleitung hier verlieren zu lassen!

Natürlich verstand ich das nicht Wort für Wort (besser Schrei für Schrei), aber es war klar, dass sie sich für Dadguls Unhöflichkeit schämten.

Ich hielt mir den Bauch vor Lachen. Klasse, Dadgul, echt

Klasse! Du warst schon immer ein Gentleman, durch und durch!

Dadgul wurde rot und verteidigte sich wortreich. Das seien nun mal die Spielregeln, und im Krieg ginge es auch nicht anders zu: Wer umgemäht wird, wird umgemäht. Ich erklärte mit Händen und Füßen, das sei schon okay, das Ganze sei schließlich nur ein Spiel und heiße nicht umsonst *Mensch ärgere dich nicht.*

Zum Trost wollten mir die Frauen noch eine Freude machen. Ich musste mich auf ein Bett aus geflochtenem Bast in die Sonne setzen und mir Hände und Füße mit Henna bemalen lassen. Das Ganze musste dann drei Stunden lang trocknen. Das war ihr Schönheitssalon. Ihr Gutschein für eine Maniküre und Pediküre. Ich war gerührt: Sie mochten mich.

16

Dadgul, Khalid Wakili von der HFA und ich besuchten Dr. Mirajan, den Chef der hiesigen Flüchtlingshilfe AUA, um mit ihm über Dadguls Zukunft als Projektleiter in Katachel zu sprechen. Der begrüßte mich distanziert und wies mir einen Platz auf dem durchgesessenen Sofa in seinem halbdunklen Arbeitszimmer zu. Von wegen, herzlich die Hand schütteln und »Gnädige Frau sehen bezaubernd aus, was dürfen wir Ihnen zu trinken anbieten?«! Die Herren waren sichtlich gekränkt darüber, dass ich mich selbstständig gemacht hatte und ihnen nicht mehr zuarbeitete. Aber es ging mir wie gesagt um Dadgul. Um seine Zukunft.

»Meine Herren, wie Sie wissen, möchte ich in Katachel eine Schule mit einem gesonderten Mädchentrakt errichten lassen. Zu diesem Zweck haben wir bereits Schulmöbel für acht Klassen nach Peshawar schicken lassen«, begann ich die Verhandlungen. »Das Grundstück ist gekauft und bezahlt. Jetzt brauchen wir einen Transport der Schulmöbel nach Katachel.«

Sie starrten mich böse.

»Es ist ja nicht so, dass ich den nicht bezahlen könnte!« Um meine Worte zu bekräftigen, hob ich mein langes Herrenhemd hoch und zog den Gürtel mit dem Geld hervor. »Hier. Zwanzigtausend Mark. Bitte schön.«

In Erwartung von Begeisterungsschreien und anerkennenden Pfiffen sah ich sie triumphierend an. Klasse, was?

Aber afghanische Männer sehen es nicht gern, wenn Frauen sie übertreffen. Und mehr zustande bringen, als sie sich je erträumt hätten.

Dr. Mirajan wurde blass, starrte erst auf das Geld und dann auf mich, sprang wütend auf und verließ mit wehendem Kaftan den Raum. Das war wohl doch keine so gute Idee, dachte ich. Aber nun lag die Kohle da. Ich wollte doch nur … Scheiße.

»Kommt der wieder?«, flüsterte ich Dadgul verlegen zu.

Dadgul fixierte die Geldscheine. Khalid Wakili auch. Mir brach der Schweiß aus.

Plötzlich sprang Khalid ebenfalls auf und rannte raus.

»Dadgul?«

»Jetzt sind sie sauer«, sagte Dadgul betroffen.

»Ja, aber warum denn? Spinnen die? Ich bringe denen Unmengen von Geld für ihren Wiederaufbau, und die sind beleidigt?«

Dadgul zog den Kopf ein. Wie zwei Schüler, die etwas angestellt haben, warteten wir gefühlte zwei Stunden lang. Aber die Herren kamen einfach nicht wieder.

»Nö«, sagte ich schließlich entschlossen und stand auf. »Das lasse ich mir nicht bieten.«

Oben in Mirajans Privatgemächern schrien sich die beiden wütend an.

»Was haben die denn?«

»Das werde ich Ihnen sagen, Misses Schnehage!« Dr. Mirajan spuckte mir förmlich ins Gesicht vor Zorn. (Zum Glück war da noch der Bart dazwischen.) »Ich sehe doch gar nicht ein, weiterhin Miete für den Lagerraum zu bezahlen, in dem

Ihre Schulmöbel stehen! Sie entfernen jetzt sofort das Zeug aus meinen Räumen!«

»Äh ... wie bitte?« Ratlos sah ich Dadgul an. Vielleicht war sein Englisch missverständlich.

»Innerhalb von vierundzwanzig Stunden! Und jetzt raus!« Seine schwarzen Augen funkelten so böse, dass ich schleunigst das Weite suchte. Mit pochendem Herzen stand ich auf dem dunklen Gang. Ich kam mir wirklich vor wie vom Schuldirektor verwiesen!

Schließlich schob sich Khalid aus dem Raum: »Sie sollten hier lieber ein Konto bei der Union Bank einrichten, Frau Schnehage. Ich helfe Ihnen dabei.«

Das war ja schon mal echt entgegenkommend.

»Hier in Peshawar ist es Selbstmord, mit so viel Bargeld rumzulaufen«, rügte er mich im Auto. Ich hockte ganz verschüchtert auf dem Rücksitz. »Ein Mörder ist hier locker für fünfzig Mark zu dingen.«

Mensch, Sybille!, dachte ich. Wie blöd kann man sein! Raub, Mord und Entführungen von Europäern, die zigtausend Mark unterm Hemd haben, sind hier an der Tagesordnung! Das steht doch in jeder Zeitung! Klar, dass die sauer auf mich waren!

Im prächtig ausgestatteten Bankgebäude war es still und vornehm, an der goldverzierten Decke mit den schweren Kronleuchtern surrte ein Ventilator. Khalid sprach mit verschiedenen Bankangestellten unterschiedlichster Rangordnung. Schwarze Augen taxierten mich, Köpfe wurden geschüttelt, und ich kam mir vor wie bei Gericht.

»Ich möchte zwei Konten eröffnen«, sagte ich würdevoll. »Eines für das Projekt Katachel und eines für Dadgul privat.«

Ein endloses Palaver entstand. Meine Herren!, dachte ich.

Nun macht mal hinne, ich muss ja auch noch die Schulmöbel abholen. Wir sind ja nicht zum Vergnügen hier. Endlich, nach Stunden, waren die beiden Konten eröffnet.

Auf das Katachel-Konto sollten genau zwei Personen Zugriff haben: Dadgul und Sher Mahmad, ein zweiter Vertrauensmann. Die beiden sollten einander vor Missbrauch schützen. Ich hatte das Geld gerade zum zweiten Mal unter dem Hemd hervorgeholt und in dicken Bündeln auf des Bankdirektors Schreibtisch gelegt, als der Lagerraumverwalter hereinkam und auf das Geld glotzte wie ein toter Fisch auf die Petersilienkartoffel. Nicht gut, Sybille!, dachte ich. Gar nicht gut. Mit dem Kerl fährst du gleich weit vor die Tore Peshawars Richtung Islamabad! Das wird ein netter Ausflug!

Und dem war auch so: Der Kerl hatte die Kohle gesehen, ununterbrochen grabschte er mich im Auto an, wollte mir seine Adresse aufdrängen und redete auf mich ein, wofür er und seine Sippe Hilfe von mir wollten. Er knuffte mich in die Seite, dort wo mein Geldgürtel saß.

»He! Finger weg!« Ich schlug seine Hand weg wie ein lästiges Insekt. »Fass mich nicht an, klar?« (Innerlich wimmerte ich nach Micki, aber was nützte mir das jetzt!)

In der Lagerhalle, Scheune, Garage oder was dieses Drecksloch hier war, standen all die Schulmöbel, Rollstühle, Nähmaschinen, Bienenkästen und Fahrräder, die ich in jahrelanger Kleinarbeit mühsam zusammengesammelt hatte. Bis zur Decke stapelten sich metallene Krankenbetten.

Eine Horde von bärtigen Turbanträgern lungerte im Dunkeln darauf herum und hielten Maulaffen feil. (Jetzt weiß ich endlich, woher dieser Ausdruck kommt: aus einer Garage in Pakistan!)

»Okay«, sagte ich zu dem Verwalter, der nicht davon abzubringen war, an mir herumzufummeln. »Bevor wir jetzt zum gemütlichen Teil übergehen: Ich hab's gesehen. Tschüs und Danke.«

Wie von der Tarantel gestochen rannte ich auf die Straße und hielt ein Taxi an, das gerade vorbeischepperte. (Immerhin wusste dieser Taxifahrer nichts von meinem Geld, insofern war er das kleinere Übel.)

Im *Greens*-Hotel wartete schon mein Bodyguard Dadgul. Erleichtert fiel ich ihm um den Hals. »Mensch, Dadi, du bist echt der einzige Mensch hier, dem ich noch vertraue!«

»Und was machen wir jetzt?«, fragte Dadgul.

»Du musst ein Transportunternehmen organisieren.« Erschöpft warf ich mich aufs Bett. »Ich gehe heute keinen Schritt mehr vor die Tür!«

Dadgul verschwand, und ich döste auf dem durchgelegenen Bett vor mich hin.

Scheiße, Sybille!, dachte ich. Alles Scheiße.

»Guten Morgen, ihr Lieben, na, wie geht es euch heute?«

Hände reibend bediente ich mich am reichhaltigen Frühstücksbuffet. Na ja, ich angelte mir eine Scheibe labbrigen Toast und gönnte mir ein Tässchen dünnen Tee.

»Martin ist unpässlich: ein Magen-Darm-Virus«, sagte Manfred grinsend, mein Liebling von der »Kieler Gruppe«.

Sie alle hatten ihren privaten Urlaub für diese Reise geopfert und waren voller Idealismus.

»Ich hatte gestern nur Ärger«, erzählte Manfred. »Keines der Kinder, die mir vorgestellt wurden, war schwer verletzt oder lebensbedrohlich erkrankt. Ich habe nur die Söhne von AUA-Mitarbeitern, ihre Neffen und Cousins zu sehen bekommen. Mädchen waren überhaupt nicht dabei.«

Ich verdrehte die Augen. »Zum Kotzen!«, entfuhr es mir.

»Das macht schon Martin«, bemerkte Manfred mitleidig.

»Und? Wie geht's jetzt weiter?« Nachdenklich trank ich einen Schluck Tee.

»Ich habe versucht, Eigeninitiative zu ergreifen, aber darüber war man schwer beleidigt.«

Ich presste die Lippen zusammen und nickte düster. »Das kommt mir bekannt vor.«

»Wie gesagt: andere Länder, andere Sitten.« Manfred biss gelassen in einen Cracker. »Guck mal, ich glaube, dein Hausfreund ist da.« Manfred wies grinsend zur Tür.

»He, Dadgul!« Beim Anblick meines Schützlings sprang ich erfreut auf. »Was gibt's Neues?«

»Ich habe einen Lastwagen und einen Helfer. Aber erst geh ich duschen.«

Kurz darauf erschien ein verdächtig nach meinem Shampoo duftender Dadgul und präsentierte mir stolz einen bunt verzierten Laster, in dem schon sein Cousin Khaista Gol saß.

»Moin Moin.« Ich kletterte ins Führerhäuschen und nahm zwischen den beiden Umzugshelfern Platz.

Zentimeterweise quälten wir uns durch den Moloch Peshawar bis zur Lagerhalle mit meinen Hilfsgütern.

Nachdem Dadgul ein paarmal kräftig gehupt hatte, öffnete sich das Tor wie von Zauberhand. Der Verwalter machte eine großzügige Handbewegung: Bitte bedient euch. Alles deutsche Wertarbeit!

»Okay«, sagte ich und spuckte in die Hände. »Die pädagogisch wertvollen Flötotto-Möbel mit den verstellbaren Rückenlehnen aus der Waldorfschule als Erstes.« Na gut, das hatten die nach wie vor hier rumgammelnden Turbanträger nicht verstanden, deshalb zeigte ich auffordernd darauf.

»Kommt Jungs! Hebt mal euren Arsch.«

Nichts tat sich. Niemand rührte sich. Schwarze Augen starrten mich an. Jemand zog geräuschvoll Rotz durch die Nase und spuckte aus.

»Ja, wie jetzt? Braucht ihr 'ne schriftliche Einladung?«

Ratlos schaute ich mich nach Dadgul um. »Soweit ich weiß, ist jetzt kein Ramadan?«

»Vergiss es!«, sagte Dadgul. »Beachte sie einfach nicht.«

Scheiße, das durfte doch nicht wahr sein! Die hatten es sich auf meinen Möbeln gemütlich gemacht und halfen nicht? Noch nicht mal der Grabscher von gestern packte mit an. So blieb mir nichts anderes übrig, als gemeinsam mit Dadgul und seinem Cousin die Möbel zu verladen. Achtzig Tische und Stühle wuchteten wir hoch. Dann schafften wir das ganze Zeug in halsbrecherischer Fahrt durch die Innenstadt in einen neuen Lagerraum. Der Cousin hatte seine Schneiderwerkstatt kurzfristig frei geräumt.

Und wer stand bereits wartend vor der Tür? Der Grabscher. Er stupste mich fordernd an und wollte einen der Tische und Stühle privat geschenkt bekommen.

»Ja, sag mal, bist du nicht ganz dicht?«, schnauzte ich ihn an. »Ich glaub, mich streift ein Elch!« Ich ballte die Faust und zeigte ihm meine Muskeln. »Hau ab du!«

Während der schweißtreibenden Arbeit hatte ich mein Kopftuch zum Turban aufgerollt und sah jetzt in meinen Stiefeln und Arbeiterhosen wirklich aus wie ein Mann. Vor lauter Wut wuchs mir wohl gerade ein Bart, denn der Grabscher trollte sich mit eingezogenem Schwanz.

Ich schüttelte den Kopf. Ideen hatten diese afghanischen Männer! Nicht helfen, aber abstauben wollen. Aber drei Wochen bei mir in Bergfeld, und sie würden mir und dem Rest der weiblichen Weltbevölkerung in den Mantel helfen und die Tür aufhalten.

Aus Dadgul war doch auch ein Kavalier und Gentleman geworden, oder etwa nicht?

17

Am Abend lud ich die beiden Beleidigten, Dr. Mirajan und Khalid Wakili, auf einen dünnen Versöhnungstee auf meine Hotelterrasse ein. (Also auf den steinernen Innenhof mit dem zerschlissenen Sonnendach und den drei Plastikstühlen vor dem ausgetrockneten Swimmingpool.)

»Kommt schon Jungs, wir wollen doch weiter zusammenarbeiten!«, sagte ich versöhnlich. »Schaut mal, was wir gemeinsam schon alles erreicht haben.«

Dr. Mirajan, der einen deutschen Pass hatte, gab vor, mich nicht zu verstehen und hielt fragend die Hand ans Ohr.

Na gut. Dann redete ich eben auf Englisch weiter. Auch kein Problem. Freundlich lächelte ich ihn an. Ich zählte auf: »Wir haben schon Sachspenden im Wert von fünfzigtausend Mark gesammelt, komplette Einrichtungen für Schulen, Krankenhäuser und Therapiezentren, über achthundert Rollstühle und Kinderspielzeug. Wir haben über fünfhundert Patenschaften vermittelt, die Witwen und Waisen dauerhaft mit dem Nötigsten versorgen. Ist das etwa nix?« Am liebsten hätte ich den beiden auf die Schulter gehauen, aber ich wollte nicht plump vertraulich werden. »Mensch, Jungs, wir können doch stolz auf uns sein!« Ich sagte absichtlich »wir« und »uns«, obwohl das zum Großteil meine Eigeninitiative gewesen war. »Und jetzt haben wir auch noch eine Schule in Katachel«, fügte ich aufmunternd hinzu. »Und es werden noch viel mehr Schulen dazukommen, wenn wir jetzt zusammenhalten!«

Hallo? Die guckten mich überhaupt nicht an! Irritiert nahm ich einen Schluck Tee.

Ich räusperte mich. »Und jetzt hätte ich noch eine Bitte an euch beide. Dadgul hat keinen gültigen Pass mehr. Im Grunde ist er bereits illegal hier, und ich habe Angst, dass er der Peshawarer Polizei in die Hände fällt ...«

»Der braucht keinen Pass«, sagte Mirajan. »Der ist ein Flüchtling.«

»Bitte?«

»Na ja, das sieht doch jeder, so wie der aussieht. Den kontrolliert keiner.«

Khalid kontrollierte sein Handy. Ich war LUFT für sie! Arschlöcher!, dachte ich erbost. Nur weil ich eine Frau bin, oder was! Oder weil ich als Einzelperson mehr erreicht habe als euer Männerverein.

Na, ihr werdet mich noch kennenlernen!

Zwei Tage vor der Abreise tauchte Abdul/Hagen wieder auf. Mitsamt seinem Vater mit Rauschebart und Turban.

»Na, Hagen? Fährste wieder mit?«

»Klar.« Der Junge grinste verlegen. »Danke, dass du meinen Pass aufbewahrt hast!«

»Aber gerne.« Heimlich hatte ich schon mit dem Gedanken gespielt, ihn einfach Dadgul zu geben, falls Hagen nicht wieder auftauchen sollte. Aber gut. Jetzt würde ich für Dadgul auch noch einen besorgen. Ich musste meinen Schützling in Sicherheit wissen. Vorher reiste ich nicht ab.

»Mein Vater will dich zum Essen einladen«, sagte Hagen würdevoll. Er zeigte auf ein Haus in der Nähe des Hotels.

»Seine Frauen und die Frauen meiner Onkel haben Palau mit Huhn gekocht.«

Ich rieb mir den Bauch vor Vorfreude. Nach zwei Wochen trockener Cracker und Tee knurrte er doch unüberhörbar.

»Das ist doch mal eine nette Geste!« Ich freute mich, zur Abwechslung mal keinen Gegenwind zu spüren. Außer den Frauen im Innenhof war ja niemand nett zu mir gewesen. (Noch nicht mal mein Kavalier und Gentleman Dadgul hatte mich beim *Mensch ärgere dich nicht* gewinnen lassen.)

Im Besucherraum des schattigen Hauses ließ ich mich mit den Männern auf einem Teppich nieder. Als einzige Frau im Raum hockte ich zwischen ungefähr zwanzig Turbanträgern.

»Hallo allerseits!«, grüßte ich artig in die Runde.

Alle nickten und sahen mich abwartend an. Wie war das noch mal? Die Frau senke den Blick, wenn sie mit einem Mann spricht. Nö. Nicht mit mir. Ich sah also entwaffnend in die Runde. »Mann, was hab ich einen Hunger!«

Ein paar verschleierte Frauen huschten verschüchtert herein und stellten so unauffällig und geräuschlos wie möglich das Essen auf den Teppich. Wie die Waldfeen wehten sie wieder raus.

Hm, das roch verführerisch! Endlich was zu essen! Messer und Gabel waren nicht angedacht, und so rieb ich mir voller Appetit die Hände.

Der alte Hausvorsteher griff zuerst in die Schüssel und stopfte sich eine Portion Reis in den Mund. Leider sprach er dabei, sodass die Hälfte wieder rausfiel. Teils in den Bart, teils zurück in die Schüssel, die er mir jetzt großzügig hinschob.

»Guten Appetit«, drängte mich Dadgul. »Los, iss! Wir wollen auch noch was!«

Wahrscheinlich erinnerte er sich in diesem Moment daran, wie ich ihm die Schnabeltasse weggenommen und ihn gezwungen hatte, mit dem Löffel zu essen.

»Ach, weißt du, Dadgul, wenn ich es recht bedenke, bin ich eigentlich schon satt.«

Ich reichte die Schüssel an meinen Nebenmann weiter, der ebenfalls mit der ganzen Pranke hineinlangte und die breiige Mahlzeit großflächig in seinem Bart verteilte.

Hagens Onkel fiel zu allem Überfluss auch noch die Coladose um, und das klebrige Gebräu fraß sich in den kostbaren Teppich. Statt aufzuspringen und schnell ein Zewa-wisch-und-weg zu holen, rieb es der Alte mit dem Zipfel seines Gewandes auch noch in den hellen handgewebten Teppich. Hach! Mein Hausfrauenherz konnte das gar nicht mitansehen. Was hätte ich meinem Micki Beine gemacht! Und meinem Simon auch. Bei uns packten die Männer mit an. Hier würden die Frauen nachher die Riesenschweinerei wegmachen, notfalls einen neuen Teppich knüpfen, während die Männer längst im Bett liegen würden. Oder auf dem Gebetsteppich. Auf einmal packte mich eine unbändige Wut. Hatte das hier alles überhaupt einen Sinn? Würde ich jemals etwas bewirken können? Würden sie jemals lernen, ihre Frauen wertzuschätzen? Stand es mir überhaupt zu, ihr Denken ändern zu wollen?

»Was glotzt ihr mich alle so an?«, fragte ich gereizt. »Hab ich Lippenstift auf den Zähnen oder was?«

Trotzig fastend blieb ich den Rest des Abends auf dem Teppich hocken. Immer schön auf dem Teppich bleiben, Sybille!, hörte ich meinen Michael mit feiner Ironie sagen. »Du wolltest es so.« Ich sah ihn förmlich grinsen. Ach, was freute ich mich auf ihn! Auf seine Umarmung, auf seinen liebevollen Blick aus klugen, wachen Augen. Er war offensichtlich der einzige Mensch, der wertschätzte, was ich tat. Mensch, Sybille!, dachte ich. Das hättest du auch einfacher haben können. Micki schätzte mich schon, wenn ich eine kaputte Dachrinne reparierte. Oder einen gedeckten Apfelkuchen buk. Oder das Badezimmer neu flieste. Oder mit den Bienen aus unserer Imkerei fertigwurde. Oder mit Frau Brechenmacher.

Aber es musste ausgerechnet Afghanistan sein.

Der ganze Papierkram musste noch vor meiner Abreise erledigt werden. Also schleppte ich Dadgul zum Fotografen und aufs Passamt, wo ich mein letztes Geld ließ. Dort saßen schick uniformierte Sachbearbeiter, die mit wichtiger Miene das erforderliche Papier ausstellten und abstempelten. (Wenn man Glück hatte bzw. mit *bakschisch* nicht geizte.)

Als wir aus dem Taxi stiegen, traute ich meinen Augen nicht. Da stand Simons kleines blaugelbes Kinderfahrrad! Es war nicht irgendeines, das so ähnlich aussah, sondern das vom Bergfelder Schrottplatz! Ein kleiner Junge versuchte damit zu fahren. Eigentlich hatte ich ja gehofft, Simons altes Rad würde im Flüchtlingslager landen und die Kinder dort glücklich machen. Doch anscheinend hatte ein Beamtenkind das Blaugelbe abgestaubt. Ich wollte schon wütend etwas hinter ihm herrufen, als mir einfiel, dass das Kind ja nichts dafür konnte, bevorzugt worden zu sein. So war das eben hier. Der Gerechtigkeitssinn hielt sich in Grenzen. Aber war das nicht bei uns auch so?

Zum Abschied lud ich Dadgul und seinen Cousin Khaista Gol noch ins *Greens* zum Essen ein. Aus Solidarität mit Dadgul bestellte ich für uns alle drei Spaghetti.

Khaista Gol fielen die Augen aus dem Kopf, als er das für

unsere Verhältnisse doch eher schlichte Restaurant betrat. Gedeckte Tische (wenn auch mit Plastiktischdecke), kleine Blumenvasen (wenn auch mit Plastikblumen), Papierservietten und Besteck. Es war ungefähr so wie in einer ziemlich schäbigen Mensa einer deutschen Hochschule. Aber der Cousin hatte noch nie so vornehm gespeist: am Tisch. Mit Löffel und Gabel.

Ich machte es ihnen vor: Elegant rollte ich drei Spaghetti mit der Gabel über dem Löffel auf und steckte sie mir ohne zu kleckern in den Mund. Dann nahm ich die Serviette und tupfte mir damit die Mundwinkel ab.

»So, ihr Lieben. Jetzt ihr.« Ich lächelte damenhaft.

Khaista Gol beäugte seinen Cousin, der ihm eine etwas andere Performance bot: Mit dem Löffel drückte er seine Spaghetti zu Brei und schaufelte sie sich rein. Immerhin beugte er sich dabei aber über den Teller, so wie ich es ihm eingebläut hatte. (Quatsch. Nett erklärt. Diesen Anblick ertrug ich seit Jahren!)

Khaista Gol versuchte, es ihm nachzutun, denn das Essen mit dem Löffel war für ihn schon das Äußerste an Vornehmheit. Doch er beugte sich nicht über den Teller (wieso auch, es gibt ja Frauen die hinter einem herputzen), sondern saß mit dem Stuhl kippelnd weitab vom Tisch, ließ die Hälfte des Nudelmatsches auf Tisch, Stuhl und Boden fallen und schmatzte dabei wie ein *khucki wahchi* ... ähm, also wie ein Wildschwein. Überall klebten Spaghettiwürmer, auch in seinem Bart und in seinen Mundwinkeln. Schon wieder sagte mein Appetit kurzfristig ab. Zum Henker mit unserer Henkersmahlzeit!

Der Abschied von Khalid Wakili und Dr. Mirajan war mehr als frostig. Von wegen vielen Dank für Ihren unermüdlichen Einsatz und dafür, dass Sie unserem Landsmann ein menschliches Gesicht zurückgegeben haben und ihn wieder in seine Heimat eingliedern wollen. Im Gegenteil!

Vor allem auf Dadgul waren sie richtig sauer. In ihren Augen hatte er mich für seine eigene Organisation abgeworben, was natürlich kompletter Schwachsinn war. (Dadgul wusste noch nicht mal, wie man »abgeworben« schreibt.) Letztlich waren die beiden einfach nur eifersüchtig und grün vor Neid.

Am Flughafen drehte ich mich noch einmal zu Dadgul um, der sofort mit dem Wagen zurückfahren musste, weil es schon dunkel wurde.

»Dadgul, du bist jetzt hier allein verantwortlich! Schaffst du das?«

»Ja, Mama!«

»Dass du mir regelmäßig schreibst!«

»Ja, Mama!«

»Und Bilder schickst, Dadgul, hörst du! Ich kann keine Patenschaften vermitteln, wenn es keine Fotos von Witwen und Waisen gibt!«

»Ja, Mama!« Dadgul verdrehte die Augen.

»Und du weißt, wie du an dein Geld kommst!«

»Ja, Mama!« Er spielte genervt mit dem Autoschlüssel.

»Zwei Konten, Dadgul, eines für dich privat und eines für Katachel!«

»Mann, Mama! Ich bin doch nicht blöd!«

»Also gut, Dadgul. Ich liebe dich.«

»Ich dich auch, Mama.«

»Pass auf dich auf.«

»Du musst jetzt los. Guck mal, dein Flug ist schon aufgerufen!«

»Vergiss mich nicht!«
»Tu ich nicht.«
»*Khoda hafiz*, Dadgul!«
»Tschüs, Mama.«

18

»So, liebe Sybille, jetzt bist du wieder zu Hause und ruhst dich mal ein bisschen aus. Schau, es ist Frühling, und die Sonne scheint. Leg dich doch auf die Terrasse und lies die *Bunte* oder *Frau im Spiegel*. Oder geh mal shoppen und kauf dir ein Sommerkleid.«

Nein, so sprach Micki nicht. Auch nicht meine Eltern, und erst recht nicht meine Kinder.

Obwohl ich mich jetzt intensiv um sie kümmerte, wussten sie ganz genau, dass das Ausruhen und Hände in den Schoß legen nicht meine Sache war.

Nervös tigerte ich im Wohnzimmer auf und ab. »Wieso meldet sich Dadgul nicht?!«

»Mama! Wenn Dadgul es schafft, meldet er sich schon!«

Micki legte den Arm um mich. »Mach doch ein bisschen Urlaub von Afghanistan!«

»Aber irgendwas muss ich doch tun! Die Not in Afghanistan macht doch auch nicht Urlaub!«

Entschlossen griff ich zum Hörer und telefonierte. Wieder klapperte ich sie alle ab, die reichen Konzerne mit den großen Namen, die uns hierzulande mit ihrer Werbung für Babynahrung (»Dafür bürge ich mit meinem guten Namen«), Medikamente (»Kopfschmerzen? Da hilft nur eines!«) und Hygieneartikel (»Komm ins Einkaufsparadies«) bombardierten.

Ich redete mir den Mund fusselig.

»Wie? Wer sind Sie? Was wollen Sie? Afghanistan? Wo liegt das?«

Aber nach ein paar Wochen hatte ich die Garage voll. (Nicht die Schnauze. Ich doch nicht!)

»Du bist ein Teufelsweib.« Micki zog mich stolz an seine Brust. Dann sagte er grinsend: »Ich geh dann noch mal ein bisschen an den Schreibtisch, Geld verdienen.« Pfeifend verschwand er in seinem Arbeitszimmer.

Ja!, dachte ich, wenn Micki mein Engagement nicht so unterstützen würde, könnte ich mir mein zeit- und kostenaufwendiges Hobby Afghanistan gar nicht leisten. Ich kratzte mich am Kinn. Hm, wen könnte man denn mal freundlich bitten, tonnenweise Hilfsgüter bei mir in Bergfeld abzuholen und nach Afghanistan zu bringen?

»Hallo, bin ich hier mit dem Chef von Milupa verbunden?«

Na ja, er war es nicht persönlich, aber einer seiner engsten Mitarbeiter.

»Hallo, Frau Schnehage«, sagte er gedehnt, und ich sah förmlich vor mir, wie er die Augen verdrehte. Wahrscheinlich deckte er die Muschel mit der Hand ab und stöhnte seinen Kollegen zu: »Schon wieder diese Verrückte aus Bergfeld, die nicht lockerlässt!«

»Wie sieht's aus, wann schickt ihr denn mal wieder eine Ladung Griesbrei in die dritte Welt?«

»Aber Frau Schnehage, Sie erwarten doch nicht etwa …«

»Doch. Sie haben's erfasst.«

»Wie stellen Sie sich das vor?«

»Ein kleiner Umweg über Wolfsburg, Bergfeld, wär doch jetzt nicht sooo dramatisch?«

Ich hörte den Mann grübeln. Erst, wie er mich loswerden

könnte (was ein Ding der Unmöglichkeit war), und dann, wie er mir helfen könnte. Also, nicht mir, sondern den afghanischen Flüchtlingen. Ich hielt es für angebracht, ihm das noch mal vor Augen zu führen.

»Ähm, wir haben eine Frachtmaschine nach Mazar-i-Sharif gebucht. …«

»Na bitte! Passt doch! Wann können Sie hier sein?«

Der Mitarbeiter blätterte hörbar gestresst in seinem Terminkalender. »Die Maschine fliegt am fünften Juli um zwölf Uhr ab Berlin …«

»Okay. Fünf Uhr früh steh ich vor der Garage. Wenn ich Glück habe, packen mein Mann, mein Sohn und mein Vater mit an. Und Abdul, der jetzt wieder Hagen heißt, ist mir auch noch einen Gefallen schuldig. Und dessen Vater auch. Also der Adoptivvater.«

»Ja, also, wenn Sie unbedingt drauf bestehen …«

»Ja. Tu ich. Was soll ich denn mit dem ganzen Zeug in meiner Garage?«

Ich hatte erreicht, was ich wollte. Dachte ich. Pünktlich um fünf Uhr früh kam an besagtem fünften Juli ein Riesenlaster in unsere kleine Anliegerstraße gepoltert. Zufrieden stellte ich fest, dass niemand sich drückte. Simon war zwar nicht gerade begeistert und hatte sich seine Sommerferien anders vorgestellt, doch ich drückte ihn an mich und sagte, wie stolz ich auf ihn sei. Drei Stunden später fuhr der Fahrer mit seinem voll beladenen Laster wieder ab.

Die Tage vergingen, und ich wurde immer nervöser, weil ich von Dadgul nach wie vor nichts gehört hatte. Sobald das Telefon klingelte, stürzte ich wie von der Tarantel gestochen hin. Doch dann war doch bloß wieder irgendein Mensch dran, der eine Spendenquittung wollte. Doch irgendwann war es endlich so weit.

»Dadgul! Endlich! Ja, Junge, konntest du nicht früher anrufen?«

»Nein, Mama! Echt nicht! Aber ich habe gute Nachrichten!«

»Nämlich?« Mein Herz raste zum Zerspringen. DADGUL war doch tatsächlich am Telefon!

»Ich habe das Geld von der Bank geholt und nach Katachel gebracht, und jetzt geht es los mit dem Bau der Schule!«

»Wie ist dir das gelungen? Ich meine, so viele afghanische Geldscheine kann man in drei Kartoffelsäcken ja gar nicht schleppen?«

»Nicht nur das, Mama! Es wäre viel zu gefährlich gewesen, mit dem Geld durch die Stadt zu laufen! Außerdem musste ich auf Sher Mahmad warten, bis der endlich Zeit hatte, mit mir zusammen zur Bank zu gehen.«

Es handelte sich ja um das Vereinskonto, zu dem Dadgul aus Sicherheitsgründen nicht allein Zugriff hatte. Und bis sich der zweite Vertrauensmann mal bequemt hatte, in seine Schlappen zu schlüpfen, hatte es schon ein paar Monate gedauert.

»Und dann mussten wir uns ausdenken, wie wir das Geld nach Kunduz transferieren«, berichtete Dadgul atemlos. »In Afghanistan gibt es ja zurzeit keine funktionierenden Banken. Aber der Sher Mahmad hat einen Kumpel, der ist Apotheker.«

»Ja, und?« Apotheker interessierten mich im Moment eher weniger.

»Und der hat einen Bruder in Kunduz, der auch Apotheker ist.«

»Nun mach es nicht so spannend, Mann!«

»Also haben wir das Geld zu dem Apotheker in Peshawar geschleppt. Das ging gerade noch, ohne erschossen zu werden. Der hat mir dann einen Schuldschein unterschrieben. Anschließend sind wir nach Kunduz gefahren und haben dort bei seinem Bruder die Kohle abgeholt. In Kunduz hab ich nämlich meine Kumpels, die Mudjaheddin, und die haben uns Geleitschutz gegeben. In Kunduz erschießt mich so schnell keiner.«

Dadgul schnaufte vor Stolz.

»Junge, das hast du gut gemacht!« Vor lauter Erleichterung musste ich mich erst mal setzen.

»Klar, Mama. Hast du mir doch alles beigebracht. Erst denken, dann handeln.«

»Guter Junge.«

»Okay, Mama, ich muss dann mal wieder.« Dadgul spuckte hörbar in die Hände. »Hier gibt es jetzt viel für mich zu tun!«

»Sei vorsichtig, Dadgul!«

»Und, Mama?«

»Ja?« Ich unterdrückte ein Schluchzen.

»Danke, Mama. Du hast aus mir wieder einen ehrbaren Mann gemacht.«

Ich hatte nun einen eigenen Verein: Katachel e.V. Ganz offiziell hatte ich zusammen mit zehn weiteren Gründungsmitgliedern, meist Frauen aus der Umgebung, die mich sowieso schon lange tatkräftig unterstützten, beim Finanzamt und Amtsgericht einen korrekten Antrag eingereicht und mit Hilfe eines befreundeten Anwalts alle Formalitäten perfekt erledigt.

Das Gründungsfest fand an einem lauen Sommerabend in unserem Garten statt. Simon und Vanessa servierten Getränke und afghanische Speisen.

Der Schlachter aus dem Nachbardorf Parsau hatte freundlicherweise für die anwesenden Moslems ein Schaf geschlachtet, gratis natürlich. (Habe ich schon mal erwähnt dass ich grundsätzlich keine Spendengelder ausgab, sondern mit Argumenten zahlte?) Die Schweine vom Nachbarhof waren glimpflich davongekommen. Neugierig steckten sie ihre feuchten Rüssel durch den Zaun und grunzten anerkennend.

»Erste Vorsitzende: Sybille Schnehage. Wer ist dafür?« Zehn Hände schnellten in die Höhe.

Ich lächelte.

»Stellvertreterin?«

»Paula Obermeier.«

»Kassenführerin?«

»Lilo Weber.«

»Schriftführerin?«

»Eva Maria Daenike«.

»Beisitzerin?«

»Ulrike Flegel.«

Simon fing an zu kichern, denn wir hatten schon die Muttersau im Nachbargarten Ulrike getauft, und ihre Ferkel waren gerade im Flegelalter. Wie Simon übrigens auch. Ich hüstelte und warf ihm einen warnenden Blick zu.

»Kann mal jemand Tarik in den Schatten setzen?«

Tarik war eines der Pflegekinder, die ich in meinem Freundeskreis vermittelt hatte. Der Kleine hatte sich gerade erst an einer Flasche verletzt, und sein Fuß war eingegipst. Hätten wir damals schon gewusst, dass er einmal in Kabul eine Zahnarztpraxis haben würde, hätten wir noch begeisterter gefeiert als ohnehin schon.

»Wir brauchen ein Logo!«

»Ja, Günther! Du bist doch Computerfachmann«, rief ich, während ich den sechsjährigen Tarik in den Schatten zog.

»Sybille! Du bist die Chefin. Wie stellst du dir das Logo vor?«

»Helfende Hände«, sagte ich. »Unter den Umrissen Afghanistans.«

Ich machte mit den Händen eine schützende Geste.

»Wer ist dafür?«

Zehn Hände schnellten in die Höhe.

»Okay, einstimmig angenommen.« Günther griff nach einer Bierflasche, die er aus seiner mitgebrachten Kühltasche zog. »Das gestalte ich euch dann am Computer.«

»Du, Günther, verletz bitte nicht die Gefühle der anwesenden Moslem-Kinder.«

»Hä? Wieso?«

»Könntest du heute Abend ausnahmsweise – Limonade trinken?«

»Puh, ihr seid aber auch ein anstrengender Weiberhaufen!« Günther ging mit seiner Bierflasche an den Schweinezaun, wo Ulrike, die Muttersau, sich mit zehn pubertären Ferkeln balgte. »Dürft ihr auch keinen Alkohol trinken, ihr armen Schweine?«

Doch. Durften sie. Als Günther ihnen den Inhalt seiner Flasche spendierte, schlabberten sie die Bierpfütze genüsslich auf.

Günther gesellte sich wieder zu uns. »Konntet ihr euch nicht besser für ein katholisches Müttergenesungswerk engagieren?«

»Und unser Arbeitsmotto?«, rief unsere Schriftführerin, Eva Maria. »Wie lautet das?«

Alle Augen ruhten erwartungsvoll auf mir. Ich kaute an meinem Bleistift. »Nichts Großkotziges, bescheiden bleiben, aber dranbleiben, nachhaltig arbeiten«, überlegte ich laut. Ich sah zu Günther hinüber, der ratlos die leere Bierflasche in den Händen drehte. »Machbare, kleine Schritte«, fuhr ich fort.

Die anderen nickten. Günther nahm einen Schluck Limonade und verzog das Gesicht.

»Was ich heute Abend alles für Allah tue!«, murmelte er.

»Tu es nicht für Allah, tu es für Sybille!«, mahnte seine Frau.

»Das fällt mir schon deutlich leichter«, sagte Günther verschmitzt.

Ich sah, dass Micki vor Stolz errötete.

19

»Mensch, Kinder, schaut doch mal! Die ersten Fotos von unserer Schule in Katachel!«

Mit vor Aufregung zitternden Händen zerrte ich die Bilder, die Dadgul geschickt hatte, aus dem verknitterten Umschlag.

»Schau nur, Mama, der Maurer hockt ja ohne Gerüst auf der dünnen Mauer!«

»Schwindelerregend!« Vanessa kniff die Augen zusammen. »Wenn der da runterfällt!«

»Der krabbelt von Ziegel zu Ziegel und pappt seinen Mörtel da drauf«, erklärte Simon seiner Schwester fachmännisch.

Eine Rechnung für Ziegel und Holzsparren war auch mit dabei. »Zweitausend Mark.« Ich schnalzte mit der Zunge. »Dazu kommt noch der Lohn für die Arbeiter.«

»Mama, jetzt mal im Ernst!« Simon baute sich vor mir auf. »Du zahlst den Arbeitern in Katachel auch noch Lohn dafür, dass sie für ihre eigenen Kinder eine Schule bauen?«

»Schau, Simon.« Ich zog einen Stuhl heran und sah meinem Dreizehnjährigen ins Gesicht. »Was glaubst du, machen die Männer in Katachel den ganzen Tag?«

»Nix? Rumlungern?« Simon zuckte mit den Schultern. »Hast du selbst erzählt.«

»Und wie geht es ihnen dabei?«

»Scheiße«, konterte Vanessa, mein kluges Mädchen. »Wenn man nix zu tun hat, ist das Leben langweilig.«

Ich schenkte ihr einen anerkennenden Blick. »Und was macht es mit Männern, wenn sie nichts zu tun haben und nichts verdienen? Hm? Was glaubst du, wie sie sich ihren Frauen gegenüber fühlen?«

»Scheiße?«, echote Simon.

»Genau. Und was glaubst du, wie es ihnen geht, wenn sie Geld verdienen und ihren Frauen beweisen können, dass sie etwas schaffen?«

Simon sah Vanessa und mich spitzbübisch an. »Spitze?«

»Genau. Sie fühlen sich gut.«

»Die haben ja nix gelernt, außer alles kaputtschießen«, gab Vanessa ihren Senf dazu. »Da ist alles wieder Aufbauen ja schon mal eine gute Alternative.«

»Kluges Mädchen. Zumal es für die Bildung ihrer eigenen Kinder ist.«

Ich zahlte den Arbeitern zwei Mark pro Tag. Das heißt, Dadgul zahlte. Aus unseren Spendengeldern. Zwei Mark waren für deren Verhältnisse ein kleines Vermögen.

Wir vertieften uns wieder in die Fotos. »Und was ist das hier für 'ne hohe Mauer?« Simon zeigte mit seinem nicht ganz sauberen Fußballspielerfinger auf eines der Bilder. »Da könnte man prima gegen bolzen!«

»Das ist die Purdah. Drei Meter hoch. Damit die Mädchen, nachdem sie ihre Periode bekommen haben, vor den Blicken der Männer geschützt sind.«

Simon wurde rot. »Sieht man das denn?«

Vanessa kicherte. »Blödmann! Dann sind sie geschlechtsreif!«

»Iiiiih, bähhh!« Simon wandte sich ab. »Dann hab ich ja lauter geschlechtsreife Weiber in meiner Klasse sitzen! Wäh! Grässliche Vorstellung!«

»Du Armer.« Ich tätschelte ihm den Rücken.

»Die würde ich auch gern einmauern«, murmelte Simon, während er sich am Kühlschrank zu schaffen machte. »Nichts als kichernde, bescheuerte Weiber, die sich schminken und alberne Klamotten anziehen.«

»Tja«, sagte ich, schob meinen Großen vom Kühlschrank weg und begann den Tisch zu decken. »Nicht alle Regeln des Islam sind blöd. Und jetzt wasch dir die Hände, mein Sohn!«

»Frau Schnehage? Plastische Chirurgie Stuttgart. Oberarzt Dr. Rolf Bublitz. Ich wollte Ihnen nur mitteilen, dass wir mit Dadguls Nase weitermachen können.«

»Oh. Ja. Ähm. Das ist – wunderbar.«

»Kümmern Sie sich um das Visum?«

»Selbstverständlich.«

»Und um seine Unterbringung für den Zeitraum der nächsten Operationen?«

»Ja. Klar. Natürlich. Er kann wie gehabt bei uns wohnen.«

»Sie holen ihn also übermorgen vom Frankfurter Flughafen ab?«

»Ähm ... Sicher.« Wie ich das auf die Schnelle machen sollte, war mir ein Rätsel.

»Ah! Ich habe eine Idee! Ein Freund von Micki arbeitet doch direkt unter dem Vorstand bei VW, der ist mir noch einen Gefallen schuldig!«

»Wie auch immer Sie das organisieren, gnädige Frau.« Ich hörte den Professor leise hüsteln. »Wir verlassen uns auf Sie.«

»Geht klar, Herr Professor, ich habe bereits einen Chauffeur!«

Fröhlich legte ich auf. »Kinder! Übermorgen kommt Dadgul! Wir müssen sein Zimmer putzen! Vanessa, hol frische Bettwäsche aus der Kommode!«

Die Kinder, die gerade am Küchentisch über ihren Hausaufgaben saßen, waren hin- und hergerissen: Einerseits hatten sie Dadgul ins Herz geschlossen und sich an ihn gewöhnt. Andererseits würden sie mich wieder mit ihm teilen müssen.

»O MANN, eh!«, murmelte Simon und klappte sein Mathebuch etwas zu heftig zu. »Dann bist du ja wieder nur noch mit Dadgul zugange!«

»Simon, schäm dich!« Vanessa zeigte mit ihrem Pelikanfüller anklagend auf ihn. »Wenn du so verletzt wärst und ein armer Flüchtling!«

»Ach, Scheiße, eh! Bin ich aber nicht!«

»Kinder, bitte streitet euch nicht!« Ich nahm Simon den Radiergummi weg, den er gerade wütend malträtierte. »Simon. Ich verstehe dich. Du bist gerade in einem schwierigen Alter …«

»Quatsch. Bin ich nicht.« Wütende Blicke trafen mich.

»Ich verspreche dir, dass ich diesmal viel weniger Zeit für Dadgul brauche«, versuchte ich meinen Dreizehnjährigen zu trösten. »Sieh mal. Er kann schon mit Messer und Gabel essen, Auto fahren, er spricht perfekt Deutsch …«

»Ja, ja«, blaffte Simon mich an. »Aber wer fährt denn wieder mit ihm nach Stuttgart und sitzt an seinem Krankenbett, wenn nicht du?«

Ich sah ihn überrascht an. »Ja.« Ratlos zuckte ich mit den Schultern. »Das ist eine berechtigte Frage. Wer, wenn nicht ich?«

»O bitte, Daniel! Nicht so schnell!« Daniel war der Fahrer von VW.

In Panik klammerte ich mich an den Mutti-Haltegriff. Wie eine Briefmarke klebte ich auf dem Beifahrersitz seines Geschosses und fächerte mir mit der freien Hand Luft zu. Der Kerl raste ja wie eine Rakete!

»Wieso, du willst doch pünktlich in Frankfurt sein?«

Um drei Uhr morgens waren wir losgedüst, damit Dadgul bloß nicht allein dastand, wenn er dann endlich wieder gelandet war. Meine Vorfreude auf ihn war grenzenlos. Wie es ihm wohl ging? Wie würde er aussehen? Was hatte er zu berichten? Er, sein Leben, sein ganzes Umfeld – all das war sozusagen »mein Baby«.

Andere hegen und pflegen einen Schrebergarten, ich hegte und pflegte ein ganzes afghanisches Dorf.

»Bitte, Daniel, rase doch nicht so!«

»Ich rase nicht, ich fahre zügig.«

»Wenn wir Pech haben, hat die Maschine aus Islamabad sowieso wieder zwölf Stunden Verspätung.« Das war bei Maschinen aus Pakistan keine Seltenheit. Dann würde ich das Vergnügen haben, mit einem missgelaunten Daniel am Frankfurter Flughafen herumzuhocken.

»WAS?« Daniels Kopf schnellte zu mir herüber. In seinem Gesicht stand die nackte Panik.

»Ich habe dir versprochen, dich nach Frankfurt und zurück zu fahren, aber heute Abend will ich bei meiner Freundin sein! Mann, wir haben heute Dreijähriges!«

Daniel war jung und – wie alle seine Altersgenossen – hauptsächlich mit sich beschäftigt.

»Ist ja schon gut, Daniel!« Ich atmete hörbar ein, weil wir gerade mit zweihundert Sachen einen Porsche überholten.

Meine Fingerknöchel traten schon weiß hervor. »Bestimmt ist die Maschine pünktlich!«

Und das war sie auch! »Islamabad: gelandet!« Juhu! Aufgeregt warteten wir bei Ankunft C im Terminal 2. Ich hüpfte erwartungsvoll auf und ab. Immer wenn sich die Glastür öffnete, hoffte ich Dadguls vertrautes Gesicht zu entdecken. Aber zuerst kamen die Geschäftsmänner in ihren maßgeschneiderten Anzügen, die in der Business Class gereist waren.

»Frau Schnehage! Na so was! Das ist ja eine Überraschung!« Ein gut aussehender Afghane in feinstem Zwirn ließ seinen Begleiter stehen und umarmte mich kleine Mutti im Anorak. Dazu musste er sich richtig tief bücken.

»Hallo, Rohan«, sagte ich cool. »Wie geht's?«

»Gut, ich fliege gerade einen Diplomaten ein, und ...« Sein Blick wanderte fragend zu Daniel hinüber.

Ich machte die Herren miteinander bekannt.

»Das ist der afghanische Botschafter, und das ist mein Fahrer Daniel.«

Daniel, mein Kamikazefahrer, war schwer beeindruckt. »Was du für Leute kennst, Sybille!«

»Na ja«, winkte ich bescheiden ab. »Die einen sagen so, die anderen so.«

Nach und nach quollen die echten Afghanen und Pakistani aus dem Ausgang, Anzüge wichen langen weißen Hemden, Aktentaschen Plastiktüten, perfekt geschnittene Frisuren Turbanen. Und ganz am Schluss, als ich schon glaubte, er hätte den Flug verpasst, kam mein Dadgul angelatscht.

Ich zuckte zusammen. Er war wieder schrecklich abgemagert, sein Gang war so schleppend wie damals, und als er näher kam, musste ich nach Luft schnappen.

»Mein Gott, Dadgul! Du stinkst!«

»Ja. Vielleicht, weil ich monatelang nicht geduscht habe?!«

Auf der Rückfahrt nach Wolfsburg ließ Daniel sämtliche Fenster herunter. Tja, mein Lieber, dachte ich spöttisch, als ich den erfolgreichen VW-Jungmanager so von der Seite ansah. Nicht jeder hat morgens automatisch das Vergnügen mit Axe, Brut und Egoïste oder wie diese ganzen Aftershaves und Duschgels heißen. In Katachel kannst du zum Wasserschlauch latschen, der drei Kilometer entfernt an einer Straßenkreuzung vor sich hin tröpfelt.

»Sag mal, bist du gesund, Dadgul?« Besorgt drehte ich mich zu dem röchelnden und hustenden Häuflein Elend auf dem Rücksitz um. Ich legte ihm die Hand auf die Stirn. »Mensch, Dadgul, du hast ja Fieber!«

»Bestimmt«, krächzte Dadgul. »Bei uns im Dorf grassiert gerade irgendeine Grippe.«

Er hustete, und Daniel ließ wieder panisch das Fenster herunter.

»Sag mal, Daniel, habt ihr bei VW auch einen Werksarzt?«

»Keine Ahnung. Wahrscheinlich.«

»Kannst du den mal anrufen?«

Hektisch schnellte sein Kopf zu mir herum. »Wie? Jetzt?«

»Nein. Nächstes Jahr reicht.« Kopfschüttelnd entriss ich dem kerngesunden Jungmanager, der keine andere Sorge hatte als die, heute Abend mit seiner Freundin essen zu gehen, das Handy und rief den Werksarzt Dr. Florian Wartenberg an.

Dieser erwies sich als äußerst hilfsbereit und spontan. Wir sollten sofort kommen, das höre sich interessant an.

Ich zog die Nase hoch.

»Also, Daniel. Erstes Ziel: Werksarzt.«

Dadgul hatte eine schwere Lungenentzüngung, verbunden mit Unterernährung. Na toll. Die Operation musste verschoben werden, und ich durfte den jungen Herrn erst wieder mit Pudding und Nudeln aufpäppeln.

Simon stand mit vorwurfsvollem Blick in der Tür, den Hörer in der Hand:

»Khalid Wakili will dich sprechen.«

»Wie? Khalid? Von der HFA?«

»Weiß ich doch nicht!« Die Hände in den Hosentaschen wollte Simon schon wieder die Treppe hinunterstapfen. Dort lief gerade seine Lieblingsserie.

»Halt! Hiergeblieben, Freundchen!« Ich legte die Hand auf die Muschel und flüsterte mit scharfem Unterton: »Du kümmerst dich um unseren – Gast!«

Khalid Wakili, der keine Ahnung hatte, dass Dadgul bei uns im Gästebett lag, teilte mir im Ton einer richtigen Petze mit, dass Dadgul das Geld nicht etwa für eine Schule in Katachel ausgegeben, sondern für eigene Zwecke benutzt habe.

Da war ich aber platt.

Ich musste mich setzen.

»Aber Dadgul hat mir doch gerade im Auto die Fotos von der fertigen Schule gezeigt!«, wollte ich rufen. Stattdessen stotterte ich: »Wie jetzt? Woher weißt du das?«

»Man hat mir erzählt, es gäbe keine Schule, und Dadgul würde in die eigene Tasche wirtschaften«, so Khalid. »Ich bin jetzt auch nicht vor Ort, aber wäre es nicht eine gute Idee, zwei meiner Mitarbeiter nach Katachel zu schicken, damit sie dort nach dem Rechten sehen?«

Hm. Wer war Khalid? Ein eifersüchtiger Zwietrachtsäer oder ein korrekter Berichterstatter? Ich raufte mir die Haare. War es Neid? Konnte er Dadgul und mir unser tolles Projekt nicht gönnen? Ich nagte auf meiner Unterlippe. Oder sollte an diesen hässlichen Anschuldigungen möglicherweise doch etwas dran sein? Dadgul sah so abgerissen und verwahrlost aus, dass es mir wirklich schwerfiel, ihn mir als Projektleiter in Katachel vorzustellen, der die Sache im Griff hatte. War er möglicherweise doch überfallen worden?

Während ich noch darüber nachdachte, wie es wohl für Dadgul wäre, ihm zwei Spione von der Konkurrenz nach Katachel zu schicken, hörte ich Schritte auf der Treppe.

Ah, die zwei Prinzen aus Zamunda gedachten heimlich ins Wohnzimmer zu schleichen und die Fernsehserie zu schauen!

»Sybille? Bist du noch dran?«

Ich räusperte mich. »Khalid, hier will dich jemand sprechen, der dir deine Fragen vielleicht beantworten kann! Ich gebe mal den Hörer weiter!« Mit diesen Worten reichte ich dem verdutzten Dadgul den Hörer, und sofort ergoss sich ein Schwall unverständlicher Wörter und Sätze in Dari aus seinem Munde.

So. Zwei Fliegen mit einer Klappe. Sollten die beiden das doch miteinander klären.

Als er schließlich aufgelegt hatte, war keine Rede von Misstrauen seitens Khalid. Die beiden hatten nur nett miteinander geplaudert, das Ergehen sämtlicher Verwandter abgefragt (das kann dauern!) und sich gegenseitig alles Liebe und Gute gewünscht. Ein typisches Afghanen-Gespräch. Wie geht es deinem Vater, wie geht es deiner Mutter, wie geht es deinen Söhnen, wie geht es deinen Onkels, wie geht es deinen Cousins, wie geht es deiner Frau. (Nach Töchtern und Schwestern fragen die nicht. Grummel.)

»Dadgul. Sieh mich an! Hast du mit dem Geld eine Schule gebaut?«

»Ja, klar!« Dadgul sah mich verständnislos an. »Was denn sonst? Du hast doch die Fotos gesehen!«

»Und, spielst du mit offenen Karten?«

»Was willst du denn damit sagen, Sybille? Dadgul presste die Hände ineinander, bis seine Fingerknöchel weiß hervortraten. »Vertraust du mir etwa nicht?«

Ich sah ihm fest in die Augen. »Doch, Dadgul. Ich vertraue dir.«

»Können wir jetzt endlich fernsehen?«, mischte sich ein missmutiger Simon ein.

»Wenn's unbedingt sein muss«, gab ich klein bei.

Dadgul warf sich bereits in seinen Lieblingsfernsehsessel und starrte auf die Mattscheibe. Fürs Erste war der Herr Projektleiter nicht mehr zu sprechen.

20

Vor Weihnachten konnte Dadgul nicht mehr operiert werden. Erstens zog sich seine Lungenentzündung hin, und zweitens war die Kostenfrage in Stuttgart noch nicht geklärt. Also feierten wir mit einem genesenden Dadgul Weihnachten. Es war für ihn das dritte Mal.

Drei Tage vor Heiligabend hatten wir die inzwischen fünfzig Mitglieder unseres Katachel-Vereins samt anderen interessierten Dorfbewohnern auf einen Diavortrag ins Seniorenzentrum Michaelisheim in Brome eingeladen. Zu selbst gebackenen Plätzchen. Die Reaktionen waren sehr gespalten gewesen: Die einen waren begeistert, übernahmen gleich eine weitere Patenschaft oder stellten sich als mögliche Pflegeeltern für kleine afghanische Patienten zeitweise zur Verfügung.

Unsere Schule in Katachel hieß nun »Regenbogenschule«. Der Regenbogen sollte die harmonische Verbindung aller Hautfarben symbolisieren. Gisela Heeschen hatte die Idee gehabt, und wir klatschten begeistert Beifall. Doch die anderen ergriffen schon die Flucht, wenn sie mich nur von Weitem sahen: »Schließt eure Fenster und Türen und macht die Lichter aus, die Schnehage kommt!«, hörte ich die Brechenmachers rufen. »Wenn sie die Welt retten will, bitte sehr! Aber uns soll sie damit in Ruhe lassen!«

»Nein, wir nehmen kein afghanisches Flüchtlingskind auf! Wie kämen wir denn dazu! Die Kinder sind endlich aus dem Haus, und wir wollen unsere Ruhe haben!«

»Der Monsterausländer ist schon wieder da!«

»Die Hilfshyäne hat sie doch nicht mehr alle!«

»Zur Heiligsprechung rechts abbiegen, zur Seligsprechung links, zu McDonalds geht's geradeaus, hahaha!«

»Sybille«, tröstete mich Micki, der den Weihnachtsbaum im Wohnzimmer einstielte. »Das muss dir hier reingehen und da raus.«

»Das ist der Neid, Mama.« Vanessa streichelte meinen Arm. »Die schenken sich alle gegenseitig Stereoanlagen und elektronischen Scheiß und gehen damit virtuell in eine andere Welt, aber du tust es IN ECHT!«

»Was ihr euch da antut, mit dem ganzen Schmuck und den vielen Geschenken!« Dadgul saß unter dem Schnehage'schen Weihnachtsbaum und staunte in die Lichterpracht. In seinen Augen spiegelte sich Kerzenschein. In diesem Moment begriff ich, dass er im Grunde seines Herzens immer noch ein Kind war. Ein Kind, das sich nach Geborgenheit und Liebe sehnte, die es in seinem Leben noch nie richtig erfahren hatte.

»Wie fändest du es, wenn wir für die Kinder in Katachel auch ein Weihnachtsfest organisieren?«, fragte ich.

»Wir haben doch Ramadan!« Stolz blitzte in seinen Augen auf.

»Ja, aber keinen Weihnachtsmann!«

»Sybille, dräng ihnen nicht unsere Sitten auf!«, ermahnte mich Micki. »Sonst wird er dich noch auffordern, den Ramadan bei uns einzuführen!«

»Aber ich finde die Idee gut«, stand Vanessa mir wie immer bei. »Schau mal, Dadgul, die Kinder in Katachel würden sich über so goldene und rote Christbaumkugeln bestimmt freuen! Und die Engel und so!«

Dadgul betrachtete sie froh. »Stimmt. Das fänden die toll.« Er kniff Vanessa anerkennend in die Wange. »Die bringt nächstes Jahr der Weihnachtsmullah!«

Und so kam es, dass unsere gesamte Weihnachtsdekoration samt Krippe, Ochs und Esel, den drei Königen und Maria und Josef nach dem Dreikönigstag in Dadguls Kleiderkoffer verschwand. Später habe ich sie in Katachel vereinzelt wiedergesehen.

Im Lauf der nächsten zwei Jahre wurde aus dem verschlafenen, von Allah vergessenen Kuhkaff Katachel ein Ort mit zahlreichen Entwicklungsprojekten, die aus Eigeninitiative der Einwohner selbst (na gut, ein bisschen auch mit unserer Hilfe) entstanden. Die Leute aus den Nachbardörfern Baramir, Ludin, Shensai, Nassery und Bolakowol standen Schlange, um auch ihre Kinder in die neue, schöne, saubere Schule schicken zu dürfen. Katachel hatte auf einmal so etwas wie ein Ansehen! Wer etwas auf sich hielt, schickte seine Kinder nach Katachel!

Stolz wie Oskar präsentierte mir Projektleiter Dadgul aus der Ferne sein nächstes Projekt: einen einfachen Ringbrunnen im Schulhof. Es waren nicht nur über vierhundert Kinderhände zu waschen, damit keine ansteckenden Krankheiten mehr ausbrachen, es waren auch zweihundert durstige Kindermünder zu stillen! (Na gut. Die Lehrer durften auch mal ran.)

Sauberes einwandfreies Trinkwasser war für meine Schützlinge in Katachel eines der wichtigsten Hilfsgüter. Einerseits verhinderte es den Ausbruch von Durchfallerkrankungen, an denen viele Kinder sterben konnten, andererseits sorgte es langfristig dafür, dass die Leute nicht mehr so viele neue Kinder in die Welt setzten – aus Angst, die bereits vorhandenen könnten bald sterben. Kinder waren schließlich ihre Altersvorsorge, und je mehr man davon bekam, desto besser! Der Ringbrunnen war sozusagen ein allererster Schritt zu einer vernünftigen Empfängnisverhütung.

Im Lauf der Zeit wurde mir, Sybille Schnehage aus Bergfeld, klar, dass eine solche Hilfe zur Selbsthilfe viel wertvoller ist als ständige Belehrungen und Maßregelungen von außen. Das Gleiche galt für die Schulmöbel. Statt unseren »Sperrmüll« über Pakistan nach Katachel zu schaffen, war es doch wesentlich sinnvoller, die Katacheler ihre Schulmöbel selbst herstellen zu lassen! Dadurch entstanden Arbeitsplätze und neues Selbstwertgefühl. Mein Verein musste nur das Baumaterial und die Arbeiter bezahlen. Mensch, Sybille!, dachte ich. Was hast du dich abgerackert mit den blöden Flötotto-Möbeln! Ich schüttelte über mich selbst den Kopf. Man lernt aus seinen Fehlern. Wird demütig. Kann den Menschen nicht einfach so seine eigene Kultur überstülpen. Ein weiteres Beispiel für so einen Anfangsfehler war die Sache mit den Schuluniformen. Für die Jungen ließen wir den Katacheler Schneider braune, für die Mädchen rote Schuluniformen anfertigen. So hatte das unser Vereinsvorstand beschlossen. Erste Fotos zeigten, wie die Jungen und Mädchen in den Pausen gemeinsam im Schulhof Volleyball spielten. Doch was hatte der tapfere Schneider da angefertigt? Für die Jungen braune Uniformen, aber für die Mädchen schwarze lange Gewänder samt Tschador, also Kopftuch – Gott sei Dank keine Tschadori, denn so nennt man dort die Burka.

Zuerst war ich stinksauer und ließ meine Wut an Dadgul

aus, der mal wieder für eine Operation in Stuttgart war. Doch als später die Taliban an die Macht kamen, war das die Rettung unserer Schule! Die Mädchen waren fromm und züchtig gekleidet, dies war eine gottesfürchtige Schule, sie durfte bestehen bleiben. Rote Schuluniformen für Mädchen wären für die Taliban im wahrsten Sinne des Wortes ein rotes Tuch gewesen!

Mein alter Bekannter, *Governor* Maulawi – der, der eigentlich nur eine Schule an der Schnellstraße nach Islamabad gewollt hatte und auch nur mit »Sir Michael Schnehage« zu korrespondieren bereit war, spendete aus eigener Tasche (sprich, staatlichen Mitteln?) Schulhefte und Bücher für unsere ABC-Schützen.

Zwar hielten manche Knirpse auf den Fotos die Bücher noch verkehrt herum in der Hand, strahlten aber bis über beide Ohren in die Kamera.

Übrigens war es ein guter Schachzug, auch die Familien aus den Nachbardörfern an unserem Hilfsprojekt teilhaben zu lassen. So vermittelten Dadgul und sein Cousin Khaista Khan (der Bruder von Khaista Gol, der im *Greens*-Hotel versucht hatte, mit Gabel und Löffel zu essen) auch Patenschaften an Witwen und Waisen im Katacheler Umland. Neid und Missgunst gab es nämlich nicht nur bei uns in Bergfeld, nicht wahr, Frau Brechenmacher? (Bestimmt gab es auch eine Menge Brechenmachers in Afghanistan. Die hießen da nur anders.) Auf den Fotos, die uns von den Patenfamilien zugeschickt wurden, sahen unsere weiblichen Schützlinge von mal zu mal selbstbewusster und glücklicher aus.

»Sag mal, liebe Karin, was wünschst du dir denn zum dreiundfünfzigsten Geburtstag?«

Karin Hoffmeister war die reizende Lehrerin, die Dadgul und mein Projekt von Anfang an unterstützt hatte. Wir waren inzwischen gute Freundinnen.

»Ach, erinnere mich bloß nicht daran, wie alt ich werde!« Karins Augen lachten mich hinter ihrer Brille freundlich an. »Ich wünsche mir ein ganz tolles Fest im Brauhaus in Fallersleben und lade den ganzen Verein Katachel e.V. dazu ein!«

Das war mal wieder typisch Karin, dass sie ihren Geburtstag in den Dienst des Vereins stellte. »Statt Geschenken möchte ich Spenden für Katachel.«

»Du bist ein Schatz! Welches Projekt möchtest du denn unterstützen?«

»Was gibt's denn so im Angebot?« Karin zwinkerte mir schelmisch zu. »Die Schule steht, der Brunnen steht – wie wär's mit einem schicken Modehaus? Oder doch lieber erst ein Hallenbad?«

»Du meinst es ernst, oder?« Ich kramte bereits in meiner Aktentasche und zog Dadguls neueste Post heraus. »Hier, sieh mal! Ein Brief von *Governor* Maulawi.«

»Wow!« Karin kniff die Augen zusammen. »Der schreibt ja gar nicht mehr an »Mister Michael Schnehage! Der schreibt ja an DICH!«

»Tja«, sagte ich grinsend. »Auch Männer sind lernfähig. Hier, lies mal!«

Gemeinsam steckten wir die Köpfe zusammen und lasen das neueste Ansinnen des Herrn Gouverneurs, der unseren Weiberverein inzwischen ernst zu nehmen schien.

»Dear Misses Schnehage«, stand da zu lesen. »Katachel bedankt sich für die Schule, den Brunnen und alles andere, aber wenn Sie mich fragen, brauchen wir ganz dringend eine neue Brücke über den Gau-Kusch-Fluss. Der Fluss trennt Katachel nämlich nicht nur von der Hauptverkehrsstraße nach Kunduz/Khanabad, sondern auch die Bauern von ihren Feldern. Vor dem Krieg gab es mal eine Brücke, aber die ist eingestürzt. Mit freundlichen Grüßen, *Governor* Maulawi.«

»Na schau, und ein Bauplan Dadguls liegt auch schon dabei!« Karin zog eine technische Zeichnung hervor. »Hast du dem Bengel aber 'ne Menge beigebracht!« Anerkennend klopfte sie mir auf die Schulter.

»Ach, er hat sich aber auch als sehr lernfähig erwiesen«, winkte ich bescheiden ab. »Also. Sollen wir die Brücke genehmigen?«

Ein tolles Gefühl, übrigens: Wir Frauen entschieden inzwischen über die Anträge des Herrn Gouverneurs, nicht andersherum.

»Wir machen eine Brückenparty!« Karin klatschte begeistert in die Hände. »Im Brauhaus von Fallersleben legen wir den Grundstein für die Brücke von Katachel!«

»Wir können die Filmmusik für *Die Brücke von Remagen* einspielen«, schlug ich spaßeshalber vor.

»Nee, *Die Brücke am Kwai!*« Karin pfiff gleich das weltberühmte Motiv. »Oh, das wird eine unvergessliche Party! Mechthild und Annegret können doch Klarinette und Klavier spielen! Das wünsche ich mir!«

Tatsächlich war das eine wundervolle Idee: Über fünfzig Frauen vom Verein Katachel (und deren Begleiter) kamen zur »Brückenparty«, pfiffen unseren Brückensong und spendeten knapp zweitausend Mark. Mir schwoll die Brust vor Freude und Stolz um eine ganze Körbchengröße. Was hatte ich doch für tolle Freundinnen! Keine von ihnen musste sich in Nerz hüllen und einen Porsche fahren, um ihren Status zu demonstrieren. Keine vertrieb sich auf Golfplätzen oder in

Wellnesshotels die Zeit! Ihnen allen war bewusst, wie gut wir es hier haben, wie selbstbestimmt wir Frauen leben dürfen, und wie viel Überfluss hier herrscht. Inmitten der Musik und dem fröhlichen Stimmengewirr hielt ich inne, um mir diesen Moment und die Gesichter meiner Freundinnen ganz fest einzuprägen: Karin Hoffmeister, das glückliche Geburtstagskind, Inge Herz, Landtagsabgeordnete und fleißige Förderin unserer Sache, Maria Polt, meine großzügige und hilfsbereite Freundin, und Manuela Ley, die sich sofort als Pflegemutter zur Verfügung gestellt hatte. Eine dunkle Vorahnung überkam mich, als ich sie so betrachtete, und am liebsten hätte ich die Zeit angehalten.

Leider sollten sich meine Vorahnungen von damals bestätigen: Alle vier starben noch innerhalb des nächsten Jahres.

Karin Hoffmeister erlag einem Herzinfarkt, Manuela Ley starb ganz plötzlich durch einen Verkehrsunfall, Maria Polt bekam mit nur achtunddreißig Jahren Unterleibs- und Rückenmarkskrebs, und auch Inge Herz fiel einem gefährlichen Krebs zum Opfer.

Die nächsten Mädchen, die in Katachel geboren wurden, wurden Manuela, Inge, Maria und Karin genannt. Der Verein Katachel e.V. unterstützt sie monatlich. Der Weg zur Schule wurde nach Maria benannt. Auf dem Straßenschild steht ihr unvergessener Name auf Deutsch und Dari.

Durch eine weitere großzügige Spende von achttausend Mark konnte die Brücke von Katachel aus Stahlbeton gebaut werden.

Natürlich lief der Bau nicht ohne Zwischenfälle ab: Cousin Khaista Khan ließ die Baustelle nachts bewachen; trotzdem wurden Zement und Stahl von Männern aus dem Nachbarort geklaut. Es kam zu einer Schießerei zwischen Katachelern und den Dieben. Einer wurde am Fuß getroffen und musste nach Taluquan ins Krankenhaus. Kaum wieder genesen, so berichtete uns Dadgul, kostete ihn das Gerichtsurteil der Scharia wegen Diebstahls und Weglaufens sowohl die Hand als auch den gerade geheilten Fuß.

»Das sind ja Sitten wie im Mittelalter!«, empörte sich Micki.«Erst flicken sie einen Kerl wieder zusammen, dann hacken sie ihm den Fuß ab!« Er stieß ein zynisches Lachen aus. »Die Kosten hätten sie sich sparen können!«

»Micki, konzentrier dich lieber auf die Dinge, die wir schon geschafft haben!« Ich hielt ihm die Bilder von der Schule, dem Brunnen und der Brücke vor die Nase.

»Du meinst, wo gehobelt wird, fallen Späne?«

»Wo geklaut wird, fallen Füße!«, ließ sich mein pubertierender Simon vom Fernseher aus vernehmen.

Ich überhörte seine unpassende Bemerkung. »Und hier, die neuesten Fotos von Dadguls Kindern. Na? Entwickeln sie sich nicht prächtig?«

»Das nennst du prächtig? Was ist denn mit der Kleinen los?« Micki betrachtete Anissa, die Sechsjährige, und schüttelte den Kopf. Er nahm seine Brille ab und klopfte mit dem Bügel auf das Foto. »Die hat ja gar keine Zähne mehr!«

»Wo gehungert wird, fallen Zähne.« Simon konnte es einfach nicht lassen

»Simon, jetzt ist aber Schluss! Dein schwarzer Humor in allen Ehren!«

»Und keine Haare«, mischte sich Vanessa ein. »Das arme Mädchen hat ja eine Glatze!«

»Lieber Himmel, was könnte das denn sein? Das arme Ding sieht wirklich mitgenommen aus! So grau im Gesicht!«

»Ferndiagnose per Foto. Na, dann mal los, Frau Doktor

Schnehage«, witzelte Micki und strich mir über den Rücken. »Pest, Cholera, Typhus?«

»Lepra«, murmelte Simon und ließ die Beine baumeln.

»Kinder, ich vermute mal, es sind Würmer.« Entschlossen stand ich auf. Bei unserem lieben Freund Martin hol ich mir ein Rezept, die Apotheke dürfte noch auf haben.«

»Offen haben«, verbesserte Simon mich.

»Junge, du gehst mir aber heute gründlich auf die Nerven!«

Schon wühlte ich in meinem Portemonnaie. Noch während ich meine Sachen zusammensuchte, hörte ich, wie Simon einen Ausländerwitz erzählte: »Kommt ein Deutscher nach Bergfeld und fragt einen Afghanen: »Wo geht es hier nach Aldi?« Sagt der Afghane: ZU Aldi. Sagt der Deutsche: Scheiße, Aldi hat schon zu.«

Trotz aller Hektik musste ich doch breit grinsen, als ich »zu Apotheke« fuhr.

Es waren tatsächlich Würmer. In Massen verließen sie nach der Wurmkur Anissas zarten Kinderkörper. Nach Wochen wuchsen ihr wieder Haare. Und was für welche!

»Na bitte, Sybille. Ferndiagnose Heilerhexe!« Micki klopfte mir anerkennend auf den Rücken, als er die neuen Fotos von Anissa sah.

»Mann, die hat ja Wolle auf dem Kopf!«, meinte Simon sarkastisch. »Jetzt müsst ihr nur noch eine Heckenschere nach Katachel schicken!«

»Und Zähne hat sie auch wieder«, las ich aus Dadguls Brief vor. »Jetzt muss sie nicht mehr Dadguls Brei essen.«

Statt einer Heckenschere schickten wir vom Verein viele Wurmkuren nach Katachel und bezahlten einen afghanischen Arzt dafür, dass er sämtliche Schulkinder regelmäßig einer solchen Kur unterzog. Einfache Sybille-Regel: »Hat's einer, kriegen's alle.« Der »Arzt« war eher ein Krankenpfleger, aber er war in der Lage mit unseren Hilfsgütern wie Blutdruckmessgerät, Stethoskop und Mikroskop zur Malariabestimmung umzugehen. Und was wollten wir mehr?

21

Als Dadgul das nächste Mal im Lande war, hielten wir wieder Diavorträge. Inzwischen konnten wir nicht nur von dem ganzen Elend berichten, wie beim ersten Mal, als wir ausschließlich Bilder aus dem Flüchtlingslager in Peshawar zu bieten gehabt hatten, sondern von wirklich tollen Fortschritten. Wir konnten beweisen, dass Katachel e. V. etwas taugte, etwas bewirkte. Wir konnten unseren bisherigen und zukünftigen Spendern die Ergebnisse unserer Arbeit klar vor Augen führen. Zahlreiche Vorher-nachher-Fotos wurden von Dadgul durch den Diaprojektor geschoben: Anissa vorher – Anissa nachher. Aus dem mageren, graugesichtigen, zahnlosen Glatzkopf war ein strahlend schönes, lebensfrohes Geschöpf mit geradezu beneidenswerter Haarpracht und schneeweißen Zähnen geworden.

Oder die Schule: Vorher ein überschwemmter Lehmplatz, nachher vier saubere Zimmer, in denen zweihundert Kinder in adretten Schuluniformen saßen und kleine bunte Blumensträußchen auf Lehrerpulten standen.

Ganz zu schweigen von den Witwen und Waisen: Vorher nacktes Elend auf dem kargen Wüstenboden des Flüchtlingslagers, verdreckte, traumatisierte Kinder, glanzlose Augen. Nachher eine Familie im Hof oder Garten eines einfachen, aber zweckmäßigen Hauses.

Und dann natürlich die Brücke: Vorher ein reißender brauner Fluss, brachliegende Felder im Hintergrund. Nachher Bauern, die mit ihren Gerätschaften und Eselskarren hinübereilen.

»Nur drei neu zugezogene Witwen mit ihren Kindern haben noch kein Dach über dem Kopf«, beendete ich unseren Vortrag. »Es wäre toll, wenn wir noch drei Paten für sie fänden.«

Suchend sah ich mich um. Eine fein gekleidete Dame in der vorletzten Reihe hob die Hand, an der kostbare Ringe und Armbänder funkelten.

»Ich würde gern für alle drei die Patenschaft übernehmen.«

Dadgul und ich strahlten uns überrascht an. »Das würden Sie wirklich tun? Das wäre wirklich großartig, denn sie sitzen mit ihrem je ein Dutzend Kindern buchstäblich auf der Straße.«

»Wissen Sie, der liebe Gott hat es immer gut mit mir gemeint«, sagte die Dame hörbar gerührt. »Ich möchte etwas davon zurückgeben.«

»Ja, dann dürfen wir Sie nachher unter vier Augen …?«

»Kommen Sie in meine Villa. Sie sind herzlich zum Tee eingeladen.«

Die Dame hieß Frau Kreisler und war selbst Witwe. Sie gehörte der Religion der Bahai an und hatte ein sanftes, freundliches Gemüt. Ihr Mann, ein wohlhabender Gutsbesitzer und Pilot mit eigenem Flugzeug, war vor Kurzem gestorben. Die beiden hatten ein Leben im Luxus verbracht und waren kinderlos geblieben. Heidrun Kreisler wusste gar nicht wohin mit ihrem Geld und ihrer Güte.

»Das wäre auch in Gregors Sinne gewesen«, sagte die nette

Frau Kreisler und stellte uns in ihrer Villa einen Scheck über fünfzehntausend Mark aus. »Geben Sie den Witwen dort ein Dach über dem Kopf, und schicken Sie deren Kinder in die Schule!«

Dadgul und ich tauschten einen verblüfften Blick. Dann fielen wir uns vor den Augen der netten Hausherrin in deren marmorvertäfeltem Flur um den Hals. Gemeinsam tanzten wir in ihrer Halle herum.

»Ach, was freut mich das, wenn Sie sich so freuen!«, sagte die nette Heidrun. »Sie können jederzeit auf mich bauen, wenn mal wieder Not am Mann ist!«

»Mal wieder?«, fragte Dadgul, als wir später im Auto saßen.

»Not am Mann?«, wiederholte ich im gleichen Ton.

»In Afghanistan ist ständig Not am Mann«, sagte Dadgul kopfschüttelnd.

»Und erst Recht Not an der Frau«, fügte ich hinzu.

»Aber das wollen wir der Heidrun lieber schonend beibringen.« Ich sah in den Rückspiegel.

»Sie ist ja noch neu im Verein. Was zuckst du denn immer so zusammen, Dadgul?«

»Ach, ich kann einfach nicht mit ansehen, wenn eine Frau Auto fährt …«

Ich fuhr rechts ran, stieg aus und warf ihm den Schlüssel zu. »Da, du bist dran!«

»Sag mal, Dadgul, wieso musst du schon wieder neue Unterhosen kaufen? Wir haben dir doch ein Dutzend Männerunterhosen mitgegeben beim letzten Mal!«

Dadgul stand da etwas unschlüssig herum, kaute mit seinen wenigen verbliebenen Zähnen auf dem, was von seiner

Lippe übrig geblieben war und sagte dann ziemlich verlegen: »Die hat Kandigol sich unter den Nagel gerissen.«

»Deine Frau hat sich deine Unterhosen unter den Nagel …?«

Dadgul verdrehte die Augen. »Wir KENNEN in Katachel keine Unterwäsche!«

»Äh … Nein?«

»Genau. Nein.«

»Und die zwölf Herrenunterhosen von Schießer vom letzten Mal …«

»… hat sie sich einverleibt. Also, angeleibt: angezogen.«

»Aber es gibt doch Damenunterwäsche …«

»Mama!« Dadgul hielt sich die Ohren zu. »Lalalalaaaa! Ich höre nichts!«

Ich sah zu Boden. »Entschuldigung. Ich hatte vergessen, dass das nicht dein Lieblingsthema ist.«

»Okay, Mama. Jedenfalls brauche ich jetzt neue Unterhosen.«

Also fuhren wir los nach Wolfsburg. Dadgul parkte sehr geschickt in der Innenstadt ein. Na ja, für afghanische Verhältnisse sehr geschickt. Mein alter Golf quietschte am Bordstein.

»Und was ist mit Bettwäsche?«, wollte ich wissen.

Kopfschütteln.

»Ihr habt keine …«

»Nein. Wir haben nur Decken.«

»Mensch, Scheiße, Dadgul. Dass ich daran nicht früher gedacht habe!«

Wir betraten das Wäschegeschäft. »Soll ich jetzt von Vereinsgeldern zweihundert Garnituren Frottee-Bettwäsche bügelfrei mit Zipp …?«

»Quatsch, Mama. Besser, du gibst mir zwei Garnituren mit …« Dadgul zupfte bereits an einer federleichten Bettdecke mit dem VfL-Wolfsburg-Logo.

»Wie? Das könnte dir so passen, nur für Kandigol und dich! Ich werde mich in sämtlichen Haushalten Wolfsburgs nach gebrauchter ausrangierter Bettwäsche erkundigen!«

»Nein! Als Muster für unseren Schneider Khairat Fasel Achmad Abdullah! Seit der Schuluniform-Aktion weiß der gar nicht mehr, wohin vor Glück und Ansehen!«

»Oh! Ach so! Ja. Mensch, Dadgul, so langsam kapiere ich das System …«

Nicht den Katachelern unseren Sperrmüll aufdrängen, sondern ihnen Arbeit geben!

Wir suchten zwei Garnituren heraus, die der Schneider zweihundertfach nachnähen sollte. In schlicht und geblümt. So. Basta.

»Aber mit Gebrauchsanweisung!«, belehrte mich Dadgul. »Sonst haben die Katacheler Hausfrauen keine Ahnung, wie sie die Dinger handhaben sollen! Die stopfen da ihre Kinder rein!«

Wieso nicht gleich ihre Schwiegermütter!, dachte ich. Mit Zipp.

»Das nenne ich Hygieneerziehung«, murmelte ich anerkennend, als ich an der Kasse die Vereins-Geldtasche zückte.

Mit dem Auto ging es zurück nach Hause. Diesmal saß ich wieder hinter dem Steuer.

»Warum bremst du, Sybille?«, rief Dadgul plötzlich erschrocken.

»Da sitzt ein Vogel auf der Straße! Ein Bussard oder so was.«

»Na und?« Dadgul fühlte sich in seiner Meditation gestört.

Ich fuhr rechts ran und versuchte, den verletzten Raubvogel mit Hilfe eines Schirms an den Straßenrand zu schieben.

»Warum machst du das, Sybille?« Unwillig bequemte Dadgul sich aus dem Auto und sah mir untätig zu.

»Weil der Nächste garantiert drüberfährt! Darum!«

Vorsichtig gab ich dem sich aufplusternden Vieh einen Schubs, das aber nur unwillig einen Zentimeter zur Seite hüpfte. »Jetzt komm schon! Ich will dich doch nur beschützen!«

»Lass mich mal.« Dadgul, der todesmutige Mudjaheddin krempelte schon die Ärmel hoch, um mir zu zeigen, wie man als Mann mit Raubvögeln umgeht.

»Tu ihm nicht weh!«

Tja, wem das nun gelten sollte, war gar nicht mehr so klar: Der verletzte, völlig verängstigte Raubvogel fühlte sich arg bedrängt, als Dadgul ihn einfach so packen wollte, und hackte mit seinem spitzen Schnabel auf ihn ein.

»Au! Scheiße! Spinnt der!« Dadgul ließ den flatternden Bussard los.

»Nee, der nicht, aber du!«

Nachdem ich dem Tier in den Straßengraben geholfen hatte, rief ich die Vogelschutzwarte an und wartete.

»Warum tust du das, Mama?« Wir saßen inzwischen wieder im Wagen.

»Weil er meine Hilfe braucht.« Ich sah Dadgul von der Seite an. Er hatte in den letzten Jahren viel dazugelernt, aber manchmal staunte ich immer noch über seine Gleichgültigkeit. »Wenn ich ihm nicht helfe, hilft ihm niemand.«

»Na und? Dann gibt es halt einen Bussard weniger auf der Welt! Ich hätte meine Kalaschnikow geholt und – bumm!«

»So? Und wenn er Familie hat? Mutter, Schwestern, eine Frau, Küken – ein Ei?«

Endlich kapierte Dadgul. »Du hilfst nicht nur Menschen, sondern auch Tieren?«

»Ja, Dadgul. Ich helfe allen, die meine Hilfe brauchen.«

Dadgul nickte nachdenklich. »Allah hat nicht nur die Menschen gemacht, sondern auch die Tiere.«

In dem Moment kam ein Mitarbeiter der Vogelschutzwarte mit einem großen Netz.

Nach wenigen Minuten saß Freund Bussard in einem artgerechten Käfig und war in Sicherheit.

Wir fuhren weiter.

Dadgul schwieg.

Wir hielten Vorträge, sooft wir eingeladen wurden. Manchmal waren fünf Personen anwesend, manchmal fünfzig, einmal nur drei. Wir arbeiteten nie gegen Honorar, sondern ließen uns nur die Fahrkosten erstatten. Wir erhofften uns Spenden und neue Patenschaften. Die Lehrer unserer Schule in Katachel mussten inzwischen schon Doppelschichten einlegen! Am Vormittag wurden vier Stunden lang die Jungen unterrichtet, nachmittags vier Stunden die Mädchen. Eine Lehrerin, die in Kunduz wohnte, musste täglich mit dem Taxi anreisen – aus Sicherheitsgründen. Für all diese Menschen galt es Paten zu finden. Und die bekamen wir nur, wenn wir uns ständig an die Öffentlichkeit wandten!

Vor allem im Winter, wenn es dunkel, kalt und glatt war, musste ich mein Gewissen, auf dem es sich mein innerer Schweinehund gemütlich gemacht hatte, erst mal in den Hintern treten.

»Ach, Sybille, muss das denn heute schon wieder sein?

Kannst du nicht einmal eine Ausnahme machen? Bis zu diesem Altenzentrum in der Bargter Heide sind es über zwei Stunden Fahrt, und der Pastor hat dir doch schon am Telefon gesagt dass die Leute lieber einen Heimatfilm sehen wollen!«

Nein, wir machten keine Ausnahme. Einmal hatte ich fast vierzig Grad Fieber, Schüttelfrost und keine Stimme mehr. Trotzdem ließ ich Dadgul nicht alleine fahren. Es war UNSER Projekt, und wir zogen das gemeinsam durch. Dadgul schmiss den ganzen Dia-Abend mitsamt einem brillanten, einstündigen Vortrag allein, während ich, in eine Decke gehüllt mit heißem Tee zähneklappernd in der letzten Reihe saß.

Trotz aller Widrigkeiten erfüllte mich ein unbeschreibliches Glücksgefühl, als sich nach diesem Vortrag gleich sechs Personen meldeten, die sämtliche Lehrergehalte und die Taxikosten für die Lehrerin aus Kunduz für die nächsten zwei Jahre übernehmen wollten. Wie sagte Micki immer? Kleinvieh macht auch Mist.

Unsere Arbeit trug Früchte. Aber nur so konnte unsere Schule bestehen bleiben. Nur so konnte Bildung in Katachel einziehen, nur so konnten Arbeitsplätze geschaffen werden, und nur so konnten die Mädchen und Frauen in Katachel ein würdiges Leben führen! Nur so konnte ein Umdenken beginnen!

Seltsam!, dachte ich, während ich in meinem Früchtetee rührte und Dadgul vorn seine Dialeinwand einrollte. In einem Vereinshaus in Sportheim Tappenbeck entscheidet sich das Schicksal eines ganzen afghanischen Dorfes.

Ich war stolz auf meine Mitstreiter – und auf Dadgul. Er hatte eine neue, sinnvolle Lebensaufgabe, und er füllte sie aus. Er war Projektleiter, baute sein zerstörtes Dorf wieder auf. Er verwaltete Spendengelder in sechsstelliger Höhe, und eines Tages würde er Ehrenbürger von Katachel sein. (Vielleicht würden sie die Stadthalle nach ihm benennen. Oder das Fußballstadion.) Mein Herz weitete sich vor mütterlichem Stolz.

Und das alles, weil ich damals einen Rollstuhl nach Peshawar geschickt hatte.

Hätte ich nicht solche Gliederschmerzen gehabt, hätte ich mir selbst anerkennend auf die Schulter gehauen.

22

Eines Tages kam eine Fernsehredakteurin mitsamt Kamerateam zu uns nach Bergfeld, um für die Sendung »Hallo Niedersachsen« im Dritten einen kleinen Beitrag zu drehen. Wir waren aufgeregt und stolz wie Oscar, wienerten und putzten das Haus von oben bis unten. Dadgul mähte den Rasen, ich backte einen erstklassigen Apfelkuchen, wir kleideten Dadgul in Wolfsburgs Herrenmodengeschäft ein, und ich leistete mir ein Kostüm. Man filmte Vanessa und Dadgul beim *Mensch ärgere dich nicht* spielen, Dadgul als Imker mit den Bienen, Dadgul und Simon in VfL-Wolfsburg-Trikots beim Fußballspielen, Dadgul beim Nachbarsschweinestreicheln und mich beim Spendenquittungen sortieren. Wir hatten hundertfünfzigtausend Zuschauer erreicht. Die Regionalzeitung berichtete stolz, Bergfeld habe das Interesse einer breiten Öffentlichkeit geweckt.

Kurz darauf hatten Dadgul und ich unseren ersten Live-Auftritt bei der »Aktuellen Schaubude« mit Sabine Sauer in Hamburg. Der Sender zahlte die Reise und eine Übernachtung in einem richtig tollen Hotel! Welch aufregendes Unterfangen! Die fünf Minuten Redezeit vergingen wie im Flug; und Dadgul meisterte seine Sache brillant. Immer mehr Spenden und Patenschaften tröpfelten bei uns ein.

Und etwas, mit dem ich nie gerechnet hätte: Ein Brief vom

Ministerium, in dem stand, dass ich, Sybille Schnehage, für das Bundesverdienstkreuz vorgeschlagen worden sei!

Die Kinder, Dadgul und ich tanzten jubelnd durchs Haus, rissen uns das Schreiben gegenseitig aus der Hand und konnten es gar nicht glauben. Als Micki nach Hause kam, las er das Kleingedruckte: Leider kommen nur Personen für das Bundesverdienstkreuz in Betracht, deren Projekte schon länger als fünfzehn Jahre erfolgreich bestehen. Enttäuschung. Fünfzehn Jahre – nein, so lange gab es unser Projekt noch nicht.

Trotzdem erhielt ich ein halbes Jahr später die Verdienstmedaille des Landes Niedersachsen. Überreicht wurde sie mir von Sozialminister Walter Hiller im Auftrag des damaligen Ministerpräsidenten Gerhard Schröder. Im Gästehaus der Landesregierung in Hannover.

Himmel was war ich aufgeregt! Mitsamt Dadgul und den Kindern, die an diesem Tag einfach mal schulfrei hatten, raste ich, erst noch in praktischen Jeans und Turnschuhen, über die Autobahn nach Hannover. Mein Micki war leider geschäftlich in Stuttgart, und da er selber einen Vortrag halten musste, nicht abkömmlich.

»Mensch Kinder, warum ist denn hier kein Parkplatz!« Nervös kurvte ich durch die Innenstadt von Hannover.

»Ganz ruhig, Mama, Allah wird uns einen frei machen.«

»Aber nicht mit der Kalaschnikow, Dadgul!«

»Da, Mama! Hinter dem Baustellenzaun!« Vanessa tippte aufgeregt auf meine Schulter.

»Wo?« Panisch fuhr mein Kopf herum.

Oh. Ja. Neben dem blauen Klohäuschen war, mit viel gutem Willen, mitten in einer Pfütze ein Parkplatz auszumachen. Ich klatschte in die Hände. »Köpfe einziehen, ich parke rückwärts ein!«

Dadgul kniff die Augen zusammen. »*Inshallah*«, murmelte er. Er konnte das gar nicht mit ansehen.

»Da kannst du dich ja auch gleich drin umziehen!«

Toll, was?

Und so kam es, dass Verdienstmedaillengewinnerin Sybille Schnehage in Turnschuhen durch den Baustellenmorast watete, sich im lecker riechenden Baustellenklo in Bluse, Kostüm und Pumps warf und dann im Schweinsgalopp mit Kindern und Kuckuckskind durch die Hannoveraner Innenstadt rannte, um rechtzeitig zur Medaillenvergabe in der Staatskanzlei zu erscheinen.

Außer mir bekamen noch achtzehn andere eine Medaille, und ich reihte mich artig in eine Schlange ein. Genau in dem Moment, in dem ich dran war und der Minister mir mit lobenden Worten das begehrte Stück ansteckte, ging hinten im Saal die Tür auf … und mein Micki schlüpfte herein! Er war extra mit dem Zug aus Stuttgart angereist, nur um bei meiner Ehrung dabei zu sein! Ich warf ihm eine übermütige Kusshand zu, und er wischte sich umständlich mit einem Taschentuch über Brille und Augen.

Und dann kam wieder einmal Dadguls Abschied. Nach weiteren zig Operationen verließ uns Dadgul, um erneut in Katachel seinen Mann zu stehen. Das Telefon klingelte ununterbrochen. Über zweihundert Mitglieder unseres Vereins Katachel e.V. wollten sich noch persönlich von Projektleiter Dadgul verabschieden und ihm alles Gute wünschen.

»Was können wir ihm schenken, Sybille? Wie können wir ihm zum Abschied eine Freude machen?«

»Also, Kinder, wenn ihr mich fragt, dann nichts, was er noch ins Reisegepäck stopfen muss«, stöhnte ich. »Seine

Rucksäcke und Taschen haben die Zwanzig-Kilo-Grenze der *Pakistan International Airline* längst überschritten.« Beim Gedanken an die anfallenden Gebühren für das Übergepäck brach mir der kalte Schweiß aus.

Allein vierzig Fußballtrikots für die Fußballjugend in Katachel, achtzig Rollkragenpullover für die Schulkinder, Skianzüge (nicht dass die Ski fahren wollten, aber da war es im Winter auch eiskalt!), warme Wäsche, Bettzeug, Geschenke für Kandigol und die Kinder, Gardinen, Schulsachen, Haushaltsgeräte ... Das »Bein für seinen Freund«, eine Prothese, die dem Armen passen könnte, baumelte mitsamt Krücken auch noch am Rucksack. Als absolutes i-Tüpfchelchen sogar noch eine Großpackung Tampons für Kandigol zwischen Shampoos, Waschlappen und Duschgel gestopft. (Lass das mal bloß den Mullah nicht sehen, Kandigol! Und: nicht ESSEN, okay?) Auch die gesammelten hochhackigen Schuhe und das Schminkzeug vom evangelischen Frauenchor der Gemeinde Pappeln würde sie hoffentlich erfreuen. (Das KONNTE gar nicht so schlimm sein, dass ein Mullah es verbieten würde!) Immer wieder hatte ich mich mit dem ganzen Gepäck auf die Waage im Badezimmer gestellt und ihre Kapazitäten ausgereizt. Wir, das Gepäck und ich, wogen über zweihundert Kilo.

»*Rien ne va plus*«, hatte Dadgul einsichtig gesagt. (Welcher afghanische Widerstandskämpfer weiß solche Worte locker in eine Unterhaltung einzustreuen?)

»Ja, aber was können wir ihm schenken?«, fragten meine Bergfelder Vereinsmitglieder. »Was würde ihm wirklich eine Freude machen?«

Hm. Ich kratzte mich am Kopf. Führerschein hatte er schon, Schlittschuh fahren konnte er, schwimmen, lesen, schreiben, Projektleiter war er, Spendengelder in sechsstelliger Höhe verwaltete er, neues Gesicht, Zähne, die Nase funktionierte auch wieder ... Was schenkte man einem Mann, der schon alles hatte?

»Ein eigenes Haus«, sagte ich mehr so zum Spaß. »Er wohnt nämlich mitsamt Kandigol und den Kindern immer noch im Haus seiner Mutter Nigargh – und das mit drei Schwestern, zwei Onkels und drei Cousins.«

Und da hatte er nicht wirklich das Sagen. Es würde dem Projektleiter sehr schwerfallen, sich wieder seinen älteren Verwandten unterzuordnen. (Es war ihm ja schon schwergefallen, sich MIR unterzuordnen!)

»Na gut, dann kaufen wir ihm ein Haus. Das kann ja in Afghanistan nicht so teuer sein.«

»Wie? Ihr wollt – wirklich ...?«

»Ja! Wenn wir alle zusammenlegen ...«

»Dadiiiiii!«, quiekte ich durchs ganze Haus. »Dadiiiiii!!! Sie schenken dir ein Eigenheim!«

Dadi quiekte nun auch vor Freude: »Ein Haus, ein Haus, ein eigenes Haus!«

Noch am Abend vor der Abreise saßen wir über Bauplänen, die ich auf die Schnelle entworfen hatte, und Kostenvoranschlägen am Küchentisch. Nachdem ich ja eine kleine Heimwerkerin bin, war das meine neueste Leidenschaft! Wir bauen Dadgul ein Haus!

Am nächsten Morgen um halb fünf weckte ich den Prinzen aus Zamunda. Natürlich hatte ich bereits geduscht, die Haare gewaschen und geföhnt und ein leichtes Tages-Makeup aufgelegt. Man weiß schließlich nie, was der Tag bringt.

»Dadi, aufstehen! Es wird Zeit, nach Hause zu fahren!«

»Oh, Mama! Ich will nicht! Mir ist auch gar nicht gut ...«

Der Herr Projektleiter lag noch in den Federn. »Au! Ich kann mich gar nicht – bewegen!«

»Bist du bescheuert? Raus aus der Kiste!«

»Ich muss dir was beichten!«

»WAS?!«

»Ich hab gestern noch im Dunkeln mit Simon Fußball gespielt, und – ächz, stöhn – muss mir wohl eine Rippe angebrochen haben …«

»Das kannst du deiner Großmutter erzählen!«

»Echt, Mama, ich kann mich kaum rühren!«

»Du-stehst-jetzt-auf-und-fliegst-nach-Scheiß-Af-ghanis-tan!« Die Spucketröpfchen des mütterlichen Zorns flogen nur so gegen die Nachttischlampe. »Einmal-ist-Schluss-und-du-haust-jetzt-ab! Was meinst du, wie viel dein Ticket und der Fahrservice von VW gekostet haben?« Wegen der Unmengen von Gepäck, und weil wir bei VW gute Beziehungen hatten, war ein VW-Bus mitsamt Fahrer gebucht worden. Alles für den Verein Katachel e.V., gratis, versteht sich. Um unseren Herrn Projektleiter plus leichtem Reisegepäck standesgemäß seinem Projekt zuzuführen.

Murrend quälte sich der Herr Widerstandskämpfer aus dem Bett mit der VfL-Wolfsburg-Bettwäsche und humpelte gefühlte Stunden später mit Leidensmiene die Treppe herunter.

»Tschüs, Simon, Tschüs, Vanessa!« Die beiden hockten schlaftrunken im Pyjama auf der obersten Stufe.

»Mach's gut, Dadi, vergiss uns nicht!«

»Tut mir leid, dass ich so feste geschossen hab!«, flüsterte Simon heiser hinter ihm her.

»Simon: Wir sprechen uns noch!«

Der Fahrer war schon da! Micki half in der Morgendämmerung, das viele Gepäck zu verstauen. Dadgul schleppte sich, ganz kriegsversehrter Nationalheld, stöhnend ins Hintere des Busses, und ich, Sybille, kletterte aufgekratzt zu Herrn Schmidt, dem korrekt gekleideten Fahrer von VW, auf den Beifahrersitz.

Wie oft war ich in den letzten Jahren zum Frankfurter Flughafen gefahren?

Und, welch ein Glück, wie oft als Ehrengast von VW? (Danke, Micki!)

Während der Kriegsheld hinten leise röchelnd schlief und seinen großen Aufgaben in Katachel entgegenmeditierte, quasselte ich den armen Herrn Schmidt voll.

»Legen Sie doch Ihr Jackett ab, junger Mann!«

»Ich weiß nicht, ich repräsentiere doch VW?«

»Ja, aber gucken Sie mich doch mal an!«

Das tat er. Jeans, T Shirt, Anorak, Turnschuhe. (Immerhin. Fönwelle.)

»Okay.« Der junge Herr Schmidt entledigte sich seiner Krawatte und seiner Anzugjacke.

»Na bitte!«, zwitscherte ich. »Butterbrot? Tee? Hartgekochtes Ei?« Ich hielt ihm alles aufmunternd unter die Nase, doch er verneinte höflich.

So erreichten wir nach Stunden den Frankfurter Flughafen.

»Dadgul, wird's gehen?«

Der Kriegsheld kroch schmerzverzerrten Gesichtes aus dem Wagen, Herr Schmidt besorgte mehrere Kofferwagen, und ich zerrte das ganze Gepäck samt Prothese, Krücken und zusammengeklapptem Rollstuhl für irgendeinen gehandicapten Großcousin Dadguls aus dem Auto.

»Mann, Dadgul! Dass du aber auch so viele Verwandte hast.«

»Ja, Scheiße, Mama. Bei uns in Afghanistan hat man einfach so viele Verwandte.«

»Wir haben Verhütungsmittel«, murmelte ich. »Und immer noch genug Verwandte!«

Nicht auszudenken!, dachte ich. Bei uns gilt ja das Sprichwort: »Freunde kann man sich aussuchen, Verwandte nicht.« Die konnten sich ihre gefühlten hundert Verwandten nicht nur nicht aussuchen! Die lebten auch noch alle unter einem Dach!

»Aber ich kann wirklich nicht mit anpacken. Mir tut echt volle Kanne die Scheißrippe weh.«

Ja, Dadgul war auch vom Wortschatz her einer von uns geworden.

Ich schleppte mich zentimeterweise zum Check-in der *Pakistan International Airlines.* Herr Schmidt ging im Restaurant etwas essen und seine ihm gewerkschaftlich zustehende Pause halten, und Dadgul trug die Verantwortung.

Am Check-in-Schalter: Gähnende Leere.

»Hallo! Ist hier jemand?!«

Nein. Der Flug war auch noch lange nicht aufgerufen.

Nun. Man hätte etwas bummeln gehen oder sich in einen Massagesessel setzen können. Aber nicht Sybille Schnehage. Die bummelt nicht, die handelt!

»Dadgul, du bleibst hier stehen.«

»Ja, Mama.« (Ächz, stöhn, leidender Blick.)

Ich selbst begab mich forsch hinter eine Tür, auf der »Zutritt nur für Mitarbeiter« stand, kämpfte mich durch lange antiseptisch riechende Flure (Toilette, nur für Mitarbeiter), fuhr mit dem Aufzug in den vierten Stock und kam schließlich in ein Büro, in dem ein Mister Safir beim Morgentee saß.

»Hallo erst mal, ich weiß nicht, ob Sie es schon wissen, aber ich bin Sybille Schnehage, und mein Schützling Dadgul fliegt gleich nach Islamabad und hat ein BISSCHEN Übergepäck«, flötete ich in meiner allersüßesten Tonart.

Mister Safir tunkte grunzend einen Zwieback in den Tee.

»Ich war schon mal in Pakistan«, schwärmte ich. »Und die Pakistani sind ja soooo nett!«

»Wie viel!?«

»Wie bitte?«

»Übergepäck?!«

»Oh, so ... ähm ...« Ich sah mich hastig um, aber wir waren allein.

»Hundertfünfundsiebzig Kilo ...« Ein verunsichertes Lachen entfuhr mir, und entsetzt stellte ich fest, dass mein Adrenalinspiegel alarmierend anstieg. »Übergepäck. Für einen guten Zweck.«

»Das geht ja gaaaaar nicht«, sagte Mister Safir. Seine kleinen Äuglein musterten mich strafend.

»Wie gesagt, es ist für einen guten Zweck.«

»Das sagen alle.« Mister Safir strich sich über seinen grauen Spitzbart.

»Katachel? Kennen Sie Katachel?«

»Nein. Aber ich kenne die Gepäckvorschriften der *Pakistan International Airlines.*«

»Nun.« Beiläufig zog ich den Brustbeutel mit dem Bestechungsgeld aus der Bluse, und Mister Safirs Augen weiteten sich. »Was könnten wir denn da machen?«

Mister Safir verdrehte die Augen. Wahrscheinlich hielt er eine Blitzkonferenz mit Allah und Mohammed ab, oder wer von ihnen gerade Dienst hatte.

»Was schlagen Sie vor?«

»Tja, ich …« Mit vor Angstschweiß feuchten Händen blätterte ich ihm hundert Mark hin.«

»Das wäre alles, was ich habe …«

(Du sollst nicht lügen, Sybille! Das steht in der Bibel! Wer weiß, was im Koran steht! Zunge ab?!)

Herr Safir guckte streng.

»Na gut, ich hätte da noch …« Mit halbwegs überzeugender Geste kramte ich aus der hinteren Jeanstasche mein Portemonnaie hervor. »Aus privaten Beständen …« Ich zückte einen Zwanziger und kippte all mein Kleingeld auf Mister Safirs Schreibtisch. »Achtundzwanzig Mark und sechzehn Pfennige.« Ich lächelte und schnupperte unauffällig an meiner Achselhöhle. Mein Deodorant hatte nicht versagt.

Mister Safir verzog keine Mine. Er griff zum Telefon, sprach viele unverständliche pakistanische Laute hinein und winkte mich hinaus.

»Geht das so – in Ordnung?«

Mister Safir fuchtelte noch ungeduldiger mit der Hand: Husch husch, das Weib möge verschwinden!

Als ich wieder am Schalter erschien, war Dadgul weg. Herr Schmidt bewachte so lange das Gepäck.

»Dadgul ist mal – für kleine Afghanen.«

»Hahaha«, sagte ich, »hoffentlich bricht er sich dabei keine weiteren wichtigen Körperteile!« Inzwischen konnte er die Damen- von der Herrentoilette unterscheiden.

»Wollen Sie nicht auch mal einen Kaffee trinken gehen?« Herr Schmidt zeigte auf ein nahe gelegenes Flughafenrestaurant. »Ich mach das hier schon. Wenn der Schalter aufmacht, winke ich Ihnen.«

»Oh. Das wäre – nett.« Mein Kaffeedurst war fast größer als meine Nächstenliebe.

Müde und verschwitzt wankte ich ins Flughafenrestaurant und ergatterte einen Platz am Tisch einer älteren Dame.

»Die Maschine Flug 716 nach Islamabad ist nun zum Einsteigen bereit! Bitte begeben Sie sich unverzüglich zu Gate 54, und halten Sie Ihre Bordkarten bereit …«

»Ich … ähm … Schönen Tag noch …«

»Aber Sie haben doch noch gar nicht …«

Die alte Dame zeigte auf den noch unangetasteten Kaffee vor mir.

»Trinken Sie ihn für mich, ja?«

Eilig zückte ich meinen Brustbeutel, aber als die alte Dame sah, dass nur große Scheine darin waren, winkte sie ab: »Das übernehme ich. Guten Flug! Und passen Sie auf sich auf!«

Dadgul hatte inzwischen mit anderen afghanischen Passagieren am Schalter geplaudert.

»Wir müssen!«

Vorsichtig schob ich ihn durch die Sicherheitskontrolle.

»Und Sie? Junge Frau, wo ist Ihre Bordkarte?«

»Danke für das ›junge‹«, zwitscherte ich geschmeichelt. »Ich hab keine Bordkarte, aber mein … ähm … Dieser Passagier ist verletzt, und ich muss mich um sein Handgepäck kümmern …«

Tatsächlich ließen die Verdutzten mich durch. Wahrscheinlich stand mir schon »Diskutieren zwecklos!« auf die Stirn geschrieben. Bis zur Eingangstür des Flugzeugs ließ man mich anstandslos mitlaufen. Während Dadgul erfreut mit seinen Landsmännern plauderte und ich sein überdimensionales Handgepäck schleppte, dachte ich: Ein Kapitel geht zu Ende. Vielleicht ein ganzes Buch. Was ich damals noch nicht ahnte, war, dass es nur der erste Teil sein sollte. Ja, dass Dadgul mir eines Tages in den Rücken fallen, ja mir sogar nach dem Leben trachten sollte.

»Ähem, Verzeihung?«

Ein livrierter Steward verwehrte mir den Weg. »Bordkarte bitte?«

»Ich habe keine. Ich fliege nicht mit.«

Da staunte der Pakistani aber. »Und wie sind Sie bis hierher gekommen?«

»Eiserner Wille«, sagte ich.

»Ja, wenn ich Sie jetzt bitten dürfte, die Maschine zu verlassen?«

»Klar. Klar doch.« Ich wischte mir mit dem Handrücken den Schweiß von der Stirn. »Keine Sorge. Ich möchte Sie nur bitten, dem jungen Herrn hier in Pakistan beim Aussteigen behilflich zu sein …« Ich drückte dem Steward das gesamte Handgepäck in die Hand und senkte geheimnisvoll die Stimme. »Er ist verletzt, wissen Sie.«

Dadgul machte eine Gesprächspause mit seinen Landsleute und drehte sich zu mir um. »Tschüs, Mama!«

»Eine Kriegsverletzung?«, fragte der Steward verständnisvoll.

»Fußball«, sagte ich und nickte bedeutungsschwer. »Ein Treffer von der feindlichen Mannschaft. Nachts. Aus dem Hinterhalt. Mitten in die Rippen.«

ZWEITER TEIL

1996 – heute

23

Zwei Jahre später. Inzwischen kontrollierten die Taliban Afghanistan.

Doch nichts konnte mich aufhalten. Ich wollte nach Katachel. Ich wollte zu Dadgul. Ich wollte sehen, was aus unserem Projekt geworden war. Ich hatte weiter Spenden gesammelt und unermüdlich Geld nach Katachel geschickt. Die Leute erklärten mich für verrückt, aber das war mir egal. Sie nannten mich Helferhyäne. Das prallte an mir ab. Katachel war mein Leben. Und ich drückte mich nicht. Ich war nicht feige. Diesen Weg hatte ich gewählt, und den ging ich jetzt. Mit allen Konsequenzen.

Am Vortag war eine Maschine der Fluggesellschaft *Ariana* bei Kabul abgestürzt, und Dadgul rief an, um mich zu warnen: »Flieg nicht!«

Aber Micki sah die Sache gelassen: »Du bist doch Physikerin, Sybille. Nach der Wahrscheinlichkeitstheorie wird deine Maschine nicht abstürzen.«

Kaum zu glauben. Aber Micki kannte mich so gut, liebte mich so sehr, dass er mir riet zu fliegen.

Und ich flog.

Mit der sehr schicken Airline »Emirates« zuerst nach Dubai, wo ich die Nacht in Gesellschaft von fünfundsiebzig ausgewiesenen Afghanen auf dem Fußboden verbrachte.

Schon witzig: Die deutschen Touristen waren in die feinen Hotels abgeschwirrt, Golf spielen, baden, relaxen, shoppen. Ich nicht. Mein Leben verlief anders. Die Asylbewerber waren wieder auf dem Weg ins Elend. Politische Flüchtlinge, die in Europa niemand haben wollte. Zum Teil hatten sie acht Jahre lang in Asylbewerberheimen zu viert in einem Zimmer gehaust. Gehofft, dass ihr Antrag genehmigt würde. Nein. Stempel. Abgelehnt. In ihren Augen stand nichts als Hoffnungslosigkeit. Wir hockten auf unserem Gepäck und versuchten zu schlafen. Die Afghanen starrten mich befremdet an: »Was will die blonde Mutti hier? Hat die ihre Touristengruppe verpasst?« Ich versuchte, mich mit ihnen auf Dari zu unterhalten, schließlich hatte ich in den letzten zwei Jahren fleißig mit einer Privatlehrerin geübt: Ich gehöre zu euch! Ich will helfen! Dass ich einen Gürtel mit fünfzigtausend Dollar um den Bauch trug, erwähnte ich lieber nicht.

Am nächsten Morgen stiegen wir alle in die kleine Maschine der *Ariana*. Riesengepäckstücke, die man nur zu zweit heben konnte, wurden in der Maschine verstaut. Das Flugpersonal wies mir die erste Reihe zu. Allein. Damit ich nicht bei den Männern sitzen musste.

»Danke«, sagte ich. »*Tashakor.*« Es gab einen eingeschweißten Keks und ein Päckchen Saft auf einem Plastiktablett mit Spitzendeckchen. Wie rührend. Ich war ein First-Class-Passagier. Weil ich blond war und eine Frau.

Hinten stapelten sich die Menschen übereinander, es passte keine Briefmarke mehr rein. Über Lautsprecher wurde ein Gebet gesprochen. Das ist auch angebracht!, dachte ich, während ich mich an meinen Anschnallgurt klammerte. Seit die Maschinen der *Ariana* nicht mehr zur Wartung nach Neu-Delhi gebracht werden durften, half nur noch beten.

Der Flieger sprang nicht an. Schweißgebadet spähte ich zum Bullauge hinaus. Was machten die denn da? Ein Lastwagen gab Starthilfe. Zwanzig Männer diskutierten, gestikulierten, schrien, sprangen beiseite, als der Flieger hustend eine Rauchwolke ausstieß. Na bitte. Angesprungen. Bis in die Passagierkabine stank es nach Abgas.

Na toll. Wir flogen. Allah wollte es so.

Ankunft in Kabul. Ich hatte es geschafft! Zum ersten Mal im Leben betrat ich afghanischen Boden – bisher war ich schließlich immer nur im pakistanischen Peshawar gewesen! Das Gepäck lag in einem großen Haufen auf dem Förderband. Das Förderband bewegte sich nicht. Es war kaputt. Ich suchte meine Sachen zusammen und schleppte mich zur Passkontrolle. Der alte Kontrolleur in zerschlissener Uniform begrüßte mich höflich auf Deutsch. Seit der Regentschaft von Kaiser Wilhelm II. und König Amanullah, also seit den Zwanzigerjahren, verband Afghanistan und Deutschland eine Freundschaft, und in der deutschen Schule in Kabul sprachen die Lehrer mit sächsischem Akzent, da die Kommunisten die DDR als Partner bevorzugten.

So, geschafft! Ich wurde in einem Riesenpulk von Afghanen in langen weißen Hemden, mit Turbanen und Bergen von Gepäck unter Begrüßungsgeschrei und chaotischem Tumult nach draußen gespült. Meine Augen suchten nach Dadgul. Sicherheitshalber zog ich mir das Kopftuch tiefer ins Gesicht. Taliban überall.

Da, da stand er! Er winkte und lief auf mich zu. Wir umarmten uns lieber nicht. Aber er war da. Ich fühlte mich geborgen.

Kabul sah aus wie eine Totenstadt. Alles war öde und verlassen. Der Riesenplatz im Zentrum war wie leer gefegt. Ab und zu knatterte mal ein alter VW Käfer durch die schmutzigen, aufgerissenen Straßen. Am Straßenrand saß einsam ein Mann, der getrocknete Rosenzweige mit einer Schere in kleine Stücke schnitt und sie verkaufte. Er sah alt aus, verknittert, obwohl er wahrscheinlich erst fünfzig war.

»Brennmaterial für die Küche, zum Heizen«, erklärte mir Dadgul.

»Hoffentlich können wir morgen nach Kunduz weiterfliegen!« Von Kabul waren es noch dreihundertdreißig Kilometer mit dem Auto nach Katachel: Dadguls Heimatdorf, unser Projekt, unser Lebenswerk.

In dieser Nacht schlief ich auf Anraten des Außenministeriums im *Interconti*-Hotel – ein Riesenbau oberhalb der Stadt, der auch schon mal bessere Zeiten gesehen hatte. Es war der 1. März 1998. Meine Mutter hatte heute Geburtstag und passte auf meine Kinder auf. Ich schickte ihr liebevolle Gedanken. Dann presste ich die Stirn an die Fensterscheibe und schaute auf das dunkle, kalte Kabul. Es lag Schnee, und mein Hotelzimmerfenster war gesprungen und nur mit einer Plastikfolie zugeklebt.

Da unten startete gerade im Stockdunklen die Maschine nach Kunduz. Dieselbe, die wir hoffentlich morgen nehmen würden. Flüge waren nur nachts möglich, da die Maschinen tagsüber beschossen wurden. Auch die Landung in Kunduz würde im Dunklen erfolgen: Die Piste, die als Landebahn diente, würde nur von Autoscheinwerfern erhellt werden, hatte mir Dadgul erklärt.

Ich streckte mich auf dem feuchten Bett unter der muffigen, klammen Decke aus. Es krabbelte überall. Zum Ekeln hatte ich keine Zeit. Ich musste schlafen. Morgen würde ich eine lange, abenteuerliche Reise vor mir haben.

Ein magerer, dunkelhäutiger Hausangestellter in zerschlissener Livree saugte penetrant vor meinem Zimmer Staub. Da Dadgul und ich die einzigen Gäste im ganzen Hotel waren, wusste ich, was er wollte: *Bakschisch*. Er nervte mich, er sollte Leine ziehen! Ich versuchte Dadgul in seinem Zimmer anzurufen, aber das Telefon war kaputt. Also quälte ich mich wieder aus dem Bett, verhüllte mich, stapfte an dem saugenden Turbanträger vorbei und klopfte an Dadguls Tür.

»Kannst du dem Typen sagen, er soll verschwinden?! Ich will schlafen!«

Danach herrschte Totenstille im Hotel. Es war eiskalt im Zimmer. Irgendwann fiel ich in einen unruhigen Schlaf.

»Scheiße, Mama, schlechte Nachrichten!«

»WAS?«

Hastig setzte ich mich auf, als Dadgul ins Zimmer stürmte.

»Kunduz wird von Raketen beschossen, wir haben keine Chance, nach Katachel zu kommen!«

»Ich WILL aber nach Katachel!« Wütend boxte ich auf die kratzige Wolldecke ein, sodass Staub und Milben mir nur so entgegentanzten. Mir schossen Tränen in die Augen. Ausgerechnet jetzt, so dicht vor dem Ziel!

»Es geht einfach nicht.« Dadgul schüttelte den Kopf. »Du musst über Pakistan zurückfliegen. Alles andere wäre der reinste Selbstmord.« Er sah mich streng an. »Für uns beide, Mama!«

Dadgul mietete einen Wagen mit Fahrer.

»Warum hat der eine Ölkanne in der Hand?«

»Weil alle Tankstellen zerschossen sind. Los, Mama, einsteigen, wir sind nicht zum Vergnügen hier!«

An der Straße nach Djalalabad standen Männer mit Kanistern. Lebende Tankstellen. Wir kauften Diesel, ich zückte diskret meinen fünfzigtausend-Dollar-Gürtel und zählte ein paar Scheine hin. Aber es sollte noch viel abenteuerlicher werden.

Die Straßen waren von Minen, Raketen und Panzerketten zerstört worden. Der Asphalt war aufgerissen oder, besser gesagt, nur noch ab und zu erkennbar. Nach einigen Kilometern ging es steil bergab.

»Wir fahren jetzt ins Mai Par«, erklärte mir Dadgul von hinten. »Ins Tal der fliegenden Fische!«

Ich hielt die Luft an. Einerseits weil die Serpentinen lebensgefährlich eng und steil waren, andererseits weil die Landschaft einfach atemberaubend war. Mein Herz hüpfte vor Glück: Ich durfte zwar diesmal nicht nach Katachel, aber ich bekam einen Vorgeschmack auf die wilde Schönheit dieses einzigartigen Landes: Afghanistan!

Felswände so hoch wie Wolkenkratzer ragten in hellem Granit rechts und links von uns empor, rot angestrahlt von der Morgensonne. Geröll lag auf der Piste, so groß wie ein liegen gebliebener Pkw, und wir umrundeten es halsbrecherisch.

»Kleine Erdbeben«, erklärte Dadgul. »Nicht weiter beunruhigend.«

»Dadgul, kann ich ein Foto machen?« Schon kramte ich in meinem Rucksack.

»Mama, Fotomachen ist streng verboten, das habe ich dir doch gestern schon erklärt!«

»Ja, ich weiß. Weil im Koran steht, du sollst dir kein Bildnis machen, glauben die Taliban, dass …«

»Also. Akzeptier das. Mach einfach keines.«

»Aber hier gibt es gerade keine Taliban! Ich will ein Bild machen!«

»Mama, du bist so was von stur!« Dadgul befahl dem Fahrer anzuhalten, und wir machten schnell ein Bild.

»Was machst du denn da, Mama? Du sollst doch lächeln!«

»Ich muss kotzen!«

»Na toll. Wenn mal bloß nicht die Taliban kommen!« Dadgul fühlte sich recht ungemütlich. »Los, einsteigen! Weg hier!«

Ja, die Straßen waren nicht sehr beifahrerfreundlich hier, und der Fahrer fuhr auch nicht gerade wie mit rohen Eiern.

»Mir ist wahnsinnig schlecht!!«

Dadgul schüttelte nur den Kopf und besprach irgendwas mit dem Fahrer.

Der hatte nur noch zwei bräunliche Zahnstummel im Mund und schenkte mir ein verknittertes Lächeln. Obwohl ich ihn nicht verstand, stand ihm der Spott ins faltige Gesicht geschrieben.

»Mir ist so schlecht! Der Typ riecht so streng. Und das Auto auch! Irgendwie – verbrannt!

Der Motor knatterte, plötzlich blieb der Wagen stehen.

»Was ist denn jetzt schon wieder?«

»Der Motor kocht.«

Na toll! Also wieder aussteigen. Ich kniff die Augen zusammen. Wir standen mitten in einer traumhaften Landschaft. Der Sarobisee, die Verbreiterung des Kabulflusses, strahlte in einem unvorstellbaren Türkisblau, dahinter verlor sich ein steineres Tal im Nichts. Im Hintergrund erstreckten sich schneebedeckte Berge unter einem dermaßen knallblauen Himmel, dass ich trotz Sonnenbrille die Augen zusammenkneifen musste.

Wie konnte ein von Menschen dermaßen zerstörtes Land nur so wunderschön sein?

»Was tut ihr da?« Ich wirbelte herum, da Dadgul und der Fahrer hinter mir zum Fluss hinunterkletterten. Jeder hatte einen Kanister in der Hand.

»Wir holen Wasser, um den Motor zu kühlen.«

»Das lasst ihr mal schön sein, ihr Knallköppe!« In mir meldete sich die diplomierte Physikerin zu Wort. »Der Motorblock wird reißen.«

»Mama: Klappe. Davon verstehst du nichts.« Dadgul hatte die Faxen dicke. Vor dem Fahrer ließ er sich von einer blonden Mutti keine Vorschriften machen. In Deutschland hatte ich das Sagen, hier hatte es Dadgul Delawar, genannt »der Kommandante.« Die Frau schweige auf der Straße, ziehe das Kopftuch tiefer und senke den Blick.

Okay. Während ich da oben am Straßenrand hockte, saß mir die Angst tief in den Knochen. Überall konnten bis an die Zähne bewaffnete Taliban lauern. Überfälle und Entführungen von Ausländern, erst recht von Frauen, ja ERST RECHT von ausländischen Frauen, die einen Gürtel mit fünfzigtausend Dollar um den Bauch hatten, hatten Hochkonjunktur!

»Mensch, Dadgul, macht hinne!«

Das kalte Wasser wurde eingefüllt, und wir kletterten hastig ins Auto. Mein Magen zog sich erneut zusammen, als es laut knatternd lostuckerte und rülpste (sowohl das Auto als auch die Beifahrerin). Nach fünfhundert Metern war die Fahrt endgültig zu Ende. Ein lauter Knall, gefolgt von Zischen, und der Motor hatte sich verabschiedet. Aber Sybille verstand ja nichts davon.

»Toll, Dadgul. Ganz toll.«

Kommt alle her, ihr Taliban, hier gibt es was zu holen!, dachte ich grimmig.

»Scheiße, Mama«, jammerte Dadgul »Scheiße! Hätte ich doch auf dich gehört!«

»Ach, Dadgul! Was nützt uns das jetzt!«

»Und nun?« Dadgul schaute hektisch auf seine Wolfsburger Armbanduhr.

»Gleich fünf. In einer Stunde ist es stockdunkel! Wir müssen hier weg!«

»*Inshallah*«, sagte der Fahrer und warf die Hände in die Luft. »*Inshallah!*«

Wir holten unsere Rucksäcke aus dem Wagen und stellten uns an den Straßenrand. Trampen wollte ich schon immer mal wieder.

»Da!« Ich traute meinen Augen nicht! Ein militärfarbener Geländewagen mit der Aufschrift »German NGO« kam den Berg herunter und fuhr direkt auf uns zu! Allah hatte ihn uns geschickt!

»Das sind Deutsche!« Ich sprang aufgeregt auf und ab und winkte und schrie: »Juhuu! Deutschland vor, noch ein Tor! VfL Wolfsburg!«

Die Insassen winkten zurück, kurbelten die Scheibe herunter, und schon segelte mir ein Geldschein vor die Füße. Ein schmuddeliger Afghani im Wert von etwa zwei Cent.

Sprachlos starrte ich ihnen nach.

»Was war denn DAS?« Ich spürte, wie mir der letzte Rest Farbe auch noch aus dem Gesicht wich.

»Sie halten uns für Straßenkratzer«, erklärte Dadgul achselzuckend.

»Für WAS?«

»Na ja, die Straßen werden hier von armen Leuten mit Schutt oder Kies mit der Schaufel oder den bloßen Händen provisorisch ausgebessert. Zum Dank werfen die Straßenbenutzer ab und zu mal ein Scheinchen aus dem Fenster.«

Okay, Sybille. Jetzt musst du ganz tapfer sein. Allah hat da irgendwas missverstanden.

Wir liefen los. Vier Kilometer ins nächste Dorf: Sarobi. Die Dämmerung war uns dicht auf den Fersen, wir schafften es gerade noch vor Einbruch der Dunkelheit. Dadgul suchte einen Autovermieter. Verstohlen öffnete ich wieder meinen Dollargürtel. Dadgul machte einen klapprigen Kleinbus klar.

»Wozu brauchen wir einen Zehnsitzer?«

»Frag nicht, er hat nichts anderes.«

»Fertig?«

»Los!«

Dadgul steuerte das Gefährt, und ich atmete tief durch. Inzwischen war finsterste Nacht. Keine Lichter, nirgendwo. Dafür eine kurvenreiche, unübersichtliche Schotterpiste voller Schlaglöcher, Steine und anderer Hindernisse: Kaputte Autos standen mitten auf der Fahrbahn. Hier und da eine magere Kuh und das Gerippe eines verendeten Tieres. Noch hundertsechzig Kilometer bis zur pakistanischen Grenze. Durchatmen, Sybille, tief durchatmen!

»Wir könnten was singen, Dadgul. Him-mel und E-herde müssen vergehn! Los, jetzt du, im Kanon! – Was ist los? Warum bremst du?«

Nein, diesmal saß kein Bussard auf der Straße, der gerettet werden wollte. Diesmal waren es acht Taliban. (Es heißt übrigens ein Talib und zwei Taliban; das »-an« ist die Mehrzahlendung – das machen unendlich viele Leute, vor allem Journalisten, gern falsch.)

Mit finsteren Bärten, schwarz gekleidet, schwarze Kalaschnikows im Anschlag. Und sie sahen nicht so aus, als wollten sie mit uns im Kanon singen. Jetzt standen sie breitbeinig mitten auf der Straße und zwangen uns zum Anhalten.

O Gott!, dachte ich und spürte, wie meine Zähne aufeinanderschlugen. Sybille, das war's. Sie werden dich verschleppen, vergewaltigen, verscharren, vergessen. Dein Leben ist hier keinen Pfifferling wert. Meine Kinder werde ich nie wiedersehen. Micki auch nicht. Noch nicht mal Asa, unsere kurzbeinige Dackelhündin!

»Dadgul, ich mach mir in die Hose vor Angst!«

»Klappe!«

Dadgul kurbelte die Scheibe herunter, diskutierte mit den finsteren Kerlen.

»Was wollen sie?«, flüsterte ich mit blutleeren Lippen.

»Mitfahren. Ist das okay für dich?«

Ich zwang mich zu einem Lächeln. »Ja, ähm … Klar. Rücken wir ein bisschen zusammen!« Ich griff nach meinem Rucksack und stellte ihn auf meinen Schoß.

Die nach Schweiß und Schießpulver riechenden Männer kamen ins dunkle Auto gekrochen. Der marode Zehnsitzer ging in die Knie.

»Hallo erst mal!« Ich streckte ihnen die Hand hin und zog mein Kopftuch tiefer. »Ich bin die Sybille Schnehage aus Bergfeld, und das hier ist der Projektleiter der Hilfsorganisation Katachel – *raisi az moussessa Katachel*, Dadgul.«

Ich staunte, wie mir die Dari-Brocken trotz (oder wegen?) meiner Todesangst aus dem Mund kullerten, als hätte ich nie etwas anderes gesprochen. »Schönes Wetter heute, findet ihr nicht?« In Gedanken fuhr ich fort: Wir waren gerade am Kanonsingen – Himmel und E-herde müssen vergehn, aber die Ta-li-ban, aber die Ta-li-ban, aber die Ta-li-ban bleiben bestehn!

Die Taliban-Brüder fuhren mit uns bis nach Djalalabad, bedankten sich und stapften davon.

»Mensch Mama, das ist ja noch mal gut gegangen!«

Aber der Horrortrip war noch nicht beendet. Es sollte noch dicker kommen.

»Wir können beim Bürgermeister pennen, der kommt ursprünglich aus Katachel, ist also Familie!«, erklärte Dadgul.

In der guten Stube des Bürgermeisters, sprich in seinem Hinterzimmer, wimmelte es von Frauen, die mich anfassen wollten. Sie stürzten sich lachend und schwatzend auf mich, hoben meine Tücher und Röcke, fuhren mir mit ihren hennagefärbten Händen durchs Gesicht und kamen mir so nahe, dass ich ihren Atem riechen konnte. Dabei schrien sie mir mit ihren schrillen Stimmen ins Ohr, dass ich fast einen Tinitus bekam. Stress pur, dabei hatte ich heute schon genügend Adrenalinstöße gehabt.

»Dadgul! Sag ihnen, sie sollen weggehen!«

Dadgul schaute nur flüchtig um die Ecke. »Das ist das Frauenzimmer! Da darf ich nicht rein!«

»Was WOLLEN die denn von mir?« Zwanzig Hände zerrten an meiner Kleidung, lösten Schnallen, öffneten Knöpfe, zogen am Reißverschluss meiner Hose.

»Huch! Wenn mich die Taliban nicht vergewaltigt haben, sollen DIE das bitte auch nicht tun!«

»Die sind nur neugierig«, rief Dadgul durch den Türspalt.

»Auf WAS?!«

»Ob du überall blond bist!«

»DADGUL!«

»Du hast einen weißen Körper!«

»Der stinkt wie ein Aal!«

»Das ist denen egal!« Dadgul kicherte schadenfroh, die Teetasse in der Hand.

»Sie wollen dich nackt sehen!«

»WAS?«, quiekte ich in höchster Todesnot. »Ich denke, die sind hier alle so prüde?!«

»Nicht, wenn sie unter Frauen sind!«

Wo er recht hatte, da hatte er recht: Zwanzig Hände strichen mir über die Schultern, über die Haare, über … Ähm, ja, was sollte das denn! Ich versuchte, meinen BH wieder über die Brüste zu ziehen, aber sie lachten sich kaputt.

»Lass sie einfach, sie hören dann schon wieder auf«, meinte Dadgul, bevor er die Tür ganz schloss. Klar. ER wollte das ja auch nicht sehen. Da hatte Mohammed ja was dagegen.

Aber die Frauen gaben nicht eher Ruhe, bis ich splitternackt vor ihnen stand und sie mich alle gründlich abgetastet hatten.

Natürlich. Zärtlichkeiten und Streicheleinheiten bekamen die von ihren Männern vermutlich viel zu wenig. Das war Frauensache und für sie weder peinlich noch anrüchig. Frauen untereinander durften das. Nur mit Männern war es Sünde.

»Ist es jetzt gut? Ich will endlich schlafen! – Mama ist müde!«, sagte ich auf Dari, was den Weiberhaufen zu schrillem Gelächter hinriss. Endlich, endlich ließen sie von mir ab. Ich legte mich auf das Lager aus bunt bestickten Decken und Kissen, das man mir bereitet hatte.

Meine ersten Tage in Afghanistan. Und bis auf Weiteres auch meine Letzten.

24

Zwei Jahre später probierte ich es wieder. Die Taliban waren immer noch an der Macht, aber zu mir waren die Jungs ausgesprochen nett gewesen!

Ich war aber auch gut vorbereitet. Über einen Exilafghanen in Wolfsburg hatte ich Kontakt zu dem in Frankfurt lebenden geheimen Talibanbotschafter Nekmal aufgenommen, ja ihn sogar in seiner Sozialwohnung in der Niddastraße besucht. Es konnte nicht schaden, mit einem Talib Freundschaft zu schließen. Kennst du einen, kennst du alle, dachte ich, als ich durch das heruntergekommene Bahnhofsviertel stiefelte, wo es vor finsteren Gestalten und Prostituierten vor Spielhallen nur so wimmelte. Vor seiner Haustür hingen Drogensüchtige herum, und mir war wirklich nicht wohl. Aber es ging hier nicht um mich, sondern um die Mädchen in Katachel, die ich zwar noch nie gesehen hatte (außer auf Hunderten von Fotos!), für die ich aber inzwischen so etwas wie Muttergefühle hegte. Eigentlich wollte ich Bruder Talib nur bitten – na ja, auffordern, »meine« Mädchen in Katachel weiter zur Schule gehen zu lassen. Unter der Talibanherrschaft hatte sich das gründlich geändert: Mädchen wurden verschleiert, versteckt, eingeschlossen, und ich wollte ihnen ihre mühsam erworbene Freiheit zurückgeben. Deshalb beschloss ich, mal unter vier Augen mit dem Talibanbotschafter zu sprechen.

Klopf, klopf! »Hallo? Nekmal? Ich bin's, Sybille Schnehage aus Bergfeld!«

Der kleine unterernährte Mann hockte wie ein Häufchen Elend auf seiner schäbigen Matratze und traute seinem Auge nicht. (Das andere hatte er leider verloren.)

Er war an einem sozialen Brennpunkt Deutschlands gelandet, wohin ihn das Sozialamt verwiesen hatte, und auf einmal stand eine deutsche Mutti vor ihm und redete freundlich mit ihm auf Dari!

»Nekmal, ich hätte da so einiges auf dem Herzen. Was ist? Wollen Sie nicht zu mir nach Bergfeld kommen? Sich erst einmal erholen, ausruhen, Sybilles leckere Süppchen essen?«

Der Mann hatte ähnliche Verletzungen wie Dadgul und war ein verängstigtes, traumatisiertes Bündel Mensch. Der hatte mehr Angst vor mir als ich vor ihm. Der Kerl war so schüchtern, dass er mir kaum ins Gesicht sehen konnte! Ich schnappte ihn mir, schulterte sein Bündel und schleppte ihn zum Bahnhof.

»Kommen Sie mit! Ich tu Ihnen nichts!« Auf der Rolltreppe stand ihm die nackte Panik im Gesicht geschrieben. Ich hielt ihn unauffällig am Ärmel fest und lächelte ihn aufmunternd an. »Klappt schon! Geht doch! Kommen Sie! Wir schaffen den 14 Uhr 17 von Gleis fünf!«

Der hielt mich bestimmt für eine Kriminalbeamtin oder Beamte von der Ausländerbehörde. Dabei war ich doch nur Sybille Schnehage aus Bergfeld!

Im Abteil zweiter Klasse taute er vorsichtig auf, nahm sogar das Sandwich, das ich ihm anbot, und stopfte es sich hungrig in den fast zahnlosen Mund, wobei er mich taxierte wie ein Hund, der plötzlich von einem Fremden Zuwendung erfährt.

Armer Kerl! Und vor so etwas hatten wir Deutschen so schreckliche Angst?

Unsere Nachbarn in Bergfeld schlugen die Hände über dem Kopf zusammen: »Die Helferhyäne hat sich einen Talibanhäuptling ins Haus geholt!« Frau Brechenmacher wollte schon die Polizei rufen: »Die tickt doch nicht mehr richtig! Nachher fliegt noch unser ganzes Dorf in die Luft!«

Aber Micki meinte nur, solange Bergfeld durch das Gift ihrer boshaften Bemerkungen noch nicht in die Luft geflogen sei, werde es das durch die Ankunft eines harmlosen Talibanbruders auch nicht tun.

Nekmal war erst fünfunddreißig Jahre alt und hatte wie mein Dadgul ein entsetzliches Schicksal unter den sowjetischen Kommunisten erlitten. Seine Form des Widerstands bestand in der Wiederherstellung der absoluten Gottesherrschaft (Talib heißt »Koranschüler« und ist grundsätzlich erst mal nichts Schlimmes). So wollte er Frieden und Ordnung wiederherstellen – notfalls auch mit Hilfe drastischer Maßnahmen. Mädchen, so erklärte mir der müde abgemagerte Gotteskrieger, dürften deshalb nicht zur Schule gehen, weil ihre Sicherheit gefährdet sei. Ihre Unschuld war wie gesagt gleichzusetzen mit Familienehre – und die war das Einzige, was die armen Afghanen noch hatten! Das galt auch für Lehrerinnen: Während des Krieges waren unzählige unschuldige Mädchen und Frauen aus ihren Häusern verschleppt und vergewaltigt worden. Damit war deren gesamte Familie entehrt. Das führte zu immer neuen Vergeltungsschlägen – ein Teufelskreis, der nur durch allerstrengste Regeln durchbrochen werden konnte: Durch äußerst strenge neue Auflagen und Kleidungsvorschriften, wie die Taliban sie aus dem Koran herauslasen. Natürlich ging auch der Schuss wieder nach hinten los: Die Taliban verboten jede Art von Musik, Tanz, Malerei, harmlose Vergnügungen wie Kino, Fernsehen, Zerstreuung jeder Art. Außer dem Koran war überhaupt keine Lektüre erlaubt.

Für uns westliche Frauen war das schwer zu verstehen. Wer nur die Spitze des Eisbergs sah, winkte ab oder wurde hysterisch wie Frau Brechenmacher. Aber ich bemühte mich einfach, die Zusammenhänge und Ursachen zu begreifen. Ich versuchte, einem Land zu helfen, also musste ich auch versuchen, die Ursprünge seiner Gesetze und Glaubensregeln zu begreifen.

Und jetzt, zwei Jahre nach meinem ersten Einreiseversuch in Afghanistan, war ich im Besitz eines gültigen Talibanvisums, ausgestellt mit zittriger Hand von Nekmal, meinem Gast und neuen Freund, der vierzehn Tage lang die Schnehage'sche Aufbaukost genossen hatte. Denn nur so konnte ich in mein Katachel gelangen und mein Projekt weiterführen. Meine Katacheler Mädels vertrauten mir, sie hatten ja nur mich.

Diesmal lief meine Ankunft vollkommen anders ab. Dadgul holte mich ab, wir wurden von Taliban eskortiert, sprich, beschützt. Mit sechs vollbesetzten Jeeps begleitete man die »Deutsche Mutter« von Islamabad nach Afghanistan. Eine Mischung aus Aufregung, Stolz und Neugier erfüllte mich. Unsere Fahrzeugkolonne näherte sich dem landschaftlich berauschenden Khyberpass. Dahinter lag Afghanistan, mein Traum! Jetzt endlich würde er Wirklichkeit werden! Doch dort stellten die Grenzer fest, das ich zwar Pass und Visum hatte, nicht aber die ausdrückliche Genehmigung, den Khyber zu befahren.

»Mann, aber auch! Dadgul! Hättest du mir das nicht vorher sagen können!«

»Nee, Mama! Hier ändern sich die Vorschriften ja dauernd!«

»Glaub ja nicht, ich fahr jetzt wieder nach Hause! Wo gibt's diese Scheiß-Genehmigung?«

So langsam wurde ich ungeduldig.

»In Peshawar. Büro für auswärtige Angelegenheiten.«

Wir also wieder nach Peshawar, mitsamt Eskorte, ins Büro, dort schnell um die Bescheinigung gebettelt (was mit einem Dutzend schwer bewaffneter Taliban relativ leicht war.) Dann wieder hoch zum Khyber. Zum zweiten Mal diese endlosen, halsbrecherischen Serpentinen, immer den Abgrund vor Augen, dazu dieses Gerumpel durch Schlaglöcher, der entsetzliche Gestank nach Diesel und dem Schweiß meiner Mitreisenden, das Bremsen und Gasgeben. Mir war so schlecht! Immer wieder mussten wir anhalten, weil die ehrwürdige Mutter eine Runde kotzen musste!

Wegen der Verzögerung und des plötzlichen Einbruchs der Dunkelheit landeten wir wieder in Djalalabad, beim Bürgermeister und den zudringlichen Frauen.

»O NEIN, jetzt nicht auch das noch! Dadgul, sag ihnen, noch mal mache ich diesen Scheiß nicht mit! Ich will meine Ruhe haben!«

Dadgul sagte es ihnen. Wie ein nasser Sack ließ ich mich auf die Bettstatt fallen. Man sah mir meine Erschöpfung vermutlich zehn Meter gegen den Wind an, denn sie ließen mich in Ruhe.

Na bitte! Wer sagt denn, dass Afghanendamen nicht lernfähig sind?!

Am nächsten Morgen klappte es dann mit dem Flug! Hurra! Djalalabad–Mazar-i-Sharif! Das war doch schon mal was! Ich hatte keine Ahnung, wo wir jetzt wieder hinflogen, aber es brachte mich Katachel näher, wie Dadgul mir glaubhaft versicherte!

Klappsitze wie im Trabi, und statt einer Toilette gab es einen Eimer für *shahshah* (was lautmalerisch alles heißen konnte, in diesem Falle aber pinkeln). Aber ich spannte tapfer den Beckenboden an und musste nicht. Ein Gutes hatte meine Kotzerei von gestern: In mir war nichts mehr.

Ein Geländewagen Marke Pajero, gemietet aus Kunduz, stand bei der Ankunft bereit, und damit ging es jetzt weiter. Ich hatte Dadgul, und wo Dadgul war, war die Welt in Ordnung. So glaubte ich jedenfalls. Wir stiegen ein. Alle paar Kilometer kontrollierten uns die Taliban, aber es gab kein böses Wort und keinen bösen Blick. Im Gegenteil. Sie waren höflich und freundlich. Ob sich schon herumgesprochen hatte, dass ich Nekmal in mein Haus in Bergfeld aufgenommen und ihm Apfelkuchen gebacken hatte? Keine Ahnung. Sie winkten uns freundlich lächelnd durch, die schwarzen Männer mit den schwarzen Bärten und den schwarzen Maschinengewehren, so als wäre ich ihre lang vermisste Schwester oder Tante oder so.

Unsere Strecke führte über Pul-i-Kumi und Aliabad nach Kunduz. Das klingt jetzt so harmlos wie »Wir fuhren über Bad Oeynhausen und Rinteln zum Kamener Kreuz«, aber so war es leider nicht: Ich musste mich wieder andauernd übergeben.

»Da vorne ist schon Kunduz«, versuchte Dadgul mich aufzumuntern, was nicht ganz stimmte, denn wir rumpelten noch acht weitere Stunden über kurvige Serpentinen durch die steinige Einöde. Irgendwann war ich der Ohnmacht nahe. Ich legte meinen Kopf in Dadguls Schoß und versuchte ein bisschen zu schlafen. Dadgul streichelte unbeholfen meinen Kopf, und irgendwann erwachte ich wieder aus meinem Koma, als er sagte: »Aufwachen, Mama! Wir sind da!«

»Wo?«

Verwirrt hob ich den Kopf und starrte in die Dunkelheit.

»Katachel! Wir sind in Katachel!«

Das klang wie Musik in meinen Ohren. Mein Traum hatte sich erfüllt! Nach sieben Jahren, in denen ich mein letztes Hemd gegeben hatte (ich tapferes Schneiderlein!), jede freie Minute, alle meine Energiereserven in Katachel, in Dadguls Heimatdorf investiert hatte, war ich vor Ort. Schwankend zwar und leise rülpsend, aber ICH HATTE ES GESCHAFFT!!!

»Dadgul, könntest du mich bitte einfach nur noch ins Bett bringen? Mir geht es wirklich nicht so gut …«

Dadgul wehrte die ein Indianergeheul von sich gebende Weibermeute wie ein wahrer Kommandante ab, brachte mich in »mein Zimmer« (irgendein Verschlag, der mir zu Ehren mit dunkelroten blümchengemusterten Tüchern verhangen worden war), in mein dunkelrotes Blümchenmustertuchbett und legte sich – ganz Kommandante, Bodyguard und Gentleman – mit seiner Kalaschnikow neben mich auf den Boden.

Wer von uns beiden schneller einschlief, weiß ich nicht mehr. Draußen heulten die Eulen. Oder Kojoten. Kann auch sein, dass es Dadguls weibliche Verwandte waren.

25

Katachel. MEIN Dorf.

Nach dem Ausschlafen putzte ich mir die Zähne mit Pepsi (Mineralwasser gab es nämlich nirgendwo zu kaufen), schüttelte Hunderte von Händen, lächelte in Hunderte von neugierigen Gesichtern und versuchte, aus den jeweiligen Verwandtschaftsverhältnissen schlau zu werden. Dann lief ich durch das lehmfarbene Dorf, betrachtete MEINE BRÜCKE nach Katachel Arab, MEINE SCHULE, MEINEN BRUNNEN, also, besser gesagt, die der Katacheler, die ich durch meinen Einsatz ermöglicht hatte. Die vielen Witwen und Waisen winkten und warfen mir Kusshände zu. Und Dadgul war hier der erste Mann am Platz. Jetzt genoss er Respekt und Ansehen, und ich war sein Ehrengast. Mein Herz weitete sich wie ein großer bunter Ballon und wollte vor lauter Stolz und Glück mit mir davonfliegen.

Dadguls riesige Familie hatte mich begrüßt, viele Frauen und junge Mädchen, die einander erschreckend ähnlich sahen: Das ist Lahta, das ist Nasbara, und das ist … Mir schwirrte der Kopf.

Ja, grüßt euch alle miteinander, Mädels, und seid mir nicht böse, wenn ich euch auf Anhieb noch nicht auseinanderhalten kann! Ich werd's schon noch lernen! Errötend schüttelte ich Hände, tätschelte Kinderwangen, wehrte allzu intime Berührungen der Frauen, die mir auf diese Weise ihre Liebe und Dankbarkeit beweisen wollten, ab.

Das Befremdlichste war jedoch der süßlich-faulige Geruch, gespeist von Abfall, Essensgeruch, Schweiß und Fäkalien. Ups. Mir wurde schon wieder ein bisschen schlecht. Mich überkam ein Pepsi-Rülpser. An das hier würde ich mich erst noch gewöhnen müssen.

»Wer ist denn nun Kandigol?« Ungeduldig stieß ich Dadgul in die Rippen.

Kandigol heißt »Zuckerblume«, und dieses bezaubernde vielbesungene Wesen, die Mutter seiner vier Kinder Palwasha, Anissa, Tadjudin und Aziza, wollte ich doch nun endlich kennenlernen.

Auf Anissa war ich besonders gespannt. Sie war das arme glatzköpfige, zahnlose Wesen mit den Würmern gewesen. »Also. Wo ist deine Zuckerblume Kandigol, und wo sind deine Kinder?«

»Ach, Kandipil!« Dadgul lachte. »Die ist in der Küche!«

»Kandipil? Ich denke, sie heißt Kandigol?!«

»Kandipil heißt ›Zuckerelefant‹«, sagte Dadgul hinter vorgehaltener Hand. Und da kam sie – breit und mächtig, um nicht zu sagen: fett. Da sie die Frau des »Projektleiters« war, hatte sie sich einen sichtbaren First-Lady-Status angefuttert. Sagen wir so: Sie war schon mal magerer gewesen. Es war ihr und ihrer Familie schon mal elender gegangen. Sehr viel elender.

»Hallo, Kandipil!«

Dadgul stieß mich in die Rippen.

»Ähm, Kandigol, was sag ich … Hallooooo, ich bin Sybille, von Dadgul Mama genannt, und ich freu mich ganz wahnsinnig, dass es endlich geklappt hat …«

Kandigol schüttelte mir fest die Hand und umarmte mich rechts und links. Plötzlich nahm ich an ihr mein Duschgel und Shampoo wahr.

»Kandigol? Du hast doch nicht zwei Liter Duschgel und Shampoo über dich geschüttet?« Mein Blick fiel auf ihre Schuhe. »Sag mal, gibt es hier auch ein Schuhgeschäft wie in Wolfsburg, oder sind das … Das sind MEINE Nikes! Und was hat sie da im Mund? Sind das meine Salzstangen? Die hatte ich mir gegen Dünnschiss mitgebracht!«

»Oh! Sie hat wohl deine Sachen ein bisschen inspiziert!« Dadgul lachte. »Das kannst du als großes Kompliment werten! Sie mag dich!«

Tatsächlich. Kandigol hatte sich großzügig an meinem Gepäck bedient – angefangen vom sehr privaten Kopfkissen über Zahnpasta und Zahnbürste bis hin zum letzten Schlüpfer. Strahlend grinste sie mich an und freute sich wie Bolle, dass ich ihr das alles mitgebracht hatte. Hallo? Das war doch alles in meinem Koffer in meinem ZIMMER gewesen! Ich staunte. »Sogar die Fleischbrühe hat sie aus meinem Koffer genommen! Und mein Cappuccinopulver! Dadgul, das war meine Notration!«

»Tja«, Dadgul lachte herzlich. »Du beschenkst sie seit sieben Jahren, immer gibt es Wunderpakete aus Deutschland mit Tampons, Schlüpfern, wollenen Unterhosen, Milka-Riegeln und Nagelfeilen – wie soll sie da ahnen, dass der Inhalt deines Koffers nicht für sie bestimmt ist?«

Dadgul zerrte mich weiter. »Komm, ich stell dir Lahta vor!«

Lahta war die Frau seines Cousins Khaista Khan. Sie war ständig schwanger, seit elf Jahren, ohne Unterbrechung. Sie war eine bildhübsche, freundliche Frau, die ständig Palau kochte, jeden Tag, morgens, mittags und abends. Ein Kind im Bauch, eines auf dem Schoß und eines an der Hand. Die anderen Kinder halfen ihr oder schwirrten einfach um sie herum. Lahta war mit diesem Leben glücklich. Khaista Khan, ihr Mann, genoss in Katachel hohes Ansehen, schließlich war er der Cousin von Kommandante Dadgul und versorgte sie. Das reichte ihr. Den Hof verlassen? Nö, warum denn? Sie hatte doch alles. Ansehen, Kinder und Palau. Was wollte sie mehr?

Unvorstellbar, diese Lebensweise!, ging es mir durch den Kopf. In Deutschland schaut man auf Frauen herab, die »nur Hausfrau« sind, Unmengen von Kindern zu haben gilt als asozial. Hier war es das Größte, was einer Frau widerfahren konnte. Allah hatte es gut gemeint mit Lahta.

Nach nur wenigen Tagen hieß es für mich wieder Abschiednehmen, Abschied von meinen neuen Freunden. Aber zu Hause wartete jetzt noch mehr Arbeit auf mich, denn wir brauchten Geld zum Helfen, Geld und nochmals Geld, und das wollte erst mal gesammelt werden, natürlich von mir.

Ich tat, was ich konnte … bis eines Tages die Nachricht kam, dass die New Yorker Twin Towers von Flugzeugen zerstört worden waren. Osama Bin Laden agierte von Afghanistan aus, Amerika sagte den Taliban den Kampf an, es kam zum Kampf um Kunduz – oh, was hatte ich für eine Angst, die schöne neue Schule in Katachel könnte durch Bomben zerstört werden!

Aber wir hatten Glück, alles war gut gegangen. Und so konnte ich schon sechs Wochen nach den Kämpfen nach Kabul fliegen und erreichte nach einer abenteuerlichen Fahrt über den Hindukusch und den Salangpass mein geliebtes Katachel. Die Zeit der Taliban war vorbei, alle versuchten sich weltoffen zu zeigen – in Kunduz herrschte Aufbruchstimmung. Die Menschen dort beschworen immer wieder die Deutsch- Afghanische Freundschaft und schilderten die Zukunft ihrer Heimat in den glühendsten Farben.

26

»Mama, wir müssen dir was zeigen.« Dadguls Miene verriet nichts Gutes.

»Die Hoftür von Cousin Khaista Khan ist gewaltsam geöffnet worden, unser Verein wurde ausgeraubt!«

Ich spürte, wie alle Farbe aus meinem Gesicht wich.

»Wir wissen auch, wer es war! Leute von General Safi, ein Mitgeneral von General Farid!«

»Wer ist das denn?«

»Sie haben alles mitgehen lassen, was sie für wertvoll gehalten haben und Geld, ungefähr fünftausend Dollar, deine Fotos und Papiere, die Witwenlisten!«

»Regierungsleute? Spinnen die? Was wollen die damit?« Ich stemmte die Hände in die Hüften und atmete scharf ein.

»Ja, aber das ist noch nicht das Schlimmste! Sie haben auch unseren neuesten Geländewagen mitgehen lassen!«

»Verdammt! Wie konnte das passieren?!« Wutschnaubend überzeugte ich mich mit eigenen Augen davon, dass das Auto weg war. »Wie kommen die dazu?«

»Raubüberfälle sind hier leider an der Tagesordnung!« Dadgul und seine Cousins zuckten erschöpft die Schultern. »Wir können schon froh sein, dass sie unsere Frauen und Mädchen nicht mitgenommen haben.«

»Ja, aber das lassen wir uns doch nicht gefallen!« Wütend packte ich ein paar Sachen zusammen. »Dadgul, wir fahren jetzt sofort nach Kabul zum Außenministerium und fordern unsere Sachen zurück! Niemand darf eine ausländische Hilfsorganisation berauben, weder sowjetisches Militär noch die Taliban noch Regierungstruppen!«

Dadgul staunte nicht schlecht.

»Aber dir wird wieder schlecht, Mama!«

»Ich weiß.« Ich schüttelte mich. »Aber wenn wir nicht sofort reagieren, denken sie, dass sie alles mit uns machen können! Und das können sie NICHT! So wahr ich Sybille Schnehage heiße!«

Dadgul und seine Leute starrten mich an.

»Los, Dadgul! Worauf wartest du noch?«

»Ähm … auf nichts?!«

Ja, Dadgul war es nicht gewöhnt, dass ein Weib Entscheidungen traf und sie dann auch umsetzte! Ein Mann, ein Wort. Eine Frau, eine Tat? Nicht in Afghanistan.

Ich wurde ungeduldig. »Dadgul, so langsam müsstest du mich doch kennen!«

Also knatterten wir los. Dadgul, sein Fahrer und ich. In einem Auto, das Cousin Khaista Gol uns leihweise zur Verfügung gestellt hatte. Die Fahrt dauerte wieder acht Stunden und war mitnichten ungefährlich. Aber diesmal dampfte nicht nur das Auto, sondern auch ich. Vor Wut. Ich ließ mir doch nicht das Auto klauen!

In Kabul angekommen, saß irgend so ein Muselmann vor seinem Teeglas und seiner Wasserpfeife und scheuchte mich aufgeregte Mutti aus seinem Büro: »Da müssen Sie mit General Farid persönlich sprechen, in Kunduz!«

Na, toll. Da kamen wir doch gerade her! Irgendwann würde ich diese Serpentinenstraße voller Schlaglöcher und Straßenbanden noch lieben lernen!

Immerhin gab man mir den Fahrer des Polizeichefs mit, Nasrullah. Das sei sicherer. Vielen Dank auch! Das Autokennzeichen war P 0001, und mich überkam dieses James-Bond-Gefühl, in geheimer Mission unterwegs zu sein. Jedenfalls wagte es niemand, uns aufzuhalten – weder Kontrolleure noch Räuber. Der reinste Traum.

An Tulpenfeldern vorbei rasten wir wieder in Richtung Hindukusch. Achtung, Sybille, Speibeutel bereithalten! In das schöne Auto des Polizeichefs wollte ich mich nicht unbedingt übergeben!

»Oh, Mist, Dadgul! Stau! Was ist denn jetzt schon wieder!«

Der Fahrer schlug wie immer den einzig möglichen Weg durch das Salang-Bergmassiv ein, indem er den von den Russen gebauten Tunnel nahm. In viertausend Metern Höhe standen die überladenen Laster Stoßstange an Stoßstange, schon lange vor dem Tunneleingang, aber auch nebeneinander. Sobald ein Zentimeter frei wurde, schob sich jemand hupend in die Lücke. Keiner der Fahrer kam auf die Idee, den Motor abzustellen! Es gab auch keine roten Ampeln, wie bei uns, die bei Stau die Einfahrt in den Tunnel verhindern. Nö. Eine sieben Kilometer lange Schlange aus Bussen, Autos und Lkws stieß ununterbrochen Abgaswolken aus. Ich wusste nicht, wohin ich schauen sollte: auf die schwindelerregenden Felsmassive über uns, von denen hin und wieder Gesteinsbrocken auf uns herunterfielen, oder nach unten ins Tal, auf die endlose, giftige Autoschlange. Als wir endlich den Tunneleingang erreichten, sah ich mit Schrecken, dass nur eine Fahrbahn für Hin- und Gegenverkehr befahrbar war, den Rest hatten hereinwehende Schneemassen begraben. Und in diesen Tunnel wollten wir jetzt ernsthaft rein?

»Was für ein Chaos, Dadgul! Da KANN ja gar nichts weitergehen!« Ich hielt mir mein Kopftuch bereits vor den Mund. »Das hält ja kein Schwein aus!«

Doch. Alle armen Schweine in den Bussen und Autos hielten das stoisch aus.

Dadgul zuckte die Schultern. »Normalerweise wird der Tunnel im Winter im Zweitagesrhythmus nur als Einbahnstraße freigegeben. Aber die haben wohl den Überblick verloren, wer heute dran ist!«

Ich hustete erneut. Schon fünfhundert Meter vor dem Salangtunnel war die Luft schwarz vor Ruß und Rauch. Im Dieselnebel sah man den Eingang gar nicht mehr!

»Nee, Dadgul, das macht keinen Spaß!«

»Mama! Was hast du vor! Du wirst doch nicht etwa ...«

»Doch. Rennen geht schneller!«

Kurzerhand schwang ich mich aus dem Auto und rannte los. Eng an die kalte Felswand gedrängt, von der Eiszapfen herunterhingen, stapfte ich durch den gefrorenen Altschnee, sank ein, fluchte, zog mein Bein wieder heraus und humpelte weiter. Die ganze Zeit über hielt ich mir schützend das Tuch vor Mund und Nase und versuchte, so wenig wie möglich von der vergifteten Luft einzuatmen. Irgendwann erreichte ich dann auch die Stauursache: Ein völlig überladener Bus war mit dem rostigen Karosserieboden auf Grund gelaufen und kam weder vor noch zurück. Die Insassen glotzten stur vor sich hin, egal ob sie saßen oder standen. Keiner versuchte auszusteigen, das Ausmaß des Schadens zu ermessen oder sich in Sicherheit zu bringen. (Oder gar, wie in Deutschland üblich, besserwisserisch einen Vortrag über den Grund für die Panne zu halten und die Schuldigen mit Vorwürfen und Drohungen zu überhäufen!) Wie die Lämmer harrten sie stoisch aus. Ich schien die Einzige zu sein, die sich überhaupt noch bewegte. So hastete ich durch den furchtbaren Tunnel, vorbei an den rumpelnden Rostbomben des Gegenverkehrs, aus deren Inneren mich erschrockene Augen anstarrten, als wäre ich ein Mondkalb.

Endlich, endlich war ich auf der anderen Seite angekommen und taumelte mit letzter Kraft aus dem Höllenloch.

Ich sog die frische Luft ein wie eine Ertrinkende, und an die hundert Männer mit Turban, Pakol (Flachmütze der Männer der Nordallianz) oder Gebetsmütze staunten nicht schlecht: Eine Frau, zu Fuß, kommt durch den Tunnel getaumelt – allein! Unfassbar!

Ich hatte keine Angst vor ihnen. Alles war besser, als in diesem Loch zu ersticken.

Nach etwa einer Stunde kam Dadgul aus dem dunklen Maul des Tunnels: Er selbst hatte diesen rutschigen Fußmarsch nicht so sportlich weggesteckt wie ich. Aber immerhin war er mir nachgelaufen, und ich fand, das gehörte sich auch so.

Als weitere drei Stunden später endlich der arme Nasrullah im Polizeifahrzeug aus dem verpesteten Ofenrohr rollte, sah er, wie Dadgul und ich auf einer Eisbahn laut lachend um die Wette schlitterten. Ja, was sollte ich denn sonst tun, da oben auf dem zugigen Pass? Bewegung macht warm, das weiß doch jedes Kind! Ein komisches Gefühl bekam ich erst, als ich im Sommer darauf wieder dort entlangfahren sollte und überall neben der Straße rote Steine zu sehen waren: Steine, die auf Gefahr hinweisen. Minenräumer mit Detektoren waren dabei, dort Überreste des Krieges zu beseitigen, wo wir sorglos herumgeschlittert waren: O weia – das hätte auch schiefgehen können.

Schließlich gelangten wir ans Ziel unserer Reise und waren in Kunduz, bei General Farid, dem Machthaber der Provinz nach der Eroberung durch die Nordallianz, der uns unseren verdammten Geländewagen geklaut hatte!

»He, Mann! Das war nicht rechtens! Rück den Wagen wieder raus!« Ich baute mich vor ihm auf und sprach so würdevoll, wie es mir in der Landessprache möglich war: »Wir sind eine international anerkannte Hilfsorganisation! Katachel e.V. Bergfeld! Schon mal gehört?«

Nein. Hatte er natürlich nicht. Und dass eine kleine blonde Frau es wagte, in sein Reich einzudringen und auch noch die Rückgabe ihres Eigentums forderte, war für den General schon starker Tobak.

Äußerst widerwillig gab er mir schließlich eine Bescheinigung, mit der ich wieder nach Kabul fahren und meine Ansprüche belegen sollte.

Na, der hatte Nerven! Jetzt reichte es mir aber. Nochmal fuhr ich bestimmt nicht durch diesen Tunnel!

»Ihr bringt mir das Auto, verdammt noch mal, selbst zurück! Morgen steht es wieder in Katachel, klar?!«

Noch während ich nach den richtigen Worten suchte, um dem Kerl klarzumachen, dass ich es ernst meinte, flog die Tür auf, und ein aufgeregter Lehrer von meiner Schule in Katachel schneite herein:

»Schnehage, komm schnell! Da sind Leute von der UNICEF in deiner Schule und kleben überall ihre Aufkleber drauf! Sie haben ein Filmteam dabei!«

Jetzt platzte mir aber endgültig der Kragen. »WAS? Sind die noch ganz dicht?«

Hier schien sich einfach jeder fremdes Eigentum unter den Nagel reißen zu wollen, und da bildete die weltberühmte Hilfsorganisation UNICEF vielleicht keine Ausnahme!

Aber das ließ ich nicht gelten.

Den General nicht weiter beachtend, rief ich Dadgul zu: »Lauf auf den Basar und kauf Farbe: Schwarz, Rot, Gelb. Wir überpinseln die UNICEF-Aufkleber einfach mit der deutschen Flagge!«

Bis spät in die Nacht hinein schufteten Dadgul und ich – woraufhin das Filmteam dann am nächsten Tag darauf verzichtete, unsere Schule fürs europäische Fernsehen abzulichten.

»Blödmänner!«, schrie ich ihnen wutentbrannt hinterher. »Hat es ein Riese nötig, bei einem Zwerg zu schnorren?!«

In dem Moment bebte die Erde. Alles erzitterte, und ein merkwürdiges Dröhnen ertönte. Zürnte Allah mir? Was war denn jetzt schon wieder los?

»Hilfe, ein Erdbeben, ein *salselah!*«

Dadgul packte mich und schleifte mich über den Schulhof.

»Verdammt, die Erde wackelt!«

»Pass auf, wo du hintrittst, Mama!«

»Scheiße, Dadgul, ich hab für heute genug Stress gehabt!«

Es schwankten die Bäume, und ich sah, wie Lehmstücke von einzelnen Häusern herabfielen. »Oh, Dadgul, unsere Schule!«

»Es ist nicht so schlimm!« Dadgul zog mich keuchend weiter. »Wir haben das hier öfter, dieses Erdbeben hat sein Epizentrum bestimmt irgendwo anders!« Er zeigte auf den sich verfinsternden Horizont, dorthin, wo die Luft flirrte.

Das ist wie bei einem Gewitter, Sybille!, versuchte ich mich zu beruhigen. Je länger der Donner braucht, desto weiter ist es entfernt. Das hier waren offensichtlich nur die Ausläufer der wahren Katastrophe.

Am Abend erfuhren wir von einem Besuch Khaista Khans, dass im fünfzig Kilometer entfernten Narin dreitausend Menschen ums Leben gekommen waren.

»Ich will nach Hause telefonieren!«, jammerte ich wie ET. Was hier passiert war, kam wahrscheinlich in Bergfeld in der Tagesschau.

Tja. Leider hatte ich die Leute von UNICEF gerade verjagt. Die hätten Satellitentelefon und Funk gehabt. Katachel e.V. Bergfeld hatte für einen solchen Luxus kein Geld. Wir gaben wirklich jeden Groschen für die Witwen und Waisen aus, die es nötig hatten.

»Ein guter Grund mehr, nochmal nach Kabul zu fahren!«

Tatsächlich hatte General Farid sich kein bisschen erweichen lassen und bestand darauf, dass wir unsere Scheißkarre selbst abholten.

Also tat ich mir noch mal den fürchterlichen Salangtunnel an.

Sybille, du wolltest es nicht anders!, hörte ich Mickis Stimme in meinem Kopf. In Bergfeld ist es dir ja zu langweilig. Aber es wäre nett, wenn du zur Silberhochzeit nach Hause kommst.

In Kabul hing das einzige noch funktionierende Telefon in irgendeinem Amt an der Wand eingemeißelt. Ich riss den Hörer von der Gabel und wählte mit zitternden Fingern.

Zu Hause nahm Vanessa den Hörer ab. Mit bänglichem Stimmchen piepste sie »Hallo?« in den Hörer. Sie schien die Hiobsbotschaft bereits zu erwarten. Ich schluckte einen riesengroßen Kloß herunter.

»Ich bin's, deine Mama! Wollte nur sagen, es geht mir gut!«

»Oh, Mama!« Vanessa brach in Tränen aus. »Omaaaaa! Die Mama lebt noch!«, gellte es an mein Ohr.

»Ja, aber klar, mein Liebling! Unkraut vergeht nicht! Das weißt du doch!«

»Oh, Mama, es kam gestern in den Nachrichten! Wir haben alle gedacht, du bist tot!«

Vanessa schluchzte so sehr, dass ich kaum noch etwas verstand.

»Beruhige dich, mein Schatz! Ich bin noch da! Und sag deinem Vater, ich komme zur Silberhochzeit nach Hause!« Mir reicht's hier fürs Erste!, dachte ich. Wir holen uns jetzt den Wagen wieder, und dann brauch ich erst mal eine Pause. Meine arme Familie! Das hatte sie echt nicht verdient, durch meine Eskapaden in solche Panik versetzt zu werden.

Morgen würde ich abreisen und Dadgul mit unserem Geländewagen zurückschicken.

Als wir erneut bei dem Beamten im Außenministerium vorsprachen, musste ich mich schwer zusammenreißen.

»Hör zu, Junge, der Wagen hat fünfzehntausend Dollar gekostet!«, tobte ich. »Den habe ich von einem Autohändler in Kabul gebraucht gekauft, hier, bitte sehr!« Ich schlug mit der Hand auf die Quittung. »Da steht es schwarz auf weiß, er gehört rechtlich Katachel e.V., und ich will das Auto jetzt verdammt noch mal wiederhaben!«

Das hörte der General gar nicht gern. Aber er war es auch nicht gewohnt, von einer Frau dermaßen plattgemacht zu werden. Von einer AUSLÄNDISCHEN Frau.

»Im Verteidigungsministerium.«

Ich sah ihn verständnslos an.

»Da steht der Wagen!«

»Ja, verdammt, das hätte er doch letzte Woche schon sagen können!«

Dadgul und ich eierten mit Fahrer Monaf quer durch die Stadt Kabul, und wer saß im Verteidigungsministerium und wartete auf uns? Genau. General Safi *himself.* »General« Safi war übrigens ein Jüngelchen. Keine fünfundzwanzig. So einen verspeiste ich normalerweise zum Frühstück.

Das war also der Kerl, der uns das Auto geklaut hatte. Wer hat dich denn erzogen?, dachte ich sauer. Ich jedenfalls nicht. Nur weil er eine Uniform anhatte, glaubte er, sich so etwas herausnehmen zu können. Aber nicht mit mir, Sybille Schnehage!

»Also? Kann ich jetzt meinen Wagen wiederhaben?« Auffordernd streckte ich die Hand aus in der Erwartung, er würde mir die Autoschlüssel hineinlegen.

»Warten Sie draußen.«

Wieder wurde ich rausgewinkt. Immerhin war das Wartezimmer des Verteidigungsministers ein echter Nobelschuppen: tiefe schwarze Ledersessel und Sofas, die Wände vertäfelt mit besten Echtholzpaneelen. Hier ließ es sich aushalten.

»Donnerwetter!«, entfuhr es mir. »Hier sind also die afghanischen Steuergelder.«

Die gepflegte Atmosphäre löste ein sofortiges, sehr menschliches Bedürfnis bei mir aus. »Dadgul, ich nutze die Gunst der Minute ...« Suchend sah ich mich um.

»Eine Damentoilette gibt's hier nicht!«

»Dann geh ich eben auf die Herrentoilette! Aber du musst draußen stehen und Wache halten!«

Die »Herrentoilette« in diesem feinen Etablissement war ein stinkendes Loch. »Ja, wie jetzt?! Und wo sind die goldenen Klobrillen?«

»Mach hinne!«, drängte mich Dadgul besorgt.

»Wo hinne?!« Angeekelt suchte ich verzweifelt nach einer Öffnung, die noch nicht verstopft war, oder einer trockenen Stelle. Überall stand die stinkende Soße.

»Na, irgendwohin! Wo die Minister und Generäle auch hinmachen!«

Jaja, dachte ich. Aber die können im Stehen. Genervt raffte ich meine Röcke und hockte mich mitten in die trübe Lache. Normalerweise war ich Weltmeisterin im Einhalten, aber jetzt ging gar nichts mehr. »Außen hui, innen pfui«, murmelte ich verächtlich, während ich meinem Harndrang freien Lauf ließ. »Oh, Mensch, Dadgul, und wo soll ich mir jetzt die Hände waschen?«, rief ich anschließend verzweifelt und verließ den Ort des Grauens.

Dadgul reichte mir einen Zipfel meiner Pluderhose. »Hier abwischen.«

»Na toll, Dadgul! Aber jetzt holen wir uns unser Auto, und dann nix wie weg …«

Im noblen Wartezimmer standen auf einmal zwei Kerle, die gar nicht afghanisch gekleidet waren. Sie trugen weder Pluderhosen noch Turbane, sondern schwarze Lederjacken. Fast hätte ich sie vor den schwarzen Ledersesseln gar nicht gesehen. Sie sahen nicht so aus, als wären sie zum Spaßen aufgelegt. Noch ehe ich einen klaren Gedanken fassen konnte, packten mich zwei Paar Männerhände und setzten mich unsanft vor die Tür.

»Dadgul!«, schrie ich voller Angst. »Sag ihnen, sie sollen mich loslassen!«

Doch Dadgul wurde gerade selbst vor die Tür gezerrt.

»He, was soll das?! Wir sind im Recht! Das ist UNSER Auto«, schrie ich verzweifelt. Was dieses unverschämte General-Safi-Bürschchen sich da erlaubte!

Vor meinen Augen wurde Dadgul in ein Militärfahrzeug mit vergittertem Fenster gestoßen und weggefahren. Sein angsterfülltes Gesicht brannte sich förmlich in meine Netzhaut ein. Ach, Sybille! Hättest du doch klein beigegeben!, dachte ich kleinlaut.

»He! Wo fährt er hin?«

»Sie kommen mit uns!«

Ich selbst hatte immerhin die Ehre, in einer Limousine mit schwarz verspiegelten Fenstern Platz nehmen zu dürfen.

Noch während die Männer draußen Befehle erhielten, riss ich einen Zettel aus meinem Notizblock und kritzelte in zittrigen Buchstaben darauf: »Hilfe, ich werde verhaftet!« In letzter Minute konnte ich ihn Monaf, dem Fahrer, der draußen stoisch gewartet hatte, vor die Füße werfen. »*Baraye sefarate almand* – für die deutsche Botschaft«, rief ich ihm zu, »*Tez*, schnell«.

Ohne Monaf hätte ich im Geheimdienstgefängnis meinem sicheren Ende entgegengesehen. Denn dorthin fuhr man mich, und ich musste mitansehen, wie Dadgul hineingestoßen wurde. Als er sich suchend nach mir umdrehte, bekam er mit voller Wucht einen Polizeiknüppel in sein gerade erst halbwegs wiederhergestelltes Gesicht.

»Dadgul!« Verzweifelt streckte ich die Arme nach ihm aus, aber er verschwand hinter einer rostigen Eisentür, die quietschend hinter ihm ins Schloss fiel.

Vor lauter Panik bekam ich kaum noch Luft.

»Wir haben doch nichts gemacht, wir wollen doch nur unser Auto …«

Umsonst. Und ich? Was geschah jetzt mit mir? Zu meiner großen Verwirrung wurde ich wieder in die Limousine gedrückt, flankiert von den beiden Ledermännern, die nicht bereit waren, mit mir zu sprechen, und finster nach vorn blickten. Ich versuchte ruhig zu atmen. Nervös rang ich die Hände.

Immerhin brachten sie mich zurück zum Außenministerium. Dort wurde ich von weiteren Geheimdienstmitarbeitern verhört wie eine Schwerverbrecherin. Suchend blickte ich mich um. Von General Safi keine Spur.

»Hallo? WIR sind die Guten!«, kämpfte ich verzweifelt für die Wahrheit. »Wir holen nur unser EIGENTUM wieder ab! Es handelt sich um Hilfsgüter! Für IHR Land! Ich will HELFEN!!«

Mitten in dieses Chaos platzte ein Sicherheitsbeamter der Deutschen Botschaft, den Monaf alarmiert hatte. Allah sei Dank, das war meine Rettung!

»Es ist gut, Jungs! Lasst die Frau los. Ich kümmere mich um sie.« Vor Erleichterung schossen mir Tränen in die Augen.

Der Sicherheitsbeamte schüttelte nur den Kopf, als ich schließlich in seinem Auto saß:

»Ja, sind Sie wahnsinnig, gute Frau! Sie fliegen morgen nach Hause, damit das hier alles ein Ende hat!«

»Geht nicht!« Ich schüttelte trotzig den Kopf. »Ich lasse Dadgul nicht im Stich.«

»Wer ist Dadgul?«

»Mein Pflegesohn und Vertrauter. Er würde mich auch nicht im Stich lassen.«

»Aber Sie können nichts für ihn tun!«

»Wird er etwa – gefoltert?« Mir stand der kalte Schweiß auf der Stirn. Das durfte doch nicht wahr sein! »Zig Operationen in vier Jahren!«, wimmerte ich. »Sie werden ihn doch nicht wieder ins Gesicht schlagen? Der ganze Mann besteht doch nur noch aus Narbengewebe!«

Der Sicherheitsbeamte zuckte die Achseln. »Wer sich in die

Höhle des Löwen begibt, darf sich nicht wundern, wenn er seine Zähne zu spüren kriegt.«

»Aber wir wollten doch nur ...«

»Gute Frau, Sie sind hier in Afghanistan. Hier mag man es gar nicht, wenn sich Ausländer in nationale Angelegenheiten einmischen.«

»Aber das ist auch MEINE Angelegenheit ...«

»Und schon gar keine FRAUEN! Sie fliegen morgen! Islamabad–Frankfurt! Hier!« Er hielt mir sein Satellitentelefon hin. »Sie können zu Hause anrufen, damit jemand Sie abholt!«

»Wohin fahren wir?«, fragte ich stattdessen. Einen Teufel würde ich tun!

»Nach Mikrojan. Sie können heute Nacht noch bei Mirzad, einem angesehenen Lehrer schlafen.«

Aha, wie nett. Ich freute mich schon auf ein Schäferstündchen mit seinen Frauen.

Auch wenn die Versuchung noch so groß war, dieses Chaos für eine Weile hinter mir zu lassen, auch wenn ich noch so große Sehnsucht nach Micki und den Kindern hatte, und auch wenn übermorgen unsere Silberhochzeit war: Solange Dadgul im Gefängnis saß, konnte ich hier nicht weg. Das wäre Verrat, ja gleichbedeutend mit Mord gewesen. Ich konnte meinen Dadgul schließlich nicht jahrelang körperlich und seelisch aufbauen, damit er seinem Dorf half, um ihn dann diesen Barbaren zu überlassen. Dann würde Katachel ein zweites Mal untergehen. Ich atmete tief durch. Was ich angefangen hatte, würde ich auch zu Ende bringen. So kannte und liebte Micki mich. Und er würde es verstehen.

Ich nahm das Satellitentelefon entgegen und rief tatsächlich zu Hause an. Nachdem ich die Umstände erklärt hatte, sagte ich: »Micki, ich KANN nicht zur Silberhochzeit nach Hause kommen.«

»Sybille, ich preise mich glücklich, eine so loyale und starke Frau zu haben! Kämpfe, gib nicht auf und hol Dadgul da raus.«

Ja, auch das war Liebe! Nach dem Telefonat fühlte ich mich schon viel besser. Ich würde nicht klein beigeben.

Über Mirzad, den Lehrer, schickte ich Dadgul Briefe ins Gefängnis: »Ich bin in der Nähe! Lasse dich nicht im Stich!«

Und Mirzad brachte mir einen bekrakelten Zettel zurück: »Mama, ich liebe dich!«

Währenddessen kämpfte ich weiter um mein Auto, (ehrlich gesagt fuhr ich die ganze Woche kreuz und quer durch Kabul, von Pontius zu Pilatus und wieder zurück), bis nach einer Woche schließlich ein alter, klappriger Pick-up vor Mirzads Tür stand. Als »Ersatzauto«. Damit die Alte endlich Ruhe gab.

Am selben Tag bekam ich von Mirzad auch den erlösenden Zettel von Dadgul zugesteckt: »Mama, ich bin raus! Ich bin schon auf dem Weg nach Katachel!«

Endlich konnte ich nach Hause fliegen.

Micki hatte mir einen Platz in einer deutschen Militärmaschine organisiert. Mirzads Sohn, ein vierzehnjähriger Junge, begleitete mich zur Militärbasis, wo ich eine letzte Nacht im NATO-Zelt auf dem Feldbett verbringen durfte. Als ich mich gerade in meinem Schlafsack verbarrikadiert hatte, klopfte jemand an mein Zelt:

»Die Ärzte machen eine Abschiedsparty. Wollen Sie nicht auch kommen?«

Och, ja. Nach all den Turbulenzen inklusive Erdbeben, mehrfacher Salang-Tunneldurchwanderung, Entführung und anderen Abenteuern war mir jetzt tatsächlich nach einem Bier. Kaum hatte ich die Flasche an den Mund gesetzt, forderte mich auch schon ein nett aussehnender Bundeswehrarzt zum Tanz auf. Wenn schon nicht Silberhochzeit, dachte ich, dann wenigstens ein schmucker Offizier! Der junge Arzt schwenkte mich beherzt zu Wiener Walzer durchs Sanitäterzelt. Es war übrigens der einzige Tanz in meinem Leben, bei dem mir im Dreivierteltakt eine Pistole gegen die Hüfte drückte.

Dieser Walzer war der Beginn einer wunderbaren Freundschaft. In den nächsten Jahren durfte ich immer mit der Bundeswehr über Temez in Usbekistan nach Kunduz fliegen. Dort war ich mittlerweile als »*Ade*« oder »*Madari Kunduz*« – Mutter von Kunduz – bekannt. Vielleicht war ich so eine Art Mutter Teresa für die Leute, auch wenn Mutter Teresa die Kirche im Rücken hatte und ich – niemanden. Ich war allein auf weiter Flur. Mich fing niemand auf, mich pries niemand selig, mich sprach niemand heilig. Außer Micki natürlich. Und Vanessa.

Dieses militärische Zwischenlager in Temez war mein Müttergenesungswerk: Auf dem harten Feldbett im meist leeren Zelt der Soldatinnen hatte ich meine Ruhe, konnte auftanken zwischen afghanischer Lebensgefahr und deutscher Hektik. Mich auf das eine oder das andere innerlich vorbereiten. In dieser Zwischenstation zwischen meinen zwei Welten befand ich mich in einer Art Schwebezustand. Ein bisschen ungewöhnlich, aber gar nicht mal schlecht.

27

Die Jahre vergingen. Die Kinder wurden größer und brauchten mich nicht mehr so dringend. Zweimal im Jahr flog ich nach Kunduz, um dann die letzten zwanzig Kilometer mit dem Auto nach Katachel weiterzufahren. Oder aber ich flog nach Kabul und gönnte mir die gute Luft im Salang-Tunnel. Je nach politischer Lage. Ich ließ mich nie beirren. Katachel war mein Leben. Nichts und niemand konnte mich davon abhalten, weiterhin für »meine« Katacheler zu sammeln und im Wohlstandsland Deutschland auf ihr Elend aufmerksam zu machen. Sie hatten niemanden außer mir. Dieser Verantwortung war ich mir voll bewusst. Dadgul hielt dort währenddessen die Stellung, verwaltete unsere Spendengelder, verteilte sie in meinem Sinne und schickte gewissenhaft Fotos von Witwen und Waisen, um zu dokumentieren, dass unsere Spenden auch wirklich bei den Bedürftigen ankamen: Auch während der Talibanzeit, in der Fotografieren streng verboten war. So kam es, dass die Bergfelder Familien ihre Klamotten, Spielsachen, Schultaschen, Sportausrüstungen, Bettdecken und Nähmaschinen auf den Fotos wiederfanden. Dankbare Gesichter strahlten sie an. Und jedes Mal erinnerte ich mich wieder daran, wie es gewesen war, MEINEN Rollstuhl zum ersten Mal im Besitz eines dankbaren Flüchtlings zu sehen.

Vermehrt hielt ich Vorträge, inzwischen auch vor Generälen und ganzen Einheiten der deutschen Bundeswehr, und wurde als gefragte Beraterin überall hinzugezogen. Ich ging bei den Jungs quasi ein und aus, genoss ihr Vertrauen und gehörte dazu. So kam es, dass ich eines Tages bei einem sehr saloppen Gespräch unter Soldaten mitbekam, wie über »meine Afghanen« gesprochen wurde: Die Afghanen würden vor der Hochzeit ausnahmslos homosexuelle Beziehungen unterhalten, verkündete ein blasierter Offizier unter beifälligem Gelächter. Ansonsten würden sie sich als »Eselsficker« betätigen. Er hielt sich wohl für sehr witzig! Für mich war das wie ein Schlag ins Gesicht, und ich verlangte, dass man meinen afghanischen Freunden mehr Respekt und Achtung entgegenbrachte. Der Offizier bekam dann richtig Ärger, nachdem ich mich bei seinem Vorgesetzten über seine Wortwahl beschwert hatte. Gut so!

Wenn ich mit der Bundeswehr nach Afghanistan flog, waren auch immer wieder hohe Würdenträger aus der deutschen Außenpolitik mit dabei: Minister und Ministerinnen für auswärtige Angelegenheiten saßen bei Champagner und Lachs vorne in breiten Clubsesseln und ließen sich für den *Stern* und den *Spiegel* ablichten, während ich bei den einfachen Soldaten hinten saß. Es waren nette, junge Burschen im Alter meines Sohnes Simon, mit denen ich Karten spielte und über den VfL Wolfsburg fachsimpelte.

Anfangs war das Verhältnis der deutschen Soldaten zu »meinen« Katachelern noch sehr entspannt: Unter grünen Pfirsichbäumen unweit ihres Lagers im benachbarten Kunduz streichelten die Soldaten den Vereinshund oder spielten mit den Katzen, ließen die orientalische Atmosphäre wie aus

Tausendundeiner Nacht auf sich wirken. Für die deutschen jungen Männer war das ja alles wie im Märchen! Sie hatten einen selbstverständlichen, friedlichen Kontakt zur afghanischen Bevölkerung und bestaunten deren Alltag mit Basar, Eselskarren und vorbeihuschenden Frauen in Burkas. Die Einheimischen schauten neugierig bei ihnen vorbei. Ihr Soldatenlager befand sich im ehemaligen Privatwohnsitz des Talibangouverneurs Hadja Omar, der erst nach Dubai »ausgewandert« war, (sprich, sein Geld in Sicherheit gebracht hatte) und jetzt direkt neben dem Stützpunkt eine Prachtvilla erbaut hatte. Die Deutschen residierten also nicht schlecht. Sie machten sich nützlich, bummelten über den Basar oder spielten mit meinen Jungs aus Katachel Fußball. Es war eine Zeit der deutsch-afghanischen Freundschaft, des friedlichen Aufbaus, die mein Herz mit Freude füllte. Meine deutschen Soldaten, von denen ich inzwischen viele mit Namen kannte, kamen nach Katachel zum Tee und zu jedem Schulfest. Sie überreichten an Weihnachten Kuscheltiere, kamen zu Hochzeitsfeiern und genossen afghanische Spezialitäten. Im Sommer angelten sie mit den Dorfbewohnern im Fluss und ritten über die Felder. Das reinste Idyll. Wir lieferten uns sogar erhitzte Fußballturniere, Afghanistan gegen Deutschland, wobei »meine« Jungs aus Katachel die VfL-Wolfsburg-Trikots trugen. Das Gejubel auf dem Dorfplatz war riesengroß, ein wahres Fest der Völkerverständigung. Das waren die Momente, in denen tiefe Dankbarkeit und Stolz von mir Besitz ergriffen. Was hatte ich, eine einzelne Hausfrau und Mutter aus Bergfeld, doch alles geschafft! Du kannst dich ruhig mal zurücklehnen und dein Werk genießen!, hörte ich Micki liebevoll sagen. Wer außer dir hätte so etwas auf die Beine stellen können? Wenn alle Menschen dieser Welt so denken und handeln würden wie du, Sybille, gäbe es keinen Krieg und keinerlei Ungerechtigkeit mehr.

An lauen Sommerabenden spazierten meine afghanischen Freunde, sprich der Oberkommandante, die Ältesten und Weisen aus dem Morgenland und ich mit den Generälen und Offizieren der deutschen Bundeswehr durch das Dorf. Die wichtigen deutschen Würdenträger hatten ihre Splitterschutzwesten und Waffen abgelegt, pflückten mit uns Weintrauben und Melonen, tranken Tee und plauderten entspannt mit uns.

Eines Abends überraschte Oberst Köster Dadgul und mich und überreichte uns ganz offiziell die Einsatzmedaille der Bundeswehr in der Aula unserer Schule. Da blieb kein Auge trocken. Kandigol heulte eine ganze Stoffwindel voll, und Nigargh gar ein Bettlaken. Diesen Moment hätte ich für immer festhalten wollen!

Doch dann kam eines Tages irgendein bescheuerter Befehl aus Potsdam: Die Bundeswehr brauche mehr Platz und müsse ihr gemütliches Lager mitten in Kunduz abbrechen. Plötzlich durften die Soldaten auch nur noch mit gepanzerten Fahrzeugen durch Kunduz fahren. Nach amerikanischem Vorbild zog die Einheit der Deutschen Bundeswehr in einen Hochsicherheitstrakt weit oberhalb der Stadt, ganz in der Nähe des Flughafens. Genau dorthin, wo die Russen früher ihr Hauptquartier gehabt hatten. Das weckte schlimme Erinnerungen in Dadgul und seinen afghanischen Freunden. Sie fühlten sich wieder »bewacht« und »besetzt« von dem »*Provincial Reconstruction Team*, was wortwörtlich »Aufbauteam« bedeutet. Welch eine Farce! Ich selbst ärgerte mich am meisten über die Kosten dieser militärischen Festung: Die vielen Millionen Euro, die in seine Sicherheitstechnik aus

Schleusen, Überwachungskameras und Abhörwanzen investiert wurden, hätten bei den Bewohnern Afghanistans deutlich mehr Sinn gemacht. Mir blutete regelrecht das Herz.

28

Mein Herz blutete auch immer, wenn ich von den Schicksalen der Mädchen erfuhr.

In Jangalbashi, einem Ort, in dem Dadgul lange als Widerstandskämpfer gelebt hatte, lernte ich ein siebzehnjähriges Mädchen kennen, das gemeinsam mit ihrer fünfzehnjährigen Schwester von ihren Eltern als »Wiedergutmachung« an die Familie »verschenkt« worden war, deren Sohn im Streit erschossen worden war: Man verzichtete lieber auf Polizei und Gericht und machte die Sache »unter sich« aus. Die Mädchen zahlten den Preis für den Übermut ihres Bruders. Sie mussten nicht nur harte Arbeit verrichten, sondern wurden von den männlichen Mitgliedern der Familie auch noch für anderes »benutzt«. Später wurden sie von dieser Familie als Bräute »verkauft«.

Der Handel mit diesen jungen Mädchen war schlimmer als der Handel mit Kühen oder Ziegen. Übrigens wurde diese Art von »ausgleichender Gerechtigkeit« zu Talibanzeiten verboten, ebenso wie die Verheiratung junger Mädchen mit alten Lustgreisen. Doch später waren diese Sitten plötzlich wieder gang und gäbe.

Heiraten ist in Afghanistan sowieso eine Sache, die wir Europäer nicht richtig verstehen können. Sexuelle Kontakte zwischen den Geschlechtern sind erst nach der Hochzeit erlaubt.

Vorher werden die Mädchen gehütet wie die Augäpfel. Aber zum Heiraten braucht man erst mal Geld, viel Geld, denn eine Frau muss gekauft werden. Heutzutage liegen die Kosten nicht unter fünftausend Dollar. Das heißt, dass die ganze Familie sparen muss, damit man den Söhnen Ehefrauen kaufen kann. Hat man selbst Töchter, ist das kein Problem. Aber was, wenn Allah die Sache ungleich verteilt hat, wie in der Familie Mahmad mit zehn Söhnen und einer Tochter. Da kann man zwar einmal tauschen, aber danach ist erst ein Sohn sexuell versorgt. Was ist mit den anderen? Dann muss jeder Sohn warten, bis er an der Reihe ist. Wenn man arm und Sohn Nummer zehn ist, kann es passieren, dass das Geld für den Jüngsten erst zusammengekommen ist, wenn dieser die fünfzig erreicht hat. Und wenn dann ein preisgünstiges junges Mädchen, vielleicht noch mit kleinen Behinderungen, gekauft wird, regen sich die Europäer über die alten Lüstlinge auf. Dabei kennen sie nur das afghanische Prinzip nicht.

Manche jungen Männer, oder besser gesagt viele junge Männer, gehen den schnellen Weg: Sie setzen sich abends einfach den schwarzen Turban auf, verhüllen das Gesicht und rauben mit gezückter Kalaschnikow einfach die Höfe aus, um an Geld zu kommen. Lukrativ ist es auch, die Kinder reicher Familien zu entführen. Das ist relativ einfach. Und für Al Qaida mal eine Bombe zünden, das füllt auch schnell die Familienkasse. Gegen solche Aktionen ist ein ISAF-Einsatz ohnehin machtlos.

Wie gesagt, am einfachsten ist es mit der Heiraterei, wenn man tauschen kann, Sohn und Tochter gegen Tochter und Sohn, dann kostet der Spaß nur das Festessen. Dann spielt es auch keine Rolle, dass der Sohn erst zwölf Jahre und die ins Auge gefasste Braut schon vierundzwanzig ist. Verheiratet ist verheiratet, Sex ist Sex, erledigt ist erledigt, und wenn der Junge noch so klein ist. »Mir tut die junge Frau so leid«, versuchte ich ein bisschen gesunden Menschenverstand einfließen zu lassen. »Davon verstehst du nichts, sei ruhig«, fuhr man mir nur über den Mund.

Ein anderes Mädchen aus Dadguls Clan, Kandigols Nichte Shamila, war gemeinsam mit ihrem Bruder Matin quasi »über Kreuz« in eine Familie verheiratet worden. Leider scheiterte Shamilas gar nicht mal so schlechte Ehe, denn ihr Bruder Matin war an ein Überraschungsei geraten: Seine »Frau« war ein Zwitter. (Über so etwas spricht man ja schon in Deutschland nicht gern, aber in Afghanistan geht das GAR nicht.) Also wurde nicht nur seine Ehe wieder geschieden, sondern auch die Shamilas, die nun als »gebraucht« und »schwer vermittelbar« galt. Ich versuchte, für die arme Shamila einen neuen netten Mann zu finden, aber Kandigol, Dadguls Frau, wollte Geld und Schmuck von mir, damit Matin sich auch eine neue Frau »kaufen« konnte. Diesen Handel sah ich nicht ein.

»Dadgul, sag mal, spinnt ihr eigentlich alle?«, ereiferte ich mich.

»Warum kann eine Frau nicht den Mann heiraten, den sie liebt? Und warum muss man eine Frau regelrecht kaufen?«

»Mama, du hast eben keine Ahnung!«, sagte Dadgul und lachte mich aus. »Pass mal auf: Vor Kurzem hat ein Freund von mir geheiratet und ist mitsamt der Braut und deren Aussteuer mit dem Boot über den Fluss nach Hause gereist. Die Aussteuer bestand aus teuren Teppichen, Geschirr, Hausrat, Decken und Schmuck. In der Mitte des Flusses drohte das Boot zu kentern, denn es war vollkommen überladen. Rate mal, was der Bräutigam zuerst ins Wasser geworfen hat.«

»Die Teppiche?«

»Nein, falsch.« Dadgul grinste genüsslich.

»Das Geschirr?«

»Nee. Die Braut.«

»Das ist ein Witz!«

»Das ist KEIN Witz! Die Braut konnte nicht schwimmen, aber das war ihm egal. Sie hatte nichts gekostet.«

»Ach, Dadgul, du bist blöd.«

»Bin ich nicht! Ich will dir nur erklären, wie das bei uns funktioniert. Wenn die Braut nicht teuer war, ist sie auch nichts wert. Dann wird ihr vom Bräutigam und dessen Familie auch keine Wertschätzung entgegengebracht. Insofern muss Kandigol sehr viel Geld für Shamila verlangen, besonders weil sie zweite Wahl ist. Sonst wird sie schlechter behandelt als eine Kuh.«

Ich begriff das alles nicht! Shamila war ein zauberhaftes, fleißiges Mädchen. Jeder afghanische Mann konnte sich glücklich schätzen, sie zur Frau zu bekommen.

So war es aber nicht.

Irgendwann gelang es mir, Shamila an einen netten jungen Mann zu verheiraten, und zwar ohne Geld: Die beiden mochten sich, ja, ich behaupte sogar, sie waren ineinander verknallt. Doch leider sollte Dadgul recht behalten: Schon nach kurzer Zeit behandelte er sie wie Dreck. Seine Familie ließ sie hart arbeiten und hungern, obwohl sie ihm jedes Jahr ein Kind gebar. Am Ende wog sie nur noch vierzig Kilo und hatte dunkle Ringe unter den Augen.

»Ich hab's dir doch gesagt, Mama! Sie hat nichts gekostet!«

Dann war da noch die Geschichte von Diana. Durch meine Vermittlung heiratete sie Gholam, einen jungen Mann, der eines Tages auf Krücken zu mir auf den Schulhof gekommen war. Er war als Waisenjunge zum Waffenreinigen abkommandiert worden, und irgendwann ging so eine Waffe nach hinten los.

Der Junge wurde schwer verletzt und trug das Geschoss noch jahrelang im Bein herum, das sich natürlich entzündete. Er litt unvorstellbare Schmerzen. Gholam kam nach Österreich, wurde dort operiert und bekam eine Beinschiene als Stütze. Natürlich konnte die in Afghanistan nicht gewartet werden, sodass er bald als Bettler auf der Straße gelandet wäre, wenn ich ihm nicht Diana an die Seite gestellt hätte. Die war zwar nicht begeistert, einen Krüppel zu heiraten, aber ihr Schicksal war immer noch besser als das ihrer kleinen Schwester, die von ihren geldgierigen Eltern als Drittfrau an einen lüsternen Opa verheiratet worden war. Nach außen hin war es die perfekte Hochzeit: Ein teures Brautkleid aus Deutschland musste es sein, unendlich viel Prunk und Protz, damit die Eltern in Katachel gut dastanden.

(Zwei Jahre später hat Dianas kleine Schwester versucht, sich zu erstechen. Was ihr in dieser »Ehe« angetan wurde, kann sich niemand vorstellen.)

Bei Gholams Hochzeit mit Diana durfte ich dabei sein. Neugierig sog ich alles in mich auf: Der ganze Hof war voller Frauen. Dicht gedrängt und in engem Körperkontakt saßen sie da. Jede versuchte, die anderen an Schmuck und teuren Kleidern zu übertreffen. Und wehe, eine hatte ein Kleid an, das die anderen schon kannten! Dann wurde gelästert, dass sich die Balken bogen …

Ich verstand das alles nicht: Da litten sie Hunger und Not, schliefen auf dem Fußboden und kannten keinerlei Komfort. Aber Klamotten und Prunk wie bei den Pharaonen.

Als Kandigol sich neben mich quetschte, weiteten sich

meine Augen vor Entsetzen: Die Kette, die sie trug, war aus purem Gold und schien ihren gesamten Körper zu bedecken! Die hat sie doch wohl hoffentlich nicht aus unseren Spendengeldern gekauft?, dachte ich.

Ich selbst war wie immer praktisch gekleidet: Männerhemd, Pluderhose und bequeme Schuhe. Hier durfte man sich bloß nicht aufrüschen, denn dann konnte es gefährlich werden. Stattdessen: Hier bin ich Mann, hier lindere ich Not.

So. Da saßen wir also. Haut an Haut, Schwitzfleck an Schwitzfleck. Ein Hühnerstall war eine wohlriechende Wellnessoase dagegen. Aber wo blieb Diana, die Braut?

Stunden vergingen. Platten mit fettigem Essen wurden durchgereicht. Die Damen aßen mit den Fingern. Fett triefte auf die schönen Kleider. (Aber egal, für die nächste Hochzeit würden sie sich einfach ein neues kaufen!) Kinder und Babys krabbelten über den riesigen aus Frauen bestehenden Fleischberg hinweg. Gerüche nach Essen, Schweiß, Kinderkacke und billigem Parfum überlagerten sich. Eine Hitze zum Wahnsinnigwerden. Ich hielt es einfach nicht mehr aus hier. Über eine Leiter kletterte ich in den Nachbarhof. Dort saßen die Männer und warteten auf die Braut. Immerhin. Aber hier war die Luft besser. Sie saßen auch nicht so eng aufeinander wie Ölsardinen in der Dose. Hier war keiner zum Schmusen aufgelegt. Mit meiner praktischen Kleidung konnte ich es mir hier genauso gemütlich machen.

»Hallo Dadgul«, sagte ich leise.

»Hallo, Mama.«

»Wo bleibt die Braut?«

»Die Braut ist beim Friseur.«

»Warum konnte sie nicht früher gehen?«

»Das Warten auf die Braut gehört zu einer afghanischen

Hochzeit wie das Warten aufs Christkind beim deutschen Weihnachtsfest.« Dadgul fächerte sich Luft zu.

»Ist aber langweilig«, maulte ich.

»Wart's ab, du wirst begeistert sein.«

Aus dem Hof der Frauen schrillte Musik, Gesang, Tanzschritte. Die Männer hier lungerten bloß rum. Denn darin waren sie geübt. (Gäbe es die olympische Disziplin »Rumlungern«, hätten sie die Goldmedaille.) Ich sehnte mich nach einem heißen Bad, nach einem Bier und nach der Tagesschau. Aber das alles war unendlich weit entfernt und so unmöglich wie ein Flug zum Mars.

Endlich, nach etwa fünf Stunden, schrillte eine Alarmsirene. Irgendetwas tat sich. Sollte die Braut etwa endlich …? Draußen ertönte ein Hupkonzert. Hunde bellten, das ganze Dorf war in Aufruhr.

Es WAR die Braut! Der Wahnsinn! Schrilles Pfeifen, Fußgetrampel, Beifall wie bei einem Rockkonzert. Nur dass dieser Star hier unter einem goldgrünen Tuch hereingeführt wurde.

Ja, wie jetzt? Ich dachte, die war beim Friseur?!

Diana wurde zu Gholam, ihrem Bräutigam, geführt, der schon seit Stunden geduldig auf dem Sofa saß.

Na, immerhin. Endlich tat sich was. Trommelwirbel: Der Schleier wurde gehoben.

Riesenbeifall, eine Begeisterung, wie beim VfL Wolfsburg, wenn er deutscher Meister geworden ist.

Das deutsche Brautkleid sah entzückend aus.

Die Frisur: ja. Schön.

Das Make-up: Puh, also mein Fall war das nicht. Die arme Diana war extrem weiß geschminkt, mit rosaroten Bäckchen und »voll krassem Bitch-Augen-Make-up« (wie Vanessa sagen würde). Das jetzt natürlich verlief, weil die Braut weinte.

Na toll. Das hätte man preiswerter haben können.

»Warum heult die denn? Ich denke, die ist glücklich?«

»Mama, du hast eben keine Ahnung. Eine Braut MUSS weinen, sonst ist die ganze Hochzeit umsonst.«

»Aaah ja.«

Die Brautleute tauschten die Ringe. Die monströse, kitschige Hochzeitstorte wurde angeschnitten. Alle brachen in Indianergeheul aus und fielen sich weinend um den Hals. Oooookeeeeeh. Schön. Ich freute mich auch.

Arme Diana, jetzt musste sie den ganzen Abend still sitzen, damit die teure Haarpracht ja nicht in sich zusammenfiel, denn am nächsten Morgen ging die Feier weiter.

Dann, am späten Vormittag, würden die Brautleute zum Haus des Bräutigams nach Katachel Arab fahren. Zur Hochzeitsnacht.

Ich hatte zwar die ganze Hochzeit bezahlt – schließlich hatte ich das junge Glück zusammengebracht –, wurde aber im entscheidenden Moment von »Kandipil« zur Seite gedrängt: Das hier sei nichts für Fremde.

»Mensch, seid ihr blöd«, maulte ich und verzog mich in meine Bude, die von Dadguls Männern bewacht wurde. »Ich wollte ja überhaupt nicht spannen.«

Aber Kandigol und ein Dutzend weiterer Frauen, die sich jetzt als moralische Richterinnen aufspielten, sehr wohl. Eine WOCHE musste die arme Diana im Bett bleiben, nachdem das Laken auf ihre bisherige Unversehrtheit hin untersucht worden war. Denn DANN, so belehrt mich Dadgul, würde es ein Junge.

»Ach, Dadgul, das glaubst du ja selbst nicht«, winkte ich ärgerlich ab.

»Doch.«

»Da hat deine arme Mama Nigargh aber ganz schön Blasen am Hintern gehabt!«

»Na und? Hat sich doch gelohnt«, sagt Dadgul selbstverliebt.

»Na, die einen sagen so, die anderen so«, murmelte ich leise.

Nachdem Diana ihre Pflichten erfüllt hatte, kam sie kichernd in den Frauenhof, um die Hochzeits-»Nacht« zu schildern. Ich verstand zwar nicht alles, sah aber ihre Handbewegungen. Offensichtlich hatte der Bräutigam bei gewissen Idealmaßen nicht »hier« geschrien. Die Weiber kreischten vor Schadenfreude. Ich schüttelte den Kopf. Wie gemein war das denn? Sie benahmen sich wie im Kindergarten.

Eines wurde mir jedenfalls klar: Die Frauen waren nicht nur Opfer. Wenn ich mir »Kandipil« oder die anderen hier so ansah, würde ich sagen: ganz im Gegenteil!

Später sollte ich erfahren, dass Kommandante Dadgul frei nach Landherrenart zu Diana gefahren war, in der Auffassung, ein Schäferstündchen stünde ihm als Projektleiter wohl zu. Diana reagierte darauf ganz handfest mit einem Schlag mit der Suppenkelle. Ha, ha – gut gemacht!

29

Mit einer Frau, der etwas pummeligen Habiba, hatte ich mich ganz besonders angefreundet, denn sie war recht frei aufgewachsen und trauerte ihrer Jugend immer wieder nach.

»Ich würde so gern Fahrradfahren wie früher oder einfach draußen rumlaufen, aber das geht halt nicht. Ich fühle mich wie im goldenen Käfig«, sagte sie oft zu mir, wenn ich sie besuchte, um zu plaudern. Ja, sie hatte es wirklich nicht so leicht als Zweitfrau von Kommandant Hadji Haschem, dem hiesigen Polizeichef. Denn als Zweitfrau steht man immer unter dem Pantoffel der Erstfrau, die in der Hierarchie über der neuen Ehefrau steht.

Die erste Frau, Gol Dasta, gleichzeitig auch Hadji Haschems Cousine – übrigens die beliebteste Art, Kinder zu verheiraten, damit alles in der Familie bleibt –, hatte ihm vier Töchter und vier Söhne geboren, die teilweise erwachsen waren. Hadji Haschem und sie hatten schon früh geheiratet und ein typisches Landleben geführt. Gol Dasta war ungebildet, denn Mädchen schickte man dort nicht zur Schule, ihr Hauptziel war es, möglichst viele Kinder zur Welt zu bringen.

Habiba hingegen war aus der Stadt und hatte eine gute Schulausbildung genossen. Sie war sehr stark und selbstbewusst, als Hadji Haschem um ihre Hand anhielt. Er hatte einfach genug von seiner ungebildeten Ehecousine. Als es dann darum ging zu heiraten, stimmte auch die Erstfrau zu, aber nur unter mehreren Bedingungen. Eine davon war, dass sie gleichzeitig mit der neuen Frau schwanger werden wollte. (Der arme Haschem.) Aber es klappte: Sie bekam einen Sohn, Habiba ein Zwillingspärchen. Inzwischen hatte Habiba zwei Söhne und drei kleine Mädchen.

Da die Liebe ihres Mannes zu seiner ersten Frau völlig erloschen war, wohnte Hadji Haschem dauerhaft bei seiner Habiba, und die beiden hatten ein sehr harmonisches Verhältnis. Trotzdem wurden sie ständig von der Erstfrau und deren Kindern beäugt, die im Nebenhaus wohnten. Mit der Folge, dass ich keine Minute mit Habiba allein sein konnte:

»Ich habe ständig Bauchschmerzen, kannst du mir nicht helfen?«, fragte mich Habiba in regelmäßigen Abständen. Aber ich konnte auch nicht mehr tun, als als ihr zu raten, zum Arzt zu gehen. »Tu was für dich, mach mal eine Diät, damit du abnimmst, anschließend geht es dir bestimmt besser«, meinte ich zu ihr.

»Ob ich mir noch ein Kind anschaffen sollte?«, wollte Habiba von mir wissen. »Weißt du, die andere da drüben hat acht Kinder, da wäre es gut, wenn ich noch einen Sohn bekäme.«

»Bloß nicht, fünf sind doch genug. Und denk dran, tu was für deinen Körper, damit du attraktiv bleibst!« Mit diesen Worten versuchte ich, ihr diese Idee auszureden. Kinder gab es in Afghanistan genug, und Haschem hatte mit dreizehn Kindern ausreichend Manneskraft bewiesen.

Aber als ich ein Jahr später auf Besuch kam, hatte Habiba eine kleine Tochter namens Marsia geboren und ließ sich zusammen mit der Kleinen immer wieder voller Stolz von mir fotografieren. Doch sie klagte nach wie vor über Bauchweh.

Weitere sechs Monate später war ich in Kunduz und wollte natürlich auch Habiba besuchen. Aber Habiba war nicht da. »Sie ist mit Hadji Haschem in Indien, er ist dort mit ihr ins Krankenhaus gefahren. Sie ist sehr krank, das Herz!«, erklärte mir Hafiz, der Sohn der Erstfrau. Anscheinend war es wirklich was Ernstes, denn so eine Fahrt war verdammt teuer.

Drei Tage später kehrten die Reisenden nach Kunduz zurück. Ich erkannte Habiba kaum wieder, denn ihr Gesicht war eingefallen, und sie hatte einen ganz ungesunden grüngelben Teint. Ihr Bauch sah aus, als hätte sie einen Medizinball verschluckt, und Habiba war völlig kraftlos. »*Madar Jan* (»liebe Mama«), ich freue mich so, dass du da bist! Jetzt wird alles wieder gut«, flüsterte sie schwach und strahlte mich an.

»Jetzt muss sie wieder zu Kräften kommen, die Operation am Herzen hat sie sehr geschwächt«, machte mir Haschem Mut. Mein Gott!, dachte ich. Was hat sie nur? Ihre Kleine quäkte auf dem Arm der großen Schwester Nawida, die im Moment nicht zur Schule ging, um mit ihrem dreizehnjährigen Zwillingsbruder die Geschwister zu versorgen. Vater Haschem war den ganzen Tag im Polizeibüro. Er musste schließlich Geld verdienen, denn seine große, inzwischen auf zwanzig Personen angewachsene Familie, hatte Ansprüche.

Weder die Kinder, der Ehemann noch die Erstfrau versorgten Habiba, nein, es mussten extra Habibas Geschwister kommen und sich Tag und Nacht um die Schwerkranke kümmern. Habiba lag wimmernd auf einer Matte im Wohnzimmer. Sie konnte kaum noch Flüssigkeit zu sich nehmen und war ein echter Pflegefall. Habiba wurde immer schwächer.

Nach drei Tagen wurde es mir zu viel und ich fuhr mit ihr im Krankenwagen ins Spinzar-Krankenhaus, in dem ein österreichischer Arzt Dienst tat. Nach einer kurzen Untersuchung sagte er mir die Wahrheit: Habiba hatte keine Herz-OP gehabt, sie hatte einen riesigen Tumor im Bauch, ausgehend von den Eierstöcken. Er gab ihr noch maximal fünf Tage zu leben.

Mit einem Tropf und starken Schmerzmitteln fuhren wir wieder zurück zu Haschem, und ich überzeugte ihn, dass das nötig war, damit sie in Frieden gehen könne.

Drei Tage später – ich war gerade dabei, Mehl zu verteilen –, rief Habibas Sohn an. »Mama ist tot.« Sofort fuhr ich zu ihrem Haus.

Ich setzte mich ganz still in eine Zimmerecke und sah zu, was geschah.

Die Tote lag in der Raummitte und war von einem roten Samttuch bedeckt. Um den Körper zu schützen, waren Holzbögen über sie gestellt worden, so als läge sie in einem Sarg. Unter dem Tuch verbargen sich auch Plastiktüten mit Eis, um die Leiche zu kühlen.

Auf Habibas riesigem Bauch lagen ein Mauerziegel, ein kleiner Koran, ein Messer und ein Beutel Salz. Kommandant Hadji Haschem saß zu ihren Füßen, und Tränen liefen ihm über das Gesicht. Er blieb nur wenige Minuten, ging dann ins Männerhaus und überließ die weitere Prozedur den Geschwistern Habibas.

Nach und nach füllte sich der Raum. Immer mehr Frauen kamen herein, setzten sich auf den Boden und begannen zu weinen oder zu beten.

Vor dem Haus errichtete ein Unternehmen zwei riesige Zelte, Tücher wurden gespannt und eine Kochstelle eingerichtet. Immer wieder kamen Männer mit Gaben vorbei, teils mit Schafen, die ängstlich blökten. Es wurde eine Trauerfeier vorbereitet, die der Ehefrau eines Kommandanten würdig war.

Im Raum, in dem die Tote lag, wurde es immer voller. Ich hatte Angst, dass sie Anstoß an mir nehmen könnten, schließlich war ich keine Muslimin, sondern Ausländerin.

Als ich leise fragte: »Soll ich lieber gehen? Ich gehöre doch nicht mit zur Familie – *hale ma merawom, man as famile shoma nestom*«, geschah genau das Gegenteil: Die Frauen nahmen mich in den Arm, setzten sich ganz nah zu mir. Körperkontakt ist unter afghanischen Frauen bekanntlich sehr wichtig, und diesmal empfand auch ich ihn als wohltuend.

»Du gehörst zu uns, du bist Habibas Freundin. Wie kannst du nur so etwas sagen?«

Trotz meiner Trauer machte mich das auch ein bisschen glücklich.

Manche Frauen brachten Tücher mit, golddurchwirkte Stoffe, die sie über die Tote warfen.

Manche hatten Koranbücher dabei, aus denen sie vorlasen. Andere rauften sich die Haare und trauerten laut um ihre Freundin, Verwandte und Mutter. Nawida saß am Kopfende und weinte lauthals um die geliebte Mutter.

Nur ich hatte nichts mitgebracht. Alle warteten, was ich wohl machen würde, aber was konnte ich schon tun?

Die ganze Nacht über erwies man Habiba die letzte Ehre. Irgendwann machten ein paar Frauen zu später Stunde Palau, und die meisten Frauen gingen in die Diele, um das Reisgericht zu essen. Essen ist in Afghanistan das Allerwichtigste, da will niemand fehlen.

Also blieb ich allein mit Habiba im Raum zurück. Mir liefen die Tränen über die Wangen. Sie war so eine gute Freundin gewesen, und auch ich wollte noch etwas für sie tun. Weil mir nichts anderes einfiel, begann ich zu singen: »Abendstille überall, nur am Bach die Nachtigall ...« Was anderes hatte ich nicht im Kopf. »Mach's gut, Habiba, ruhe in Frieden!«, murmelte ich leise.

Als es fast Mitternacht war, schlich ich mich unauffällig ins andere Haus. Draußen im Zelt befanden sich inzwischen Hunderte von Männern, die mit dem Witwer trauerten. Bei Habiba ließ er sich nicht mehr blicken.

Am nächsten Morgen, bei Sonnenaufgang, wurden es immer mehr. Die gesamte Kunduz-Prominenz rückte an: Polizeibeamte, Minister, auch die *Special Forces*: Beerdigungen sind in Afghanistan ein Stadtereignis.

Die Tote lag inzwischen auf einer Trage und war gewaschen und in ein großes weißes Laken gewickelt worden. Ein Tuch bedeckte ihr friedliches Anlitz. Manche Trauernde kamen, hoben das Tuch und küssten das kalte Gesicht Habibas. Viele, viele Tücher wurden über die Bögen geworfen, um Habiba die letzte Ehre zu erweisen. Klagen erfüllten den Raum.

Um zehn Uhr kamen dann Männer in den Raum und trugen die Tote hinaus aus dem Hof. Jetzt mussten die Frauen Abschied nehmen. Von nun an wurde Habiba auf ihrem letzten Weg nur noch von Männern begleitet. Sie trugen sie zu den Männerzelten, wo bereits ein Krankenwagen bereitstand. Vorsichtig schoben die Männer die Trage hinein und schlossen leise die Türen. Dann setzte er sich in Bewegung, der Leichenzug. Alle Männer gingen hinter dem Krankenwagen her – nur einer nicht, der Ehemann, aus Sicherheitsgründen. Sämtliche Straßen waren gesperrt, niemand kam mehr durch, es galt höchste Sicherheitsstufe, denn bei so vielen Menschen war ein Bombenanschlag sehr wahrscheinlich.

Der Trauerzug ging hinüber zum Friedhof, dem *Kabristan*. Eine etwa zwei Meter tiefe Grube war bereits ausgehoben worden. In ihre Seitenwand hatte man eine Höhlung geschlagen, in die nun die Leiche im langen weißen Tuch gebettet wurde. Der Mullah betete, und die Totengräber schlossen die Höhlung in der Seitenwand mit Brettern, damit keine Erde die Leiche beschmutzte. Es wurde gebetet und getrauert, dann ging der Männerzug wieder in Richtung Zelte, und die Totengräber füllten die Grube mit Lehm. Keine Blumen, alles ganz schlicht.

In den Zelten waren mittlerweile noch mehr Männer anwesend. Man betete, es gab viel Palau und viel Fleisch, das Blöken der Schafe war verstummt. Drei Tage dauerte die Trauerfeier

Ich hatte keinen Hunger mehr, am wenigstens auf Fleisch. Arme Habiba, ich vermisse dich!, dachte ich. Arme kleine Marsia, jetzt wächst du ohne Habiba auf – Nawida, die Dreizehnjährige wird dir die Mutter sein.

30

Rahima fiel mir zum ersten Mal auf, als sie auf dem Schulhof zum Brunnen kroch statt wie die anderen Kinder zu rennen. Zuerst dachte ich, das wäre ein Spiel. Aber dann merkte ich, dass sie nicht rennen KONNTE. Sie kroch, weil ihr Bein verkrüppelt war. Das Mädchen war elf Jahre alt. Sofort packte mich wieder heftiges Mitleid. Am nächsten Tag wollte ich heimfliegen, also musste ich schnell handeln. Ich lud das Mädchen ins Auto, fuhr über die mit Schlaglöchern übersäte Piste nach Kunduz und ließ sie dort von einem befreundeten Arzt untersuchen.

»Sie muss dringend in Deutschland operiert werden!«, sagte er fest entschlossen.

»Aber ich fliege schon morgen!«

»Dann nimm sie beim nächsten Mal mit!«

Am liebsten hätte ich sie natürlich sofort mitgenommen, aber es war nicht so einfach, in Deutschland ein Einreisevisum für sie zu bekommen. Zuerst musste ich in Deutschland Verpflichtungserklärungen unterschreiben, zum Beispiel von den Pflegeeltern, bei denen ich sie unterbringen wollte, und von Ärzten und Krankenhäusern, die die Kosten für ihre Operationen übernehmen würden. Die Mühlen der deutschen Bürokratie dürften jedem bekannt sein. Andere in meiner Lage hätten vielleicht gesagt, ach, dann lassen wir es eben! Aber ich biss mich durch. Es ging um die Zukunft dieses Mädchens. Es sollte ein menschenwürdiges Leben führen dürfen.

Dafür haben wir die afghanische Bürokratie etwas verschlankt.

»Ich brauche die schriftliche Einwilligung ihrer Eltern!«

»Da kannst du lange warten, bis die Lesen und Schreiben gelernt haben!« Der Arzt sah mich nur augenzwinkernd an und drückte seinen eigenen Fingerabdruck auf ein grünes Formular, das die Eltern nie im Leben hätten lesen können: »Hier. Da ist deine Einwilligung!«

»Aber das ist …«

»Schnelle unbürokratische Hilfe«, sagte der Arzt. Auch er war einer, mit dem man Pferde stehlen konnte.

Vier Monate später durfte ich Rahima dann mitnehmen. Heute frage ich mich selbstkritisch, ob es wirklich sinnvoll war, ihr auf diese Weise zu helfen, denn hier kommt ihre Geschichte:

Staunend starrte das Kind mit riesigen dunklen Augen aus dem Flugzeugfenster, und ich trug es ein paarmal zur Toilette. (Wie es da erst staunte, kann man sich kaum vorstellen!)

Wieder einmal half der Lions-Club in Wolfsburg schnell und unbürokratisch: Rahima konnte ein neues Leben beginnen. Sie wohnte bei wunderbaren Pflegeeltern, ging in Wolfsburg zur Schule und erlebte eine sorglose Kindheit. Mit ihrer Schiene, die sie nach der Operation bekam, spielte sie mit den Jungs im Dorf Fußball. Ein paar Jahre später lag sie knutschend mit dem Pastorensohn im Freibad – mit anderen Worten, sie wurde ein ganz »normaler« Teenager. Mir ging das Herz auf, sooft ich dieses kecke Mädchen sah. Insgeheim wünschte ich mir, es müsste nie wieder zurück nach Afghanistan.

Aber das stand natürlich gar nicht zur Debatte. Wenn ich – Verzeihung, Katachel e.V. – Kinder nach Deutschland holte, dann nur, um ihre körperlichen Leiden zu lindern, ihnen Bildung zu geben und sie auf die Rückkehr in ihre Heimat vorzubereiten.

Nur für Mädchen war dieses Procedere doppelt so tragisch wie für Jungen. Und für Rahima, den weiblichen »Krüppel«, der dort nichts wert war, erst recht.

»Dadgul, wenn ich sie zu euch nach Katachel zurückbringe, wünsche ich mir einen ganz tollen jungen Mann für sie!«, rief ich eines Tages ins Telefon.

»Ihre Mutter hat bereits einen für sie ausgesucht«, verkündete Dadgul.«Sie ist obdachlos und arm wie eine Kirchenmaus. Die lukrative Verheiratung ihrer Tochter ist ihre einzige Lebensversicherung.«

»Was ist denn das für ein Kerl?« Ich ahnte bereits Böses.

»Mama, sie ist ein Krüppel! Sie kann froh sein, wenn sie der alte Schuster aus dem Nachbardorf nimmt!«

»Wie alt, Dadgul?« Meine Stimme bebte.

»Zweiundsiebzig. Mama, das ist noch ein Glückstreffer für Rahima!«

»Spinnst du? Rahima ist sechzehn!« Ich schrie fast ins Telefon. »Das lasse ich nicht zu!«

»Dir wird wohl nichts anderes übrigbleiben«, schrie Dadgul zurück. »So sind hier die Regeln! Misch dich nicht ein, Mama, du hilfst ihr nicht, wenn du westliche Maßstäbe ansetzt!« Doch! Kinder werden nicht verkauft. Nur über meine Leiche!

»Ich suche ihr selbst einen Mann«, brüllte ich in den Hörer und warf ihn auf die Gabel. »Was bildet der sich ein?«, schnaufte ich entrüstet und musste erst mal tief Luft holen.

Micki saß zeitunglesend in der Ecke und musterte mich forschend. »Vielleicht hat Dadgul sogar recht damit, dass du keine westlichen Maßstäbe ansetzen darfst!«

»Das ist mir scheißegal!« Meine Augen füllten sich mit Tränen. »Ich lass doch dieses entzückende Mädchen nicht mit einem schmierigen alten Opa in die Kiste steigen!«

»Wenn es nur das wäre …« Michael schüttelte mitleidig den Kopf.

»Ich weiß. Es geht nicht nur ums Ehebett. Mädchen sind billige Arbeitskräfte, Behinderte erst recht. Und wenn die Mutter sie an einen alten Schuster verkauft, kann Rahima für ihn Leder kloppen, bis sie schwarz wird.«

Micki nahm mich in den Arm: »Du machst das schon, Ade Sybille. Du findest schon ein passenes Herzblatt für sie: gleichaltrig, gut aussehend und liebevoll.«

Mir wurde mulmig. Hier im Freibad war sie sorglos, verliebt und übermütig gewesen. Ich war wirklich versucht, sie hierzulassen. Aber das wäre Kindesentführung gewesen. Menschenhandel. Das ging auf keinen Fall. Das stand mir nicht zu. Ich wollte helfen, aber nicht Menschen verpflanzen.

Rahimas Ziehmutter Monika litt noch mehr als ich. Sie hatte das Mädchen in den letzten fünf Jahren ins Herz geschlossen. Rahima war trotz ihrer Behinderung so lebensfroh und trug sie mit einer bewundernswerten Stärke. Aber was würde ihr in ihrer Heimat blühen?

Und so kam es, dass ich bei meinem nächsten Afghanistan-Trip mit aller Macht nach einem gleichaltrigen Jungen für Rahima suchte. Schließlich fand sich ein Knabe namens Junus, den Dadgul mir zähneknirschend zubilligte. Er war einer der Arbeiter, die für Dadgul Schulen und Brücken bauten. Ein nett aussehender junger Bursche, der allerdings nichts für

Rahima bezahlen konnte. Sie würde eine Billigpartie werden. Egal, die sollten sich sowieso abgewöhnen, die Frauen zu kaufen. Es musste doch möglich sein, dass Liebe im Spiel war!

»Kauf ihm ein Handy, damit die jungen Leute sich kennenlernen können!«, befahl ich Dadgul.

»Das kostet aber Geld, Sybille! Willst du das von den Spendengeldern der Leute …?«

»Ach, vergiss es, Dadgul! Dann zahle ich das eben aus eigener Tasche!«

Was zur Folge hatte, dass ich dem jungen »Liebespaar« – in der Hoffnung, dass es wirklich eines werden würde – eine Handyrechnung von zweitausend Euro zahlte, nur damit sich die beiden im Lauf des nächsten Jahres fernmündlich beschnüffeln konnten. Ich bestand darauf, dass Rahima noch die Mittlere Reife machte, damit sie später im Leben »was Eigenes« hatte. Wie naiv ich doch war!

Die Hochzeit fand dann ein Jahr später mit großem Pomp statt, und ich nahm dem glücklichen Mädchen das Versprechen ab, ihre ersten Kinder nach ihren Pflegeeltern »Monika« und »Klaus« zu nennen. Das Schicksal strafte mich und Rahima damit, dass sie zwei Mädchen bekam: Monika und Klaudia. Für afghanische Verhältnisse war das eine glatte Fehlleistung. Ihre Schwiegermutter und ihre Mutter schüttelten die Köpfe: Wahrscheinlich war sie in der Hochzeitsnacht nicht lange genug im Bett geblieben. Zwei Mädchen! Was für eine Schande!

Schon wenige Jahre später war meine arme kleine Rahima völlig ausgemergelt und überarbeitet. Klein-Monika und Klein-Klaudia hingen an ihren Rockzipfeln, und ihr Ehemann Junus, ein einfacher Arbeiter, schlug sie und ließ sie hungern, sobald er schlechte Laune hatte. Seine ganze Familie behandelte sie wie den letzten Dreck. Sie war ein Niemand: behindert, und dann auch noch zwei Mädchen. Abschaum. Das übermütige kecke Mädchen von damals war gestorben.

»Mama, warum hast du mich ihm umsonst gegeben?«, jammerte Rahima, wenn ich sie in ihrem kargen schmuddeligen Hinterhof besuchte. »Er sagt, ich bin nichts wert, weil ich nichts gekostet habe!«

»Ja, hätte ich dich für viel Geld dem alten Schuster geben sollen?«

»Ach, Mama! Wär ich doch in Wolfsburg geblieben! Weißt du, wie schön das war? Wie frei ich war? Und wie … verliebt?! Die anderen gehen jetzt zur Uni …«

Mir schnürte sich der Magen zu. Hätte ich sie einfach dabehalten sollen? Aber das war nicht mein Recht! Ich konnte nicht halb Afghanistan nach Deutschland schleppen und allen unsere Kultur aufdrängen! Ich hatte es doch nur gut gemeint!

Rahima weinte bittere Tränen. Ich saß da und wiegte sie in meinen Armen. Die halbnackten Kinder krabbelten mit ihren Rotznasen auf uns herum. Ihre Haare standen vor Dreck, ihre Haut war verkrustet, ihre Augen trüb. Auch die Kleinen waren blass und unterernährt, nicht nur ihre junge Mutter. Sie hatten bereits Haarausfall und Monika schon ganz braune Zähne. Die kleine Klaudia zahnte noch und wimmerte ständig.

»Mama, ich will nicht noch mal von Junus schwanger werden! Wenn es wieder ein Mädchen wird, schlagen sie mich tot!«

»Nein. Da gibt es schließlich Mittel und Wege …«

Entschlossen stand ich auf. Schließlich hatte ich ihr das Ganze eingebrockt.

»Ich fahre dich nach Kunduz zur Frauenärztin.«

Da Junus noch nicht so schnell zurückerwartet wurde, (er baute ja Schulen und Brücken für Dadgul und hatte Sechzehnstundenschichten), packten wir die Kinder und schlichen uns davon.

»Wir machen deinem Elend ein Ende, mein Kind.«

In der sogenannten Praxis, einem verdreckten Etablissement mit Lehmwänden, wo es von wartenden Frauen, deren Kleinkindern und Ehemännern genauso wimmelte wie vor Keimen, fand ich die völlig überforderte Ärztin, die versuchte, Ordnung in das Chaos zu bringen. Auf Dari beschwor ich sie, meiner Rahima schnell und unauffällig die Spirale einzusetzen.

»Haben Sie die Erlaubnis des Ehemannes?«

»Hier.« Ich zog einen improvisierten Schrieb aus der Hosentasche, auf dem eine Unterschrift zu sehen war.

»Sheni Hagei?«

»Genau. Das ist der Name der Patientin.«

Sie sah mich vielsagend an: »In Ordnung. Sagen Sie ihr, sie soll die Hose ausziehen und die Beine spreizen.« Im Gehen zeigte die Ärztin auf einen Schemel, der mehr Ähnlichkeit mit einem Folterinstrument als einem gynäkologischen Stuhl hatte. Auf der Fensterbank vor dem vergitterten »Fenster« lagen blutgetränkte Binden und andere Appetitlichkeiten.

»Los, Rahima. Schnell.« Ich nahm meinem Schützling Monika und Klaudia ab, und zeigte ihr den Stuhl. »Komm schon. Mach.« Klein-Monika heulte, ihre Rotznase hinterließ Spuren auf meiner Bluse, und Klein-Klaudia wand sich wie ein Aal: Die Anderthalbjährige wünschte nicht von einer anderen Frau als ihrer Mutter gehalten zu werden. Außerdem stank sie bestialisch. Ich hielt sie von mir ab, sah grünschwarze Pampe an ihren Beinchen herunterlaufen.

Wie schön war es doch im Vergleich dazu in deutschen Arztpraxen! Von wegen Spielecke und Wickelauflage! Oder gar Patiententoilette mit Handwaschgelegenheit!

Das Schlimme war, dass sich Rahima noch an solchen Luxus erinnern konnte. Rahima, die früher »Arschbomben« gemacht hatte, war nun so verschüchtert, dass ihr dieser Befehl den Angstschweiß ins Gesicht trieb.

Eine Helferin kam hereingeplatzt. Nur ein dünner Vorhang trennte diesen sogenannten Untersuchungsraum vom Warteflur draußen. Ab und zu schlüpfte ein neugieriger Hosenscheißer herein, wurde dann aber von Männerhand grob wieder zurückgezogen.

Ohne sich nach dem Befinden ihrer Patientin zu erkundigen, zerrte die Helferin Rahima eigenhändig die Hosen runter. Hier wurde nicht lange gefackelt, wir waren dazwischengeschoben worden, wobei einige Afghani-Scheine das ihre getan hatten. Denn sonst würden wir stundenlang auf dem Gang sitzen müssen, und das ging nicht, denn Junus durfte unsere Abwesenheit nicht bemerken, geschweige denn etwas von dieser Aktion erfahren.

Rahima versuchte immer wieder, ihr Hemd über die gespreizten Beine zu ziehen, aber für solche Fisematenten hatte man hier keine Zeit. Obwohl die Ärztin noch gar nicht im Raum war, zog die Helferin einfach beide Arme des mageren Mädchens nach oben und band sie dort kurzerhand mit einer Schlinge fest. O Gott, dachte ich. Was habe ich getan!

Rahima schrie, man solle sie losbinden, sie hätte es sich anders überlegt. Kurzerhand setzte ich die Kinder ab, löste ihre Fesseln, strich ihr über die schweißnasse Stirn und sprach beruhigend auf sie ein.

»Rahima, denk an deine Kinder und vor allem an dich,

nur eine Spirale kann dich vor weiteren Qualen schützen. Ich bin bei dir, vertraue mir.« Ihr Atem wurde langsam ruhiger.

Endlich kam die Ärztin. Sie lüftete ihren Schleier. Zwischen den Zähnen hielt sie die Packung mit der Spirale. Ihre Hände steckten in sterilen Gummihandschuhen, deshalb befahl sie mir zwischen zusammengebissenen Zähnen, die Packung zu öffnen. Die Helferin konnte ja nicht, sie war viel zu sehr damit beschäftigt, die arme Rahima festzuhalten.

Mit zitternden Händen riss ich die Verpackung auf und reichte der Ärztin die Spirale.

Mein Gott!, dachte ich, das darf doch alles nicht wahr sein! Ich spürte, wie mir die Schweißtropfen den Rücken hinunterliefen und mich eine schwere Hitzewelle erfasste.

Die Ärztin setzte Rahima die Spirale ein, zog ihre Handschuhe aus und warf sie auf den Heizkörper, auf dem schon andere Handschuhpaare innige Verbindungen mit den Bakterien, die sich dort tummelten, eingingen. Dann gab sie uns ein Rezept für Antibiotika – »damit sich nichts entzündet!« – und für Kräftigungsmittel: »Die ist ja nur noch Haut und Knochen. Eine weitere Schwangerschaft würde sie vermutlich umbringen!«

»Ja. Stellen Sie sich vor, sie würde noch ein Mädchen bekommen. Das wäre ihr Todesurteil.«

Die Ärztin sah mich nur ungerührt an: »Schicken Sie Ihren Mann so bald wie möglich in die Apotheke. Es ist dringend, sie braucht die Medikamente sofort.«

Klar. Nur Männer gingen in Apotheken. Frauen doch nicht. In diesem Fall erledigte ich das allerdings selber.

Auf der Rückfahrt weinte Rahima vor Schmerzen, Schock und Scham. Sie hielt ihre beiden kleinen Kinder auf dem

Schoß und wimmerte, sobald ein kleines Füßchen sie in den Unterleib traf.

Ich raste wie ein Berserker, um rechtzeitig vor Junus in Katachel einzutreffen. Zu allem Überfluss war Ramadan: Der junge Ehemann erwartete also um Punkt sechs, bei Sonnenuntergang, ein reichhaltiges Mahl – ausgehungert, wie er war, nach stundenlangem Steineschleppen ohne etwas zu essen und zu trinken!

»Schaffst du's jetzt allein, Rahima?« Ich half ihr und den Kindern aus dem Auto in den Hof. »Es ist nicht gut, wenn Junus mich hier sieht. Morgen komme ich wieder und kümmere mich um euch!«

Rahima sah mich mit Tränen in den Augen an. »Danke, Mama! Ich liebe dich!«

»Ich dich auch, meine Kleine!« Sanft zog ich sie an mich: »Du schaffst das. Lass dich nicht unterkriegen!«

»Du, Mama?« Rahima sah mich mit einem Blick aus ihren schwarz umrandeten Augen an, den ich nie vergessen werde. »Was ist eigentlich aus Jonas geworden?«

»Jonas?« Ich tat so, als müsste ich erst überlegen. »Der Pastorensohn?«

»Ja?«

»Ach, der macht, glaube ich, in irgendeinem Altersheim Zivildienst …«

Ich hätte mir eher die Zunge abgebissen, als ihr zu verraten, dass ihr geliebter Jonas inzwischen mit einer Musikstudentin aus Oldenburg zusammengezogen war und Medizin studierte.

31

»Du magst den Bürgermeister von Eshantup, was, Mama?«

»Ja, Dadgul. Ich finde, er ist der netteste Bürgermeister von ganz Afghanistan. Auf diese Schuleinweihung freue ich mich ganz besonders.«

Im Gegensatz zu vielen anderen Afghanen, die unsere Arbeit inzwischen als selbstverständlich hinnahmen und sich gar nicht mehr bedankten, sondern bloß immer neue Forderungen stellten, war dieser *Malek* (Bürgermeister) wirklich ein feiner Kerl. Das hatte ich Dadgul auch schon öfter gesagt.

»Wenn wir beide mal Streit haben, dann wird ER mein bester Freund«, sagte ich zu Dadgul. »Also sei immer nett zu mir!«

»Oh, Mama, da werde ich ja richtig eifersüchtig!«

Wir radelten gerade nach Eshantup. Dadgul klingelte und tat so, als wollte er mich in den Straßengraben drängen. Ich klingelte ebenfalls und stieg in die Pedale, um Dadgul abzuhängen. So eierten wir die staubige Straße entlang. »Vorsicht! Ein Riesenschlagloch!«

»Ups! Dadgul, pass auf! Nicht auf dein neues Gesicht fallen!«

Ja, nach mittlerweile vierzehn Jahren gingen wir sehr kumpelhaft miteinander um. Das Projekt hatte uns zusammengeschweißt, und kleine Reibereien konnten wir mit dem lockeren Umgangston am besten überspielen.

Aus den klapprigen Autos, die uns überholten, wurde ich angestarrt. Eine Frau, die Rad fuhr! Und auch noch mit ihrem Begleiter scherzte!

Der kleine rundliche Bürgermeister mit dem schelmischen Blick erwartete uns schon in »seiner« neuen Schule, die jetzt eingeweiht werden sollte. Er war stolz wie Oskar, sein Ansehen war um einiges gestiegen. Das ganze Dorf war auf den Beinen.

»*Mokhteram Khanom Sabila Sheni Hagei* – hochverehrte Frau Sybille Schnehage ...«, begann er seine Rede auf dem Schulplatz. »Wir verdanken dir – und natürlich Dadgul – unsere neue Schule. Und weil du mit einem klapprigen Drahtesel zu uns gereist bist, haben wir eine Überraschung für dich ...«

Augenzwinkernd führte er eine herrliche Stute am Halfter herbei.

»Sie gehört – nur DIR!«

Fast wäre ich dem reizenden Malek um den Hals gefallen. Ein Pferd!

»Dadgul!« Ich klatschte in die Hände und hüpfte wie ein junges Mädchen auf und ab.

In Dadguls Augen glomm etwas, das ich noch nie an ihm wahrgenommen hatte. War er tatsächlich eifersüchtig? Neidisch auf das Pferd? Ach was, scheiß auf die Konventionen! Ich warf dem Bürgermeister Kusshände zu.

»Danke, Malek! Ein Pferd – ich habe mir schon immer ein eigenes Pferd gewünscht!«

Dadgul schüttelte tadelnd den Kopf. Schämte er sich etwa für mich? Das mit dem Radfahren war schon Provokation genug gewesen, aber jetzt auch noch den Bürgermeister küssen? Schnell schmiegte ich mich an den Hals der jungen Stute. Die Leute auf dem Schulplatz lachten und freuten sich.

»Ich werde sie Shari nennen!«

»So wie das Pferd, das bei dir in Bergfeld auf der Nachbarwiese steht?«

»Oh, Dadgul, dass du dich daran noch erinnern kannst!«

»Ja, meinst du, ich bin plemplem, oder was?« Dadgul sah mich so – humorlos an! Was hatte er nur?

Obwohl ich seit achtundzwanzig Jahren nicht mehr geritten war, versuchte ich es sofort. Unter lautem Beifall schwang ich mich auf Shari, die nervös tänzelte und sich ein bisschen zickig anstellte, aber ich schaffte es, sie zu bezwingen und drehte ein paar Runden mit ihr.

»Bravo«, rief der Bürgermeister begeistert, und die Frauen kicherten.

Ich fühlte mich großartig. Ein riesiges Glücksgefühl durchströmte mich. Die Leute hier akzeptierten mich – ach was, sie liebten mich! Mein Blick suchte nach Dadgul, aber der war mit jemandem ins Gespräch vertieft und schenkte mir keine Beachtung.

Weitere Fest- und Dankesreden folgten. Hilfskräfte verteilten Palau und Tee, später gab es für jedes Kind noch Zuckermandeln. Ich schüttelte Hunderte von klebrigen Kinderhändchen.

»*Tashakor, mokhteram khanom Sheni Hagei* – danke, hochverehrte Frau Schnehage!«

»Oh, Dadgul, was für ein wunderbares Fest!«

»Ja, ja, ist ja gut jetzt, Mama!« Dadgul wandte sich ab. »Wir müssen nach Hause, bevor es dunkel wird. Los, nimm dein Fahrrad und komm.«

»Aber Dadgul, mein Pferd! Ich will Shari mitnehmen!«

»Das kann dir Assad bringen!«

Assad war ein junger Polizist aus Katachel, der nun schüchtern das Halfter nahm.

»Aber nicht aufsteigen, Assad«, sagte ich im Scherz. »Das ist schließlich mein Pferd!«

Unter herzlichen Abschieds- und Dankesworten stiegen wir auf unsere alten verrosteten Drahtesel und eierten an der Straße wieder die zehn Kilometer heimwärts nach Katachel. Anders als auf der Hinfahrt war Dadgul verschlossen und schweigsam.

Na gut!, dachte ich. Dann hat er heute mal schlechte Laune. Heute war abwechslungshalber nicht sein Tag, sondern meiner, und den würde ich mir nicht verderben lassen. Schließlich war das hier alles mein Werk. Der wiederhergestellte Dadgul samt seinem wiederhergestellten Dorf sollte mir eigentlich dankbar sein! Aber vielleicht fiel es ihm heute besonders schwer, wo der Malek von Eshantup mich so hatte hochleben lassen. Für einen afghanischen Mann ist es sicherlich nicht einfach, im Schatten einer erfolgreichen Frau zu stehen.

Schweigend radelte ich hinter ihm her und starrte auf seinen Rücken.

Ob er wohl Schwierigkeiten damit gehabt hatte, mir den ersten Platz zu überlassen? Wo er doch sonst hier der Platzhirsch war?

Immer wenn ich nach Katachel kam und das Ruder wieder übernahm, rutschte der von allen bewunderte und respektierte Kommandante wieder auf Rang zwei. Wie musste das in den Augen seiner Freunde und Verwandten wirken? Wurde er vom Helden zum Weichei? Vom Macher zum Muttersohn? Musste er sich womöglich Hänseleien gefallen lassen? War ich ihm möglicherweise sogar lästig?

Ach was, Sybille!, dachte ich, als wir schließlich im Stockdunkeln in Katachel ankamen. Und wenn, muss er damit fertigwerden. Ich muss in Bergfeld schließlich auch damit fertigwerden, dass die Leute mich »Helferhyäne« nennen. Ich hatte mich gegen die kleinkarierten Spießer durchgesetzt und zu Dadgul gestanden wie eine Eins. Ich hatte seinetwegen Freunde verloren (die natürlich keine waren!), ja sogar Sympathien bei nächsten Verwandten eingebüßt, die sich von mir vernachlässigt fühlten. Aber allen hatte ich immer wieder gesagt, dass Dadgul mich mehr brauchte als sie. Das würde er nicht vergessen haben. Er hatte heute einfach schlechte Laune.

Dadgul verzog sich sofort ohne ein weiteres Wort in seine Wohnung.

Wo blieb denn nur mein Pferd so lange? Ging der naive Assad tatsächlich mit Shari zu Fuß die Straße entlang? Na, das konnte ja noch dauern! Hoffentlich passierte ihnen nichts, man sah ja die Hand vor Augen nicht mehr, und das Pferd hatte kein Rücklicht!

Ohne Dadgul von meinem Vorhaben zu unterrichten (was eigentlich gegen unsere Vereinbarung war, aber heute war mir das egal), schnappte ich mir Monaf, unseren treuen Fahrer, und forderte ihn auf, mit mir in Richtung Eshantup zu fahren.

»Ade Sybille – das ist gefährlich!«

»Ach, komm! Ich brauch auch mal einen Moment für mich!«

Und da waren sie! Assad trottete mit der tänzelnden Stute ergeben die Straße entlang. Der Ärmste war schon ganz erschöpft. Er hatte es tatsächlich nicht gewagt, sich auf das Pferd zu setzen.

»Halt an, Monaf!«

Schnell sprang ich aus dem Wagen. Und du, Assad, rein mit dir! Ich übernehme!«

»Bist du sicher, Ade Sybille? Willst du wirklich allein, im Dunkeln …?«

»Ja! Fahrt einfach weiter.«

»Dadgul würde das nicht gutheißen!«

»Ihr müsst ja nicht petzen! Los, Jungs!«

Die alte Karre knatterte davon. Ich sah das schwache Rücklicht immer kleiner werden. Dann war ich mit meiner wunderbaren Stute allein. Sie roch so vertraut, so nach Freiheit und Abenteuer! Vorsichtig nahm ich sie beim Halfter und ließ mich von ihr durch die pechschwarze Nacht führen.

»So, mein Mädchen, keine Angst, ich sitze nicht mehr auf. Du bist erschöpft, nicht wahr? Wir gehen einfach nach Hause.«

Der warme Atem des Pferdes dampfte neben meinem Gesicht. Das eintönige Klappern der Hufe war das einzige nächtliche Geräusch. Die warme Sommernacht hüllte uns ein, und fahles Mondlicht blitzte hinter wattigen Wolkenfetzen hervor. Wieder erfasste mich dieses Glücksgefühl, verbunden mit heftigem Heimweh. Zu Hause rochen Pferde genauso! Wie konnten Menschen nur so unterschiedlich sein, wenn Pferde überall gleich rochen! Gleichzeitig ließ ich mir die Ereignisse des Tages noch einmal durch den Kopf gehen. Wie wunderbar alles lief! Was wir mit deutschen Spenden alles bewirken konnten! Und wie herzlich die Afghanen mich in ihrer Mitte aufgenommen hatten! Irgendwas musste ich anscheinend richtig gemacht haben. »Ehrwürdige Mutter Sybille«: Das klang wie eine Liebeserklärung. Ich hatte meine Lebensaufgabe gefunden. Immer wieder dankte ich Gott dafür, dass mein Micki so hinter mir stand. Dass Vanessa, die inzwischen eine selbstbewusste junge Frau war, mich so unterstützte. Dass sie stolz auf mich waren. Nur Simon hatte nach wie vor Schwierigkeiten mit meinem »Afghanistan-Fimmel«, aber ich hoffte inständig, dass er irgendwann einmal begreifen würde, dass ich einfach nicht anders konnte. Es gab so viele Möglichkeiten zu helfen. Wie konnten Menschen nur über Einsamkeit, Langeweile und null Sinn im Leben klagen? Um dann irgendwelche Stimmungsaufheller zu nehmen, statt dem Elend der Welt die Stirn zu bieten! DAS machte Sinn! DAS machte glücklich.

»Es bleibt einem im Leben nur das, was man verschenkt hat«, lautete ausgerechnet der Werbeslogan eines Parfumherstellers. Und ich fand, er hatte vollkommen recht! (Es ging allerdings auch ohne Parfum.)

Erst vorgestern hatte ich für Bahar, eine ausgemergelte junge Frau aus dem Nachbardorf Nassery, die gerade ein Töchterchen bekommen hatte, eine fette, trächtige Milchkuh erworben. Auf dem Viehmarkt in Kunduz hatte ich gefeilscht und gehandelt wie ein Profi – mit Turban, Pluderhosen und ziemlich anständigem Dari. Dass ich während der Verhandlungen nicht mit Kautabak um mich gespuckt hatte, war auch schon alles. (Irgendwo war ich ja doch eine Dame!) Stolz hatte ich die Kuh nach Nassery geführt, wo mich eine überglückliche Bahar erwartete. Sie war so ausgehungert, dass sie nicht stillen konnte. Ihr Mann und seine Familie straften sie mit Verachtung, weil sie nur ein Mädchen geboren hatte. Ich hatte sie und ihr kleines Mädchen gerettet.

Diese und unzählige andere Gedanken gingen mir durch den Kopf, während ich mit meiner Stute die leere Straße entlangwanderte. Helfen zu können ist die größte Erfüllung im Leben. Aber war das, was ich tat, nicht der sprichwörtliche Tropfen auf dem heißen Stein? Das jedenfalls behaupteten so einige meiner deutschen Mitbürger, die meine Arbeit belächelten. Aber wenn alle so denken würden, würde sich nie etwas ändern in Afghanistan: Steter Tropfen höhlt den Stein.

Nach einstündigem Fußmarsch erreichte ich schließlich unser Haus. Schnell versorgte ich die Stute, rieb ihr das schweißnasse Fell trocken, gab ihr Wasser und kroch dann ins Bett. Merkwürdig nur, dass Dadgul so verschnupft zu sein schien. Nun, wir hatten alle mal unsere Tage.

Am nächsten Nachmittag kam der liebe Bürgermeister von Eshantup zum Tee. Anscheinend wollte er den gestrigen großen Tag noch in Ruhe bei Dadgul und mir ausklingen lassen. Wie schon so oft, ließ er sich in unserem Hof in einer schattigen Ecke nieder, streckte genüsslich die Beine aus und blinzelte in die Sonne.

»Schön habt ihr es hier, hochverehrte *Ade Sheni Hagei*!«

»Ja, wir haben es gut getroffen, nicht wahr, Dadgul?«

Dadgul tat, als hätte er nichts gehört.

»Ich möchte mich noch einmal sehr für die Schule bedanken, hochverehrte Ade Schnehage. Du hast mich zu einem glücklichen Mann gemacht.«

»Und ich bedanke mich für das Pferd! Du hast mich zu einer glücklichen Frau gemacht!«

Wir lachten und prosteten uns mit Tee zu. Gern hätte ich ihm Zucker angeboten, doch den gab es mal wieder nicht. Zucker war einfach zu teuer fürs tägliche Teetrinken. (Und meinen Süßstoff versteckte ich lieber. Schon wegen Kandigol, die alles an sich riss.)

»Sogar einen Ventilator habt ihr«, stellte der Malek bewundernd fest. »Und was für ein schönes Küchenregal!«

Mit meinem mir zur Verfügung stehenden Dari-Wortschatz versuchte ich, nett Konversation zu machen. »Unsere Spendengelder kommen nur den Bedürftigen zugute, aber mit unserer eigenen Hände Arbeit und natürlich mit Dadguls Erfahrung als ›Ingenieur für alles‹ haben wir es uns hier nett eingerichtet.«

Ich zeigte auf den Brunnen, der mitten im Hof vor sich hin plätscherte.

»Dadguls Mutter Nigargh, seine Frau Kandigol und seine Schwestern schätzen es schon sehr, zum Wasserholen nicht mehr drei Kilometer weit laufen zu müssen! Nicht wahr, Dadi?«

Dadgul wirkte abwesend.

»Dadgul? Kannst du für mich übersetzen? Der Malek hat etwas gesagt!«

Der Malek sprach freundlich auf Dadgul ein, der schließlich übersetzte:

»Der Malek möchte auch Strom. Für sein Privathaus. Außerdem möchte er sich ein Auto anschaffen. Er ist nicht mehr gut zu Fuß. Er hat dir schließlich ein Pferd geschenkt.«

Ich erstarrte.

»Der Malek?« Fragend schaute ich zu dem lächelnden, rundlichen Mann hinüber, der mich so freundlich anschaute. War er wirklich so berechnend? Hatte ich mich so in ihm geirrt?

»Der Malek sagt, er will einen Fernseher! Die ganze Gegend hat keinen Strom! Er sagt, du sollst hier ein Kraftwerk bauen, damit er und seine Nachbarn fernsehen können. Und er will einen Brunnen. Seine Frau hat's im Kreuz.«

»Aber …« Ich stutzte. Der Malek war gar nicht gekommen, um sich für die Schule zu bedanken? Sondern um mehr zu fordern? Strom und Wasser für seine privaten Bedürfnisse? Mich fröstelte.

»Unsere Spenden gehen an die wirklich Bedürftigen«, wiederholte ich laut und deutlich in Dari, so als spräche ich mit einem Dreijährigen. Diesen Satz hatte ich mir eingehämmert wie die Glocke von Schiller. »Private Luxusgüter finanziert unser Verein nicht!«

Der Malek lächelte immer noch. Er strich sich durch den langen Bart und murmelte vor sich hin. Hallo? War der am Betteln?

»Er versteht mich nicht! Los, Dadgul, sag du es ihm!« Mann, war ich enttäuscht von meinem Freund aus Eshantup! Nie im Leben hätte ich das von ihm gedacht!

Dadgul redete ziemlich unfreundlich auf ihn ein, sein Ton wurde immer aggressiver, und plötzlich änderte sich auch der Tonfall des Malek. Was er erwiderte, war gar nicht mehr freundlich. Eher ruppig, um nicht zu sagen beleidigt. Er stand auf, knallte den Teebecher auf den Tisch und zeigte wütend auf mich.

»Er sagt, wenn du ihm das Geld für Fernseher, Kühlschrank und neues Auto nicht gibst, nimmt er das Pferd wieder mit!«

»Was?« Wütend sprang ich auch auf. »Sag ihm, dass ich wahnsinnig enttäuscht von ihm bin! Dass ich das nie von ihm gedacht hätte! Und dass er mir nichts ›vom Pferd‹ erzählen soll!« Ich empfand nichts als Wut und Enttäuschung. »Geschenkt ist geschenkt!«, schrie ich mit Tränen in den Augen.

»Wieder holen ist gestohlen!« Dann rannte ich in mein Zimmer und knallte die Tür hinter mir zu. Ich warf mich auf mein Bett und begann zu heulen. So. Das war also der schönste Tag meines Lebens gewesen gestern. Der mich meine eigenen Probleme und Sorgen hatte vergessen lassen. Weil Helfen ja so toll war. Na super! Alles nur Lug und Betrug. Berechnung und Kalkül. Ich HASSTE die afghanischen Männer.

Das Gesicht des Malek verfolgte mich noch bis in meine Träume.

32

»Ja, sag mal, Dadgul, seid ihr bescheuert?«

Ungläubig musste ich am nächsten Morgen mitansehen, wie ein schmächtiger Junge im Hof stand und ganz allein versuchte, riesige Steine von einem Lkw zu laden. Das Arbeitshaus musste umgebaut werden, und wir hatten Betonkoffersteine geordert. Dadgul und seine gut genährten Cousins, die alle im Männerhaus übernachtet und anständig gefrühstückt hatten, sahen zu und diskutierten, wie die Wände gezogen werden sollten. Der schmächtige Junge sah nicht so aus, als hätte er schon gefrühstückt.

»Ich werd euch Beine machen, ihr faulen Säcke!«

Wütend gab ich erst Dadgul, dann seinen Cousins einen Schubs und zeigte auf die Ladefläche. »Los! Rauf mit euch! Wir sind nicht zum Vergnügen hier!« Aber sie lachten nur, und ihr Hohngelächter machte mich wahnsinnig. Ein krasser Fall von spätpubertärem Trotz gegen mütterliche Autorität.

»Seid ihr bescheuert?«, wiederholte ich. »Wieso lasst ihr den armen Jungen ganz allein schuften?«

Gelächter aus rauen Männerkehlen war die Antwort. Die Herrschaften beliebten an der Hauswand zu sitzen und die Morgensonne zu genießen.

»Arschlöcher!«, stieß ich verächtlich hervor, krempelte die Ärmel hoch und kletterte wutschnaubend auf den Lastwagen.

»Wie heißt du, Kleiner?«

»Anwar«, sagte der Junge schüchtern.

»Okay, Anwar. Du springst jetzt runter, und ich reiche dir die Steine.«

Ungläubig starrte er mich an. Er war vielleicht fünfzehn, sechzehn. Ein unbedeutender kleiner Arbeiter, den Dadgul gnädig eingestellt hatte.

Was für ein mieser Zug von Dadgul, den Kleinen allein schuften zu lassen. Hatte ich mich ihm gegenüber auch so wenig hilfsbereit gezeigt? Hallo? Zig Operationen in Stuttgart, über vier Jahre in unserem Haus? Zigtausend Mahlzeiten, die ich ihm püriert hatte? Wie oft hatte ich seinen ekligen Schlauch gereinigt? Und was hatte ich ihm alles beigebracht, damit er in seinem Katachel überhaupt weiterleben konnte?

Jetzt war er der große Zampano. Und seine Frau Kandigol glich immer mehr einem Kandipil, einem Elefanten, so viel Kilo Wohlstandsspeck hatte sie sich angefressen. Sie kommandierte vier Hausangestellte und ließ sich und ihren verzogenen Sohn Tadjudin von vorn bis hinten bedienen. Wo war der Pascha Tadjudin überhaupt? Warum packte der nicht mit an?

Nach etwa zwanzig Wackersteinen, die scharfkantig und sauschwer waren, platzte mir nicht nur die Haut an den Händen auf, sondern auch endgültig der Kragen.

Zu Hause in Bergfeld hätte mein vorbildliches Handeln jeden Zuschauer sofort beschämt. Kein einziger Mensch, ob männlich oder weiblich, wäre feixend sitzen geblieben, auch Dadgul nicht. Er wäre gesprungen. Dadgul hatte mal Stil und Klasse gehabt. Er war ein richtiger Kavalier gewesen. Er hatte mir die Tür aufgehalten und mir in den Mantel geholfen, er war mein Chauffeur und Beschützer gewesen, mein Kamerad und Kollege, mein Helfer und Vertrauter. Aber hier in seinem Dorf, wo er sich im Kreise seiner Cousins stark fühlte, hatte er die Dreistigkeit, mir und dem kleinen Anwar beim Arbeiten zuzusehen.

So, Bursche, jetzt reicht's, dachte ich.

Wütend sprang ich vom Laster und stürzte mich wie ein Habicht auf die Taugenichtse.

Jedem versetzte ich einen ordentlichen Fußtritt.

»Aua!«

»Ich glaub, mein Pferd schielt!« Zitternd vor Wut drückte ich jedem einen Stein in die Hand. Eigentlich warf ich jedem von ihnen einen solchen Stein in den Schoß.

»Dadgul, hab ich dich so erzogen?!«

»Au! Meine Manneskraft! Spinnst du?!«

»Ich zeig dir deine Manneskraft!«

»Werd nicht gleich hysterisch, Schnehage!«

Aha. Nicht mehr Mama, sondern Schnehage. Das sagte der nicht noch mal zu mir.

»Frecher Kerl! Auf mit euch! Dadgul, ich schäme mich für dich!«

»Ja, ja.« Dadgul erhob sich mühsam und verdrehte genervt die Augen. »Ist ja gut, Mama. Wechseljahre, oder was!«

»Einen Scheißcharakter hast du, Dadgul«, schnauzte ich ihn an. Meine Wut wuchs. Auf einmal kam mir sogar der Verdacht, dass er das Gespräch mit meinem Freund, dem Malek, völlig falsch übersetzt hatte, damit ich meinen zweitbesten Freund verlor. (Falls Dadgul überhaupt noch mein bester war! Da hatte ich so meine Zweifel.)

War Dadgul so ein mieser Kerl? Wollte er hier die Monopolstellung? War er so berechnend? Nach allem, was ich für ihn getan hatte?

Und was nahm er sich für Frechheiten raus! »Wechseljahre!« Wo war sein Respekt geblieben?

Schwitzend schuftete ich bis spät in die Nacht und weigerte mich, zum Abendessen zu kommen, so fett und kalorienreich »Kandipil« auch gekocht hatte.

Schmollend verzog ich mich in mein Zimmer und knallte die Tür hinter mir zu.

Als ich später noch einmal nach der Baumwolltrennmaschine schauen wollte, sah ich den armen Anwar im Gang liegen, als Matratze diente eine alte Düngertüte, als Kissen seine Plastiklatschen. Essen hatte er kaum bekommen, nur Sklavenarbeit hatte er verrichten müssen. Ohne mich wäre er jetzt immer noch dabei, während »Kandipil« und ihre Kinder längst im Bett lagen. So langsam dämmerte mir, dass die Menschen hier Angst vor Dadgul und seiner alle herumkommandieren Ehefrau hatten! Mich beschlich der hässliche Gedanke, dass ich daran nicht ganz unschuldig war. Anscheinend hatte ich sie viel zu sehr verwöhnt und Werte wie Hilfsbereitschaft, Empathie, soziales Denken und Handeln vorausgesetzt, die in meiner Familie selbstverständlich waren. Ich hatte sie mit Macht ausgestattet. Die sie mittlerweile zu ihrem eigenen Vorteil ausnutzten?

»Dadgul, was bist du nur für ein jämmerlicher Arbeitgeber«, fluchte ich leise, während ich über den armen Anwar hinwegstieg. »Das wird noch Folgen haben.«

Aber das war noch nicht alles.

»Sag mal, Dadgul, wieso kann sich dein mächtiger Freund Daian plötzlich ein neues Männerzimmer leisten? Und Strom?«

Wir waren zu Besuch in Mapali, einem Dorf nahe Khanabad. Daian, der sich selbst »Richter« nannte, war in der Talibanzeit ein wichtiger Kommandant gewesen und hatte immer noch viel Einfluss. Es war durchaus von Vorteil, ihn zu kennen, denn unter seinem Schutz konnte man sich relativ frei bewegen.

»Weiß ich doch nicht.« Dadgul trat einen Stein vor sich her und tat so, als ginge ihn das gar nichts an.

»Wir haben hier in seinem Dorf zahlreiche Straßen befestigt und Brücken gebaut«, sagte ich und sah ihn forschend an. »Aber seine Privatgemächer und seinen Stromanschluss zahlen wir nicht von unseren Spendengeldern!«

»Wie kommst du denn auf die Idee?«

Ich versuchte in Dadguls Augen zu lesen, aber die Sonne blendete mich. Log er mich etwa an? Benutzte er Spendengelder, um sich die Freundschaft eines mächtigen Mannes zu erkaufen und dadurch noch mehr Macht und Einfluss zu gewinnen? Mein Misstrauen ihm gegenüber wuchs immer mehr. Das war doch nicht mehr mein Dadgul, mein Dadi, mein drittes Kind, das ich gehegt und gepflegt hatte? (Und zwar oft mehr als meine eigenen, dachte ich selbstkritisch. Weil er ein so traumatisiertes Kriegsopfer war.)

Dadgul wechselte schnell das Thema: »Ich habe heute die Post aus Kunduz geholt. Du sollst in der Universität von Kabul die Malalai-Ehrenmedaille bekommen!«

»Was?« Überrascht blieb ich stehen. »Und das sagst du mir erst jetzt?«

»Weil du in letzter Zeit nur noch an mir rummotzt!«, erwiderte Dadgul beleidigt. »Und ich weiß auch, dass sie dir den Ehrendoktor der Pädagogischen Hochschule verleihen wollen. Heute kam die schriftliche Bestätigung.«

Der Ehrendoktor der Universtität Kabul! Mein Herz

machte einen Freudensprung. Die Afghanen wussten mich also sehr wohl zu schätzen! Sie forderten nicht alle nur noch mehr! Nein, sie bedankten sich mit dem Ehrendoktortitel! Es war wie ein Etappenziel, das ein Sportler erreicht, um kurz innezuhalten, sich zu erfrischen und zu schauen, welche Etappe er als Nächstes in Angriff nimmt.

Yes!

Eine unbändige Freude machte sich in mir breit, gleichzeitig war ich enttäuscht, dass Dadgul mir so etwas Wichtiges so lange vorenthalten hatte.

»Du weißt, wie sehr ich mich darüber gefreut hätte, wenn ich das vorher gewusst hätte!«

»Jetzt weißt du's ja!« Dadgul schlenderte davon.

»Aber nicht wieder meinen Namen falsch schreiben!«, schrie ich hinter ihm her.

Wer dann im festlichen Rahmen die Malalai-Ehrenmedaille und den Ehrendoktor der Universität von Kabul überreicht bekam, war wie gehabt ein gewisser »Sheni Hagei.« So nannten mich die Leute hier, und jetzt hatte ich es sogar schriftlich. Mann, wenigstens dass man meinen Namen richtig schrieb, hätte Dadgul doch für mich regeln können! Ich warf ihm, der stolz in der ersten Reihe saß, einen strafenden Blick zu. Aber er strahlte nur. Jetzt war ich wieder SEINE Mama. Er hatte mich schließlich in sein Land gebracht. Afghanistan verdankte mich IHM. Wahrscheinlich dachte er, der Doktortitel gebührte ihm. Na egal, heute wollte ich keine negativen Energien an mich heranlassen, sondern nur genießen. Mein Blick schweifte über die Zuschauerreihen. Ganz Katachel war gekommen. Ganz Katachel? Nein. Eine einzige Person hatte sich gesträubt: Kandigol, Dadguls Gattin. Sie hatte Wichtigeres vor, als meiner

Ehrung beizuwohnen: Sie musste auf eine Hochzeit, ihr neues Kleid und ihren neuesten Schmuck vorführen. Und war auch noch beleidigt, dass die Hochzeitsgesellschaft den Schulbus nicht nutzen durfte.

33

»Toooooor!«

»Ha! Das wird knapp für euch Katacheler!« Wolfgang Grebenstein, ein Soldat, der aus der Nähe meines Heimatorts kam, grinste mich spitzbübisch an. Wir saßen nebeneinander auf einer Bierbank, die die Bundeswehrsoldaten mitgebracht hatten, und passten auf, dass Reis und Hühnchen nicht anbrannten.

»Mensch, Abdullah«, brüllte ich. »Renn doch! Der Achmed steht frei!«

»Letzte Woche habt ihr gewonnen, diesmal gewinnen wir ... Ja, Mensch, Andreas, was soll denn das sein? Aaaaahhh, verschossen. Das war aber knapp!«

Ich stupste Wolfgang in die Seite. »Du bist ja ganz schön ehrgeizig.«

»Ja, du etwa nicht, Sybille?« Wolfgang musterte mich mit liebevollem Spott. »Ich habe noch nie eine so ehrgeizige Person kennengelernt wie dich! – Mensch Assad, hast du Tomaten auf den Augen? Hamidullah steht doch im Abseits!«

»Zu wem hältst du jetzt eigentlich?«

»Na, zu beiden Mannschaften! Ist doch ein Freundschaftsspiel!« Wolfgang grinste.

»Echt? Du findest mich ehrgeizig?« Ich rührte mit dem Riesenholzlöffel den Reis herum. Es duftete verführerisch.

»Nee. Du bist faul, antriebslos und ohne jedes Ziel vor Augen. TOOOOOR, Tooor, Tooor – drei zu eins, das könnt ihr nicht mehr schaffen!«

Wolfgang packte mich bei den Schultern und tanzte siegesgewiss mit mir im Kreis herum.

»Na gut, ich geb's zu.«

»Was? Dass du ehrgeizig bist?«

»Nee. Dass heute ausnahmsweise mal die Deutschen gewinnen!«

Der Schlusspfiff ertönte, die deutschen Soldaten rissen in Siegerpose die Arme in die Höhe. Meine Katacheler Mannschaft im VfL-Wolfsburg-Trikot, und die Bundeswehr-Soldaten tauschten ihre verschwitzten T-Shirts.

Mein Herz schmolz dahin, als ich sah, wie sie sich gegenseitig mit ihren Jungmännerpranken auf die Schultern schlugen oder sich sogar umarmten. Plaudernd und lachend kamen sie angeschlendert, bedienten sich am Getränkebuffet, das die Bundeswehrsoldaten gespendet hatten – natürlich ohne Alkohol –, und ließen sich eine große Portion Palau auf die Teller packen.

»He! Nicht drängeln! Einer nach dem anderen!« Ich ging tadelnd durch die Reihen. »Was hab ich euch von Fairness und Höflichkeit erzählt?«

»Na, Ade Schnehage? Bist du in deinem Element?«

Wolfgang strahlte mich an.

Ich lächelte zurück. Er könnte dein Sohn sein, dachte ich.

»Klar«, sagte ich. »Du etwa nicht?«

»Doch. Wenn ich bedenke, was unsere Einheit für ein Glück hat!« Wolfgang verteilte Becher und schenkte Pepsi nach. »Ihr kommt alle noch dran! Ja, ich weiß, dass ihr Durst habt!«

Ich half ihm, indem ich neue Coladosen öffnete, die in einer Eisbox lagen. Das gab es für meine Katacheler auch nicht jeden Tag. Was für ein Fest!

»Weißt du, Sybille, ich hatte richtig Angst vor der Bundeswehrzeit, und meine Mutter war ganz außer sich vor Sorge, als sie hörte, dass ich nach Afghanistan komme.«

Wolfgang sah mich an. »Aber als ich ihr beim Skypen erzählt habe, dass hier eine Frau in ihrem Alter das Regiment führt und wir auch Fußball spielen, kochen und Party machen, war sie total erleichtert. Sie will dich unbedingt kennenlernen, wenn du das nächste Mal in Deutschland bist. Schließlich wohnt sie nur um die Ecke.«

»Sag ihr liebe Grüße.« Ich nahm einen Schluck Pepsi. »Sie hat einen tollen Sohn.«

»Und dein Sohn hat eine tolle Mutter!«

»Na, die einen sagen so, die andern sagen so«, murmelte ich.

Wolfgang Grebenstein und ich prosteten uns mit unseren Pappbechern zu.

»Wann fliegst du heim?«

»Oh, wenn alles gut geht, nächste Woche!«

»Ich auch! Na, so ein Zufall! Dann sollten wir uns wirklich mal bei mir in Bergfeld treffen, zum Kaffeetrinken, und du bringst deine Mama mit!«

»Ja, gern! Hast du eigentlich auch Autogrammkarten oder so was? Irgendwelche Devotionalien, mit denen ich zu Hause angeben kann, dass ich dich kenne?«

»Idiot!« Ich schlug lachend mit dem Rührlöffel nach ihm, und er strich sich ein paar Reiskörner aus den Haaren.

Dann war an Plaudern nicht mehr zu denken, denn die hungrigen Fußballmannschaften verlangten einen Nachschlag. So wie ganz normale junge Männer nach einem ganz normalen Fußballspiel. Und das im berüchtigten Kriegs- und Katastrophengebiet Afghanistan. Ein bisschen heile Welt hatte ich rüberretten können. Für alle Beteiligten, ob sie nun freiwillig oder unfreiwillig hier waren.

Aus den Augenwinkeln sah ich zu Wolfgang hinüber, der vor einem kleinen afghanischen Fußballspieler kniete und ihm ein blutiges Knie verband.

Was für ein sympathischer Kerl!, dachte ich. Was wohl aus dem noch werden wird?

Am nächsten Tag fuhr ich mit Dadgul durch Kunduz, um für unsere Schule neue Hefte zu kaufen. Ich saß auf dem Beifahrersitz und übte meine nächste Festrede auf Dari, die ich bei einer Brunneneinweihung in Ango Bargh halten würde. »*Bismillah al Rahman al Rahim assalamaleikum mohhteram mardom wa sanha. Man khele khosh astom, ke ma inja astom. In pinja tshaha hale baraje shoma komak mekonant, ke shoma abi pak dari …*« (»Bei Gott, dem Barmherzigen, Friede sei mit euch, ehrwürdige Männer und Frauen. Ich bin sehr glücklich, hier zu sein. Fünfzig Brunnen schenken euch jetzt sauberes Trinkwasser.«)

»Die Aussprache stimmt noch nicht.« Dadgul lenkte das klapprige Gefährt durch die engen Gassen und suchte nach einem Parkplatz.

Sein Ton war gereizt.

»Ja, du Besserwisser!« Ich zog eine Grimasse. »Das ist deine Rache für den Deutschunterricht damals, ich habe schon kapiert!« Ich wollte an unserer kumpelhaften Freundschaft festhalten, trotzdem spürte ich unterschwellig, wie sie mir aus den Fingern glitt.

»Dann sprich mir noch mal nach …« Dadgul ratterte den unaussprechlichen Satz noch ein paarmal herunter, und wieder nahm ich an seinem Tonfall, an seiner abweisenden Körperhaltung diese unangenehmen Schwingungen wahr, die sich in letzter Zeit zwischen uns ausbreiteten. Schon seit einem Jahr war es einfach nicht mehr so wie früher. Was hatte ich nur falsch gemacht? Was hatte ich ihm getan?

Ich spähte aus dem Fenster. Plötzlich wurde mir ganz warm ums Herz.

»Oh, schau mal, da geht Wolfgang!«

Ich legte die Hand auf Dadguls Arm, aber er schüttelte sie ab wie eine lästige Fliege.

»Halt doch mal an, Dadgul! Ich will Wolfgang Hallo sagen und mich noch mal für das tolle Catering bedanken!«

»Das geht nicht. Ich kann hier nicht anhalten.«

Nanu? Ich dachte, er suchte einen Parkplatz? Dadgul gab sogar noch Gas, was in dieser engen Gasse völliger Blödsinn war. Eselskarren, Fußgänger mit schweren Lasten auf dem Kopf, verschleierte Frauen mit Kleinkindern und Autos, die hupend Stoßstange an Stoßstange standen, verwehrten jede schnelle Durchfahrt.

Mühsam kurbelte ich die staubige Scheibe herunter, und sofort schlug mir der unverwechselbare Geruch von Kunduz in die Nase: Abgase, Staub, Gewürze. »Juhuu! Wolfgang! Wir sehen uns nächste Woche in Bergfeld!« Ich winkte mit dem Schrieb, auf dem meine Rede in Dari stand. Wolfgang reagierte nicht, sondern ging zielstrebig auf die vor Menschen wimmelnden Markthallen zu.

»Er kann dich nicht hören!«

Dadgul beugte sich vor und kurbelte die Scheibe wieder hoch. »Der ganze Gestank kommt rein!«

»Mensch Dadgul, du Blödmann! Ich will ihm doch nur noch gute Reise wünschen!«

»Du hast keine Zeit für Plaudereien. Du musst deine Rede lernen!«

Ich renkte mir fast den Hals nach Wolfgang aus, aber Dadgul schoss in eine Verkehrslücke, und ein großer Bus nahm mir die Sicht.

»Bist du etwa eifersüchtig?« Forschend sah ich Dadgul von der Seite an. Erst die Sache mit dem Malek aus Eshantup und jetzt Wolfgang. Wollte er mir alle meine Freunde vermiesen?

»Quatsch, Mama. Erzähl keinen Scheiß!«

»Aber du bist so anders! – Dadgul, was ist los?«

»Nix ist los. Wir haben es eilig, das ist los.«

Wieder gab Dadgul plötzlich Gas.

»Mann Dadgul, bist du wahnsinnig? Du weißt doch, dass mir schlecht wird, wenn du wie ein Idiot fährst!«

»Üb deine Rede!«

Wir waren gerade auf der Höhe des Kunduz-Kinos, als ein ohrenbetäubender Knall die Luft zerriss. Die Autoscheiben vibirierten. Reflexartig klammerte ich mich an den Haltegurt.

»Was war denn das?«

»Keine Ahnung. Vielleicht eine Minensprengung.«

»Aber mir ist fast das Trommelfell geplatzt …«

»Lern deine Rede, verdammt!« Dadguls Handy klingelte. Mit zitternden Händen zog er es aus der Hosentasche und presste es ans Ohr. Er war längst nicht so cool, wie er tat. »Hallo?«

»Wer ist dran?«, fragte ich aufgeregt dazwischen.

»Saidagul, mein Freund aus dem Farbenladen.« Dann sprach er hektische Worte ins Telefon, ein Redefluss, der immer mehr anschwoll und immer lauter wurde.

»Scheiße, Mama!«, brüllte Dadgul schließlich. »Ein Bombenattentat! Direkt am Basar!«

Mein Kopf fuhr herum, und ich sah schwarzen Rauch aufsteigen. Menschen rannten in Panik herum, stießen schrille Schreie aus und fielen weinend neben den Opfern zu Boden.

»Wolfgang!« Ich rüttelte an der Beifahrertür, aber Dadgul drückte aufs Gas.

»Wir können da jetzt nicht hin, Mama!« Dadgul presste weiterhin sein Handy ans Ohr, und die Stimme seines Bekannten überflutete ihn mit weiteren Informationen.

»Es hat die deutschen Soldaten erwischt!«

»Nein!« Mich durchfuhr ein Schock. Nicht Wolfgang! Nicht diesen bezaubernden jungen Mann, dem ich noch vor fünf Minuten gewinkt hatte! Das konnte doch nicht wahr sein! Wir wollten doch nächste Woche zusammen in Bergfeld mit seiner Mutter Kaffee trinken!

»Wir fahren jetzt zur Brunneneinweihung!« Fest entschlossen lenkte Dadgul unsere Klapperkiste weiter in Richtung Ango Bargh.

Wie in Trance hielt ich meine Einweihungsrede, fünfzig neue Brunnen. Ich sah lachende Augen und weinende, Menschen, deren Lebensumstände sich von nun an drastisch verbessern würden. Normalerweise genoss ich es immer, die Leute so glücklich zu sehen, versuchte, mit ihnen zu plaudern und Fotos zu machen. Aber an diesem Tag konnte ich mich nicht konzentrieren, hoffte immer noch, dass Wolfgang mit dem Leben davongekommen war.

Doch dem war leider nicht so. Wolfgang und zwei andere deutsche Soldaten waren dem Bombenattentat zum Opfer gefallen. Ihre Leichen waren bereits abtransportiert worden, und niemand durfte sie sehen.

Die afghanischen Opfer wurden dagegen zu Hause aufgebahrt, in den Höfen ihrer Familien.

Wer ihre zerfetzten Leichen gesehen hat, wird sie nie mehr vergessen. Auch der Sohn des Farbenhändlers, mit dem Dadgul telefoniert hatte, lag da, auf den ersten Blick völlig unversehrt, aber durch seine Augen war ein Geschoss gegangen.

Die Männer der Familie warfen sich auf ihren toten Verwandten, klammerten sich an ihn, ballten die Fäuste und schworen Rache.

Weiter hinten im Frauenhof ertönten Klagegesänge. Ich gesellte mich zu ihnen und weinte um Wolfgang, meinen Freund. Um all die Toten, die für nichts und wieder nichts ihr Leben lassen. Schrecklich, dass sich die Befürchtungen von Wolfgangs Mutter nun doch noch bewahrheitet haben!, dachte ich.

Als ich ein paar Tage später im Flugzeug saß, war Wolfgang mit in der Maschine. Nur dass er im Frachtraum war.

Bei der Landung wollte ich mit seinen Eltern sprechen. Doch sie kannten mich nicht, hatten kein Interesse an der fremden Frau. Sie wollten in Ruhe um ihren Wolfgang trauern. Das Kaffeetrinken in Bergfeld sollte niemals stattfinden.

Dafür habe ich die Jungenschule und das Computerzentrum in Katachel nach Wolfgang Grebenstein benannt. Auf einem Schild über dem Eingang steht sein Name auf Dari und auf Deutsch. Heute gehen täglich über vierhundert Kinder in die Wolfgang-Grebenstein-Schule.

34

Drei Monate später war ich schon wieder in Katachel. Das Leben der Überlebenden ging weiter. Ich hatte für Katachel e.V. genug Spenden gesammelt, um Reis, Ziegen und Geld an die Witwen und Waisen in meiner Wahlheimat zu verteilen.

Weil Dadgul in letzter Zeit immer weniger präsent war, schnappte ich mir Anwar, den gutmütigen Jungen vom Lastwagen, damit er mir bei der Verteilung half. Dadgul fuhr stattdessen wichtig mit dem Auto herum und pflegte seine Kontakte zu den Mächtigen und Einflussreichen. Ich nahm das nur kopfschüttelnd zur Kenntnis. Wohl war mir dabei nicht. Aber was sollte ich denn machen! Ich brauchte einen Vertreter in Afghanistan.

»Pass auf, Anwar. Das funktioniert nur, wenn sich die Frauen in Reih und Glied aufstellen. Das Drängeln und Schreien bringt nichts. Kannst du hier für Ruhe und Ordnung sorgen?« Der schüchterne, schmächtige Anwar errötete vor Stolz.

»Mein Freund Hamidullah kann auch helfen! Der kann sogar lesen und schreiben!«

»Und du nicht, Anwar?«

»Nein. Aber wir sind schon von klein auf befreundet.«

»Okay. Hamidullah, nett dich kennenzulernen! Ich bin Sybille Schnehage.«

Hamidullah, der mir auf Anhieb vertrauenswürdig vorkam, begrüßte mich mit einer Verbeugung. »Ehrwürdige *Ade Sheni Hagei*, wer kennt Sie nicht.«

»Gut, prima, dann hätten wir das ja geklärt. Also, du verteilst die Ziegen, die da vorne angepflockt sind, und du, Anwar, den Reis aus den großen Säcken. Den musst du abmessen, jede Witwe bekommt zwanzig Kilo. Ich verteile dann das Geld ... Bitte nicht so drängeln meine Damen, ihr kommt alle dran!«

»*Mokhteram sani* Schnehage – ehrwürdige Frau Schnehage?« Hamidullah tippte mich schüchtern auf den Arm. »Lassen Sie Anwar die Ziegen verteilen. Ich übernehm das mit dem Reisabmessen.« Er lächelte scheu.

»Wie? Ach so, klar. Du kannst ja lesen.«

»Der Naser und der Mobin wollen auch helfen.«

»Sind das Freunde von euch?«

»Ja. Und Assad, der Polizist, auch.«

Na, bitte! Falls Dadgul glaubte, ich würde es ohne ihn nicht schaffen, war hier der Gegenbeweis. Ein halbes Dutzend Männer gierte danach, mir behilflich zu sein.

»Prima. Ich verlass mich auf euch.« Begeistert nickte ich meinen freiwilligen Helfern zu. Gar nicht so schlecht, dass ein Polizist dabei war. Da würde es niemand wagen, sich heimlich an den Spenden zu bereichern.

»Ihr könnt die nächsten zehn Frauen reinlassen.«

Mit Dadgul hatte ich es immer so gehandhabt, dass nur zehn in den Hof gelassen wurden, der Rest wartete vor dem Tor. Nicht dass wir sie in alphabetischer Folge aufgerufen hätten. Das war der falsche Denkansatz. Wir hatten schon aus vielen Fehlern gelernt. Früher hatten wir alle auf einmal reingelassen, das reinste Chaos. Sie schrien und bettelten, hielten mir ihre Wunden und kranken Kinder entgegen, um so als Erste etwas abzubekommen. Das hatte keinen Zweck gehabt, denn mein Mitleid war stets so groß, dass für die Letzten nichts mehr übrig blieb.

»Wo ist denn Meister Dadgul heute?«, wandte ich mich an den Polizisten.

»Ich glaube, auf einer Sitzung.«

»Ach. Und gestern war er auf einer Beerdigung?!«

»Ja. Und vorgestern auf einer Hochzeit.«

»Na, Hauptsache er bringt sich ein.« Kopfschüttelnd verteilte ich weiter das Geld, zählte mit feuchten Fingern Afghani-Scheine in dankbare Hände.

»Anwar, kannst du Fotos machen? Du weißt schon, für unsere Spender in Deutschland.«

Anwar warf sich in die Brust vor Stolz. Er war jetzt mein persönlicher Assistent!

Manche Frauen schlugen sofort Schleier oder Hände vors Gesicht, in dem Bewusstsein, dass Fotografieren verboten war. Aber die Fotos waren die Bedingung: Nur so konnten wir neue spendable Paten finden.

Nach Stunden war unsere Arbeit getan, und die letzten Witwen zogen glücklich mit ihren Kindern, ihrer Ziege und ihrer Reisration ab. Ich posierte noch einmal für ein Gruppenfoto, um wieder authentische Aufnahmen für unseren nächsten Kalender zu haben.

Anwar und Hamidullah fragten höflich, ob sie jetzt gehen dürften. Es war schon Abend, aber immer noch drückend heiß.

»Wo geht ihr hin?«

»Zu den Fischteichen, *khanom Sheni Hagei* – Frau Schnehage.«

»Und was macht ihr da?«

»Den Fischern beim Netzeziehen zusehen!«

»Ja, da könnt ihr was lernen.« Ich hatte den Männern schon vor Jahren beigebracht, wie man ohne Kalaschnikow Fische fängt, und der Bestand in den Fischteichen war erfreulich gewachsen.

»Wisst ihr was? Ich komme mit.«

Die Knaben erröteten vor Freude, und schon schwangen wir uns mit Naser in unser Vereinsauto. Polizist Assad folgte uns auf seinem Motorrad, Mobin auf dem Soziussitz. Ich sah im Rückspiegel, wie sie durch den Staub bretterten und dabei gestikulierten und lachten. Aus dem Kassettenrekorder kam laute Pashtumusik.

Worüber sie wohl redeten? »Die Sheni Hagei ist zwar durchgeknallt, aber echt in Ordnung«? Vermutlich so was in der Art.

Die Fischteiche lagen in der Abendsonne. Darin standen bereits die Fischer mit ihren Netzen, natürlich komplett bekleidet. Auch meine Jungs sprangen sofort hinein, wateten auf die Männer zu und packten mit an.

Ja, wie jetzt?

Ich sah mich um.

Ich etwa nicht oder was?

Nur Assad, der Polizist, lehnte noch an seinem Motorrad, mitsamt Uniform und Kalaschnikow.

»Erschießt du mich, wenn ich da auch kurz reinspringe?«

Assad stutzte, grinste breit, zog seine Uniform aus, legte die Kalaschnikow auf die Erde und sagte: »Nö.« Zu meiner freudigen Überraschung lief er mit seinem knielangen Hemd samt Sturzhelm in die Fluten.

Also dann! Nichts wie hinterher!

Erstaunte Männerblicke taxierten mich.

»Sheni Hagei lässt ihren Körper zu Wasser!«

»Seinen Körper!«

»Ach so, ja klar!«

Auf einmal standen wir alle bis zur Brust im Wasser – bis auf den Polizisten natürlich komplett bekleidet – und sortierten die Fische in kleinere Netze.

Die Arbeit war so schneller getan als geplant.

»Und jetzt? Wer schwimmt mit mir 'ne Runde?« Ich kraulte ein wenig durchs trübe Gewässer, doch als ich mich umsah, standen sie alle ratlos da.

»Ja wie? Könnt ihr nicht schwimmen?«

»Doch*! Ab bazi!*«

Plötzlich fielen mir Dadguls erste Schwimmversuche im Freibad von Wolfsburg wieder ein. Auch er hatte behauptet, schwimmen zu können. *Ab bazi* hieß »Wasser spielen«. Also planschten wir ein wenig herum, und um die Stimmung aufzuheizen, drehte Anwar unser Autoradio auf. So überhörten wir den Ruf des Muezzins vom nahe gelegenen Minarett heute ausnahmsweise mal. Ich fühlte mich wie eine Sechzehnjährige, die verbotenerweise mit den Dorfrowdies herumtollt, während die Kirchenglocken zur Abendmesse läuten.

Zum Abschluss machten wir noch Fotos. Alle Männer wollten mal die Kalaschnikow halten. (Statt die Sybille. Andere Länder, andere Sitten!)

Es war ein tolles Gefühl. Und weil es so schön war, machten wir das von nun an jeden Abend. Und den blöden Dadgul vermisste ich kein bisschen. Andere afghanische Mütter hatten auch schöne Söhne!

35

»Dadgul, kann hier nicht mal jemand sauber machen?!«

Mein Büro im Haus des Kommandanten war vor lauter Staub und Dreck kaum noch zu sehen. Was taten die eigentlich den ganzen Tag?

Dadgul erschien missgelaunt im Türrahmen. »Du hast doch zu Hause in Bergfeld auch keine Putzfrau!«

»Was soll der Blödsinn!« Verärgert fuhr ich mit dem Finger über die Bücherregale, in denen die Aktenordner mit den Quittungen vor sich hin staubten. »Deine gnädige Frau Kandigol hat fünf Angestellte! Die können hier ruhig auch mal durchfeudeln!«

»Pah!« Dadgul schüttelte den Kopf. »Meine Frau ist die Frau des Kommandanten. Ihre Angestellten braucht sie für sich selbst.«

»Dadgul, du hast doch wohl 'nen Knall! Was ist bloß aus dir geworden.« Wütend schob ich ihn zur Seite, schnappte mir einen Eimer, lief energisch zum Brunnen und holte mir einen Wischlappen.

»Dann mach ich es eben selbst!«

Auf Knien wischte ich das Büro, das angrenzende Wohnzimmer und mein Schlafzimmer gleich mit, wobei ich qualmte vor Wut. Seit Monaten war hier nicht mehr sauber gemacht worden. Dicke Staubflocken wirbelten unter dem Bett hervor. Hier herrschte buchstäblich dicke Luft. So sah also die Achtung der Familie Dadguls vor mir aus. Wer war ich überhaupt? Eine lästige Deutsche, die gerade noch geduldet wurde?

Dadgul lehnte immer noch im Türrahmen, die Hände in den Hosentaschen. Ich putzte um seine Füße herum. Am liebsten wäre ich auf ihn losgegangen.

»Du, Mama, ich müsste da was mit dir besprechen.«

Aha, Mama: der Ton wieder. Ich blies mir eine Haarsträhne aus dem Gesicht und sah abwartend zu ihm auf. »Will wieder einer von deinen einflussreichen Freunden einen Flachbildfernseher, oder darf es gleich ein iPhone sein?«

Dadgul druckste herum. »Es geht um Anissa. Deine Tochter.«

Ach so. Aha. MEINE Tochter …

»Du musst ihr für die Zukunft helfen.«

»Ach. Muss ich das.« Ich nahm den Eimer mit Dreckwasser und kippte ihn schwungvoll aus dem Fenster. Am liebsten hätte ich ihn Dadgul ins Gesicht geschüttet.

»Pass auf, Mama. Die Sache ist die.« Dadgul ließ sich auf meiner Besuchercouch nieder und knetete seine Hände. »Kandigol will sie nach Kunduz verheiraten, da hat sie eine reiche Partie ausgeguckt. Aber ich will das nicht! Anissa ist meine Lieblingstochter!«

Na klar ist das deine Lieblingstochter!, dachte ich. Ich hab ja auch was aus ihr gemacht. Trotzdem kommt sie nicht auf die Idee, mal durch mein Zimmer zu wischen.

»Was macht die eigentlich den ganzen Tag? Im Hof sitzen und schön sein?«

»Sie soll in Katachel bleiben!«, forderte Dadgul. »Sie ist mein Augenstern.«

»Weißt du, in letzter Zeit war Anissa nicht gerade freundlich zu mir.« Ich wrang den Lappen aus, bis kein Tropfen mehr darin war.

»Nein, bitte, Mama. Sie ist auch DEINE Tochter! DU musst sie verheiraten!«

»Und mit wem, bitte schön?« Ich stemmte die Hände in die Hüften. Mir tat das Kreuz weh. Seit meinem Bandscheibenvorfall vor einigen Jahren war das Wischen von Fußböden meiner guten Laune nicht mehr so förderlich. Und die ganze Rahima-Sache hatte mich gelehrt, mich besser aus solchen Dingen rauszuhalten.

»Mit dem Sohn von Sabet, meinem Nachbarn!«

»Mit dem Kurzbeinigen?«

»Ja! Die passen doch gut zusammen! Sind beide ein bisschen klein geraten! Bitte, Mama!«

Dadguls Stimme klang so flehend, dass ich meinen Zorn sofort vergaß. »Na, gut. Mal sehen, was sich machen lässt. Aber erst frage ich Anissa, ob sie das überhaupt will.«

Anissa wollte. Sie nickte es jedenfalls ab.

»Also kann ich jetzt rübergehen?«

»Okay.«

Ich latschte also rüber zu Sabet, dem Nachbarn. Setzte mich mit ihm in den Hof, plauderte erst mal über Unverfängliches, das heißt ich erkundigte mich nach seinen zig Verwandten und deren Wohlergehen, woraufhin er mich nach Micki, den Kindern und meinen Eltern fragte. Schließlich kam ich zum Thema: Er möge doch bitte schön drüben bei Kandigol im Namen seines Sohnes um Anissas Hand anhalten. Alles sei bereits mit Dadgul und Anissa abgesprochen. Sabet freute sich sehr. Anissa war die Tochter des mächtigen Kommandanten, also würde auch er an Einfluss gewinnen.

Sabet instruierte also seine Frau. Die machte sich fein, kratzte Geld für ein paar Gastgeschenke zusammen und machte bei der hochnäsigen Kandigol und deren ebenso hochnäsigen Tochter Palwasha ihre Aufwartung.

Ich sah sie im Hof sitzen und diskutieren.

Sowohl Kandigol als auch Palwasha hatten die Arme vor der Brust verschränkt, zogen einen Flunsch und schüttelten den Kopf. Sabets Frau trollte sich erst mal wieder.

Ich wusste, dass auch DAS zu den Spielregeln gehörte: Mindestens dreimal fragen, sonst ist die Braut nix wert. Das war ein bisschen wie pokern, bloß keine Begeisterung zeigen, wenn man gute Karten hat. Der Preis wurde auf diese Weise bestimmt auch ordentlich in die Höhe getrieben.

Okay, ich übte mich also in Geduld und sah mir das Spielchen ein paar Wochen lang an.

»Na, Sabet?«, sagte ich eines Morgens, als ich gerade in mein Auto stieg, und der Nachbar bedrückt an seiner Hausmauer lehnte. »Will es nicht so recht klappen?«

»Nein.« Er schüttelte deprimiert den Kopf. »Sie lehnen ab.«

»Ach, Sabet, das gehört zum Spiel!«

»Nein!«, sagte Sabet. »Sie wollen meinen Sohn wirklich nicht. Sie haben mir gesagt, in Kunduz sitze ein reicher Knilch aus Kandigols Familie, der für Anissa das Vierfache bezahlen will.«

»Lass mich mal machen, Sabet!« Ich nickte dem Mann tröstend zu. »Noch ist nicht aller Tage Abend. Dadgul will seinen Augenstern auf keinen Fall hergeben!« Ich zwinkerte ihm verschwörerisch zu und fuhr erst mal zur Spendenverteilung ins Nachbardorf Nassery. Die Menschen dort hatten es besonders nötig.

Abends erwartete mich Dadgul. Verlegen lief er in meinem Büro auf und ab.

»Oh«, sagte ich mit einem Seitenblick auf ihn. »Nett, dass du es auch mal wieder einrichten kannst vorbeizuschauen.«

»Mama, kannst du bitte vermitteln? Ich habe Ärger mit meiner Frau.«

»Darf ich mir erst mal die Hände waschen?« Ich drückte dem untätigen Dadgul einen Stapel Aktenordner in die Arme und ging erst mal in mein Zimmer, um mich ein wenig frisch zu machen. Wenn der Herr Kommandante mir schon seit Wochen nicht mehr bei der Basisarbeit half, konnte er wenigstens warten, bis ich einen Schluck getrunken hatte.

Wenig später trat ich auf den Hof, wo die Familienkonferenz schon auf mich wartete. Kandigol mit Habichtblick, ihr Sohn Tadjudin, den sie zu einem arroganten Widerling erzogen hatte, Anissas ältere Schwester Palwasha, die Jüngste, Aziza, – und natürlich auch Kommandante Dadgul. DER CLAN.

Ich zog einen Schemel heran und ließ mich darauf nieder. Alle Augen waren auf mich gerichtet.

Dadgul warf mir einen flehenden Blick zu und knetete seine Hände.

»Ihr Lieben«, hob ich so diplomatisch wie möglich an. »Ich finde, Sabets Sohn ist doch eine prima Partie! Ein bisschen klein, aber er passt doch genau zu Anissa! Sie mag ihn, sie hat mir gesagt, das geht klar mit der Hochzeit – und was das Allerwichtigste ist, Dadgul hat seinen Augenstern weiterhin in der Nähe! Falls Sabets Sohn sie eines Tages nicht gut behandeln sollte, weil sie nur eine Tochter geboren hat oder so, habt ihr das alles unter Kontrolle.«

Sofort plusterte sich die dicke Kandigol auf und hackte auf mich ein. »Das geht dich alles einen Scheißdreck an, Schnehage! Misch dich gefälligst nicht in unser Leben ein!«

»Genau!«, grollte die arrogante Palwasha, die vor lauter Speck kaum noch aus den Augen sehen konnte. »Du bist eine *khariji*, eine Ausländerin, du gehörst nicht zur Familie. Das hier ist Afghanistan, und wir haben unsere eigenen Regeln. Was maßt du dir überhaupt an?«

»Ähm ... Hallo?« Hilfesuchend sah ich zu Dadgul hinüber, aber der hockte mit verschränkten Armen und versteinertem Gesicht da und gab mir keinerlei Rückendeckung.

»Ich habe euch das Mädchen gerettet, wisst ihr noch? Würmer, keine Zähne, Glatze, unterernährt, Kleinwuchs ... Dadgul sagt immer, sie sei auch meine Tochter?!«

»Ist sie aber nicht!«, keifte Kandigol. »Wir geben UNSERE Tochter, wohin wir wollen. Und du hältst dich da raus!«

»Aber ich wollte doch nur helfen!« Wieder sah ich hilfesuchend zu Dadgul rüber.

»Du kotzt uns an mit deinem Helfen!«, schnauzte Palwasha mich an. »Kümmere dich um deine eigenen Angelegenheiten!«

»Ähm ... Dadgul?« Wieder schaute ich zu meinem ehemaligen Ziehsohn hinüber, der mich doch schließlich um Vermittlung in dieser Angelegenheit gebeten hatte.

Aber Dadgul sagte keinen Ton. Aus Feigheit? Fassungslos stand ich auf, schnappte mir meine Wasserflasche und verzog mich in mein Zimmer. Innerlich zerbrach etwas in mir. Dadgul!, dachte ich. Was bist du nur für ein mieser Heuchler! Hast du nicht den Mumm, vor deiner Frau deinen Mann zu stehen? DU hast mich um Hilfe gebeten! Ich hab mich nicht aufgedrängt! Ich schluckte Tränen der Demütigung, Wut und Verzweiflung hinunter. Was hatte ich nicht alles für ihn und seine Mischpoke getan. Das war also der Lohn.

Noch am selben Abend schnappte ich mir die Stute, die mir der Malek von Eshantup geschenkt hatte, und galoppierte in Begleitung Anwars, meines neuen treuen Begleiters, am Fluss Gau Kush entlang in Richtung Shiensai. In mir brodelte es, und ich wollte diese negative Energie unbedingt loswerden. Das Weinen und Schmollen in meinem Zimmer half mir auch nicht weiter. Außerdem sollten sie mich nicht so am Boden zerstört sehen, diese ehemaligen Freunde. Diese Genugtuung gönnte ich ihnen nicht.

Anwar, der natürlich nichts von unserem Familienstreit mitbekommen hatte, ritt übermütig lachend neben mir her. Wir galoppierten um die Wette durch den Fluss, und es tat mir gut, dass ich von oben bis unten nass wurde, auf diese Weise konnte ich mein Mütchen etwas kühlen.

Wir mussten an einer Dreschanlage vorbei, und die Spreu wirbelte funkelnd durch die Luft. Meine nervöse Shari ging auf die Hinterbeine, und ich klammerte mich mit den Schenkeln an ihr fest. Gleichzeitig behielt ich die Zügel fest in der Hand. Statt Angst überkam mich ein Triumphgefühl.

»Ha!«, schrie ich gegen das nervöse Wiehern meines Pferdes an. »Wenn ihr denkt, ihr könnt mich stürzen, dann träumt weiter! Ich bleibe fest im Sattel!«

Anwar ahnte nichts von dem, was sich in meinem Innern abspielte und lachte sein frisches Jungenlachen. Da er Analphabet gewesen war, hatte ich ihn dazu verdonnert, mit mir gemeinsam Lesen und Schreiben zu lernen, natürlich auf Dari. Wir waren also ungefähr auf demselben Level: Er war langsam, ich war langsam. Natürlich nur beim Schreiben. Beim Galoppieren waren wir beide gleich schnell.

»He!« Ich hielt die Zügel fest und brachte Shari zum Stehen. Sie schnaubte, weißer Schaum troff ihr vom Maul.

»Ist das nicht Rahimas Haus da vorn?« Ich zeigte auf eines der winzigen Häuschen mit Mauer und Innenhof.

Dadgul hatte dem armen Mädchen inzwischen von unseren Spenden ein eigenes kleines Häuschen geschenkt. Auf meinen Befehl hin, versteht sich: Junus, inzwischen Gastarbeiter in Dubai, war kurz auf Urlaub gekommen und hatte sie zwangsbeglückt. Die Spirale hatte wegen einer Entzündung entfernt werden müssen, und die arme Rahima war wieder schwanger geworden. Und wieder hatte sie »nur« ein Mädchen geboren. Danach war sie ihres Lebens nicht mehr sicher. In Panik hatte sie mit ihren drei kleinen Töchtern das Frauenhaus in Kunduz aufgesucht, aus dem ich sie dann herausgeholt hatte. Dieses Haus in der Neubausiedlung war ihre Rettung. Hier konnte sie sich mithilfe von zwei Ziegen, einer Kuh und einer eigenen kleinen Seifenproduktion ganz gut über Wasser halten. Das Ganze war offiziell über Katachel e.V. gelaufen, lag also in Dadguls Zuständigkeitsbereich.

»Nein!«, sagte Anwar lachend. »Das ist nicht Rahimas Haus.«

»Aber klar doch!« Ich tätschelte meiner Stute, die immer noch nervös tänzelte, beruhigend den Hals. »Das ist doch das kleine Häuschen, von dem mir Dadgul Fotos geschickt hat!«

»Darin wohnt aber nicht Rahima!«

»Aber ich erinnere mich genau! Rahima saß doch lächelnd davor, mitsamt ihren drei Kindern!«

»Er hat es ihr nicht geschenkt.« Anwar beharrte auf seiner Meinung und sah mich mit seinen dunklen Augen aufrichtig an.

»Aber – Katachel e.V. hat es ihr geschenkt«, beharrte ich. Schon wieder nagten schreckliche Zweifel an mir. »Ich habe es ihr mit Unterschrift und Stempel übertragen, mit allem, was dazugehört!«

Anwar sah mich an und wiederholte: »Dadgul hat es Rahima nicht gegeben.«

Eine Welt brach für mich zusammen. Ich sah förmlich, wie mein Lebenswerk einstürzte. Mein Herz zog sich schmerzhaft zusammen.

Ich sprang vom Pferd und rüttelte an der kleinen Haustür.

Das Haus war leer.

Bestimmt war Rahima nur spazieren gegangen, redete ich mir ein. Allerdings gehen die Frauen in Afghanistan nicht einfach mit Buggy, Fläschchen und Wolldecke zum nächsten Spielplatz oder so. Wo also war Rahima? War sie etwa NICHT in Sicherheit?

Hatte ihr Schwiegervater sie womöglich mit Gewalt »nach Hause« geholt? Um sie als Sklavin für sich und seine Frau schuften zu lassen? Oder hatte sie das Haus wirklich NIE bekommen? Mir schnürte sich der Magen zusammen.

Es hatte keinen Zweck, hier vor dem kleinen Häuschen zu stehen und mit Anwar zu diskutieren. Dazu waren meine Sprachkenntnisse zu schlecht.

»Ach komm, was soll's!« Ich gab Shari die Sporen, und wir galoppierten durch die klare Vollmondnacht zurück.

Er spielt falsch, er spielt falsch, er spielt falsch!, hämmerten mir die Hufe in den Kopf. Das konnte doch nicht wahr sein! Ich musste mich irren. Es war ein Missverständnis, ein Sprachproblem, irgendwas! Dadgul hätte mir niemals Fotos von einer glücklichen Rahima vor ihrem Häuschen geschickt, wenn er es ihr gar nicht überlassen hatte!

Am nächsten Tag stellte ich Dadgul zur Rede.

»Sag mal, wohnt Rahima gar nicht in dem Häuschen in Katachel Arab?« Arab war die Neubausiedlung auf der anderen Seite des Flusses, die nach dem Brückenbau entstanden war. Da die meisten Einwohner arabischer Abstammung waren, hatte die Siedlung den Namen »Arab« erhalten.

»Natürlich wohnt Rahima dort. Ich hab dir doch Fotos geschickt!«

»Anwar sagt, du hast ihr das Haus nicht gegeben.« Ich lehnte mit verschränkten Armen an der Wand und musterte Dadgul mit zusammengekniffenen Augen.

»Anwar ist ein Idiot.«

»Dadgul, sag mir die Wahrheit. Hast du Rahima das Haus gegeben?«

»Zweifelst du etwa an mir?«, brauste Dadgul auf. »Wenn ja, lasse ich Rahima sofort holen, damit sie es dir bestätigt!«

»Ja. Das ist eine gute Idee. Ich warte.« Ich rührte mich keinen Zentimeter von der Stelle. »Das klären wir hier und jetzt.« Mich überlief es heiß und kalt, während Dadgul und ich eisige Blicke tauschten. Dadgul brüllte irgendwas ins Hinterzimmer und warf seinem Sohn die Autoschlüssel zu. Königssohn Tadjudin, der gerade mal wieder nichts zu tun hatte, holte sie ab.

Keine zwanzig Minuten später stieg Rahima aus dem Auto. Sie war so klapperdürr, dass ich mich wunderte, dass sie überhaupt noch stehen konnte. Tadjudin packte sie recht grob am Arm und schien ihr ihren Text vorzusagen.

Rahima schenkte mir ein zittriges Lächeln, bedankte sich für das Haus, berichtete mir überschwänglich von ihren Ziegen, ihrer Kuh und ihrer Seifenherstellung, mit der sie ganz prima leben konnte, und meinte dann, sie müsse leider gleich wieder weg, die Kinder seien im Hof allein.

»Soll ich mitkommen, Rahima?« Schon griff ich nach dem Bauchgürtel wie andere Frauen nach ihrer Handtasche.

»Nein, vielen Dank, passt schon. Ich bin sowieso auf dem Weg in die Stadt!«

»Ich denke, die Kinder sind im Hof allein?!«

»Ähm ... Ja, die nehm ich natürlich mit!«

Schon packte Tadjudin Rahima unwirsch am Handgelenk und bugsierte sie wieder zum Auto. Mit der Hand auf ihrem Kopf stieß er sie unsanft hinein.

Ich winkte ihr nach, wie eine Mutter ihrem Kind hinterherwinkt.

Ein schrecklicher Stachel bohrte sich in mein Herz: War das hier alles nur ein abgekartetes Spiel? Hatte man Rahima gezwungen mitzumachen? Kam sie gar nicht von ihrem Häuschen, sondern aus dem Verschlag, in dem die Schwiegereltern hausten?

»Na, zufrieden, Mama?!«

Dadgul spuckte neben mir aus und stapfte zurück ins Haus.

36

Eines Abends saß ich mit Anwar im Hof und lernte. Wie zwei ABC-Schützen malten wir Schriftzeichen in unsere Hefte. »Schau mal, Anwar, habe ich das richtig gemacht?«

Anwar zuckte die Schultern: »Keine Ahnung«, sagte er mit entwaffnendem Blick.

Ah! Dadgul trat gerade aus dem Haus. Vielleicht konnte man den Kommandante mal fragen.

»Du, Dadi, muss ich den Kringel auf die Mittellinie machen oder weiter unten?«

Ich wollte den Frieden unbedingt wiederherstellen. Es ging schließlich nicht um unseren verletzten Stolz oder darum, wer die Macht hatte, sondern es ging um ein Riesenhilfsprojekt, von dem unzählige Menschen abhingen. Das durfte nicht einfach den Bach runtergehen, nur weil zwischen uns was faul war.

»Da unten am Fischteich stimmt was nicht.« Dadgul zeigte auf sein Handy.

»Tadj Mahmad hat gerade angerufen, die Bundeswehr steht mit Panzern auf unserem Vereinsgelände.« Tadj war der Bruder von Anwar, mit dem ich gerade lernte. Der Gute hatte ein Dutzend Brüder. Die Mutter hatte wohl ziemlich lange im Bett gelegen nach jedem Geschlechtsverkehr. Nur eine Tochter war dabei. Nun, irgendwann musste sie notgedrungen aufstehen und sich um ihre zwölf Söhne kümmern.

»Oh, gib mal her.« Ich streckte schon die Hand nach dem Handy aus, aber Dadgul zog es reflexartig weg. Erst unter Anwars erstauntem Blick gab er es mir.

»Tadj Mahmad? Schnehage will dich sprechen.«

Ich ließ mir von Tadj, der so eine Art Nachtwächterposten hatte, berichten, was los war. Deutsche Soldaten standen mit Panzern am Fischteich. Es war finstere Nacht, und überall in den Feldern schliefen afghanische Arbeiter, die die Ernte bewachten und daher ebenfalls bewaffnet waren. Das reinste Pulverfass.

»Gib mir mal einen von den deutschen Soldaten«, verlangte ich ungeduldig.

Ich hörte Tadj schüchtern rufen, dann aggressives Geschrei aus Männerkehlen.

»Die lassen mich nicht näher ran.«

»Haben die denn keinen Sprachmittler dabei, die Armleuchter?«

»Offensichtlich nicht. Sie denken, ich will ihnen was tun. Klar, ich hab 'ne Kalaschnikow, und sie haben auch Waffen: Wer den ersten Schritt macht, ist tot.«

»Das sieht gar nicht gut aus!«, sagte ich. »Dadgul, wir fahren hin.«

Noch während wir im Pick-up saßen, rief ich zu Hause bei Micki an. »Micki, wenn ich erschossen werde, dann von deutschen Bundeswehrsoldaten!«

»Pass auf dich auf, mein Schatz!«

»Ich bin ja nicht auf den Mund gefallen!«

»Aber das wissen die ja nicht!«

»Gleich wissen sie's!«

Gemeinsam stiegen wir aus, Dadgul, Monaf, Assad, Hamidullah, Anwar und ich, und nahmen den schmalen Weg zum Fischteich. Tatsächlich: Da drüben standen Panzer und andere Militärfahrzeuge.

In den umliegenden Weizenfeldern versteckten sich die Feldarbeiter.

»Mann, sind die denn bescheuert? Die Feldarbeiter fühlen sich doch bedroht!«

»Pssst, Mama, leise!«, wimmerte Dadgul.

Ich dachte gar nicht daran, leise zu sein.

»He!« schrie ich zu den Panzern herüber, bei denen sich gerade ein Soldat eine Zigarette anzündete. Sie leuchtete in der schwarzen Nacht wie ein Glühwürmchen. »Ich bin Deutsche! Schönen guten Abend! Mein Name ist Sybille Schnehage. Ich komme aus Bergfeld bei Wolfsburg!«

Nichts. Keine Reaktion.

»VfL Wolfsburg!«, schrie ich. »Drei zu eins gewonnen, letzten Samstag bei der Bundesliga!«

Statt mit ausgebreiteten Armen auf mich zuzurennen und den Wolfsburger Schlachtruf zu brüllen, reagierten die Trottel einfach nicht.

»Gott, wenn die jetzt schießen, weil sie Bohnen auf den Ohren haben …«, wimmerte ich mit eingezogenem Kopf. Ich erschrak über meine eigene Courage.

»Haben Sie Waffen?!«, brüllte endlich einer zurück.

»Nee! Sie?« Meine Stimme hallte durch den Nachtnebel. Jeder Feldarbeiter griff vermutlich schon nach seiner Kalaschnikow. Wenn sich Deutsche nachts anschreien, klingt das nicht gerade nach Party.

»Was machen Sie hier?«, bellte mich einer an.

»Das frage ich SIE!«, kläffte ich zurück.

»Das geht Sie nichts an!«

»Hallo? Das ist UNSER Fischteich, und das geht uns SEHR WOHL was an!«

Stille. Rascheln. Räuspern. Jemand hustete. Das Glimmen der Zigarette war das einzige Licht.

»Wir müssen Ihnen keine Auskunft geben!«

Da hatte aber einer die Vorschriften ganz genau gelesen! Ich dachte an meinen Freund Wolfgang Grebenstein und vermisste ihn schrecklich.

»Ich WOHNE hier!«, rief ich energisch, »und das ist UNSER Hilfsprojekt, auf dem Sie da kampieren! Katachel e.V.! Wir züchten hier Fische!«

»Na und?«, kam es distanziert aus der Schwärze.

»Wir wollen ja nur wissen, wieso Sie hier schwer bewaffnet mit Panzern herumstehen! Droht Gefahr? Kommt der Russe? Oder der Ami? Sagt schon!«

Keine Antwort. Totenstille.

»Hallo?« Meine Stimme hallte unheimlich durch die Nacht.

Jeden Moment konnte irgendwo ein Schuss losgehen, und dann war es aus mit der Völkerverständigung.

»Seien Sie doch nicht so stur! Ich bin Deutsche! Ich bin eine Frau! Ich tu Ihnen doch nichts! Reden Sie doch mit mir!«

»Wir müssen Ihnen keine Auskunft geben!«

»Das sagten Sie bereits!«

Irgendwo raschelte es in den Feldern. Die Zigarette wurde ausgedrückt.

»WIESO sind Sie hier? Ist vielleicht der Chinese auf dem Vormarsch?«

»Das müssen wir Ihnen nicht sagen.«

»Aber Ihr KÖNNTET es mir sagen! Das würde die Sache hier vereinfachen!«

Pause. Nichts. Sie berieten sich leise.

»Also, ich komme jetzt mal eben rüber! Dann müssen wir nicht so schreien!« Schon wollte ich losmarschieren.

»Bleiben Sie, wo Sie sind!«

»Ach Kinder, ihr habt sie ja wohl nicht mehr alle! Dann gehen wir eben jetzt nach Hause! Aber die feine Art ist das nicht, was ihr da macht!«

Entschlossen stapfte ich mit geballten Fäusten davon. Dadgul und Anwar folgten mir mit eingezogenen Köpfen. Wir setzten uns in unser Vereinsauto, wendeten mit quietschenden Reifen und brausten davon.

»Arschlöcher!« Wütend schlug ich auf das Handschuhfach. »Und das nennen wir dann Friedenseinsatz!«

»Dazu schickt ihr Deutschen die Soldaten hierher?« Dadgul tippte sich an die Stirn. »Damit sie uns provozieren und beleidigen?«

»Ich muss mich selbst für meine Landsleute entschuldigen, Dadgul!« Plötzlich war mir zum Weinen zumute.

Eine Stunde später meldete sich Tadj wieder bei Dadgul. »Sie sind weg.«

Gut!, dachte ich. Und was wollten die?

»Außer Spesen nix gewesen«, sagte Dadgul, und zum ersten Mal seit langer Zeit sah ich ihn wieder grinsen.

In dieser Nacht konnte ich vor lauter Aufregung nicht schlafen. Von der nahe gelegenen Baumwollpresse hörte ich das eintönige Gestampfe der Arbeiter, die wegen der Hitze nur nachts arbeiteten. Im langärmeligen Schlafanzug schlüpfte ich hinaus und kletterte auf den Dachboden des Gebäudes, wo die Baumwollkerne ausgebreitet auf dem Holzdielenboden lagen. Anwar und sein Freund Agha schaufelten im

Schweiße ihres Angesichts Kerne in die Maschinenöffnung, aus denen schließlich Öl zum Kochen oder für die Seifenherstellung gepresst wurde.

»Hallo!«, rief ich, während ich mich vollends durch die Luke zwängte. »Nicht erschrecken, ich bin's!«

»Oh! *Mokhteram khanom* Schnehagei.« Agha verbeugte sich tief und errötete. Na ja, so 'ne Sybille im Schlafrock sichteten sie auch nicht alle Tage.

»Ach, ihr Lieben! Lasst doch den Quatsch mit der ehrwürdigen Mutter! Ich kann nicht schlafen und langweile mich!«

Anwar freute sich aufrichtig mich zu sehen. Auf Dari berichtete er Agha von meinem mutigen nächtlichen Einsatz. Der wurde immer ehrfürchtiger.

»Sag mal, Anwar, schläfst du etwa hier?« Ich betrachtete die durchgelegene Plastikmatratze in der Ecke, auf der ich einige persönliche Gegenstände wie einen Plastikbecher, zwei T-Shirts und einen Handtuchfetzen bemerkte.

»Ja.« Anwar errötete. »Wusstest du das nicht?«

»Nein! Ich dachte, du wohnst noch bei deinen Eltern?«

»Nein.« Anwar druckste ein bisschen herum. »Zu Hause sind wir vierzehn Personen in drei winzigen fensterlosen Zimmern. Da hab ich Dadgul gefragt, ob ich hier oben neben der Ölpresse schlafen kann. Dafür passe ich auf seine Baumwollkerne auf.«

»Aber, das ist ja …« Hier oben würde ich noch nicht mal einen Hund hausen lassen! Ohne Wasser, geschweige denn eine Toilette! In sengender Hitze und diesem Dauermuff. Der Baumwollstaub war auch nicht gerade gesund für die Lunge!

»Das geht schon.« Anwar strahlte mich an.

»Und das Geld, das du hier verdienst? Kannst du dir davon kein Zimmer leisten?«

»Nein. Das gebe ich alles meiner Mutter. Seit ich neun bin, arbeite ich!«

Mein kleiner Anwar. Deswegen war er auch Analphabet gewesen. Wie hätte er bei der Belastung auch noch zur Schule gehen sollen?

»Fühl dich ganz wie zu Hause, *Ade Sheni Hagei!*« Anwar machte eine weit ausholende Geste, als wollte er seine Polsterlandschaft anpreisen.

Ich ließ mich in die Kerne sinken wie Aschenputtel in ihre Linsen.

»Hier! Kennt ihr das? Wir nennen das Schnee-Engel!«

»Schnehage, Engel!«, übersetzte Anwar für Agha.

Die beiden staunten über meinen schönen Flügelabdruck.

»Nee, Schnee-Engel! Das hat mit mir nichts zu tun!«

»Doch! Schnehage, Engel!«, beharrte Anwar ehrfürchtig. Wahrscheinlich erwartete er, dass ich jeden Moment gen Himmel aufstieg.

»Quatschkopp!« Ich griff nach einer Handvoll Kerne und warf sie gespielt nach Anwar.

Kichernd ging er in Deckung und schleuderte eine Handvoll zurück.

»He! Was glaubst du, wen du da vor dir hast?!«

Agha, der zuerst seinen Augen nicht traute, taute nun auch auf und beteiligte sich. Die anderen Arbeiter ließen sich auch nicht lange bitten:

»Hier, nimm das!«

»Und aaaah, zack, Volltreffer!«

»In Deckung!«

»Pah, zwei gegen einen, das ist unfair!«

Gelächter aus jungen Männerkehlen, und, na gut, aus einer mittelalten Frauenkehle ertönte im stillen Hof.

Irgendwann war ich bis zum Hals in Kernen eingegraben. Kindheitserinnerungen tauchten auf, daran, wie ich, die kleine Sybille, am Rommele-Strand von Friedrichshafen bis zum Kinn eingebuddelt im Sand saß und mein Vater lachend mit dem Fotoapparat davorstand.

Plötzlich fiel die ganze Last dieses Tages, ach was, die ganze Last der letzten Wochen und Monate von mir ab. Ich fühlte mich leicht und frei und so jung wie schon lange nicht mehr. Das Merkwürdige war: Zu diesen schlichten Burschen hatte ich Vertrauen. Sie wollten mir nichts Böses. Nachdem mein Vertrauen zu Dadgul so viele Risse bekommen hatte, waren diese Jungs meine einzigen Freunde.

Agha und Anwar hielten sich den Bauch vor Lachen. Auch ihnen, den Kriegskindern, tat diese harmlose Rumtoberei mal so richtig gut.

Plötzlich knarzte es.

»Sagt mal, seid ihr bescheuert?« Dadguls verstrubbelter schwarzer Schopf tauchte in der Dachluke auf. »Spinnt ihr, das sind kostbare Baumwollkerne!«

»Ist ja gut, Chef!« Schuldbewusst rappelten wir uns auf und schüttelten uns die Kerne aus den Haaren.

»Mama, halte meine Männer nicht von der Arbeit ab!«

»Nein. ’tschuldigung.« Kleinlaut krabbelte ich die Leiter wieder herunter.

»Los, ab mit dir ins Bett!«, sagte Dadgul im Befehlston.

Ich trollte mich in mein Zimmer. Was war denn das gerade gewesen? Hatte ER MICH wie ein unartiges Kind ins Bett geschickt? Aber wenn ich ehrlich war, hatte ich damals in Bergfeld genauso mit ihm gesprochen. Jetzt zahlte er es mir heim.

37

»Du, sag mal, Dadgul, wir haben doch vor einigen Jahren schon Grund in Katachel Arab gekauft, um dort Flüchtlingen Häuser bauen zu können. Für Assad haben wir dort doch auch schon ein kleines Haus errichtet.«

»Ja?« Dadgul sah von seinem Handy auf. »Wieso?«

»Da gibt es doch noch ein paar Brachflächen.«

»Ja? Wieso?«

»Wie wär's, wenn wir darauf ein Haus für Anwar und eines für Agha bauen?«

»Wie bitte?« Dadgul schaute mich an, als sähe er mich zum ersten Mal.

»Anwar. Dein fleißiger junger Arbeiter. Der neben der Ölpresse schläft.«

»Ja. Klar, kein Problem.«

»Es ist also okay für dich, wenn wir für Anwar und Agha je ein Haus errichten.«

»Natürlich.« Dadgul beschäftigte sich weiter mit seinem Handy und tat so, als hätten wir gerade darüber gesprochen, dass es heute Abend zur Abwechslung Palau zum Abendessen gäbe.

»Dann ist das also abgemacht und besprochen.«

Ich verlor keine Zeit, denn meine Abreise nach Deutschland stand kurz bevor. Mit dem Bagger begab ich mich auf die andere Seite des Flusses, holte den Brunnenbohrer und sah mit eigenen Augen, wie er die Metallspitze in die Erde setzte, denn ohne Wasser kann nicht gebaut werden.

Anwar und Agha freuten sich wie verrückt, als ich ihnen von ihrem kleinen Häuschen erzählte, und wir fuhren jeden Tag zu ihren winzigen Grundstücken, um die Baufortschritte zu beobachten. Die beiden jungen Männer packten beide mit an, auch Hamidullah und Assad krempelten in ihrer Freizeit die Ärmel hoch.

»Wenn ich wiederkomme, sind eure Häuser fertig. Dann könnt ihr mich in euer Reich einladen.« Ich blickte mich um, ob mich sonst niemand hörte. »Hör zu, Anwar, du musst mich ab sofort immer auf dem Laufenden halten, hast du verstanden? Hier hast du etwas Geld ...«

Ich kramte verstohlen in meinem Bauchgürtel und drückte ihm ein Bündel Afghani-Scheine in die Hand. »Kauf dir davon eine Telefonkarte – das muss sonst gar niemand wissen. Ich ruf dich regelmäßig an, und wenn irgendwas Außergewöhnliches passiert, meldest du dich unter dieser Nummer. Hier.« Ich kritzelte meine Bergfelder Telefonnummer auf einen Zettel. »Kannst du das inzwischen lesen?«

Anwar las mir stockend, aber fehlerfrei meine Telefonnummer mit der internationalen Vorwahl vor.

»Klasse, Anwar! Ich verlass mich auf dich.«

Schon hörte ich Reifen quietschen, und Dadgul kam herangeprescht.

»Dein Flieger wartet nicht, Mama!«

»Komm mit, Anwar. Ihr auch, Hamidullah und Assad!« Auf mein Sicherheitsaufgebot wollte ich nicht verzichten.

Die jungen Männer quetschten sich auf die Rückbank, und ich nahm neben Dadgul auf dem Beifahrersitz Platz.

Während der ganzen Fahrt telefonierte der Kommandante mit dem Handy und nahm so gut wie keine Notiz von mir. Seine Fahrweise war grob und rücksichtslos. Ich klammerte mich an den Haltegurt und sah ihn von der Seite an. »He, Dadgul, fahr doch nicht wie eine gesengte Sau!«

»Ich fahre wie ein Mann!«, knurrte Dadgul und drückte noch fester aufs Gaspedal. Mir wurde schon wieder furchtbar schlecht.

Am Flughafen ging Dadgul sofort zu einer Gruppe afghanischer Soldaten, die ihn als Kommandante ehrerbietig grüßten. Vielleicht hatte er sie telefonisch herbestellt, um Eindruck zu schinden? Er genoss den großen Auftritt, ich schien keinerlei Rolle mehr zu spielen. Das war nicht mehr der Dadgul, den ich einmal gekannt hatte. Wenn ich mich an das schmächtige Häufchen Elend erinnerte, das ich so oft zum Flughafen gebracht und wieder abgeholt hatte! Wie hatte ich ihm entgegengefiebert, und wie besorgt war ich um ihn gewesen, wenn er wieder abfuhr!

»Tja, dann wollen wir mal!« Mit Hilfe meiner treuen Begleiter vom Rücksitz wuchtete ich meinen Riesenrucksack aus dem Kofferraum und begab mich zu der Militärmaschine der deutschen Bundeswehr, die mich mitnehmen würde.

»Pass auf dich auf, Anwar!« Ich drückte den verschüchterten jungen Mann kurz an mich. »Und nicht vergessen: Wir beide haben ein kleines Geheimnis! Solltest du das Häuschen NICHT bekommen, sagst du mir sofort Bescheid, ja? Auch wenn dir sonst irgendwelche Ungereimtheiten auffallen! Und sprich dich immer mit Agha ab, hörst du!«

Anwar war bedrückt und still. »Guten Flug, *Ade Sheni Hagei,* und danke für alles!«

»Schon gut.« Ich blickte mich suchend um: Wo war denn

Dadgul? Stand der etwa immer noch draußen bei seinen Kumpels auf dem Parkplatz und ließ sich huldigen? Hatte er noch nicht mal mehr den Anstand, mir auf Wiedersehen zu sagen?

»Moment!«, sagte ich zu den Soldaten der deutschen Bundeswehr. »Eine Minute.«

Entschlossen stiefelte ich noch mal raus. So wollte ich nicht fliegen. Dieses Nicht-Verabschieden würde mich sonst noch monatelang belasten. Man sollte sich immer vertragen, bevor man auseinandergeht.

»He, Dadgul. Ich bin dann mal weg.«

»Wie?« Dadgul fuhr herum, als wäre ich eine lästige Fliege. »Ach so, ja, dann tschüs.«

Dann schnatterte er wieder wie ein Maschinengewehr auf seine Untergebenen ein.

Das war alles.

Beklommen stiefelte ich hinter den deutschen Soldaten her, die gerade im Gänsemarsch die Militärmaschine bestiegen. Mit meinem schweren Rucksack ließ ich mich auf die Längsbank fallen und verstaute ihn zwischen den Beinen. (Weit und breit war keine Stewardess in Sicht, die mir eine Tageszeitung oder ein Glas Sekt anbieten wollte oder mir erklärte, wie die Kopfhörer für den Film funktionieren.)

»Na, Frau Schnehage? Wieder eine gute Zeit gehabt?«, fragte der Offizier, der neben mir saß.

»Ja, danke. Alles bestens«, sagte ich und schaute gedankenverloren ins Leere.

»Hallo Liebes, mach doch mal eine schöpferische Pause!«

Micki stand lächelnd in der Tür meines Arbeitszimmers und hielt eine Kanne Kaffee in der Hand, aus der ein betörender Duft strömte. »Vanessa hat uns einen Kuchen gebacken. Komm auf die Terrasse!«

»Puh, Micki, ich würde ja gern, aber ich muss hier erst noch die Quittungen für die Spender …« Übermüdet fuhr ich mir durchs Haar. »In den letzten drei Monaten ist so viel zusammengekommen …«

»Gib dir einen Ruck, mein Herz! Du siehst bedrückt aus. Ein bisschen Sonne wird dir guttun.«

Micki beugte sich zu mir, legte die Hand auf meine Schulter und warf einen Blick auf meinen Bildschirm: »Sieht doch gut aus! Die Arbeiten in Katachel gehen offensichtlich zügig voran?«

»Ja, laut Dadguls letzter E-Mail sind die Häuser für Anwar und Agha so gut wie fertig!«

Ich zeigte Micki das mitgeschickte Bild: Zwei neue Höfe warteten auf ihre neuen Bewohner. Sie sahen schmuck und propper aus. Schöner wohnen für Afghanen.

»Da siehst du, dass es auch ohne dich läuft! Komm, Liebes.« Micki zog mich sanft hoch und führte mich auf die Terrasse, wo Vanessa schon den Tisch gedeckt und den Kuchen angeschnitten hatte.

»Mama! Dass man dich auch mal wieder zu Gesicht bekommt!« Sie küsste mich lächelnd auf beide Wangen. Gott, was war meine Vanessa für eine Schönheit geworden! (Gut, dass ich die a) nicht verschleiern und b) nicht an einen Afghanen verkaufen musste!)

»Ach, Liebes, danke für dein Verständnis!« Aufatmend ließ ich mich auf einen gepolsterten Gartenstuhl sinken und schloss kurz die Augen. Die Amseln zwitscherten, und im Nachbargarten wurde Rasen gemäht. Der Duft des frisch gemähten Grases zog zu uns rüber. Wie einfach es doch wäre, einfach hierzubleiben, die Beine baumeln zu lassen und mich auf meinen Lorbeeren auszuruhen. Nicht mehr in das Pulverfass Afghanistan zurückzukehren. Aber das wäre Verrat an »meinem« Projekt Katachel e. V. gewesen. An Hunderten von deutschen Spendern, die sich auf mich verließen. Und erst recht an Hunderten von Afghanen, die all ihre Hoffnung auf mich setzten.

»Ihr seid wirklich Schätze, dass ihr mich so toll unterstützt!«

»Aber Mama, du weißt doch, wie stolz wir auf dich sind!« Vanessa strich sich das schwarz glänzende Haar mit einer anmutigen Geste hinter die Ohren. »Apfel oder Zwetschge?«

»Ähm ... alles was nicht Palau ist.«

»Erzähl doch mal!« Micki goss mir Kaffee ein und stellte mir den Süßstoff dazu. »Wie ist inzwischen dein Verhältnis zu Dadgul?«

Ich schüttelte den Kopf. »Eigentlich tut er so, als wenn nichts wäre, aber irgendwie habe ich ein ungutes Gefühl. Meiner Meinung nach will er alles alleine bestimmen. Angeblich ist er mit Kandigol und den Kindern in Kabul auf Verwandtenbesuch. Anscheinend verhandeln sie mit dem reichen Knilch wegen Anissa ...«

»Lass sie einfach machen.« Micki goss mir Milch in den Kaffee. »Das ist ihr Familiending.«

Das Telefon im Wohnzimmer klingelte. Hilfsbereit sprang Vanessa auf und brachte es mir. »Ist sowieso für dich, Mama.«

Eine aufgeregte afghanische Stimme schlug mir entgegen. Mühsam versuchte ich, etwas zu verstehen. »Hallo? Wer ist da?«

»Osman!«

»Mensch, Osman, ich versteh dich verdammt schlecht!

Sprich langsam und deutlich! Wo ist Dadgul, dass er übersetzen kann?!«

»Dadgul gereft!«, war das Einzige, was ich von dem aufgeregten Wortschwall verstand. »Du meinst, Dadgul genommen? Was soll das heißen?«

Osman, Dadguls Freund, plärrte dermaßen ins Telefon, dass ich schon Angst hatte, Allah hätte Dadgul für immer zu sich genommen.

»Entführt? Du meinst, sie haben Dadgul entführt?« Ich ahnte Schreckliches. Aus dem völlig hysterischen Osman war nichts mehr rauszubekommen. Ich versuchte es auf Dadguls Handy, aber das war abgestellt.

Anwar wusste von nichts – ich hörte die Baumwollpresse im Hintergrund. Er schrie nur ins Telefon, dass Dadgul in Kabul sei, und zwar mit Osman.

Wieder versuchte ich es bei Osman, aber auch sein Handy war inzwischen abgestellt.

Meine dritte Wahl, Cousin Khaista Khan, schrie mit überkieksender Stimme ins Telefon, ohne dass ich ein vernünftiges Wort aus ihm herausbrachte, anschließend war die Leitung tot.

»Verdammt!«, seufzte ich verzweifelt. »Kann in diesem Land nicht EINMAL was funktionieren!«

»Iss erst mal deinen Kuchen. Die regen sich doch oft mal auf.«

»Meinst du, darauf habe ich jetzt noch Appetit? Was, wenn Dadgul wirklich entführt wurde?«, fauchte ich zurück, was Micki wirklich nicht verdient hatte. Sofort regte sich wieder mein Beschützerinstinkt.

Am nächsten Morgen hatte ich wieder Dadguls Cousin Khaista Khan an der Strippe, diesmal dolmetschte Gholam, der Junge, der in Österreich operiert worden war, und den ich mit Diana verheiratet hatte. Theoretisch wäre er eine ideale Vertretung für Dadgul gewesen: Er war schlau, gebildet und mir mehr als nur einen Gefallen schuldig, nach allem, was ich für ihn getan hatte. Aber er kümmerte sich einen Dreck um das Allgemeinwohl. Ihm ging es nur um den eigenen Vorteil. Er war bei einem Ingenieurbüro in Kunduz beschäftigt und pflegte zu allen, auch zu Dadgul gute Beziehungen. Er hängte sein Fähnchen nach dem Wind. Schon dass er sich jetzt zum Übersetzen herabließ, grenzte fast an ein Wunder.

»Dadgul ist vorgestern mit Osman nach Kabul gefahren«, berichtete er auf Deutsch. »In Pul-i–kumri wurde sein Wagen von bewaffneten Straßenräubern angehalten. Sie haben Dadgul gezwungen auszusteigen, Osman durfte weiterfahren. Später hat Osman dann eine Nachricht von Dadgul bekommen: Vor seinen Augen sind drei Männer erschossen worden. Für ihn wollen die Räuber innerhalb der nächsten vierundzwanzig Stunden Lösegeld, oder er wird auch sterben. Die scherzen nicht, die machen ernst.«

»Ich stöhnte laut auf und spürte, wie mir die Knie weich wurden. Micki und Vanessa starrten mich entsetzt an. Alle Farbe war aus meinem Gesicht gewichen.

»Was soll ich Osman jetzt übersetzen?«, fragte er förmlich. »Kann er mit dem Lösegeld rechnen?«

»Wie viel?«, ächzte ich mit letzter Kraft.

»Fünfzigtausend Dollar.«

Der Hörer rutschte mir aus der zitternden Hand. FÜNFZIGtausend Dollar!

Micki fing ihn auf und hielt ihn mir ans Ohr. »Bleib ruhig, Sybille. Du hast dir dieses Land ausgesucht. Da passieren solche Sachen.«

»Mein Projekt!«, stöhnte ich, und mein Herz raste wie verrückt. »Unser Projekt!« Ich dachte voller Sorgen an Dadgul. Aller Ärger war vergessen, ich musste Dadgul jetzt unbedingt helfen.

Vanessa hielt meine Hand. »Mama! Versuch jetzt einfach nur klar zu denken!«

Aus dem Hörer kam Gholams fragende Stimme. »Hallo, Misses Schnehage? Sind Sie noch dran?«

Nein. War ich nicht. In meinem Kopf rauschte es.

»Rufen Sie in einer Stunde wieder an, meine Frau muss nachdenken!«

Micki unterbrach die Verbindung und stützte die Ellbogen auf den Tisch. Besorgt musterte er mich, denn mir standen Tränen in den Augen. »Sybille, du musst jetzt stark sein. Dadgul ist allgemein als reicher Retter mit einer reichen Deutschen im Hintergrund bekannt. Da war es nur eine Frage der Zeit, wann er entführt wird.«

»O Gott, wen kann ich denn jetzt auf die Schnelle um fünfzigtausend Dollar anhauen?« Ich presste die Fäuste gegen die Schläfen. »Die Bundeswehr hält sich aus solchen Sachen raus! Die setzen sich nicht in die Nesseln, wenn es um Entführungen und Erpressungen unter Afghanen geht!«

In meinem Kopf ratterte es und ratterte. Ich straffte die Schultern und räusperte mich. »Die sollen erst mal die dreißigtausend Dollar Spendengelder nehmen, die ich neulich geschickt habe, jetzt haben wir noch keine Ernteeinnahmen.« Ich spürte einen stechenden Schmerz, als ich über das Geld nachdachte: Wem auch immer es in den Rachen geworfen würde: Es würden die Falschen sein.

Wie ein Tiger lief ich im Garten auf und ab und versuchte, nicht den Verstand zu verlieren. Frau Brechenmacher mähte währenddessen unverdrossen ihren Rasen, als gäbe es keine anderen Probleme auf der Welt. Aber dass weder Micki noch Vanessa in diesem heiklen Moment sagten: »Selber schuld, warum engagierst du dich auch für so ein undankbares Volk!«, werde ich ihnen nie vergessen. Sie hielten einfach zu mir.

»Mama, du wirst schon sehen, alles wird gut«, sagte Vanessa aufmunternd, und Micki tat, was alle Ehemänner in so einer Situation tun sollten: Er nahm mich einfach nur in den Arm.

Als Gholam nach einer Stunde wieder anrief, teilte ich ihm meine Entscheidung mit: »Kauft Dadgul frei. Ich schicke noch Geld.«

Er selbst hatte inzwischen schon Geld von Dadguls Verwandten geliehen, sodass wir die geforderte Summe zusammenbekamen.

Wenige Tage später rief Dadgul an: »Mama, ich bin frei!«

»Dadgul«, sagte ich mit bebender Stimme. »Was ist genau passiert?«

»Mama, vor meinen Augen sind fünf Männer erschossen worden, erst drei und am nächsten Tag noch mal zwei!«

Ich presste erschüttert die Lippen zusammen.

»Mama, sie haben mir wieder voll ins Gesicht geschlagen, genau wie damals in Kabul, weißt du noch?«

Ich nickte und rieb mir fröstelnd die Unterarme. »Ja, Dadgul.«

»Außerdem habe ich tagelang nichts zu essen bekommen. Die hätten mich einfach verrecken lassen, wenn du nicht gezahlt hättest!«

»Jetzt ruh dich erst mal aus«, sagte ich leise.

»Ja, Mama, anschließend kümmere ich mich wieder um unsere Projekte.«

»Wie geht es mit Anwars und Aghas neuen Häusern voran? Wie weit ist die neue Schule in Tarnau gediehen? Hast du Anwar Lohn gegeben?«

»Mama, ich kann dich ganz schlecht verstehen! Die Verbindung ist … Ich glaube, ich habe hier keinen Empfang …« Es tutete, und Dadgul war weg.

38

Genau an meinem achtundfünfzigsten Geburtstag landete ich wieder in Kunduz. Drei Monate waren inzwischen vergangen, und ich war freudig erregt und gespannt zugleich. (Ich weiß, dass die meisten Frauen ihren Geburtstag anders feiern! Aber, ganz ehrlich: Wieder Kunduz-Luft atmen zu dürfen, war mein schönstes Geschenk!)

Dadgul lehnte an seinem Jeep, war nicht einmal ins Flughafengebäude gekommen, um mir mit dem Gepäck zu helfen, und ich hatte verdammt viel Zeug dabei! Schließlich wollte ich auf Mickis Rat hin bei Anwar einziehen und schleppte einen halben Hausrat mit.

»Hallo Mama! Na? Wie geht's?«

»Hast du meinen Geburtstag vergessen, Dadgul?« Schwer atmend stand ich vor ihm und ließ alles fallen, was mir die Handgelenke abgeschnürt hatte.

»Nein, natürlich nicht! *Tabrik*, Mama, herzlichen Glückwunsch!« Grinsend schüttelte Dadgul mir die Hand.

Früher hast du mir Blumen überreicht und mir Geschenke gemacht, dachte ich enttäuscht. Egal.

»Ist das Geld eingetroffen, das ich dir geschickt habe, als der Dollar so günstig stand?«, fragte ich schließlich, nachdem Dadgul losgebrettert war.

»Du meinst das Geld für die Entführer?«

»Dadgul, tu nicht so blöd! Das Geld, das ich dir acht Wochen später geschickt habe, weil der Dollar so günstig stand. Das Geld für die Entführung haben wir doch über die Ernteeinnahmen wieder reingeholt!«

»Ach so, ja, klar!« Er setzte den Blinker und überholte eine Lastwagenkolonne.

»Und, hast du es, wie vereinbart, nicht angerührt?«

»Nicht angerührt.«

»Gut.« Ich seufzte erleichtert auf. Offensichtlich war alles in bester Ordnung.

»Du weißt, dass ich diesmal bei Anwar wohne? Du bist so oft unterwegs, da ist mir das aus Sicherheitsgründen lieber. Aber habe ich dir ja alles schon gesagt.«

»Ja, kein Problem.«

Uff. Zum Glück schien Dadgul deswegen nicht beleidigt zu sein. Ich hatte lange überlegt, wie ich ihm meinen Auszug erklären sollte, ohne seine Gastgeberehre zu verletzen. Aber seine arrogante Familie wollte ich mir kein weiteres Mal antun.

»Andererseits ...« Dadguls Luchsaugen fixierten mich von der Seite: »Du kannst nach afghanischem Recht nicht einfach so zu einem anderen Mann ziehen. Entweder du heiratest oder adoptierst ihn.«

»Da heiraten flachfällt, werde ich ihn wohl adoptieren müssen.« Ich lehnte mich zurück und verschränkte die Arme vor der Brust. Wenn Dadgul dachte, das wäre für mich ein Hindernis, dann hatte er sich getäuscht.

»Das habe ich mir gedacht.« Dadgul raste an einer Unfallstelle vorbei. Aus dem Augenwinkel sah ich ineinander verkeilte Lastwagen, Busse und Eselskarren, deren Fracht überall verstreut war. Menschen saßen im Schock auf der Erde, Kinder weinten, Frauen schrien, Männer debattierten gestenreich.

»Mensch, Dadgul, früher haben wir den Bussard gerettet, und heute brettern wir an Verletzten vorbei! Halt gefälligst an, wir können sicher helfen!«

»Wir haben keine Zeit, Mama. Du willst doch noch umziehen, bevor es dunkel wird! Anwars Vater habe ich die erforderlichen Papiere bereits gebracht. Anwar ist also ab sofort rechtmäßig dein Sohn. Das mitgebrachte Geld kannst du mir gleich übergeben, dann kann ich mich um alles kümmern. Eigentlich hättest du gar nicht kommen müssen, ich schaff das hier inzwischen auch prima alleine.«

Ich atmete schwer. Okay, was sollte das denn? War ich inzwischen nur noch die Bank? Ich brauchte wirklich dringend einen zweiten Vertrauensmann. Aber ich ließ mir nichts anmerken: Immer schön einen Schritt nach dem anderen.

»Es ist also wirklich kein Problem für dich, dass ich nicht mehr in deinem Haus wohne?« Ich schlug ganz bewusst einen verbindlichen Ton an.

»Nein, wieso?«

»Weil du ja irgendwie auch mein Sohn bist.« Ich räusperte mich. »Für den ich immer alles getan habe.«

»Ich weiß, Mama. Danke noch mal, dass du mich vor den Entführern gerettet hast.« Dadgul schaute mich von der Seite an, während er um einen Kameltreiber herumfuhr, der mitten auf der Fahrbahn dahintrottete. »Und mir zum wiederholten Mal das Leben gerettet hast.«

Na bitte! Dadgul hatte das sehr wohl verinnerlicht. Erleichterung machte sich breit. Vielleicht war ich in letzter Zeit einfach etwas empfindlich gewesen?

»So, Mama. Da wären wir. Herzlich willkommen in Katachel.« Dadgul schloss die Tür zu meinem Büro auf und verkündete stolz: »Diesmal ist sogar Staub gewischt. Schade, dass du ausziehst.«

»Dadgul«, sagte ich und trat an meinen Schreibtisch. »Wo ist das Geld?«

»Welches Geld?«

»DAS GELD, DADGUL!« Ich zwang mich, einmal tief ein- und auszuatmen. »Die fünfzigtausend Dollar, die ich dir wegen des günstigen Dollarkurses geschickt habe.«

Dadgul öffnete die Hände wie nach einem gelungenen Zaubertrick: »Weg! Die habe ich schon ausgegeben, ich hab dir ja gesagt, du brauchst nur das Geld zu überweisen, ich kümmere mich hier schon um alles. Außerdem sind fünfzigtausend Dollar schnell weg.«

»Wie, weg? Du hast das einfach alles ohne mich entschieden?« Mir blieb der Mund offen stehen. »Falls das deine Geburtstagsüberraschung sein soll, ist sie NICHT GELUNGEN!«

»Davon habe ich auch die Arbeiter bezahlt, so wie du es von mir verlangt hast, Mama. Auch Anwar, deinen Lieblingssohn.«

»Quatsch, Dadgul. Lass den Scheiß!« Ich schnaubte und sah ihn vernichtend an.

»Also. Den Arbeitern gibst du zwei Dollar am Tag – da bleibt noch viel übrig. Wo ist der Rest?«

»Ausgegeben.« Dadgul blieb völlig ungerührt.

»Dadgul, ich WARNE dich …«

»Das meiste ging für den Schulbau in Tarnau drauf. Aber beruhige dich, eine Kiste mit Afghani-Scheinen steht noch bereit, damit du wieder deinen Frauen helfen und Fotos machen kannst.«

Ich verstand die Welt nicht mehr. »Du hast mir doch eben

noch gesagt, du hättest das Geld nicht angerührt, als ich dich im Auto danach gefragt habe.«

»Weil ich nicht in aller Öffentlichkeit von dir angebrüllt werden wollte«, sagte Dadgul kalt. »Ich lass mich doch nicht von einer Frau anschreien!«

Ich explodierte beinahe vor Zorn.

»Was willst du eigentlich?« Dadgul fasste an meinen prall gefüllten Bauchgürtel. »Du hast doch noch Geld!«

»Wir müssen noch den Witwen helfen! Außerdem gefällt mir einfach nicht, dass du hier allein bestimmst!«

»Na, hör mal, bin ich Projektleiter von Katachel e.V. oder nicht? Ich bin vor Ort, ich weiß am besten, wo Geld gebraucht wird und wo nicht! So, und jetzt pack deine Sachen, Anwar wartet schon.«

Mit Vergnügen!, dachte ich. Unter diesen Umständen fiel mir der Auszug mehr als leicht.

Wutschnaubend schleppte ich die Akten und meine Habseligkeiten aus dem Büro.

Auf der kurzen Fahrt zu Anwar und Agha über den Fluss in die Neubausiedlung sprach ich mit Dadgul kein einziges Wort. Ich hatte verstanden: Mit meinem Geld hatte sich Dadgul über die Jahre Macht und Einfluss gesichert, er brauchte mich nicht mehr. Dadgul, mein Pflegesohn, für den ich so viel getan hatte, war sicherlich froh, dass er mich los war.

Anwar und sein Vater erwarteten mich bereits vor dem fast fertigen Häuschen, das natürlich schon von einer hohen Lehmmauer, der Purdah, umgeben war. Der Hof war zwar noch unbebaut und der Garten unbeackert, aber immerhin wehten schon kleine Gardinen vor meinem Zimmerfenster. Anwar hatte sich Geld vom Mund abgespart, um auf dem Basar ein paar Stoffreste für mich zu kaufen, nur damit ich es gemütlich hätte.

Ich hockte mich in den Staub, unterschrieb die Adoptionsunterlagen, die mich nun offiziell zu Anwars Mutter machten, nahm die Einverständniserklärung seines Vaters Mohammad in Form eines Fingerabdrucks ab und umarmte die beiden.

»Willkommen in unserer Familie!«, murmelten sie scheu, und der Alte, der keinen einzigen Zahn mehr im Mund hatte, reichte mir seine knochigen Hände. Hände, mit denen er für zwölf Kinder gesorgt hatte, bis die Gicht sie bezwungen hatte. Er war mir sehr dankbar. Eines von ihnen hatte er jetzt »unter der Haube«, wenn auch in einem etwas unüblichen Sinne. Aber er spürte, dass das eine gute Sache war – besser als eine Braut.

Gemeinsam mit Anwars Bruder Nias und seinen Freunden Hamidullah und Assad richteten wir das Häuschen halbwegs gemütlich ein. Meine nächtliche Bewachung war perfekt organisiert: Auf dicken Decken saßen zwei Bewacher im Wohnbereich, ein dritter bezog Stellung auf dem Dach, von wo aus er nach Nassery hinüberspähte – denn das Nachbardorf war mit Katachel nicht gerade eng befreundet –, und mein »Sohn« Anwar wachte direkt vor meiner Schlafzimmertür. Es war fast wie früher mit Dadgul, und Schwermut überkam mich.

39

Ein paar Tage lang ging alles gut. Ich richtete mich in meinem neuen Häuschen ein, und Anwar war ein bescheidener, dankbarer Junge, der einfach nur froh war, in meiner Nähe und Dadguls Tyrannei entronnen zu sein. Hier bei mir bekam er wenigstens was Anständiges zu essen. Und freundliche Wertschätzung. (So wie ich sie Dadgul immer gegeben hatte! Es war für mich unfassbar, dass er sich so gar nichts davon abgeschaut hatte!) Wir kochten jeden Abend zusammen in meiner winzigen Küche. Sie hatten mir einen Generator angeschlossen, denn besonders abends fiel in unserer Siedlung regelmäßig der Strom aus. Wir warfen in die Pfanne, was wir auf dem Markt hatten auftreiben können: Tomaten, Zwiebeln, Kartoffeln und als besondere Spezialität aus meiner großen Reisetasche: Spaghetti. Damit hatte ich Dadgul jahrelang ernährt. Warum sollten die Jungs der Familie Mahmad nicht auch mal in den Genuss dieser Köstlichkeit kommen?

»Unsere Eltern wollen dich zum Dank zum Tee einladen«, sagte Anwar schüchtern, während er ungeschickt versuchte, die Spaghetti auf die Gabel zu drehen. »Unsere Mutter möchte dich kennenlernen!«

»Aber gern!« Ich war gerührt, dass diese bitterarmen Leute mich in ihr Lehmhäuschen am Bach einluden, um ihre spärlichen Teevorräte mit mir zu teilen.

Und so nahmen Anwar und ich am nächsten Morgen mit Assad als Beschützer die neue Brücke über den Fluss nach Katachel. Assad blieb mit der Kalaschnikow am Auto stehen, während Anwar und ich mit eingezogenen Köpfen in die winzige Lehmhütte schlüpften. Meine Augen mussten sich erst einmal an die Dunkelheit gewöhnen. Es gab wirklich kein einziges Fenster! Ein muffiger Geruch schlug mir entgegen. Es kam mir vor, als würde ich die Höhle wilder Tiere betreten. Darin saßen Vater Mohammad, Mutter Sargola und die einzige Schwester, die etwa vierzehnjährige Sarmina, auf schmuddeligen Matratzen, die auf dem unverputzten Lehmboden ausgebreitet waren. Sie packten meine Hände und murmelten überwältigt Dankesworte. Ich nahm all mein Dari zusammen und bedankte mich im Gegenzug für ihr Vertrauen. Sarmina erhob sich und holte Teegläser, um mir aus einer Kanne trüben Tee einzuschenken. Anwar, der mich inzwischen kannte, kam ihr zuvor und überreichte mir ein Päckchen Saft. »Die ehrwürdige *Ade Sheni Hagei* trinkt kein Wasser aus dem Brunnen. Davon bekommt sie Durchfall.«

Ich lächelte meine Gastgeber an und nippte an meinem Saft, als säße ich in Bergfeld bei Generaldirektors auf der Ledergarnitur, als plötzlich ein Schuss durch die Stille peitschte.

Anwar sprang sofort auf und rannte hinaus.

Mein Herz raste, und ich sah plötzlich Sternchen.

»Anwar! Lass mich hier nicht allein!«

In Panik wollte ich hinter ihm herstolpern, als ein zweiter Schuss knallte. Die armen alten Eltern umklammerten ihre Tochter und drängten sich wie verängstigte Kaninchen an die Wand. Hatte ich sie durch meinen Besuch etwa in Gefahr gebracht?

Mir wurde schlecht. Wir wurden verfolgt. Aber von wem?

Mit dem Mut der Verzweiflung stahl ich mich mit Sarmina zur Hoftür und spähte hinaus. Ein junger Mann mit fliegendem Hemd und Plastiklatschen sauste gerade mit einer Kalaschnikow um die Ecke. Was sollte er hier bei der armseligen Hütte von Anwars Eltern? Warum?

Anwar kam schwer atmend zurück, drückte die Hoftür auf und zeigte uns grinsend ein Brandloch in seiner Hose. »Der Trottel kann noch nicht mal richtig zielen!«

»Du Anwar, das ist aber gar nicht zum Lachen! Wer hat es denn da auf dich abgesehen?«

»Irgendeinem Idioten scheint es nicht zu gefallen, dass du mich adoptiert hast«, bemerkte Anwar immer noch keuchend. Der Junge überspielte seine Angst durch kecke Wortspielchen.

Hastig verabschiedete ich mich von Mohammad und Sargola, drückte die kleine Schwester an mich und fuhr gemeinsam mit Assad und Anwar zu meinem alten Wohnsitz, zu Dadguls Haus. Schließlich warteten dort viele Witwen und hofften auf Hilfe – die Arbeit musste ja weitergehen.

Im Hof drängten sich Dutzende von Frauen und Kindern und riefen nach mir. Doch von Dadgul fehlte jede Spur.

Als sie mich aus dem Wagen steigen sahen, ertönte Jubelgeschrei.

Es hatte sich nämlich schon herumgesprochen, dass ich bei Dadgul ausgezogen war, und sofort waren alle herbeigeschwärmt, um sich davon zu überzeugen, dass ich auch weiterhin half.

»Sie kommt, sie ist da!«

»*Sheni Hagei!* Macht Platz für die ehrwürdige *Ade Sheni Hagei!*«

Im Männerhaus von Dadgul stand die Pappkiste mit den

Afghani, die er für die Witwen beiseitegelegt hatte. Aber das würde bei dem heutigen Andrang nicht reichen. Deshalb griff ich beherzt griff in meinen Bauchgürtel mit den letzten zehntausend Dollar und drückte Anwar einen Großteil davon in die Hand.

»Hier! Nimm das, und fahr damit schnellstens zur Bank! Lass dir das Geld in kleine Scheine wechseln – beeil dich!«

»Kann ich dich wirklich alleine lassen, Ade?«

»Ja, ich hab hier mehr Bodyguards, als ich brauchen kann, außerdem sind Assad und Agha bei mir!«

»Passt mir auf *Ade Sheni Hagei* auf«, rief Anwar im Wegfahren.

Dankesgeheul war die Antwort und lockte natürlich nur noch mehr hilfesuchende Frauen an. Hamidullah, Assad und sogar Anissa, Dadguls Tochter, sorgten für Ordnung und versuchten zu verhindern, dass man mich bei lebendigem Leibe zerriss.

Ich schickte Assad und Hamidullah auf den Dachboden. Sie sollten die Reissäcke und Kanister mit Baumwollöl herunterschaffen. Während ich alles verteilte, fragte ich mich, wo der große Kommandante wohl steckte.

Wie immer machte ich über dreihundert Fotos.

»Ja, ihr Lieben, ihr kommt alle dran! Wartet noch einen Augenblick!«

Die kleinen Scheine waren gerade ausgegangen, und Anwar war noch nicht wieder von der Bank zurück.

»Kommt, wir machen Mittagspause.«

Völlig erschöpft setzte ich mich in den Schatten und hob durstig eine Wasserflasche zum Mund. Zum x-ten Mal wählte ich Anwars Nummer, aber der kleine Dusselkopp hatte das Handy ausgeschaltet. Plötzlich kam mir ein furchtbarer

Gedanke: Hatte er es wirklich ausgeschaltet? Das sah ihm so gar nicht ähnlich! Oder … Nein, darüber wollte ich lieber nicht nachdenken. Mein Herz begann laut zu klopfen. War ich denn wahnsinnig gewesen, den armen Anwar mit so viel Geld zur Bank zu schicken? Kurz nachdem jemand auf ihn geschossen hatte? Ich hatte den Jungen doch nicht in noch größere Gefahr gebracht? O Gott! Ich verbarg den Kopf in den Händen. Warum lief diesmal nur alles so schief? Ich wollte doch nur helfen!

Plötzlich entstand Tumult an der Hoftür. Die Frauen, die bisher wartend im Schatten der Mauern gesessen hatten, sprangen auf, verhüllten ihre Gesichter, schnappten ihre Kinder und huschten davon.

Aha. Ihre Großkotzigkeit Dadgul erschien, die fünf Dorfältesten im Schlepptau. Die weißbärtigen Männer nahmen umständlich im Schatten vor dem niedrigen Plastiktisch Platz. Dann fingen sie an zu diskutieren, als wäre ich gar nicht da.

Oh! Einer von ihnen war ja Anwars Vater! Ob er Dadgul wegen der Schießerei angesprochen hatte?

Ich erhob mich und ging zu ihnen. Die Männerversammlung nahm nach wie vor keine Notiz von mir. Das war nicht weiter beleidigend, nur dass Dadgul mich keines Blickes würdigte, traf mich wie ein Messer ins Herz.

»Was ist los? Wo ist Anwar?«, fragte ich mit bebender Stimme.

Plötzlich schoss Dadguls Zeigefinger vor und hielt erst einen Zentimeter vor meiner Nase inne: »Anwar ist weg! Spurlos verschwunden! Und DU bist schuld!«

»Ich … Wieso denn ich?« Mein Mund wurde staubtrocken.

»Du hast ihm Geld zum Wechseln gegeben! Dabei ist alles, was mit Geld zu tun hat, meine Sache!«

»Aber ich brauchte mehr Afghani, und du warst ja nicht da. Was soll der Scheiß?« Hilfesuchend schaute ich mich zu Mohammad, meinen neuen Wahlverwandten, um. Dieser sah mich aus seinem wettergegerbten Gesicht an, und ich konnte nicht erahnen, was in ihm vorging. Er war mir doch dankbar gewesen! Hatte mich zum Tee eingeladen!

»Alle lachen über mich!«, fauchte Dadgul mich plötzlich an. Seine Stimme überschlug sich vor Zorn. »Du hast mich verlassen, um zu einem kleinen Trottel zu ziehen! Einem einfachen Arbeiter, der nicht bis drei zählen kann!«

»Doch. Kann er. Ich hab's ihm beigebracht.«

»Du hast mich zum Gespött des ganzen Dorfes gemacht!«, brüllte Dadgul mich an, und in seinen Augen glomm Hass. »Keine Frau wagt das! Auch nicht Frau Schnehage!«

»Ich vertraue Anwar. Er hat ein gutes Herz«, sagte ich auf Dari.

Dadgul schlug mit der flachen Hand auf den Plastiktisch, dass die Teepfützen aus den Bechern sprangen: »Los! Hol deine Sachen! Das ist ein Befehl! Du ziehst hier wieder ein!«

Die beturbanten Köpfe der Männer gingen hin und her wie bei einem Tennismatch.

»Tu ich nicht!« Ich verschränkte die Arme vor der Brust und zwang mich, seinem Blick standzuhalten. »Ich habe dir erklärt, warum ich ausgezogen bin, und du warst einverstanden. Du hast mich selbst nach Katachel Arab gefahren, und dort fühle ich mich sicher. Auch vor dir«, fügte ich leise auf Deutsch hinzu.

»Ich bin hier der Chef! Das ganze Geld, das die Leute in Deutschland spenden, gehört mir, nur mir allein, verstanden?«, brüllte Dadgul und trommelte sich auf die Brust wie ein Gorilla.

»Das hättest du wohl gern!«, konterte ich. »Ich bin die Chefin der Stiftung Katachel e.V., und ich treffe die Entscheidungen.«

»Du kommst sofort zurück, oder ich mache ganz großen Ärger.«

Unbeeindruckt fuhr ich fort: »Ich leite Katachel e.V., und ich entscheide, wo ich wohne. Bestimmt nicht bei jemandem, der mich oder meine Vertrauten bedroht!« Meine Augen sprühten vor Zorn.

»So? Das wollen wir doch mal sehen.« Dadgul legte seine Pistole auf den Tisch.

Die Augen der Dorfältesten wurden so groß wie Suppentassen. Da wir inzwischen ausschließlich auf Deutsch stritten, konnten sie nicht mehr verstehen, worum es ging.

Dass wir keine Komplimente austauschten, war allerdings auch dem letzten Analphabeten klar.

»Du bedrohst mich nicht, Dadgul, du nicht!« Meine Halsader pulsierte. »Ich habe dir beim Kotzen die Stirn gehalten, deine blutigen Bandagen gewechselt und dir vier Jahre lang Spaghettibrei und Eiersalat eingeflößt, damit du nicht krepierst. Schon vergessen?« (Wie gern hätte ich das auf Dari gesagt, aber dazu fehlte mir leider der Wortschatz.)

Dadgul hörte das nicht so gern. Auch nicht auf Deutsch.

»Ich habe mit dieser Pistole schon einigen Leuten Angst gemacht, also glaub nicht, ich mach bei dir eine Ausnahme.«

»O doch, das wirst du!«, sagte ich mit fester Stimme und sah ihn eindringlich an.

»Dann glaub doch an den Weihnachtsmann.« Dadgul nahm die Pistole und richtete sie auf mein Gesicht.

Mein Herz raste. Aber ich hielt seinem Blick stand. Er würde es nicht wagen. Nicht hier vor den Dorfältesten. Nicht vor seiner Familie, die längst neugierig aus den Fenstern sah. Nicht vor den Witwen und Waisen, die sich verschämt an der Hofmauer herumdrückten.

Plötzlich stand Anwars Vater, der alte Mohammad, auf. Er musste sich mühsam auf einen Stock stützen. Er humpelte auf mich zu und stellte sich, ohne ein Wort zu sagen, genau zwischen mich und die Pistolenmündung.

Ein weiterer alter Herr mit Turban erhob sich, schlurfte zu mir und stellte sich vor Mohammad. Nach und nach wankten alle Ältesten zu mir und bildeten eine Mauer vor mir.

Ich nutzte die Gelegenheit, um aus dem Hof zu rennen und in meinen Wagen zu springen. Staubwolken aufwirbelnd und Hühner verscheuchend, raste ich über die rettende Brücke nach Katachel Arab.

Zum ersten Mal war ich in Afghanistan ohne Begleitschutz! Das war lebensgefährlich, aber im Moment war mir das egal. Ich floh in mein kleines Zimmer, schloss mich darin ein und sank zu Boden: Dadgul, mein Ziehsohn, der mir sein Leben verdankte, der mich Mama nannte und für den ich mein letztes Hemd gegeben hatte – dieser Dadgul war nun mein größter Feind geworden. Meine schlimmsten Befürchtungen hatten sich bewahrheitet. Dadgul war die Macht zu Kopf gestiegen. Wieso war ich nur so dumm gewesen, sie nicht von Anfang an auf mehrere zu verteilen? Ich schluchzte hemmungslos.

40

Nach einer Stunde hörte ich draußen auf der Terrasse Stimmen. Ich rappelte mich auf, schlich zum Fenster und spähte hinaus. Es war Anwars Freund Hamidullah, der mit Assad sprach. Assad war zu Fuß hinter mir hergerannt, um mich zu beschützen, und hatte sich nicht in meine Privatgemächer getraut.

»*Ade Sheni Hagei!* Wir sind's, deine Freunde!«

»Kommt rein!«

Zitternd öffnete ich die Tür. »Habt ihr was von Anwar gehört?«

»Dadgul sagt, er sei mit dem Geld nach Pakistan gegangen.«

Ich ballte die Fäuste und schüttelte den Kopf. »Das glaube ich nie und nimmer!«

»*Ade Sheni Hagei!*« Assad schüttelte leicht meinen Arm. »Vor Dadguls Hof stehen immer noch die Witwen und Waisen! Sie warten schon den ganzen Tag! Wollen wir nicht mit der Geldverteilung weitermachen?«

Ich schüttelte stumm den Kopf. Ich hatte kein Geld mehr zu verteilen. Außerdem …

»Nein, Assad. In Dadguls Hof kriegen mich keine zehn Pferde mehr! Und bevor Anwar nicht zurück ist, können wir gar nichts tun!«

Mir kamen schon wieder die Tränen. »Bitte bleibt hier, ich bin in meinem Zimmer!«

Wieder saß ich schluchzend auf dem Fußboden. Immerhin waren zwei meiner treuesten Freunde wieder da. Aber wo war Anwar? War er wirklich mit meinem Geld nach Pakistan abgehauen? Rettete hier jeder nur seinen eigenen Arsch? Hatte ich den Menschen hier nicht jahrelang etwas anderes vorgelebt?

Plötzlich flogen Steinchen gegen das Fenster. »Mama!«

Dadgul! Dass er es wagte! Mit klopfendem Herzen trat ich hinter die Gardine. »Was willst du?«

»Komm wieder zurück, Mama! Du kannst nicht mehr hierbleiben, jetzt wo Anwar weg ist!«

Ah! Trick siebzehn! Anwar war weg, damit ich keinen offiziellen Mann mehr an meiner Seite hatte. Dadgul, du bist hinterhältig!

»Ich bleibe! Schließlich habe ich Hamidullah und Assad!«

»Das geht nicht, du machst mir Schande! Du musst einen von ihnen entweder heiraten oder adoptieren!«

»Haha, Dadgul. Sehr witzig!«

»Komm, Mama, lass uns wieder gut sein!«

»Spinnst du, Dadgul? Du hast mich bedroht!«

»Was blieb mir denn anderes übrig? Du wolltest ja nicht auf mich hören. Du ahnst ja nicht, wie mich dein Auszug zum Gespött der Leute gemacht hat.«

»Ich habe die Ältesten nicht lachen hören. Im Gegenteil, sie haben für mich Partei ergriffen.«

»Mama! So sei doch vernünftig! Ich hab hier bis jetzt immer alles im Griff gehabt. Deine Entscheidung raubt mir jede Autorität!«

»Das ist mir so was von wurscht, Dadgul.« Ich lachte verächtlich. »Hau ab, ich will dich nicht mehr sehen!« Damit knallte ich das Fenster zu.

Dadgul fuhr fluchend davon.

Wenig später erschien Sabet, der Nachbar, dessen kleinwüchsigen Sohn ich mit Anissa hatte verkuppeln sollen. Ausgerechnet DEN hatte mir der feige Dadgul nun geschickt?!

Ich stieß ein bitteres Lachen aus. Stolz gibt's an der Abendkasse, was, Dadgul!?, dachte ich. Du schämst dich wohl für gar nichts mehr.

Auch Sabet konnte mich nicht erweichen. »Tut mir leid. Ich bin nicht Kandigol und erteile dir nur ungern eine Abfuhr. Aber diesmal lautet auch meine Antwort: Nein.« Sabet zockelte wieder auf seinem Esel davon.

Schließlich kam auch noch Khaista Khan, Dadguls Cousin, mit seinem Auto vorgefahren. Einladend öffnete er die Beifahrertür. »*Ade Sheni Hagei!* Los! Spring über deinen Schatten! Dadgul tut es aufrichtig leid! Er hat erst gar nicht begriffen, wie er in der Öffentlichkeit dasteht, wenn du zu einem solchen Jüngelchen ziehst. Er hat sogar ein Versöhnungsessen für dich gekocht, lässt er ausrichten!«

»Dadgul kann mich mal!«

Obwohl ich es vor Hunger kaum noch aushielt – mehr als das Schlückchen Saft bei Anwars Eltern hatte ich heute nicht zu mir genommen – blieb ich stur. Aber wenn ich ehrlich war, wollte ich nur noch nach Hause.

Abends um elf klingelte mein Handy. Anwar! Mein Herz raste. Endlich!

Er stehe an der Straße Bandar Khanabad in Kunduz, jemand möge ihn abholen!

Ich schickte einen meiner Bewacher, der bereits mit der Kalaschnikow auf dem Flachdach Platz genommen hatte.

Ich platzte schier vor Neugier auf Anwars Version der Ereignisse.

Und die ging so: Auf dem Weg zur Bank war er in ein Polizeiauto gezerrt und nach Kunduz aufs Revier gebracht worden. Dort hatte man ihm vorgeworfen, vor seinem Elternhaus auf einen unschuldigen Passanten geschossen zu haben. Der habe ihn wegen versuchten Mordes angezeigt.

»Das ist doch totaler Quatsch!« Ich schlug mir mit der flachen Hand an die Stirn. »Der hat auf DICH geschossen! Hast du denen das Brandloch in deiner Hose gezeigt?«

»Ja, Mama, hab ich! Immer wieder! Die haben behauptet, ich hätte es mir selbst zugefügt! Ich musste meine Waffe herzeigen und beweisen, dass ich nicht geschossen habe!«

»Anwar?!« Meine Stimme bebte. »Hast du …« Ich traute mich kaum, es auszusprechen.

»Das Geld?« Anwar grinste. »Oh, entschuldige, es ist an einem unaussprechlichen Ort versteckt.« Anwar schlüpfte hinter den Vorhang und ich hörte, wie er in seiner Hose hantierte.

»O Gott.« So genau wollte ich es gar nicht wissen.

»Es ist alles noch da, wenn du nachzählen willst …«

Am nächsten Morgen stand ein Riesenaufgebot wichtiger Männer in meinem Hof.

Noch völlig verschlafen spähte ich aus dem Fenster. Wer waren die denn alle?

Es waren zugegen: die Dorfältesten von gestern, die Richter (selbst ernannte wie gewählte) und zwei deutsche Journalisten, die für das deutsche Fernsehen über Katachel e.V. berichten sollten. Ach ja, die – die hatte ich ganz vergessen.

Na, klasse! Wieder so ein Schachzug von Dadgul, die Herren gleich mitzubringen. Die Presse durfte von unserem

Streit natürlich nicht das Geringste mitkriegen, dasselbe galt für die Bundeswehr. Wir waren nach außen hin der Vorzeigeverein. (Mutter Teresa zoffte sich ja auch nicht öffentlich mit ihren Mitschwestern!)

»Liebe Mama, ich möchte dich zu meinem Geburtstag einladen«, zirpte Dadgul freundlich auf Deutsch. »Wir kochen extra für dich deutsche Bratkartoffeln, die magst du doch so gern!«

Die Journalisten lauschten gebannt, was die böse dreinblickende Jungfer Sybille an ihrem Fenster wohl erwidern würde.

Reiß dich zusammen, Sybille!, dachte ich. Es geht hier nicht um deine privaten Befindlichkeiten. Statt zu fauchen: »Verschwinde, du Intrigant!«, sagte ich mit dem erzwungensten Lächeln, zu dem ich jemals die Lippen verzogen hatte: »Ich komme natürlich gern!«

Alle atmeten auf und zogen wieder ab.

Abends saß ich dann zu meinem großen Erstaunen ganz allein in Dadguls Hof.

»Wo sind denn die anderen? Ich denke, hier ist eine große Party?«

»Nein. Wir feiern im familiären Kreis.« Dadgul ließ sich neben mich auf die Matratze sinken und reichte mir ein Glas Tee. »Bitte, vertragen wir uns wieder. Entschuldige, Mama«, sagte er flehend. »Ich habe mich benommen wie ein Idiot, aber das liegt daran, dass ich mich hier vor den Männern immer beweisen muss.« Er schlug die Hände vor sein notdürftig zusammengeflicktes Gesicht.

»Mir kommen die Tränen«, sagte ich kalt.

»Nein, Mama, es ist nur so ungewohnt für alle, dass meine Chefin eine Frau ist. Ich muss mir so viel Spott und Häme anhören! Sogar von meiner Frau Kandigol!« Auf einmal fing der Kommandante an zu weinen. »Sie sagt, ich bin ein Weichei, weil ich mir von dir so viel bieten lasse!«

»Und deswegen bedrohst du mich?«

»Es tut mir so leid, Mama! Das war nur so ein dummes Imponiergehabe von mir …«

Dadgul nahm meine Hand. »Ich schäme mich. Aufrichtig. Aber das Wichtigste ist doch, dass die Arbeit von Katachel e.V. nicht gefährdet wird. Die Presse ist da, Mama. Morgen wollen sie drehen und uns beide interviewen. Bitte zieh wenigstens für die Drehtage wieder hier ein.«

Ich überlegte. Das war kein Trick, ich hatte die Presseleute ja selbst gesehen. Wenn unser Streit öffentlich wurde, konnte Katachel e.V. dichtmachen.

Vor meinem inneren Auge sah ich Micki, der mir ermutigend zunickte: andere Länder, andere Sitten. Mach es, Sybille. Spring über deinen Schatten. Es geht nicht um dich oder um Dadgul. Es geht um DIE SACHE.

»Na, gut. Für die Drehtage. Und danach sehen wir weiter.«

»Oh, Mama, du bist die Beste!« Dadgul umschlang mich ungestüm und rief dann im Befehlston über den Hof, man solle meine Sachen aus Katachel Arab zurückholen. »Die *Ade Sheni Hagei* bleibt!«

Sofort wendeten draußen mehrere Autos und sausten in Richtung Brücke.

»Moment, Dadgul! Ich habe gesagt, nur während des Drehs …«

»Mama, schau! Das Essen ist fertig!«

Anissa, Dadguls Augenstern kam strahlend mit einer köstlich aussehenden Platte aus dem Haus, die liebevoll mit bunten Papierservietten dekoriert worden war. Es duftete verführerisch. Endlich mal kein Palau.

»Hm«, entfuhr es mir. »Das sieht aber lecker aus! – Richtig krosse Bratkartoffeln mit Zwiebeln und Ei, so wie ich sie zu Hause immer koche! Sogar an das Paprikapulver habt ihr gedacht!«

»Wir haben uns genau an dein Rezept gehalten, Mama. Palwasha hat gekocht, ich habe nur gewürzt.«

Beide strahlten mich an.

»Guten Appetit, Mama. Lang kräftig zu.«

»Wie? Und ihr?«

»Wir haben schon gegessen.«

»Palau«, nickte Anissa. »Wie immer.«

»Ja, wie jetzt … Soll ich mit den Fingern essen?«

»Oh, entschuldige Mama, wo bleiben meine Manieren!« Anissa eilte wieder ins Haus und brachte mir einen Plastikteller mit einer Gabel.

Dadgul zeigte aufmunternd mit dem Kinn auf die Platte. »Nun probier doch wenigstens!«

Irgendwie beschlich mich ein merkwürdiges Gefühl. Wieso aßen sie nicht mit? Wieso war kein anderer Gast da?

»Mama! Vertraust du uns etwa nicht?«

Ich sah ihn nur misstrauisch an.

»Mama, ich habe mich entschuldigt«, begehrte Dadgul auf, und er klang aufrichtig verletzt. »Wir haben das Kriegsbeil begraben. Willst du meine Ehre verletzen?«

»Nein, ist ja gut …« Ich nahm eine Kartoffelscheibe von dem Riesenberg und steckte sie mir vorsichtig in den Mund. »Hm. Nicht schlecht.« Ich kaute.

»Nicht schlecht, sagst du, Mama? Probier die hier aus der Mitte! Die sind so scharf gewürzt, wie du sie magst!«

Ich nahm noch eine Kartoffelscheibe mit extra viel Paprikapulver. »Hm. Sehr … ähm … pikant.« Ein merkwürdiger

Nachgeschmack machte sich breit. Das lag sicher an dem komischen Gewürz.

»Nimm noch mehr!«

»Nee, Kinder, lasst mal. Ich kann nicht mehr.«

Obwohl beide eine beleidigte Miene aufsetzten und mir immer wieder den Teller hinschoben, war mir der Appetit vergangen. Meinen Höflichkeitsbissen hatte ich gegessen.

Anissa nahm die Platte und ging enttäuscht zum Familienhaus.

Inzwischen kamen meine Männer wieder mit Bett, Schrank, Stuhl und Schreibtisch an.

»Kann ich noch irgendetwas für dich tun, Mama?« Dadgul erhob sich. »Eine Decke vielleicht?«

»Nein, danke, Dadgul. Ich bleibe einfach noch ein bisschen hier sitzen.« Irgendwie fühlte ich mich plötzlich völlig erschöpft. Wenn man erst mal sitzt ..., dachte ich. Will man nie wieder aufstehen. Ich trank aus meiner Wasserflasche und ließ die turbulenten letzten Tage Revue passieren. Mensch, war ich auf einmal müde. Ich will nur noch schlafen!, dachte ich. Morgen ist auch noch ein Tag.

Irgendwo bellte ein Hund. Dann wurde alles ganz still. Meine Freunde waren weg.

Irgendwie war mir seltsam zumute. Ein unerträglicher Druck lag mir auf den Schläfen, dabei hatte ich sonst nie Kopfschmerzen. Verwirrt fasste ich mir an die Stirn. Kalter Schweiß stand darauf.

Ja, der Abendwind war kühler als gedacht. Am besten, ich ging hinein.

In Dadguls Familienhaus wurden die Lichter ausgemacht.

Na gut, dachte ich, erhob mich und kehrte in mein altes

Bürohaus zurück. Dann wollen wir uns mal hinlegen. War wohl doch alles ein bisschen viel für mich.

Ich duschte, und kaum lag ich in meinem Schlafsack, rumorte es plötzlich in meinem Magen. Ich bekam wahnsinnigen Durst und lechzte nach Wasser wie ein Kamel, das eine ganze Wüste durchquert hat. Aus dem Hahn wollte ich nicht trinken, also suchte ich nach einer Wasserflasche. In dem Moment bekam ich furchtbare Magenkrämpfe, ich würgte, sah Sternchen, und mein Kopf wollte schier zerspringen. Ich stürzte zur Kloschüssel, um mich zu übergeben. Ein grünlicher Schwall ergoss sich aus meinem Mund.

»Dadgul«, wimmerte ich, »hilf mir, mir ist schlecht!« Das letzte Wort wurde von der nächsten Übelkeitsattacke verschluckt. Ich kotzte mir die Seele aus dem Leib, gleichzeitig hatte ich Durchfall. Das war etwas anderes als Reiseübelkeit. Das war wie Hölle.

»Dadgul«, röchelte ich, während ich mich auf den Badezimmerfliesen krümmte. »Ich sterbe!« Doch Dadgul hörte mich nicht. Ich wimmerte, würgte und keuchte, lag in meinen eigenen Exkrementen. Ein unsäglicher Schwindel erfasste mich, die Wände schienen näher zu kommen und sich dann wieder zu entfernen. Wann hörte das endlich auf?

Drei Tage lang vegetierte ich auf meiner vollgekotzten Matratze vor mich hin und bekam kaum etwas mit. Dann klopfte es an meine Tür, und Anissa schaute schüchtern um die Ecke. »Dadgul sagt, dir ist nicht gut?!«

»Nein«, flüsterte ich schweißgebadet. »Nein, Anissa, mir ist nicht gut.«

»Kann ich dir helfen?«

Anissa stützte mich und half mir ins Bad. »Was hast du nur?«

»Ich glaube, die Bratkartoffeln waren schlecht.«

»Aber Palwasha hat sie extra für dich gemacht, ganz frisch …«

»Habt ihr auch davon gegessen?«

Anissa schüttelte den Kopf.

»Palwasha hat alles weggeworfen, nachdem du es nicht aufessen wolltest.«

Ja, es geht uns hier in Afghanistan ja auch so gut, dass wir bergeweise Essen wegwerfen können!, dachte ich.

»Was war das denn für ein rotes Pulver auf den Kartoffeln, Anissa?«

»Paprikapulver, das magst du doch so gern!«

»Bring mir mal die Verpackung!«

Anissa brachte mir eine kleine Papiertüte. Ich suchte nach meiner Lesebrille und kniff die Augen zusammen. »Henna«, las ich entsetzt. »Ihr habt mir Haarfarbe ins Essen getan!«

»Oh, *Ade Sheni Hagei*, das kann doch gar nicht sein!« Anissa war aufrichtig bestürzt. »Das muss eine Verwechslung sein. Ich weiß gar nicht, wie das passieren konnte …«

Sie schlug die Hände vors Gesicht und begann zu weinen.

»Wer hat dieses Pulver ins Essen getan?«, fragte ich. Als sie nicht antwortete, schüttelte ich sie.

»Dadgul!« Sie schluchzte. »Er hat gemeint, dir kann es gar nicht scharf genug sein!«

»Das Haarfärbemittel ist schwer giftig und greift die Nieren an«, sagte ich matt. Zum Schreien hatte ich keine Kraft mehr. »Das war kein Versehen, nicht wahr?«

»O doch, bestimmt, *Ade Sheni Hagei!* Nie würden wir so etwas absichtlich tun, du bist doch unsere große Mutter, hast Papa das Leben gerettet!«

Anissa brachte mir zwei Packungen weißes, labberiges Toastbrot, das sie im Laden für mich erstanden hatte.

»Bitte, Ade Sybille. Iss! Du musst wieder zu Kräften kommen.«

Wenigstens sie schien nicht in das Komplott verwickelt gewesen zu sein.

»Was ist mit den Presseleuten?« Ich saß auf der Bettkannte und mümmelte an dem schwammartigen Brot. »Haben die mich nicht vermisst?«

»Dadgul hat die Interviews allein gegeben. Er hat ihnen gesagt, du seist – unpässlich. Eine kleine Magen-Darm-Verstimmung. Alle haben gelacht und meinten, die hätten sie schon hinter sich.«

Davon lasse ich mich nicht unterkriegen!, dachte ich, während die erste halbe Toastscheibe von meinem entwöhnten Magen willkommen geheißen wurde. Die Leute hier brauchten mich. Besonders die Frauen und Kinder. Ich würde sie nicht im Stich lassen, nur weil Dadgul mich einschüchterte. So schnell warf eine Sybille Schnehage nicht das Handtuch.

Während ich noch überlegte, wie es nun weitergehen sollte, hörte ich draußen plötzlich Geschrei, Hilferufe, lautes Weinen.

Was war denn nun schon wieder los!

»Anissa, sieh nach, was da passiert ist!« Obwohl ich noch recht wackelig auf den Beinen war, torkelte ich zum Fenster. Eine Menschenmenge stand aufgeregt vor dem Tor, debattierte, raufte sich die Haare – und alle waren bis zur Hüfte nass!

Auch Dadgul, der gerade aus dem vorfahrenden Auto sprang, war offensichtlich baden gegangen.

Es war doch blauer Himmel!

»Hochwasser! *Ade Sheni Hagei,* der Fluss ist über die Ufer getreten!«

»Wie? Das Bächlein, das manchmal sogar komplett ausgetrocknet ist?«

»Schau doch!«

Draußen im Hof standen Sabet, Hamidullah, Assad und ein paar andere Männer. Alle waren nass und komplett verdreckt! Sie gestikulierten wild und riefen immer wieder meinen Namen.

»*Ade Sheni Hagei!* Du musst helfen! Die Brücke nach Katachel Arab ist weggerissen, und die Häuser in der Neubausiedlung sind alle überschwemmt!«

Anissa eilte wieder herein. »Euer neues Haus steht auch unter Wasser!«

»Ach du Scheiße!«, entfuhr es mir. Also, DAS konnte sich Dadgul beim besten Willen nicht ausgedacht haben. Oder stand er so eng mit dem Teufel im Bunde?

Egal. Jetzt musste gehandelt werden. Ich schlüpfte in mein Ausgehhemd und meine Pluderhosen, band mir meinen Turban um und stiefelte hinaus.

Die beiden Presseleute waren auch noch da und fotografierten das Elend. »Mensch, Mama, was machst du denn für Sachen!«, begrüßte mich Dadgul scheinheilig. »Geht's dir wieder besser?!«

»Alles bestens. Kleine Magenverstimmung«, sagte ich zu den Journalisten. »Wo brennt's denn?!«

Dadgul öffnete das Tor.

Und da sah ich auch schon das Ausmaß der Katastrophe: Lehmige Wassermassen strömten durchs Dorf, rissen alles mit sich – Holzlatten, Plastik, Unrat, Mehlsäcke, Schulmöbel … Mir brach das Herz. »Was ist mit unseren Häusern in Katachel Arab?!«

»In Arab sind vierundfünfzig Häuser einfach weg«, schrie Dadgul, um die tosenden Wassermassen zu übertönen. Das Entsetzensgeschrei der Menschen tat ein Übriges. Mütter suchten ihre Kinder, Männer versuchten, mit bloßen Händen halbe Hausmauern zu retten, Hühner flatterten entsetzt über ihre Köpfe hinweg, Ziegen hatten sich von ihren Pflöcken losgerissen und meckerten laut nach ihren Zicklein, Esel brüllten, Hunde bellten: Jeder versuchte zu retten, was noch zu retten war.

Ich wollte über die Hauptstraße in Richtung Neubausiedlung eilen, aber die Hauptstraße war nicht mehr zu finden. Da war nur noch ein reißender brauner Strom.

Angesichts dieser Katastrophe waren meine Sorgen nebensächlich. Hier ging es um viele Menschenleben. »Los, Dadgul, komm!«

Zusammen mit anderen Helfern und den beiden deutschen Journalisten sprangen wir in die Autos, die noch halbwegs trocken waren und rasten zu den Katastrophengebieten.

»Hast du deinen Fotoapparat, Mama?«

»Wie immer, Dadgul!«

Ich fotografierte all das Elend, das mir vor die Linse kam. Schließlich bretterten wir zu einem der deutschen Stützpunkte für den Wiederaufbau der Infrastruktur, um wegen der Naturkatastrophe Soforthilfe zu beantragen. Ich zeigte die von mir gemachten Aufnahmen. Fassungslos starrten die Mitarbeiter auf das Display: Sie selbst hatten von der sich in nur zwanzig Kilometern Entfernung abspielenden Katastrophe gar nichts mitbekommen. Da musste erst die todkranke Sybille vorbeischauen, um denen Beine zu machen.

»Füllen Sie diesen Antrag aus, dann bekommen Sie relativ schnell Decken und Zelte.«

Mit zitternden Fingern füllte ich den blöden Wisch aus. Mensch, da draußen tobte die Hölle, und ich musste hier den Griffel halten und mein Kreuzchen machen!

»Und was ist mit Brot?«

»Das fällt nicht unter Soforthilfe.«

»Sollen die Leute etwa Lehm fressen?«

»Wir können nicht zaubern.«

»Und Steine, damit die Brücke schnellstmöglich repariert werden kann?«

Achselzucken. »Nothilfe bedeutet nur Decken und Zelte.«

»Und wie lange dauert es, bis der Antrag auf Brot und Steine berücksichtigt wird?«

Erneutes Achselzucken. »Normalerweise so vier bis sechs Wochen.«

»Na prima. Bis dahin sind alle verhungert und ersoffen.«

»Ich tue hier nur meine Pflicht«, blaffte es zurück.

Am liebsten hätte ich den Leuten hier einen Vortrag über Katachel e.V. gehalten. Über schnelle, unbürokratische Hilfe. Aber dazu fehlte mir einfach die Kraft.

41

Die nächsten Tage waren wir vollauf damit beschäftigt, das ärgste Leid der Katacheler zu lindern. Wir verteilten Hilfsgüter, besonders Brot, kümmerten uns um die vielen Obdachlosen, die nur noch hatten, was sie am Leib trugen. Ich setzte alle Hebel in Bewegung, rief in Deutschland an, bat die deutsche Vorstandsfrau von Katachel. e.V., Lilo Weber, schnellstmöglich Katastrophengeld zu schicken, und hoffte auf große Spendenbereitschaft, wenn der Beitrag der beiden Journalisten im deutschen Fernsehen gezeigt würde. Ich konnte hier jetzt auf keinen Fall weg. Der Kapitän verlässt nicht das sinkende Schiff.

Natürlich blieb ich keine Nacht länger bei Dadgul. Die Atmosphäre war im wahrsten Sinne des Wortes vergiftet.

Ich hielt mich wieder an Anwar, der eine Notunterkunft für uns organisiert hatte, und hoffte, dass unser kleines Neubauhäuschen in Katachel Arab so schnell wie möglich trockengelegt würde. Dabei half ich tatkräftig mit. Ich konnte zwar noch keine Wassereimer schleppen, aber meine Helfer koordinieren. Inzwischen hatte ich über ein Dutzend Männer auf meiner Seite, die alle erklärte Gegner von Dadgul waren. Das Dorf war nicht nur durch das Hochwasser in zwei Lager gespalten! Allerdings fürchteten sie sich alle vor seinen intriganten Machenschaften. (Wer Dadgul offen die Stirn bot, hatte am nächsten Tag keine mehr.)

Der Ton zwischen Dadgul und mir war sachlich, aber bemüht – mit anderen Worten ziemlich angespannt.

Anissa blieb dabei, dass das Haarfärbemittel aus Versehen ins Essen geraten sei, Dadgul habe es mit Paprikapulver verwechselt, da er sonst mit der Küchenarbeit nichts am Turban hätte. Nur mir zu Ehren habe er selbst Hand anlegen wollen, Kochen sei schließlich Frauensache.

»Mensch, Mama, was kann ich denn dafür, wenn die Weiber ihren Kosmetikkram in der Küche rumliegen lassen!«

Mit dieser saloppen Bemerkung hatte Dadgul meine Vorwürfe vom Tisch gewischt. Ich konnte seine Absicht, mich auszuschalten, nicht beweisen, aber das Misstrauen fraß mich von innen auf. Gleichzeitig zwang ich mich, Dadgul nicht zu hassen, weil mich das zu viel Energie gekostet hätte. Stattdessen musste ich dringend dafür sorgen, dass Anwar etwas lernte, damit er einen Teil der Projektarbeit übernehmen konnte. Dafür wollte ich ihn mit nach Deutschland nehmen. Von diesen Plänen durfte Dadgul natürlich nicht das Geringste erfahren. Denn dann hätte er alles getan, um das zu verhindern.

Anwar hatte auch so schon panische Angst vor Dadgul, da dieser ihm und seiner Familie bereits gedroht hatte.

Ich kam mir vor wie zu SED-Zeiten in der DDR: Überall waren Dadguls Spitzel unterwegs und berichteten ihm, mit wem ich mich traf. Anwars Brüder Tadj Mahmad und Hamed konnten wir nur heimlich nachts treffen.

Nach kurzer Zeit war unser Häuschen wieder so weit trockengelegt, dass ich erneut bei Anwar einziehen konnte. Als ich meine Sachen von Dadgul holen wollte, ging die ganze Leier mit Dadguls verletzter Ehre wieder von vorne los.

»Du wirst schon sehen, was dir dann blüht! Wir sind hier

in Afghanistan, da tötet man Frauen, die etwas Unreines tun, und zwar ruckzuck!«, drohte er mir.

»Träum weiter, Dadgul.« Ich ließ ihn einfach stehen.

Am selben Abend saß ich auf dem Dach und telefonierte mit Micki. »Dadgul dreht völlig durch, er ist wie vom Teufel besessen!«

»Du stehst intellektuell und charakterlich weit über diesem Scheißkerl«, sagte mein geliebter Mann. »Wenn ich daran denke, was wir alles für ihn getan haben!«

Ich stieß ein gequältes Lachen aus.

»Egal, lass dich von dem nicht ins Bockshorn jagen. Aber es wäre mir schon recht, wenn du bald nach Hause kämst.«

»Micki, ich versuche das heimlich zu organisiseren, aber ohne Anwar fahre ich nicht.«

Ich hörte, wie Micki stöhnte. »Jetzt geht DAS wieder los.«

»Wenn ich ihn hier zurücklasse, ist das sein sicherer Tod.«

»Dasselbe hast du über Dadgul gesagt.«

»Aber ...«

»Sybille, ich weiß, dass ich dich ohnehin nicht umstimmen kann. Also bring diesen Anwar mit.« Ich hörte, wie Micki im Wohnzimmer auf und ab ging. »Sieht er genauso schlimm aus wie Dadgul?«

Ich stand auf dem Dach meines wiederhergestellten Häuschens, neben mir die Wächter, die kein Deutsch verstanden, und musste schallend lachen.

»Nein, er ist ein BISSCHEN hübscher. Und Micki? Danke, dass du alles immer noch mit Humor nimmst. Wenn du mir jetzt auch noch mit Moralpredigten kämst, hätte ich gar keine Kraft mehr.«

»Setz Anwar in ein anderes Flugzeug!«, riet mir Micki. »Er wird mit Sicherheit beobachtet. Wenn ihr zusammen am Flughafen gesehen werdet, seid ihr tot. Dadgul ist ein Arschloch, aber nicht blöd. Er wird euch kontrollieren, wo er kann!«

Und so schmiedeten Anwar und ich unseren heimlichen Plan: Vor meiner Abreise sollte Anwar völlig harmlos ein paar Tage verschwinden, mit dem Taxi in den Nachbarort Nassery. Von dort dann nach Kabul und schließlich nach Pakistan. Von Islamabad würde er dann nach Frankfurt fliegen. Es war alles geregelt, Micki hatte die Einreiseformalitäten erledigt und das Flugticket hinterlegen lassen.

Wir zitterten und bangten und taten nach außen hin, als wäre alles wie immer. Dann war es so weit. Nachts um drei klopfte Anwar zaghaft an meine Zimmertür.

»Mama, ich fahr jetzt.«

»Hast du das Geld?«

»Ja, Mama. Du weißt schon wo.«

»Anwar, ich will das gar nicht wissen.«

»Warum fragst du dann?« Er grinste.

»Klappe! Die offizielle Version lautet: Deine Mutter ist krank, und du kümmerst dich um sie. Du hast sie bei Verwandten untergebracht und schaust jetzt nach dem Rechten. So wird dich ein paar Tage niemand vermissen.«

»Geht klar. Dann – *inshallah*, Mama. Auf Wiedersehen in Deutschland.«

»Ich hol dich in Frankfurt ab! Und wie kommst du nach Nassery?«

»Ich schleich über die Dächer!«

Wie eine Katze kletterte Anwar aus meinem Fenster, zog sich an der Dachrinne hoch und verschwand lautlos.

Ich konnte nicht wieder einschlafen. Würde Anwar es schaffen? Was für ein Abenteuer stand ihm bevor? Ich erklomm ebenfalls das Flachdach und setzte mich in die klare Nacht. Meine Decke hatte ich mitgenommen. Ich bewunderte die Sterne, sah zum Nachbardorf Nassery hinüber, in dem nur ein oder zwei spärliche Lichter brannten, und genoss den lauen Nachtwind. Anwar, mein Sohn!, dachte ich. Kleiner Dusselkopp. Pass auf dich auf.

Eine Mischung aus Traurigkeit und Heimweh erfüllte mich. Einerseits wollte ich bleiben, in meinem Katachel, das mir zur zweiten Heimat geworden war. Andererseits wusste ich, dass die Bedrohung, die von Dadgul ausging, von Minute zu Minute wuchs. Mein Ziel war es, das Projekt zu retten, indem wir es teilten. Die Bauprojekte sollten in Dadguls Hand bleiben, aber die Witwenhilfe in der von Anwar und seiner Familie. Das musste klappen. Etwas anderes blieb mir nicht übrig, denn Dadgul durfte nicht völlig das Gesicht verlieren, sonst würde er das ganze Projekt zerstören.

Schon am nächsten Morgen stand Dadgul in aller Frühe vor der Tür. Offensichtlich hatte er schon Wind von Anwars Verschwinden bekommen. Er tat aber so, als wäre er in friedlicher Mission unterwegs. Er war in Begleitung von frommen Männern mit langen Bärten, die vermitteln wollten. So eine Art Schlichtungsgericht, wie es hier üblich war.

Der Muezzin rief gerade vom Minarett, die Sonne ging auf, und Dadgul sagte feierlich: »Mama, es möge Frieden sein.«

Ich verzog das Gesicht. »Nee, jetzt nicht wieder dieses Spielchen, Dadgul.«

Die Männer warfen sich bereits auf die Knie, verbeugten sich in Richtung Mekka und beteten inbrünstig zu Allah, dass *Ade Sheni Hagei* und der große Kommandante sich doch wieder vertrugen.

Dadgul betete scheinheilig mit. Auch er warf sich auf seinen Gebetsteppich, verbeugte sich tief und murmelte seine Gebete.

Na gut, dann eben DIE Nummer. Ich ließ mich nicht lumpen und betete mit. Schon aus Respekt vor den anderen. Schließlich musste ich ihnen totale Normalität vorspielen, damit unsere geplante Abreise nach Deutschland nicht gefährdet wurde. Ich tat so, als wäre ich mit allem einverstanden.

»Klar. Es herrsche Friede.«

»Na also!«, sagte Dadgul. »Dann hätten wir das ja geklärt.«

»Okay, Männer.« Ich klatschte in die Hände.

»Wie wär's mit einem Mittagessen!«

»O ja, *Ade Sheni Hagei!* Großartig!«

»Ihr glaubt gar nicht, wie gut sie kocht!«, schwärmte Dadgul seinen Begleitern vor. »

Jetzt galt es, die freundliche Hausfrau zu spielen. Im Grunde gab ich die Sybille, die Dadgul kannte: Ich war nie nachtragend gewesen. Hatte immer nach vorn geschaut – eine Philosophie, die mich bisher gut durchs Leben getragen hatte.

»Hass und Neid«, hatte ich ihm oft gesagt, »sind schlechte Berater. Sie rauben dir deine ganze Energie, die du für Sinnvolleres einsetzen kannst.«

»Ade Sybille ist echt in Ordnung!« Dadgul zog sich lachend die Schuhe aus und ließ sich in meiner Küche nieder. Alle folgten seinem Beispiel. Beiläufig sah er sich um: »Wo ist dein Liebling?«

»Wie?« Ich rührte in der Nudelsoße.

»Anwar.«

»Ach!« Ich tat überrascht. »Ja, der ist bei seiner Mutter. Seit der Überschwemmung hat die es mit den Bronchien. Er hat sie bei Verwandten untergebracht und schaut jetzt nach dem Rechten.«

Dadgul gab sich damit zufrieden.

»Mama, machst du uns diesen göttlichen Nachtisch, den du in Bergfeld immer gemacht hast?«

»Du meinst die Paradiescreme von Dr. Oetker?«

»Männer, diese Frau führt uns alle ins Paradies! Dafür müssen wir noch nicht mal sterben!«, schwärmte Dadgul seinen Gebetsbrüdern vor. »So etwas Wunderbares habt ihr noch nie geschmeckt.«

Da hatte er sicher nicht gelogen. Für afghanische Gaumen war Dr. Oetkers Vanille-Paradiescreme bestimmt eine Offenbarung. (Nur schade, dass ich nicht verdorben genug war, ihm etwas hineinzumischen!)

Der nächste Tag stand noch mal im Zeichen einer Schuleinweihung. Im zwanzig Minuten von Katachel entfernten Tarnau warteten schon Hunderte von Männern auf mich, Lehrer, Dorfälteste, Leute aus der Kunduz-Provinzverwaltung, ja sogar das Deutsche Auswärtige Amt. Mama Schnehage musste ihre Rede halten, Dadgul wurde gelobt für den reibungslosen Bau unserer vierundzwanzigsten Schule in der Region. Ich war natürlich auch wieder stolz wie Bolle auf unser tolles Projekt und dachte: Alles wird gut, das werde ich schon irgendwie hinkriegen. Denn eines musste man Dadgul lassen: Er kümmerte sich wirklich zuverlässig um die Bauprojekte.

42

Mein Rückflug verlief ohne Komplikationen. Ich war nur unendlich traurig, dass es diesmal solche Konflikte gegeben hatte. Einerseits war ich unglaublich stolz auf das Projekt – wieder war eine neue Schule für achthundert Kinder entstanden –, andererseits hatte ich große Angst vor der Wiederkehr.

Den Kopf an die Scheibe gelehnt, ließ ich die Geschehnisse immer wieder Revue passieren, um den Moment zu finden, an dem das Ganze zwischen Dadgul und mir gekippt war. Vielleicht sogar schon an dem Tag, an dem der Malek von Ishantup mir die Stute geschenkt hatte? Ja, da war Dadgul schon extrem eifersüchtig gewesen und mein Vertrauen ins Wanken geraten. Ich war ohne Dadgul Bescheid zu sagen weggegangen. Nachts. Allein. Und am nächsten Tag hatte Dadgul absichtlich falsch übersetzt, um einen Keil zwischen den Malek und mich zu treiben. Ja. Das war der Wendepunkt gewesen. Danach war es mit unserer Freundschaft steil bergab gegangen.

Ich konnte es einfach nicht fassen. Mein ganzes Lebenswerk hing am seidenen Faden. Ein Faden, der jeden Moment reißen konnte. Das musste ich unbedingt verhindern. Irgendwas würde mir schon einfallen. Im Moment war ich zu erschöpft, um darüber nachzudenken.

Drei Tage nach meiner Ankunft kam Anwar wohlbehalten

in Frankfurt an. Erleichtert nahm ich meinen neuen Ziehsohn mit nach Hause.

Es war wie ein Flashback, nur anders: Meine Kinder waren inzwischen aus dem Haus, sodass nur noch Micki in der Küche auf der Eckbank saß und den fremden Gast willkommen hieß. Das aber sehr freundlich.

»Na dann, herzlich willkommen, Anwar!« Micki schüttelte dem jungen Afghanen herzlich die Hand. »Ich habe schon viel von dir gehört. Nur Gutes natürlich!«

»Hä?«, machte Anwar in meine Richtung.

»Du musst jetzt Deutsch lernen, Anwar.«

Gleich am nächsten Tag meldete ich ihn für einen Integrationskurs in Wolfsburg an. Ein Bekannter aus unserem Nachbardorf nahm ihn jeden Morgen mit. Das Abholen war dann meine Sache.

Im Gegensatz zu Dadgul verhielt sich Anwar sehr zurückhaltend und verzog sich jeden Abend in sein Zimmer. (Na gut, da stand inzwischen auch ein eigener Fernseher. Micki ließ sich unsere traute Zweisamkeit durchaus was kosten.)

»Was soll ich nur mit Dadgul machen?«, fragte ich meinen Mann immer wieder verzweifelt.

Micki war ein wunderbarer Zuhörer. Bevor er mir Ratschläge gab, half er mir erst mal beim Nachdenken.

»Du willst Katachel e.V. natürlich weiterführen, wie ich dich kenne?!«

»Ja, natürlich, Micki!« Wie ein Tiger lief ich im Wohnzimmer hin und her. »Nur weil ein faules Ei dabei ist, kann ich doch nicht ein ganzes Dorf im Stich lassen!«

»Zumal es inzwischen ja nicht mehr nur ein Dorf ist«, sagte Micki.

Ich hatte meine Fotos von Menschen, Landschaft und

neuen Projekten auf die Vereinswebseite gesetzt. Micki klickte sich durch die Bildergalerie und las die Zahlen vor, die belegten, was ich alles an Spenden lockergemacht und wie ich sie sinnvoll investiert hatte. »Du hast weit mehr bewegt, als man das einem Menschen zutrauen würde!« Er drehte sich auf seinem Bürostuhl zu mir um und lächelte mich liebevoll an. »Du solltest zu *Wetten, dass?* gehen: Wetten, dass eine Hausfrau und Mutter mehr als zwanzig Schulen, fünfzig Brücken, hundert Brunnen und tausend Häuser bauen kann? Und zwar nur, weil sie das Wort Nächstenliebe wörtlich nimmt?«

»Ach, wenn sich nur eine Sau dafür interessieren würde!«, sagte ich leise. Mit etwas zu viel Schwung klappte ich den Laptop zu.

»Ach, komm! Du bist müde und deprimiert, und das kann ich gut verstehen.« Micki nahm meine Hand. »Aber jetzt schauen wir wieder nach vorn und überlegen, wie du dein Projekt retten und Dadgul isolieren kannst. Mit den Waffen einer Frau.«

»Und die wären?«

Micki tippte sich vielsagend an die Stirn. »Köpfchen! Verstand! Das sind die Waffen einer Frau – jedenfalls MEINER Frau.«

Da hatte er recht. Ich lächelte ihn an. Allein, dass er WIR sagte! WIR schauen nach vorn!

»Mach ihn platt!«, sagte Micki. »Aber nicht mit der Kalaschnikow, sondern mit Fakten!«

»Ich hab hier Unterlagen von ihm …« Ich suchte in meinem Aktenordner. »Mit denen könnte ich ihn vielleicht drankriegen. Ich habe nämlich den Verdacht, dass sie trotz der Regierungsstempel gefälscht sind!«

»Woran erkennst du das?« Micki rollte mit seinem Schreibtischstuhl näher an mich ran.

Ich setzte meine Brille auf. »In Afghanistan gibt es zwei Arten von Dokumenten, *Urpis*, Privatdokumente, und *Sharaii*, staatlich beurkundete Dokumente. Letztere tragen Stempel der Regierung und sind auf Vordrucken mit dem Vermerk ›Kunduz‹ verfasst. Die Unterlagen von Dadgul scheinen zwar auf den ersten Blick korrekt zu sein, aber sind sie das wirklich? Dadgul hat mächtige Freunde, auch in der Regierungsverwaltung. Was, wenn die zwei Paar Unterlagen ausgestellt haben: Fälschungen mit Stempel für mich und andere, in denen sie die schönsten Grundstücke auf Dadguls Namen eintragen?«

Ich erzählte Micki von Rahima, die ich seit der letzten Begegnung nicht mehr gesehen hatte und um die ich mir große Sorgen machte. Und ich äußerte meinen Verdacht, dass sie das Haus, das wir für sie gebaut hatten, gar nicht wirklich bekommen hatte. Aber wie sollte ich das von Deutschland aus beweisen?

»Wenn das wirklch stimmt, darf Dadgul die Baupojekte auf keinen Fall weiterführen! Dann musst du sämtliche Vereinsgrundstücke einem Mann deines Vertrauens überschreiben.«

»Und jetzt rate mal, wer das sein wird.«

»Doch nicht etwa Anwar?!«

»Fällt dir jemand Besseres ein?«

»Hm, lass mich überlegen ... Nein.« Micki grinste. »Sybille, du wirst aus der Mücke Anwar noch einen Elefanten machen!«

»Genau.« Fest entschlossen stand ich auf. »Ich arbeite Anwar jetzt sechs Monate lang ein. Und zwar als vollständigen

Ersatz für Dadgul. Aber das geht nur, wenn ich ihn völlig ausschalten kann. Und dafür muss ich ihm erst mal nachweisen, dass er wirklich Vereinsbesitz veruntreut hat …« Erschöpft legte ich den Kopf auf die Tischplatte.

Dadgul durfte von meinem Misstrauen nichts mitbekommen, deshalb übertrug ich ihm die Aufgabe, hundert Badezimmer zu bauen. »Dadgul, ich schicke dir hunderttausend Dollar für Badezimmer.« Ich redete mit ihm genau wie vorher, schließlich musste mein Projekt weiterlaufen. Scheinheilig fragte ich auch mal nach Anwar – aber der war laut Dadguls Aussage in Pakistan. (Ha, ha, gut gemacht!, feixte ich innerlich.)

43

Eines Morgens kam Anwar aus seinem Zimmer geschossen: »Mama, mein Bruder Nias wurde ins Geheimdienstgefängnis gebracht!«

»Das kann doch gar nicht sein! Was hat er denn getan?«

»Nichts! Er wollte auf dem Basar in Kunduz ein paar Besorgungen machen, als er in ein vergittertes Auto gezerrt wurde!«

Anwar weinte vor Verzweiflung, und auch mir kamen die Tränen. Das war nicht hinzunehmen. Ich rief Dadgul an. »Du musst sofort zu Atrafi, dem Geheimdienstchef! Er soll Nias freilassen! Das geht zu weit, Dadgul!«

Doch Dadgul erwiderte nur: »Da kann ich nichts machen, das war die Al Qaida!« Anschließend legte er auf.

Ich musste handeln. Ununterbrochen rief ich selbst beim Geheimdienstchef Atrafi an und auch bei Dadguls Freund Osman – beides Männer, die bei mir schon Nudeln und Paradiescreme gegessen hatten. »Lasst Nias frei, er ist einer von den Guten!«

Osman erreichte immerhin, dass Nias Besuch von seinem Bruder Tadj bekommen durfte.

Nias berichtete von Folter. Warum? Mein Herz wollte schier zerspringen. Ich kannte und mochte den Jungen! Der tat keiner Fliege was zuleide! Treu und loyal hatte er in den letzten Monaten jede Nacht auf meinem Dach gesessen, um mich zu bewachen!

Ja. Das war es! Weil er einer von meinen Leuten war. Darum taten sie ihm das an. Und wer hatte sie dementsprechend aufgestachelt? Dadgul! Eine andere Erklärung gab es dafür nicht.

Es war zum Wahnsinnigwerden!

»Wie viel wollt ihr für ihn haben?«, schrie ich unter Tränen ins Telefon. »Ich zahle Kaution für Nias!«

Auf dem Ohr waren sie nicht taub. Für viertausend Euro ließen sie Nias frei. Gerade noch rechtzeitig, denn er stand kurz davor, nach Pul-i-Tscharchi, dem Zentralgefängnis Afghanistans für Terroristen, verlegt zu werden. Und das hätte er nicht lebend verlassen.

Dadgul tat natürlich so, als hätte er mit alldem nichts zu tun.

Es wurde September, und ich bereitete meine nächste Reise vor. Ich wollte erst mal ohne Anwar nach Katachel, um die Lage zu sondieren. Außerdem wollte ich mir die neu gebauten Badezimmer ansehen und fotografieren. Kurz bevor ich fliegen sollte, zeigten die Nachrichten Bilder von einem Tanklasterangriff bei Kunduz durch die Flugzeuge der internationalen Sicherheitsunterstützungstruppe. Am Tag darauf sagte mir die Bundeswehr, dass sie mich nicht nach Kunduz mitnehmen könne, da sich die Sicherheitslage deutlich verschlechtert habe.

Ich überlegte hin und her. Dann rief ich Dadgul an: »Schick mir bitte die Badezimmerfotos und Quittungen per E-Mail, denn leider kann ich nicht kommen. Ich muss aber die Abrechnungen machen – du weißt ja, wie das läuft.«

»Ja, klar Mama, mach ich«, beruhigte mich Dadgul.

Ja, und dann kamen sie auch, die Fotos und Quittungen per E-Mail, aber nicht von hundert, sondern nur von sechzig Bädern.

»Dadgul, wo sind die anderen Unterlagen, es fehlen noch vierzig Bäder. Oder war die Datei zu groß? Dann schick die anderen Belege morgen.«

»Nein, das geht nicht, die habe ich nämlich gar nicht gebaut«, sagte Dadgul ungerührt. Ich fing an zu zittern. Was? Das konnte doch nicht sein.

Ich rief Dadguls Cousin Khaista Khan an, der ebenfalls in das Bauprojekt involviert war. »Ja, das Geld für weitere vierzig Bäder habe ich nie bekommen, das hat Dadgul selbst behalten«, bestätigte er mir.

Ich explodierte fast vor Wut. Wieder rief ich Dadgul an und schrie: »Das kannst du doch nicht machen!!«

»Doch, ich kann, ich habe das Geld dringend für meine Familie gebraucht! Ich habe hier eine gewisse Stellung im Dorf, und wie stehe ich denn da ohne neue Küche und neues Auto?«

»Dann bist du hiermit entlassen!« Meine Stimme überschlug sich, und ich knallte den Hörer auf.

Wenige Stunden später klingelte mein Telefon erneut. Tadj, Anwars Bruder, war dran.

»Dadgul war bei mir und hat mir den Schlüssel zu Anwars Haus weggenommen. Anschließend hat er den ganzen Besitz der NGO geklaut. Computer, Kamera, einfach alles.«

Ich war fassungslos. Mein Adrenalinpegel hatte einen Höchststand erreicht.

Jetzt musste alles ganz schnell gehen. Sofort rief ich beim Bundesministerium für wirtschaftliche Zusammenarbeit und Entwicklung an und bei den deutschen Hilfstruppen in Afghanistan: »Ich möchte Sie darauf hinweisen, dass Dadgul Delawar ab sofort nicht mehr Projektleiter von Katachel e.V. ist! Er hat Spendengelder veruntreut und vermutlich auch Urkunden gefälscht. Es gibt Hinweise darauf, dass er mir und der gesamten Familie Mahmad ans Leben will!«

»Das geht uns nichts an.« Der Oberstleutnant klang reichlich reserviert.

»Wie bitte? Aber Sie sind doch dazu da, in Afghanistan für Ruhe und Frieden zu sorgen!«

»Das tun wir auch, auf unsere Art, Frau Schnehage. Wir mischen uns nicht in innere Angelegenheiten von Nichtregierungsorganisationen ein. Also mischen Sie sich bitte auch nicht in unsere.«

»Mach ich ja nicht, verdammt!« Wenn mich dieser Blödmann anschnauzte, schnauzte ich eben zurück! Micki legte beschwichtigend seinen Arm auf meine Schulter.

»Ich will nur nicht, dass Sie weiterhin Geschäfte mit Dadgul Delawar machen!«

»So viel ich weiß, ist er unser Ansprechpartner für den Einkauf von Souvenirs und so weiter«, sagte der Oberstleutnant ungerührt. »Er spricht ziemlich gut Deutsch und hilft unseren Soldaten bei Besorgungen.« Er räusperte sich. »Zu uns ist er immer sehr nett!«

»Ja, ihr Idioten! Er ist zu allen nett, die ihm persönlich nutzen!«

»Psst!« Micki machte eine beruhigende Geste. »Wenn du so schreist, hört er dich in Afghanistan auch ohne Telefon!«

»Aber wo ich Sie gerade in der Leitung habe, Frau Schnehage …« Der Oberstleutnant wurde wieder sachlich. »Die Lage in Kunduz verschlechtert sich von Tag zu Tag. Die Zeiten, in denen die Soldaten mit Ihren Jungs Fußball spielen konnten, sind vorbei. Wir fahren nur noch in gepanzerten Fahrzeugen durch die Stadt. Wir haben gesehen, dass Sie beantragt haben, so bald wie möglich wieder einzufliegen. Die Bundeswehr nimmt Sie allerdings nicht mehr mit. Es ist zu gefährlich.«

»Ist es zu gefährlich, oder bin ich euch zu unbequem?«

»Beides«, sagte er knapp und legte auf.

Ich war verzweifelt. Was sollte ich tun? Von Deutschland aus zusehen, wie Dadgul sich an unseren Spendengeldern bediente? Mein Lebenswerk ruinierte? Ich wurde schier wahnsinnig. Alles hatte jahrelang so gut funktioniert!

Telefonisch bat ich Tadj, sich um den Bau der restlichen Badezimmer zu kümmern, sich die Rechnungen von den Arbeitern per Fingerabdruck quittieren zu lassen und mir zu mailen. Er fotografierte die erfolgreich geleistete Arbeit, und ich hatte endlich wieder »Beweise« für meine Spender in Deutschland.

Dennoch schämte ich mich schrecklich, meinen Vereinsmitgliedern den Supergau mit Dadgul schildern zu müssen. Alle kannten doch Dadgul persönlich, und ich hatte wie eine Löwenmutter für ihn gekämpft! Nun musste ich eingestehen, dass ich eine wahre Drachenbrut herangezüchtet hatte. Die Brechenmachers hatten recht gehabt, als sie ihn als »Monster« beschimpft hatten! Doch ich musste Farbe bekennen. Es war wie der Gang zum Schafott.

»Dadgul hat angefangen, mich zu betrügen. Er hat Spenden veruntreut, sich massiv bereichert – ein Teufelskreis, den nur Anwar durchbrechen kann«, sagte ich auf der Versammlung, die ich einberufen hatte. Ich klammerte mich ans Rednerpult, und der kalte Schweiß stand mir auf der Stirn. Anwar stand verlegen neben mir und knetete seine Hände. Genau wie Dadgul damals! Was sollten meine Leute denn noch glauben! »Ihr habt mir alle vertraut und mir euer Geld und eure Zeit geschenkt. In Katachel kann ich mich jetzt nur noch auf die Familie Mahmad verlassen. Das hier ist Anwar. Bitte gebt uns eine zweite Chance.«

Ich senkte den Kopf und wartete, dass sich die Erde auftat und mich verschlang. Aber das hatte sie nicht vor. Erdbeben sind in Bergfeld eher selten.

Als ich mich zitternd wieder zu meinem Platz begab, konnte ich meinen Helfern kaum in die Augen sehen. Ich setzte mich und wartete auf ein winziges Zeichen der Unterstützung, der Ermutigung. Nach allem, was ich schon bewirkt hatte. Auf eine Durchhalteparole. Aber da kam nichts. Nichts als schockierte Stille.

Dann stand Lilo auf, eine der ersten Spenderinnen und gleichzeitig unsere Finanzchefin. Sie umarmte mich. »Sybille, du Ärmste, natürlich stehen wir zu dir. Wir kennen dich, und es wird weitergehen.«

Zitternd klammerte ich mich an Lilo. Der Bann war gebrochen, und alle applaudierten, eben WEIL sie mich kannten. Tränen der Erleichterung liefen mir über das Gesicht.

Wenige Tage später rief Dadgul an: »Mama, ich warne dich zum letzten Mal! Du untergräbst hier ständig meine Autorität! Was fällt dir ein, Tadj anzuweisen, das Geld von der Bank zu holen, die Arbeiter anzuleiten und sich Rechnungen quittieren zu lassen? Wenn sich noch einmal jemand von der Mahmad-Sippe in mein Projekt einmischt, dann rollen hier Köpfe!«

»Die Familie Mahmad hat mein volles Vertrauen«, konterte ich. »Vertrauen, das du unnötigerweise verspielt hast. Tadj verwaltet jetzt unser Geld. Und Anwar wird gerade als neuer Projektleiter eingearbeitet. Er wohnt jetzt in deinem Zimmer, Dadgul.«

Letzteres hätte ich vielleicht nicht sagen sollen. Denn das verletzte nicht nur seine Ehre, sondern auch seine Gefühle. Keine zwei Tage später explodierte in Anwars Hof eine Bombe. Ein völlig verzweifelter Tadj rief an: Ihr Bruder Said hatte in der Neubausiedlung nach dem Rechten schauen wollen. Beim Öffnen der Hoftür war ein Sprengsatz hochgegangen, der ihm die Eingeweide verletzt hatte. Ich wählte mir die Finger wund, um ihn ins Bundeswehrkrankenhaus verlegen zu lassen! Doch die Bundeswehr fühlte sich für einen afghanischen Patienten nicht zuständig. Ein klares Nein. Wieder einmal.

Said bekam im Krankenhaus von Kunduz einen künstlichen Darmausgang, seitdem vegetierte er nur noch vor sich hin.

Dadguls Feldzug gegen mich war in vollem Gange. Meine Verzweiflung war grenzenlos. Ich fühlte mich für »meine« Familie Mahmad verantwortlich! Ich hatte sie zu meinen Verbündeten gemacht!

»Anwar, du musst Sarmina, deine Schwester, so schnell wie möglich verheiraten! Sie muss weg aus Katachel! Sie braucht einen Mann, der auf sie aufpasst!«

»Ach Gott, Sybille«, sagte Micki und schaute mich über seine Brillenränder hinweg prüfend an. »Deine Verheiratungsmaßnahmen sind doch bisher alle nach hinten losgegangen!«

»Aber was soll ich denn machen!«, schrie ich verzweifelt. »Sie ist sonst Freiwild!«

Ich konnte nicht mehr schlafen, kaum noch etwas essen,

brach bei jeder Kleinigkeit in Tränen aus. Entsetzliche Selbstzweifel überkamen mich. Ich hatte doch nur helfen, nur Gutes bewirken wollen! Und jetzt wurden Unschuldige mit dem Tod bedroht. Das hatte ich doch alles nie gewollt. Sondern Soforthilfe leisten, schnell und unbürokratisch!

Anwar war lieb und fleißig in der Schule, aber er konnte mir auch nicht helfen. Meist schwieg er nur und zuckte die Achseln, wenn ich ihn verzweifelt um Rat fragte. Ich hatte den Eindruck, dass er sich am liebsten in ein Mauseloch verkriechen würde.

Es wurde Winter in Bergfeld, und ich wurde ernsthaft krank. Immer mehr igelte ich mich zu Hause ein, fühlte mich kraftlos und schwach. Durch Tränenschleier sah ich in den Garten hinaus, betrachtete die kahlen Bäume, die vom Herbststurm hin und her gebeutelt wurden. Genauso fühlte ich mich auch. Ich betrachtete den braunen Rasen. Wenn ich die Augen schloss, sah ich vor mir, wie Dadgul mit Simon Fußball gespielt, wie ich ihm das Schwimmen und Fischen beigebracht hatte ... Mein Blick fiel auf das Auto in der Einfahrt. Mit dem Diaprojektor bewaffnet waren wir gemeinsam voller Tatendrang zu Altersheimen und Gemeindesälen gefahren, um unsere Vorträge zu halten, auf das Elend der Afghanen aufmerksam zu machen. Damals, als ich noch an das Gute im Menschen geglaubt und mir eingebildet hatte, die Welt wenigstens ein bisschen zum Besseren hin verändern zu können.

All das sollte umsonst gewesen sein? Ja, mehr noch, zu einem neuen Krieg mit neuen Opfern geführt haben?

Mir war weder nach Weihnachten noch nach Silvester zumute. Im kommenden Jahr würde ich sechzig werden. Fast die Hälfte meines Lebens hatte ich für Afghanistan geopfert – und jetzt sollte mein Engagement so enden?

Als ich wieder etwas zu Kräften gekommen war, fasste ich einen Entschluss.

»Micki, ich gebe nicht auf. Ich weiß jetzt, was ich tun werde: Anwar und ich fahren jetzt nach Berlin zur afghanischen Botschaft. Dort zeigen wir Dadgul an.«

44

Die Villa in Berlin-Grunewald war beeindruckend.

»Voll der Pomp!«, staunte Anwar, als wir Mitte Januar über den breiten Kiesweg durch den gepflegten Park auf die hell erleuchtete Botschaft zuschritten.

»Klar«, sagte ich. »Afghanistan ist ja auch ein reiches Land!«

»Wie?«, fragte Anwar verwirrt.

»Ach, vergiss es. Das sollte ein Scherz sein.«

Die Leiterin der Botschaft nahm die Anzeige gegen Dadgul auf und telefonierte mit dem Außenministerium in Kabul. »Frau Schnehage fordert Grundstücke, Immobilien und Fahrzeuge zurück! Mir liegt hier eine schriftliche Anzeige vor!«

Daraufhin musste der afghanische Generalstaatsanwalt tätig werden, ein offizielles juristisches Verfahren würde eingeleitet.

»So!«, sagte ich zu Anwar, als wir wieder davonstiefelten. »Das wäre erledigt. Und ich finde, das müssen wir feiern. Wo gehen wir essen?«

»Kudamm?«, fragte Anwar schüchtern. »Ich habe große Lust auf Rindfleisch.«

»Ach, du meinst, auf dem Kuh-Damm wachsen die Steaks auf Bäumen?«

»Ach, Mama, ich freu mich, dass du endlich wieder gute Laune hast!«, sagte Anwar.

Wenige Tage später rief ein wutschnaubender Dadgul in Bergfeld an. Er hatte wohl prompt Ärger bekommen.

»Mama, ich habe dich gewarnt!«, brüllte er hasserfüllt ins Telefon. »Du willst es nicht gut sein lassen? Dann lasse ich es auch nicht gut sein!«

»Dadgul, leg dich nicht mit einer Sybille Schnehage an! Glaubst du, ich lasse mir von dir mein Projekt zerstören?!«

»Das mit Anwar, Nias und Said war also noch nicht genug? Soll ich die anderen Schwachköpfe noch in eine Falle laufen lassen?«, kreischte Dadgul. »Es wird mir ein Vergnügen sein.«

Ich schloss gequält die Augen. Gar nicht darauf eingehen!, beschwor ich mich. Keine Angst zeigen.

»Du kannst dich schon mal warm anziehen«, ging ich zum Gegenangriff über. »Diesmal habe ich die besseren Karten! Die Behörden waren bereits bei dir, und es hat eine Hausdurchsuchung gegeben. Stimmt's?!«

Dadgul war so aggressiv wie ein Tier, das in die Enge getrieben wird. »Auch du wirst noch eine Hausdurchsuchung bekommen!«, drohte er. »Ich zeige dich an!«

»Dadgul, du redest dummes Zeug!«

»Du wirst schon sehen, was passiert«, brüllte er mit sich überschlagender Stimme. »Ich werde dich zerstören!«

»Das kannst du gar nicht. Ich habe nichts Unrechtes getan.«

»Ich werde sagen, dass du es mit Anwar treibst!«, behauptete Dadgul dreist. »Und dass du es auch mit mir getrieben hast.«

»Dadgul, du weißt genau, dass das nicht stimmt. Das ist Schwachsinn.«

»Das wird deine Vereinsmitglieder sehr interessieren! Und deine prominenten Schirmherren aus den Ministerreihen. Die werden dir sämtliche Ehrungen wieder abnehmen!«

»Ach, Dadgul, du armseliger Wurm!«

»Ich werde die Presse informieren!«

»Du kotzt mich an, Dadgul!«

»Nicht nur DU hast Fotos gemacht. Auch ich! Von dir im Badeanzug und als du so krank warst. Und wehe, du kommst noch einmal nach Kunduz, dann …«

»Darauf antworte ich nicht!«

»Du wirst schon sehen, was du davon hast.« Nach noch ein paar heftigen Schimpftiraden legte er auf. Ich stand lange wie angewurzelt da, während mir das Herz bis zum Hals schlug. Dann beruhigte ich mich wieder. Solange ich in Deutschland war, konnte Dadgul mir nichts anhaben.

»Sybille, hast du schon Kartoffeln geschält?«

»Nein, heute gibt's Reis. Warum?«

Micki stand bleich in der Küchentür. Er hielt die Zeitung in der Hand, und seine Finger zitterten.

»Sonst könntest du sie hier drauf schälen!« Er schlug mit der flachen Hand auf die Titelseite, auf der mein Konterfei prangte. Es war ein Foto von der Preisverleihung in Hannover: Ich im Kostüm, meine Familie und Dadgul strahlend im Hintergrund. Der Minister schüttelte mir lächelnd die Hand und überreichte mir die Verdienstmedaille. Es war genau in dem Moment gemacht worden, als Micki im Saal aufgetaucht war. Das pure Glück stand mir ins Gesicht geschrieben.

»Was …« Ich ahnte Böses. Mit der vom Spülwasser nassen Hand strich ich mir die Haare aus dem Gesicht. Die Pfanne mit den Fetträndern glitt wieder zurück ins Becken.

»Dadgul hat ganze Arbeit geleistet.« In Mickis Augen stand das blanke Entsetzen. »Das hätte ich ihm nicht zugetraut, Sybille.« Er schüttelte nur fassungslos den Kopf.

Ich schluckte einen Kloß in der Größe eines Tennisballs herunter. »Nein, das glaube ich jetzt nicht. Er hat doch nicht … Er hat doch nicht wirklich …« Meine Beine gaben nach.

»Die drucken doch nicht einfach irgendwelche Behauptungen, ohne sich vorher meine Gegendarstellung anzuhören …«

»Setz dich, Liebes.« Micki schob mir einen Stuhl unter und schenkte mir einen Schnaps ein. »Versprich mir, dass du nicht ausflippst.«

Gelähmt vor Entsetzen starrte ich Micki an.

»Jetzt lies schon vor! Das ist wie Pflasterabziehen. Bringen wir es hinter uns.«

»Bist du dir sicher?«, fragte Micki.

»Ja!«, sagte ich und kippte den Schnaps auf ex.

Micki hob an: »Ein afghanischer Informant hat der DPA gemeldet, dass der gemeinnützige Verein Katachel e.V. der Bergfelderin Sybille Schnehage nur auf Lug und Betrug aufgebaut ist. In Deutschland sammelt sie seit zwanzig Jahren fleißig Spenden, aber alles fließt auf ein dubioses Privatkonto, von dem sich Frau Schnehage nach Belieben bedient – so der Vorwurf des Familienvaters, der in ärmsten Verhältnissen im zerstörten Afghanistan lebt. Dadgul Delawar, selbst ein schwer traumatisiertes Kriegsopfer, wirft der Vereinsvorsitzenden vor, Spendengelder in sechsstelliger Höhe veruntreut zu haben. Davon habe sie sich einen Bauernhof gekauft und lebe in Saus und Braus.«

Ich konnte nicht glauben, was ich da hörte. Der Bauernhof, den inzwischen mein Sohn Simon mit seiner Familie bezogen hatte, befand sich seit fünfhundert Jahren im Besitz meiner Familie. Dadgul selbst hatte mitgeholfen, als wir dort renoviert hatten! Wie unglaublich perfide war das denn! Doch Micki war noch nicht fertig.

»Ministerpräsident Wulff und seine Gattin Bettina haben ihre Schirmherrschaft mit sofortiger Wirkung zurückgezogen. Schnehage müsse sofort alle Spendengelder zurückgeben und habe mit einer Hausdurchsuchung zu rechnen. Die Kriminalpolizei sei bereits eingeschaltet.«

Ich hatte mit allem gerechnet, aber nicht damit.

Dass Dadgul ein charakterloses Ungeheuer war, wusste ich inzwischen. Aber dass die Presse, ohne vorher mit mir Rücksprache zu halten, seine Anschuldigungen einfach so abdruckte! Mit weit aufgerissenen Augen starrte ich Micki an, ohne ihn wahrzunehmen. Das Glas in meinen Händen zersprang.

»Sybille! Bitte, Liebes, versuch ganz ruhig zu atmen!«

Ich hörte, wie ich hyperventilierte, und mir wurde schwindelig. Blut tropfte von meinen Fingern, aber ich konnte den Schmerz nicht fühlen.

»Liebes, ich ruf unseren Hausarzt!«

»Micki, geh nicht weg!«, würgte ich mit letzter Kraft hervor.

»Ich bin ja bei dir! Bitte versuch, dich zu beruhigen ...« Ich sackte zusammen wie eine Marionette, deren Fäden jemand durchtrennt hatte. Die letzten Luftreserven schienen aus meiner Lunge gepresst zu werden.

Ich hatte Angst, einen Herzinfarkt zu bekommen. Micki zerrte das Handy aus der Tasche und schrie hinein: »Ich habe hier einen Notfall, meine Frau bekommt keine Luft mehr!«

Dann verlor ich das Bewusstsein.

45

Nur unter starken Beruhigungsmitteln überstand ich die nächsten Tage und Wochen. Ich war ein Schatten meiner selbst. Jedes Mal, wenn das Telefon klingelte, zuckte ich zusammen. Micki ging dran, und wenn es Dadgul war, legte er einfach auf. Mechanisch verrichtete ich meine Hausarbeit und versuchte, regelmäßig zu essen. Micki zuliebe musste ich mich zusammenreißen.

Und dann passierte das Ungeheuerliche.

Beim Bettenmachen sah ich sie schon durchs Küchenfenster: zwei grüne Polizeibusse, die in unser Idyll einbrachen und vor dem Haus hielten.

Die Gardinen an den Nachbarfenstern wurden neugierig zur Seite geschoben. Frau Brechenmacher bettete ihren mächtigen Busen erwartungsvoll auf die Fensterbank. Sie hatte natürlich auch Zeitung gelesen, und ich spürte förmlich, wie sehr sie mir meine Niederlage gönnte. Nicht nur Frau Brechenmacher freute sich über meine Demütigung: Es gab einige, die früher Freunde gewesen, später zu Neidern geworden waren und sich jetzt an meiner Blamage weideten. Die Häme und Schadenfreude dieser Menschen gingen mir durch Mark und Bein.

Gut ein Dutzend Polizisten strömte durch den Vorgarten, gefolgt von dem streng dreinschauenden Herrn der Staatsanwaltschaft. Als wäre ich eine Schwerverbrecherin, die mindestens eine Leiche im Keller hatte.

»Hausdurchsuchungsbefehl!«

Mit diesem Wort bekam ich einen Wisch unter die Nase gehalten, den ich auf die Schnelle gar nicht richtig entziffern konnte. Zielsicher stapften die Polizisten mit ihren groben Stiefeln die Treppe hinauf, schnurstracks in unser Arbeitszimmer. Micki lehnte leichenblass am Schreibtisch und hob beschwichtigend die Hände.

»Können Sie mir bitte mal erklären …«

»Treten Sie beiseite, wir müssen alle Ihre Akten beschlagnahmen.«

»Aber doch nicht meine!«, rief Micki fassungslos.

»Das entscheiden wir!«

Und schon wurden unsere privaten Unterlagen durchwühlt, Fotoalben, Aktenordner, Steuerdokumente, Briefe, Fotos, Ausweise, sogar Krankenhaus-Diagnosen und unsere Patientenverfügungen, die aber auch gar nichts mit Katachel e.V. zu tun hatten. Alles landete in den von den Herren bereits mitgebrachten aufklappbaren Kisten. Noch bevor wir Luft holen konnten, standen die Männer bereits in unserem Schlafzimmer.

»Hallo, das ist privat!«

Keine Antwort. Routiniert arbeiteten sie wie im Akkord. Das Erniedrigende war, dass sie Plastikhandschuhe trugen! Als wären wir giftig, ansteckend!

Zu viert schauten sie unter den Matratzen nach, untersuchten den Lattenrost, wühlten sich durch die Wäscheschubladen, durchsuchten Mickis Hemden im Schrank und seine Anzüge, Innen- und Außentaschen. Kollegen stellten meine Handtaschen auf den Kopf, stülpten die Innenfutter nach außen. Schlüssel, Geld, Papiere, intimste Dinge purzelten heraus und wurden von den Polizisten teilweise beschlagnahmt.

»Das müssen wir alles mitnehmen.«

»Aber warum denn, um Himmels willen?«

Keine Antwort. Zu meinem größten Entsetzen blieben auch die ehemaligen Kinderzimmer nicht verschont, genauso wenig wie das Gästezimmer, in dem Anwar logierte.

Dieses Zimmer wurde ganz besonders gründlich durchsucht, mitsamt angrenzendem Badezimmer.

Micki und ich versuchten verzweifelt, nicht den Verstand zu verlieren.

»Aufgrund welcher Anschuldigungen wird denn hier gegen meine Frau ermittelt?«, brauste Micki auf, als die Küche drankam.

»Dadgul Delawar hat Anzeige gegen Sie erstattet! Ich dachte, das wissen Sie! Das stand ja schließlich in der Zeitung!«

»Genauso gut könnte Osama bin Laden Anzeige gegen den Präsidenten der Vereinigten Staaten erstatten!«, brüllte Micki. »Würde bei dem dann auch eine Hausdurchsuchung stattfinden?«

»Regen Sie sich ab, wir tun nur unsere Pflicht!«

»Ja, das hat die Stasi auch gesagt, als sie meinen Vater achtzehn Monate lang unschuldig eingebuchtet hat!«, schrie ich wutentbrannt. Tränen des Zorns und der Demütigung liefen mir über die Wangen. Mit dem Handrücken wischte ich sie weg.

»Werden Sie jetzt nicht hysterisch, ja! Gehen Sie zur Seite, und lassen Sie uns unsere Arbeit machen!«

Nach einer gefühlten Ewigkeit trampelten sie mit Kisten voller »Beweismaterial« wieder quer durch unseren Vorgarten zu den beiden Polizeibussen zurück. Motoren wurden angelassen, und dann waren sie weg. Frau Brechenmachers Gardinen wurden mit einem Ruck zugezogen.

Die Mühlen der deutschen Bürokratie mahlten langsam: Auf meine ungeduldigen Anfragen bei der Staatsanwaltschaft, der ich meine Sicht der Dinge schildern wollte, bekam ich nur zu hören, man müsse das Material erst einmal sichten. Frühestens in acht Monaten würde man mich dann zu einer Anhörung empfangen.

Acht Monate, in denen mir die Hände gebunden waren. Acht Monate, bis ich auch nur den Hauch einer Chance bekam, mich zu rehabilitieren! Sollte ich hier etwa so lange untätig rumsitzen? Einen Spießrutenlauf nach dem anderen durch Bergfeld absolvieren? Wie stellten sich die Herren von der Staatsanwaltschaft Braunschweig das eigentlich vor? Aber leider blieb mir nichts anderes übrig. Das lange Warten begann.

Ich fing gerade an, wieder etwas durchzuatmen, als der nächste entsetzliche Anruf aus Katachel kam.

»Einige Männer sind nachts heimlich über die Mauer in den Hof der Familie Mahmad geklettert. Sie wollten eine Bombe deponieren, die Sarmina beim Wasserholen in die Luft sprengt. Schüsse von Nias konnten sie gerade noch rechtzeitig vertreiben!«, erzählte Anwars Bruder Tadj atemlos.

Ich holte tief Luft. »So, jetzt reichts.« Inzwischen fühlte ich mich wieder stark genug, Dadgul anzurufen.

»Dadgul, wenn jemandem von der Familie Mahmad auch nur ein Haar gekrümmt wird, zeige ich dich auch noch wegen Mordes an. Beweise gegen dich gibt es genug!«

Dadgul lachte nur höhnisch und gab den Hörer an seinen Freund, den gefährlichen Talibankommandeur Qazi von Mapali weiter. »Wir fackeln hier nicht lange«, donnerte dieser ins Telefon. »Die Bombe haben wir bereits. Sie wollten es nicht anders, Ade Schnehage. Hätten Sie Dadgul in Ruhe gelassen, wäre der Familie Mahmad nichts passiert!«

Mein Herz ratterte wie ein Maschinengewehr. »Geben Sie mir Dadgul«, forderte ich.

Micki stand neben mir und presste die Lippen aufeinander.

»Dadgul«, flehte ich, »lass die Mahmads in Frieden! Das sind arme, unschuldige Leute die ohne ihr Zutun zwischen die Fronten geraten sind!«

»Ja, Mama. Ich lasse sie in Ruhe.« Dadguls Stimme klang auf einmal gefährlich sanft. »Wenn du wieder nach Katachel kommst.«

»Wie bitte?« Ich traute meinen Ohren nicht.

»Stell auf laut«, forderte Micki mit nervöser Geste. »Ich möchte mithören!«

»Ich will, dass du wieder bei mir einziehst. Das Projekt soll wieder von mir aus geleitet werden. Ich bin der Kommandeur, und du arbeitest für mich. Mama, wir könnten es so schön haben! Wie früher!« Er schnurrte fast, wie ein Kater, der einem um die Beine streicht, aber dessen Krallen bereits ausgefahren sind.

»Dadgul, für wie blöd hältst du mich eigentlich! Du wolltest mich vergiften, hast mir zigmal gedroht, mich umzubringen. Du schießt auf meine Leute und hast mich in Deutschland angezeigt! Und jetzt soll ich wieder unter dein Dach ziehen? Friede, Freude, Eierkuchen spielen, aber nach deinen Spielregeln?«

»Das ist mein letztes Angebot.«

»Dadgul, du tickst doch nicht mehr sauber!«

»Mama, du willst es nicht anders.« Dadgul legte auf.

Fassungslos starrte ich Micki an.

Mein Mann war kreidebleich um die Nase. »Sybille, der macht Ernst.«

Ich schüttelte ungläubig den Kopf. »Die afghanische Staatsanwaltschaft sitzt ihm dicht auf den Fersen! Bald beginnt der Prozess. Meinst du, die legen wirklich eine Bombe?«

»Zur Sicherheit solltest du die Bundeswehr in Kunduz anrufen.« Micki kratzte sich ratlos am Kopf. »Wenn nicht, wäre das fast schon fahrlässige Tötung.«

»Du hast recht.« Zaghaft wählte ich die Nummer der deutschen Hilfstruppen und berichtete von der Bombendrohung, die ich gerade mit eigenen Ohren aus dem Mund eines gefährlichen Talibankommandeurs gehört hatte.

»Das ist bestimmt nur leeres Gerede!«, ließ man mich aus dem Vorzimmer des Kommandeurs wissen. »Die drohen viel, wenn der Tag lang ist.«

»Aber Sie könnten Streife fahren, die Straße in Katachel kontrollieren! Ich meine, es sind doch auch Bundeswehrfahrzeuge, die zu Schaden kommen könnten!«

»Das lassen Sie mal unsere Sorge sein, Frau Schnehage. Schönen Tag noch.«

Peng. Aufgelegt.

Am nächsten Tag explodierte die Bombe in Katachel.

Tadj rief an und berichtete, die Bombe sei direkt unter unserem Vereinsauto ferngezündet worden, kurz bevor es die Brücke über den Naqi-Fluss zum Nachbardorf Nassery überqueren wollte. Das Auto sei Schrott, aber er und einige seiner Brüder, die darin gesessen hatten, seien nur leicht verletzt.

In meinem ersten Entsetzen beantragte ich sofort Asyl für Anwar. Er würde nie wieder nach Katachel zurückkehren können, denn schon in Kabul am Flughafen würden ihn Dadguls Leute in Empfang nehmen und sofort erschießen.

Ich kam einfach nicht mehr zur Ruhe. Nach wie vor lastete der Vorwurf der Veruntreuung von Spendengeldern und des Betrugs auf mir. Sogar Micki war in die Sache hineingezogen worden, denn die jährlichen Spendenquittungen waren auf seinen Namen ausgestellt worden. Ganz einfach weil er der Einzige in unserer Familie war, der Geld verdiente, also auch Steuern zahlte.

Außerdem hatte ich bei einer polizeilichen Befragung zugeben müssen, dass Dadgul mit meinem Wissen und meinem Einverständnis meine Unterschrift gefälscht hatte. Aber wie hätten wir denn sonst zeitsparend und effektiv arbeiten sollen? Sollte Dadgul etwa jedes Mal nach Bergfeld reisen und meine Unterschrift einholen, wenn er einen Sack Reis kaufen wollte? Wir hatten einander vertraut, Dadgul und ich! Uns war es immer nur um schnelle Soforthilfe gegangen. In all den Jahren unserer Zusammenarbeit waren nachweislich so viele Schulen und Brunnen entstanden, so viele Witwen und Waisen unterstützt worden, dass es mir im Traum nicht eingefallen wäre, Dadgul könnte sich eines Tages selbst »schnelle Soforthilfe« zukommen lassen.

Aber all das machte mich natürlich noch verdächtiger und unglaubwürdiger. Man nahm meine Fingerabdrücke, fotografierte mich, protokollierte meine Narben und Muttermale, als wäre ich eine Schwerverbrecherin.

Irgendwann hielt ich es einfach nicht mehr aus.

»Micki, ich muss wieder nach Afghanistan. Ich muss im Prozess gegen Dadgul persönlich aussagen. Das ist meine einzige Chance, wirklich rehabilitiert zu werden.« Weinend teilte ich meinem Mann die Entscheidung mit, als er von der Arbeit nach Hause kam.

»Ich weiß«, sagte er nur. »Ich habe jeden Tag darauf gewartet, dass du so etwas sagst.« Er nahm mich nur kurz in den Arm und ging dann hinauf in sein Arbeitszimmer.

Ich stand am offenen Fenster und sah hinaus. Draußen wurde es Frühling, aber die ersten warmen Sonnenstrahlen drangen nicht bis zu mir durch. Ich fühlte mich so allein und hilflos wie noch nie in meinem Leben. Plötzlich spürte ich eine Hand auf meiner Schulter. Ich drehte mich um und sah in Mickis gütige Augen.

»Es hat keinen Zweck, dass du dich hier noch länger quälst. Katachel e.V. ist dein Lebenswerk, Sybille. Und du wirst darum kämpfen. Mach der afghanischen Staatsanwaltschaft Beine, damit sie Dadgul endgültig das Handwerk legt.« Er hielt mir ein Flugticket unter die Nase, frisch aus dem Drucker: »Übermorgen landest du in Kunduz.«

46

Anwars Bruder Tadj, Hadji Haschem – mit ihm war meine verstorbene Freundin Habiba verheiratet gewesen, inzwischen war er vom Polizeichef zum Bürgermeister von Kunduz aufgestiegen – und Dadguls ehemaliger Freund Osman, der inzwischen die Seiten gewechselt hatte, holten mich vom Flughafen ab.

»Okay, Jungs. Dann lasst uns mal losfahren.« Ich gab mich salopp, aber innerlich bebte ich vor Angst. Ich brauchte mehr Schutz als diese drei Pappenheimer! Deshalb bat ich meine Männer als Erstes, mich zu meinen deutschen Freunden in ihrer streng bewachten Festung hoch über der Stadt zu fahren.

»Die sollen wenigstens wissen, dass ich im Lande bin«, sagte ich fest entschlossen.

Dem deutschen Offizier im Vorzimmer des Oberst fiel die Kinnlade runter, als er mich sah. Ich war hier inzwischen bekannt wie ein bunter Hund.

»Ja, Junge«, sagte ich knapp. »Hier stehe ich leibhaftig und will Ihren Chef sprechen.«

»Der Oberst ist nicht zu erreichen.« Der Offizier starrte mich an wie eine Erscheinung.

»Dann notieren Sie sich wenigstens meine Adresse in Kunduz«, regte ich freundlich an. »Ich wohne beim Bürgermeister Hadji Haschem …«

Der Mann machte keinerlei Anstalten, einen Stift zu zücken. Mein Ton wurde flehender. »Morgen beginnt der Prozess gegen Dadgul Delawar. Ich bin gekommen, um persönlich gegen ihn auszusagen. Zu meinem Schutz brauche ich dringend einen oder zwei deutsche Soldaten. Und einen Übersetzer, bitte!«

»Ihr Streit mit Herrn Delawar ist Ihre Privatangelegenheit!«

»Nein, das stimmt so nicht!«, stellte ich richtig. »Es geht um mein Hilfsprojekt Katachel e.V., um Hunderte von Menschen, die ohne mich verloren sind!«

Der Offizier schüttelte den Kopf. »Frau Schnehage, wir haben Sie gewarnt und Ihnen gesagt, dass Sie nicht nach Kunduz kommen sollen! Das ist ein einziges Pulverfass! Hier fliegen jeden Tag Menschen und Häuser in die Luft! Um Ihre Privatfehde können wir uns da nicht auch noch kümmern.«

»Ich habe den Soldaten der Bundeswehr immer zur Verfügung gestanden«, hielt ich dagegen. »Aber jetzt brauche ich zur Abwechslung mal eure Hilfe!«

»Wie gesagt: Die Zeiten haben sich geändert. Wir befinden uns hier im Ausnahmezustand, und Sie sollten sehen, dass Sie nach Hause kommen.«

»Da komme ich ja gerade her.« Ich stemmte die Hände in die Hüften. »Kann ich jetzt bitte Ihren Vorgesetzten sprechen?!«

»Tut mir leid. Unser Oberst sieht keinen Gesprächsbedarf.« Der Offizier stand auf und wies mit einer knappen Kopfbewegung zur Tür. »Auf Wiedersehen, Frau Schnehage. Oder besser gesagt: Leben Sie wohl.«

»Hallo? Sie sind hier mit tausendfünfhundert Mann zum Schutz der Menschen in Afghanistan, und – wer hätte das gedacht – ich brauche Schutz.«

»Dann rufen Sie die afghanische Polizei.«

Wir starrten uns an, als kämen wir von zwei völlig fremden Planeten.

»Sagen Sie mal, habe ich mein Kopftuch im Mund, oder warum verstehen Sie mich so schlecht? Ich werde massiv bedroht! Ich begebe mich in die Höhle des Löwen, um gegen ihn auszusagen! Um mein Hilfsprojekt zu retten! Von dem vierhundert Witwen und Waisen abhängen, die sonst verrecken! Klar!? Hiermit erstatte ich Meldung darüber!«

»Und hiermit erkläre ich ganz offiziell, dass das IHRE PRIVATSACHE ist und die Bundeswehr nichts angeht!«

Als ich wieder ins Auto zu meinen Männern stieg, glaubte ich, diesen Dialog nur geträumt zu haben.

»Sieh nur, *Ade Sheni Hagei.*« Wir betraten Hadji Haschems Hof, von dem mein neues Büro in Kunduz abging. »Das sind die Sachen, die Dadguls Leute auf Druck der Staatsanwaltschaft zurückgeben mussten.«

Ich starrte auf unser ehemaliges Vereinsfahrzeug, in dem ich so oft mit Dadgul gesessen hatte, und auf den Schulbus. Beide waren zerstört: Die Scheinwerfer waren herausgerissen, die Sitze aufgeschlitzt, der Motor unbrauchbar.

Dadgul hatte sie vorsätzlich kaputtgemacht, damit wir sie nicht mehr gebrauchen konnten.

»Willst du die Orthopädie sehen?«

Wir fuhren zu der Werkstatt für Prothesen und Gehhilfen aller Art, die eine Art Arbeitsbeschaffungsmaßnahme für afghanische Männer gewesen war, die außer schießen und kämpfen nichts gelernt hatten.

Ich prallte zurück, als ich in die verdreckten leeren Räume kam: Die Computer waren abgebaut worden, die Möbel verschwunden, die Brunnenpumpe war außer Betrieb, und die Toiletten befanden sich in einem unbeschreiblichen Zustand.

»Es gibt viel zu tun«, sagte ich, während ich mir Luft zufächelte. »Packen wir's an.«

Aber zuerst kam der Prozess. Zwei Staatsanwälte aus Kabul reisten extra dafür an, und auch für mich hatte Osman einen Anwalt organisiert. Er hieß Bismilah, trug westliche Kleidung und machte einen professionellen Eindruck. Konnte ich ihm trauen? Den Vorsitz hatte Senator Hadji Rashid aus dem Ältestenrat.

Immer, wenn ich dachte: Was mache ich eigentlich hier? Warum fahre ich nicht nach Bad Driburg und halte meine Krampfadern ins Kneipp'sche Tretbecken wie andere Frauen meines Alters auch?, sah ich die ausgezehrten Gesichter der Witwen vor mir, die flehend ihre Hände ausstreckten. Diese Menschen und deren Familien warteten darauf, dass wieder Friede einkehrte in Katachel, dass unser Hilfsprojekt endlich wieder funktionierte. Sie hatten schon bessere Zeiten erlebt nach dem schrecklichen Krieg: Ihr Dorf hatte geblüht, Straßen und Brücken waren intakt gewesen, es hatte Arbeit gegeben und Brot, in den Schulen hatten lernbegierige Kinder gesessen, und die Brunnen auf den Schulhöfen hatten vor Frischwasser gesprudelt. Die kleinen Mädchen waren nicht mehr zwangsverheiratet, sondern zur Schule geschickt worden, und in den Höfen, die ich eigenhändig gefliest hatte, hatten die Nähmaschinen gerattert, die ich eigenhändig angeschleppt hatte. Und nun würde ich Dadgul eigenhändig aus dem Weg räumen, das war ich ihnen schuldig.

Nur deshalb riskierte ich mein Leben und hielt diese quälende Prozedur hier durch.

Verhandelt wurde beim Bürgermeister Hadji Haschem, wo ich auch untergebracht war. Die Staatsanwälte stellten mir Fragen, die Osman übersetzte. Ich antwortete, belegte meine Forderungen mit endlosen Listen und Quittungen. Osman schrieb alles in Dari um. Es dauerte sechs Tage, bis die Anhörung durchgeführt worden war. Das Ganze war entsetzlich ermüdend, und ich brauchte immer öfter eine Pause.

Schließlich wurde beschlossen, zum Ortstermin nach Katachel zu fahren, um die Grundstücke, Immobilien und Fahrzeuge, die ich zurückforderte, in Augenschein zu nehmen.

Dadgul ließ sich von seinem Cousin Khaista Khan vertreten – der eigentlich sein Bruder war, wie sich plötzlich herausstellte.

»Es ist besser wenn Sie hierbleiben, Ade Schnehage. Wir dürfen nichts riskieren. Ruhen Sie sich aus.« Mein Anwalt legte mir beschwichtigend die Hand auf den Arm. »Die Hauptarbeit ist getan. Wir legen der Gegenseite die Liste mit Ihren Forderungen vor und hoffen auf eine friedliche Einigung.«

An ein Mittagsschläfchen war nicht zu denken. Was würde Dadgul tun? Wie würde er sich rausreden? Was würde er zu den Bombenanschlägen sagen? Würde er diese Männer auch bestechen und auf seine Seite ziehen? Hatte ich auch nur den Hauch einer Chance?

Nach Stunden kamen die Männer zurück. Ich hörte, wie sie lachend aus den Autos sprangen und sich angeregt unterhielten. Triumph schwang in ihren Stimmen mit.

Oh, das hörte sich gut an. Sehr gut sogar. Ich eilte zum Fenster: Sie hatten fröhliche Gesichter! Sie hatten etwas erreicht! Schnell spritzte ich mir etwas kaltes Wasser ins Gesicht, zupfte meine Haare unter dem Kopftuch zurecht und schlüpfte in meine Sneakers. In diesem Moment klopfte es schon an meiner Tür: »Ade Schnehage! Die Verhandlung geht weiter!«

»Ich komme!« Mit dem Herzklopfen einer Siebzehnjährigen eilte ich über den Hof in den Raum, in dem die Herren schon auf ihren Matratzen Platz genommen hatten. Wie Schatten huschten ein paar junge Männer mit Tabletts herum, reichten Tee und Gebäck und sausten lautlos wieder davon.

»Ade Schnehage, wir haben gute Nachrichten!« Senator Hadji Rashid strahlte mich an, als hätte er gerade ganz Kunduz mit neuen Flachbildschirmen ausgestattet. Er hielt ein Schreiben in die Höhe: »Dadgul gibt alles zurück! Er entschuldigt sich bei dir und hat in Zukunft Hausarrest. Deiner Arbeit in Katachel steht nichts mehr im Wege.«

»Ja?«

Ich spürte ein freudiges Kribbeln, als würde ich in Champagner baden (nicht dass ich das je ausprobiert hatte, aber es fühlte sich einfach unvergleichlich gut an). »Dann hat sich der Kampf gelohnt?!«

»Ja! Du musst nur noch unterschreiben!«

Der Senator hielt mir das Blatt hin.

»Soll ich?« Ich warf einen kleinen Seitenblick auf meinen Anwalt. Der nickte und überreichte mir mit großer Geste seinen Kugelschreiber aus der Innentasche seines Jackets.

Mit zitternden Fingern unterschrieb ich, was ich doch nicht lesen konnte.

»Kann mir das mal einer …«

»Übersetzen? Aber natürlich, Ade Schnehage. Dafür sind wir ja da.« Osman übersetzte, was ich soeben unterschrieben hatte: »Frau Sybille Schnehage erklärt sich mit der Rückgabe folgender Güter einverstanden und begräbt hiermit das Kriegsbeil gegen Dadgul Delawar …«

Um die Spannung noch zu steigern, machte er eine Kunstpause, und ich nickte erwartungsvoll: »Ja?!«

»Zwei *jirib* am Fischteich.«

»Und weiter?«

Diese umgerechnet viertausend Quadratmeter Grund hörten sich zwar viel an, waren aber nichts wert, weil das Gelände inzwischen vermint worden war. Mir stockte der Atem. Der Raum um mich herum begann sich zu drehen. Ich sah die bärtigen Gesichter nur noch ganz verzerrt, und mir wurde schwindelig.

»Das soll wohl ein Witz sein? Was noch?«

Stolz wurde mir verkündet, dass Dadgul mir einen Teil der Immobilien, Fahrzeuge und Spendengelder rückübertragen müsse.

Doch das reichte mir nicht. »Er muss alles zurückgeben! Ich muss meinen Spendern und Sponsoren gegenüber Rechenschaft ablegen!«

»Aber mehr rückt Dadgul nicht heraus. Wir haben stundenlang verhandelt! Und du hast dich soeben einverstanden erklärt!« Rashid zeigte auf meine Unterschrift. In seinem Blick stand so etwas wie: »Und jetzt solltest du auch endlich Ruhe geben!« Spontan sprang ich auf, entriss ihm das Blatt und zerfetzte es in winzige Stücke.

Enttäuscht raste ich aus dem Raum, in mein Zimmer, warf mich aufs Bett und heulte. Irgendwann beruhigte ich mich wieder. Immerhin, einen Teilsieg hatte ich errungen. Meine Arbeit konnte weitergehen. Aber fürs Erste war ich völlig erschöpft und wollte nur noch nach Hause.

47

Wieder in Deutschland fuhr ich noch einmal mit Anwar nach Berlin. Daraufhin machte die afghanische Botschaft noch mehr Druck auf Kunduz. Unermüdlich kämpfte ich weiter: für meinen Verein, meine Ehre, ja für Anwar und seine Familie. Es war die reinste Sisyphusarbeit, das notwendige entlastende Material aus Kunduz geschickt zu bekommen, aber meine afghanischen Freunde halfen mir dabei.

Nach und nach wendete sich das Blatt zu meinen Gunsten. Millimeterweise nur, mit bloßem Auge kaum erkennbar, aber doch. Und das nur, weil ich nicht die Hände in den Schoß gelegt und aufgegeben, sondern weil ich gekämpft hatte.

Ein Jahr später hatte ich die Kraft, erneut nach Kunduz zu reisen.

Bei Bürgermeister Hadji Haschem fühlte ich mich geborgen. Alle passten mit Argusaugen auf mich auf, lasen mir jeden Wunsch von den Lippen ab. Lächelnd stand ich auf dem Dach meines Gästehauses und genoss die Aussicht über Kunduz. Die Paten in Deutschland hatten wieder gespendet. Ich war fast rehabilitiert. Ich war wieder da, wo ich sein wollte. Und ich tat wieder das, was ich tun wollte: helfen.

Das afghanische Fernsehen berichtete sogar über mich: Ade Sybille Schnehage war wieder da! Und so erschienen wie von Zauberhand plötzlich ein paar ganz wichtige Männer, um mich zu begrüßen und mir zu gratulieren.

»*Ade Sheni Hagei,* wie schön, dass Sie wieder im Lande sind!« Der Friedensminister, der Parlamentspräsident der Pashtunen, der Telekommunikationsminister – ja, sogar General Safi, der mir damals meinen Vereinswagen gestohlen hatte, machten mir ihre Aufwartung.

»Dass du dich unter meine Augen traust«, sagte ich kopfschüttelnd zu ihm. »Schämst du dich nicht?«

»Doch, *bakhshesh*, Entschuldigung«, murmelte er verdrossen.

»Wie? Habe ich richtig gehört? Ein General schämt sich? Und gibt das auch noch zu?«

»Dadgul hat dir schwer geschadet. Das hast du nicht verdient.«

»Wie ich gehört habe, hast du dich früher immer schön von ihm bestechen lassen!«, schimpfte ich.

Bedauernd zuckte er die Achseln. »Tut mir echt leid, Ade Sybille, aber so sind halt unsere Spielregeln: Eine Krähe hackt der anderen kein Auge aus.«

»Wie soll aus eurem Land was werden, wenn ihr so miserable Vorbilder seid?«, tadelte ich den General weiter.

Die Gruppe der Ältesten unterbrach unser Gespräch.

»*Ade Sheni Hagei*, wenn du was auf dem Herzen hast und wir dir irgendwie helfen können, dann lass es uns wissen.«

»Meint ihr das ernst?«

»Doch, wirklich, Ade Schnehage. Du hast so viel bewirkt in den letzten Jahren, und ohne dich geht hier nur wenig. Wir wollen, dass es wieder so wird wie früher: Die Leute sollen wieder arbeiten und die Kinder zur Schule gehen. Nimm deine Arbeit hier wieder auf!«

»Wenn ich alle meine Vereinsgüter wiederkriege, denke ich darüber nach. Aber wirklich alle!«

»Schreib auf, was du von Dadgul verlangst. Wir werden es dir besorgen.«

Als ich in ihre Augen sah, wusste ich, dass sie es ernst meinten.

»Ihr seid nur deshalb nicht mehr auf Dadguls Seite, weil er unter Hausarrest steht und euch nicht mehr von Nutzen ist«, sagte ich streng.

»Wir stehen weder auf deiner Seite noch auf Dadguls«, versicherten sie mir treuherzig. »Wir stehen auf Allahs Seite.«

»Nee, ist klar.«

»Wir wollen, dass Allah recht bekommt.«

»Das ist ein schöner Gedanke.«

»Also? Schreibst du uns jetzt die Liste?« Jemand hielt mir einen Griffel hin.

Und während die Ältesten gemütlich auf meiner Dachterrasse Tee tranken, schrieb ich zum hundertsten Mal geduldig meine Liste: Ich wollte die Farm, sechzehn Morgen Land, die Mühle, das Kraftwerk, die Fischteiche, eine wiederhergestellte Orthopädiewerkstatt und außerdem Dadguls Geständnis über Unterschlagung, Erpressung, Bestechung, Betrug und Morddrohungen. Dies nur der guten Ordnung halber. Für meine lieben Freunde und Förderer in Deutschland.

Der Griffel flog nur so über das Papier, denn ich konnte es auswendig.

Sogar auf Dari.

Während ich auf das Ergebnis der Friedenskonferenz wartete, bekam ich überraschend Besuch von Leyla, einer Verwandten Dadguls, die jetzt mit Agha, Anwars Freund und Nachbarn in

Katachel Arab, verheiratet war. Stolz hielt sie mir ihren kleinen Sohn hin.

»Da, guck mal, *Ade Sheni Hagei!* Auf Anhieb ein Volltreffer!«

Ich herzte und küsste den Kleinen, der zwar zu Dadguls Clan gehörte, aber nichts dafür konnte.

»Na, das ist ja ein ganz Süßer!«

»Ja, und du glaubst gar nicht, wie nett die Familie meines Mannes zu mir ist«, schwärmte die Jungverheiratete. »Ein Sohn! Ich habe alles richtig gemacht!«

Ich verdrehte die Augen. »Allah hat alles richtig gemacht.« Wir debattierten noch eine ganze Weile, was mir diesmal richtig Spaß machte – war es doch der harmloseste Konflikt seit Jahren!

Nach Tagen kamen die Männer endlich von ihrer Verhandlung mit Dadgul zurück. Dadgul hatte zunächst nicht unterzeichnet. Wie auch. Er war einfach nicht aus seinem Haus herausgekommen. In Afghanistan funktionierte das so: Die Männer hatten geklopft, Kandigol hatte ihren verschleierten Kopf herausgestreckt und gefragt: »Wer da?«

»Wir sind's, die Männer vom Gericht. Wir wollen Dadgul sprechen.«

»Der ist nicht da.«

Und anstatt, wie in Deutschland üblich, einen Hausdurchsuchungsfehl hervorzuzaubern, das Haus zu stürmen und Dadgul unter dem Bett oder wahlweise hinter dem Ofen hervorzuzerren, akzeptierten die Männer das. Denn wenn die Ehefrau behauptete, ihr Mann sei nicht da, konnten fremde Männer unmöglich das Haus betreten: Darin liefen schließlich Dadguls unverheiratete Töchter herum, womöglich unverschleiert!

Also: Obwohl alle wussten, dass Dadgul zu Hause war, akzeptierten sie die gegenteilige Behauptung seiner Frau und ließen sich abweisen.

»Jetzt reicht's mir aber«, sagte der Gouverneur schließlich zu mir. »Dann lasse ich Dadgul eben vom Generalstaatsanwalt vorladen.«

Weitere Tage vergingen. Dann kamen die Abgesandten erneut zu mir zum Tee.

»Und?«, fragte ich gespannt.

»Bei Allah, *Ade Sheni Hagei*, dieser Prozess und das ganze Hin und Her rauben uns langsam den letzten Nerv!« Der Gouverneur sah mich bittend an: »Ist das Süßstoff, was ich da in deiner Hand sehe?«

»Äh ... ja, ich wollte mir gerade welchen in den Tee tun.«

»Weißt du, ich habe ein bisschen Übergewicht und muss auf alles Süße verzichten, sonst schenkt mir meine Frau keinen Sohn mehr. Das fällt mir sehr schwer, gerade in so anstrengenden Phasen wie jetzt ...«

»Hier. Schenk ich dir. Aber jetzt raus mit der Sprache. Hat Dadgul gestanden?«

Der Gouverneur nickte und schlürfte zufrieden an seinem süßen Tee.

Ich sah fragend von einem zum anderen. »Und jetzt ist auf einmal alles aus der Welt?«

»Wir denken schon, oder? Noch jemand Süßstoff?«

Ich glaubte, ich wäre im falschen Film.

»Und was ist mit Dadguls Geständnis? Auf Deutsch? Für meine Freunde und Förderer?«

»Oh. Ja. Das hätten wir ja beinahe vergessen.«

Tatsächlich. Jetzt hatte ich es schwarz auf weiß. Eine Riesenlast fiel von meinen Schultern.

Meine restliche Zeit in Kunduz nutzte ich, um zu helfen, wo ich konnte. Nur auf einem Ohr war ich taub.

Über Dadguls Verwandtschaft erfuhr ich, dass es ihm nicht besonders gut ging: Sein künstliches Gebiss, das der Stuttgarter Kieferorthopäde damals für ihn gefertigt hatte, hing nur noch lose an seinen beiden inzwischen verfaulenden Weisheitszähnen. Er könne nicht mehr beißen und müsse wieder pürierte Nahrung zu sich nehmen. Auch falle ihm das Gebiss beim Sprechen immer aus dem Mund. Seine Töchter waren nach wie vor unverheiratet. Inzwischen hatte sich nämlich bis in den letzten Winkel der Region herumgesprochen, was für ein falscher Kerl Dadgul sei: korrupt, machtbesessen, charakterlich verdorben. Niemand, wirklich niemand, wollte mit ihm auch nur entfernt zu tun haben, geschweige denn mit ihm verwandt sein.

Dadgul war in seinem Haus gefangen. Sobald er einen Fuß vor die Tür setzte, würden ihn die Männer von der Staatsanwaltschaft verhaften und ins Gefängnis bringen.

Inzwischen lag Haftbefehl gegen ihn vor. Wegen Erpressung, diverser versuchter Mordanschläge und tausend anderer Delikte.

Ich muss gestehen, mein Mitleid hielt sich in Grenzen: Sollten die Damen des Hauses Dadgul doch füttern, pflegen, seinen Mundgeruch und seine schlechte Laune ertragen, wie ich es jahrelang getan hatte. Um Dadgul ein neues Gesicht zu geben. Jetzt hatte er es zum zweiten Mal verloren. Aber aus eigenem Verschulden. Seine Macht war gebrochen, sein Ansehen dahin.

Oh, Dadgul, dachte ich. Du hast dir deine Strafe selbst eingebrockt, und, bei Allah, du hast sie verdient.

48

Kabul. Seit Jahren bin ich nicht mehr hier gewesen. Aber nachdem ich keine Mitfluggelegenheit mehr nach Kunduz habe, muss ich den Umweg über Kabul wohl oder übel in Kauf nehmen. Als ich aus dem Flughafen ins Freie trete, lege ich mir schnell ein Kopftuch über.

Einer der Männer spricht mich an: »Ihr Mann ist bereits da vorne!« Wahrscheinlich, weil er einen Europäer hat herauskommen sehen.

»*Bakhshesh, man tanha astom*«, antworte ich lächelnd. »Tut mir leid, aber ich reise alleine.« Dann schiebe ich meinen Gepäckwagen mit den zwanzig Nähmaschinen weiter.

Dem Afghanen fällt fast die Kinnlade aus dem Gesicht. Wie, eine Frau reist allein? Und dann ist sie auch noch blond und spricht Dari? Ich verkneife mir ein Grinsen und halte nach meinen Abholern Ausschau. Und da sind sie auch schon: mein Anwalt Bismillah, inzwischen Parlamentsabgeordnter in Kabul, und meine treuen Freunde Tadj und Assad. Sie laufen mit ausgebreiteten Armen auf mich zu und kümmern sich um mein Gepäck.

»Gut siehst du aus, *Ade Sheni Hagei!* Wie geht es Anwar?«

Anwar hat inzwischen in Deutschland eine Aufenthaltsgenehmigung und lebt noch immer in unserem Haus. Er spricht prima Deutsch und hat eine einundzwanzigjährige

Blondine zur Freundin. Da ich ihn ja in Afghanistan »adoptiert« habe, bezeichne ich ihn als meinen Pflegesohn. Und Tadj ist der Bruder meines Sohnes, also Familie. Ich komme nach Hause, zu meiner Familie!

In Katachel wartet man schon sehnsüchtig auf mich. Die Schulen funktionieren wieder, Häuser entstehen rechts und links des Flusses, außerdem Arbeitsplätze durch Nähmaschinen und Werkstätten. Unter den instand gesetzten Brücken plätschert wieder das frische Wasser, das die Brunnen speist. Katachel ist eine Oase in der Wüste Afghanistans.

Allerdings ist die großpolitische Lage umso kritischer. Kabul ist ein Moloch geworden. Autos drängen sich Stoßstange an Stoßstange, es scheint keine Straßenverkehrsordnung zu geben. Staub, Diesel, verpestete Luft. Es ist März und noch empfindlich kalt. Die erste Nacht bin ich im *Spinzar*-Hotel untergebracht, ein Koloss oberhalb der Stadt, zerschossen, zerstört, nur zum Teil bewohnbar. Ich verziehe mich gleich in mein muffig riechendes Zimmer, lege mich auf ein durchgelegenes Bett und mache mir nichts daraus, als es unter den Laken munter zu krabbeln anfängt. Inzwischen bin ich so abgebrüht wie ein alter Soldat.

Am nächsten Morgen um vier Uhr beginnt die Reise nach Kunduz: im Toyota Corolla Taxi, das möglichst neutral wirken soll. Mit mir im Wagen sitzen außer dem Fahrer noch Osman und Tadj, in einem zweiten Auto fahren Assad und Anwars Onkel Jemaldin hinter uns her. Würde einer von uns eine Panne haben und liegen bleiben, wären wir ein leichtes Opfer für Straßendiebe. Deshalb fahren wir lieber mit zwei Wagen. In meinem Gürtel unter dem Hemd habe ich schließlich viel Geld dabei.

Auf der Höhe des amerikanischen Militärstützpunktes Bagram ziehen die ersten Sonnenstrahlen über die Berge. Nach Charikar beginnen die Serpentinen und die atemberaubende Landschaft mit hohen Felswänden, klarem Flusswasser und grünen Pistazienbäumen. Wieder erfasst mich dieses schwindelerregende Prickeln, dieser Stolz und gleichzeitig die Demut: mein Afghanistan. Das Land, das ich lieben gelernt habe und in dem ich so vieles bewirken kann.

Überall versuchen die Menschen, sich eine Existenz aufzubauen. Kleine Läden mit Pepsi, Mandeln und Süßigkeiten laden zum Rasten ein. Doch unser Fahrer will Land gewinnen. Es ist zu gefährlich, hier anzuhalten, erst recht mit einer blonden Frau. Auch wenn ich mit meinen Pluderhosen und meinem Turban versuche, auf den ersten Blick als Mann durchzugehen.

Ich versuche, auf dem Rücksitz etwas zu schlafen, aber mir ist schon wieder schlecht. Und wieder wartet der schreckliche Salangtunnel. Quälend langsam geht es hinein in das enge schwarze Rußloch. Schlaglöcher von der Größe einer Badewanne, ich spüre jeden Stoß. Nur, anhalten und übergeben geht auf keinen Fall! Endlich, nach dreieinhalb Stunden, haben wir das scheußliche Tunnelgebiet hinter uns. Weiße Berghänge breiten sich unter einem dunkelblauen Himmel aus, als käme man von der Hölle direkt ins Paradies. Dankbar sauge ich die klare Luft in meine Lunge, kann wieder richtig durchatmen. Katachel, meine zweite Heimat, ich komme!

Auf Serpentinen geht es wieder hinunter ins Tal. Kurz vor Aliabad hält uns eine Polizeikontrolle an.

Ich versuche, mich unsichtbar zu machen, krieche unter die grobe Decke auf der Rückbank, doch der Kommandeur steckt sein schwarzbärtiges Gesicht und den Lauf seiner Kalaschnikow ins Wageninnere. Mein Herz rast. Doch auf einmal breitet sich ein Grinsen auf seinem Gesicht aus, er grüßt und sagt zu seinen Kollegen: »*Maderkhan amad!* – Unsere ehrwürdige Mutter ist angekommen!«

ENDE

Nachwort der Protagonistin

Mit diesem Buch möchte ich mehr Verständnis für die Menschen in Afghanistan wecken, die in Jahrzehnten des Krieges schwere seelische Belastungen ertragen mussten. Vor allem in ländlichen Regionen wurden sie in ein mittelalterliches Denken zurückgeworfen. Nur langsam, mit viel Geduld und intensiver Hilfe, durch Investitionen in Bildung, Ausbildung und Infrastruktur, besonders aber durch die Schaffung von Arbeitsplätzen, kann man den Afghanen wieder eine Zukunft geben.

Noch während der Arbeit zu diesem Roman wurde ich voll rehabilitiert. Die Bundeswehr lässt mich wieder mitfliegen und arbeitet vertrauensvoll mit mir zusammen. Somit gilt mein Dank auch den Soldaten, die im Rahmen ihres zivil-militärischen Auslandseinsatzes in Kunduz ihren Dienst getan haben, insbesondere Oberstabsfeldwebel Thomas Rubner, der mir nach all meinen Erlebnissen das Vertrauen zu den deutschen Hilfstruppen zurückgegeben hat.

Das Spendensiegel wird uns jedes Jahr für unsere transparente Arbeit mit niedrigem Verwaltungsaufwand zuerkannt. Auch das Bundesministerium für wirtschaftliche Zusammenarbeit und Entwicklung will uns wieder fördern. Mit vollem Elan stürze ich mich erneut in meine Helferarbeit. Jetzt endlich, nach drei Jahren, wurde Dadguls Haus kontrolliert, und die Regierung besteht auf der vollständigen Rückgabe des Vereinseigentums: nicht nur auf dem Papier, sondern auch in der Praxis. Unsere Mitarbeiter müssen jederzeit Zugang haben, ohne bedroht zu werden.

Vanessa ist eine selbstständige, berufstätige junge Frau geworden, die weiß, was sie will. Simon lebt mit seiner kleinen Familie auf unserem ererbten Bauernhof.

Anwar ist nur noch zeitweise bei uns, da er sich mit seiner netten Freundin wirklich gut versteht. Er büffelt für den Einbürgerungstest, um endlich deutscher Staatsbürger zu werden.

Katachel e.V. hat wieder begonnen, neue Projekte ins Leben zu rufen, und unterstützt nicht nur vierhundertdreißig Witwen, Waisen und Behinderte, sondern bildet inzwischen jährlich hundertfünfzig junge Mädchen zu Näherinnen aus, die sich anschließend, ausgestattet mit Nähmaschinen, in ihren Dörfern eine kleine Existenz aufbauen können.

Ich selbst reise zweimal jährlich nach Kunduz und Katachel, denn dort werde ich gebraucht.

Micki und ich sind jetzt eigentlich im Rentenalter, haben aber mehr zu tun denn je. Micki engagiert sich im Umweltschutz, und ich habe mein Katachel – und außerdem meine drei Pferde.

Im Januar 2013 trafen wir auf Gran Canaria Hera Lind, wo wir ihr unsere ganze Geschichte erzählt haben. Dabei entstand ein tiefes Vertrauensverhältnis, und ich war froh, dass Hera Lind mit ihren Worten das so andere Leben in Afghanistan, aber auch meine Gefühle und Ängste, ja, meinen Kampf für die gute Sache den Leserinnen und Lesern in einem spannenden Roman vermitteln konnte. Ich danke Hera Lind für die vielen Stunden, die sie investiert hat, um meine Geschichte aufzuschreiben.

Nach Monaten der Verzweiflung geht es mir endlich wieder gut, und ich habe erneut die Energie, die ich brauche, um all meine Aufgaben zu erfüllen.

Die Unterstützung, die mir Freunde in der schweren Zeit zukommen ließen, hat mir die Kraft gegeben, weiterzukämpfen. Dennoch hat das, was mir angetan wurde – in Afghanistan, aber noch verletzender hier in Deutschland –, tiefe Narben hinterlassen. Deutschland ist ein Rechtsstaat, und da muss gelten: »*In dubio pro reo*«, aber genau das Gegenteil geschah. Ich musste darum kämpfen, nach böswilligen Verleumdungen wieder rehabilitiert zu werden – so, wie ein Unfallopfer jeden Tag für seine Gesundheit kämpfen muss.

Micki und meine Familie haben mir die ganze Zeit beigestanden. Sie haben zu mir gehalten und an mich geglaubt. Ich danke euch von ganzem Herzen, ich bin voller Liebe zu euch. Haben Sie Interesse an unserem Verein für humanitäre Hilfe in Afghanistan, Katachel e.V.? Dann besuchen Sie uns auf unserer Website www.katachel.de und wir freuen uns, wenn Sie mit uns Kontakt aufnehmen möchten, E-Mail: info@katachel.de

Nachwort der Autorin

Seit unsere Tatsachenromane *Der Mann, der wirklich liebte, Himmel und Hölle, Wenn nur dein Lächeln bleibt* und *Gefangen in Afrika* die Bestsellerlisten erobern, erhalte ich viele Angebote von Leserinnen und Lesern, ihre Lebensgeschichte aufzuschreiben und zu einem Tatsachenroman umzuarbeiten.

Als handgeschriebene Erinnerungen oder Computermanuskripte flattern mir viele interessante Geschichten ins Haus, die ich alle selbst lese.

Das kann manchmal etwas dauern, denn neben dem Schreiben und meinen Lesereisen, die mir immer wieder spannende Begegnungen mit meinen Leserinnen und Lesern ermöglichen, brauche ich natürlich auch noch Zeit für Familie und Freunde und für meine Hobbys: das tägliche Laufen und das Singen im Salzburger Festspielchor.

Deshalb lese ich die Einsendungen gern auf Reisen. Ziemlich schnell wird mir dabei klar, ob sich die Geschichte für ein großes Publikum eignet und ob »der Funke überspringt«: Die Protagonistin muss Vorbildcharakter haben. Sie darf nicht in Selbstmitleid schwimmen oder von Rachegelüsten getrieben sein. Da trennt sich ziemlich schnell die Spreu vom Weizen.

Bei Sybille Schnehages Aufzeichnungen ist der Funke sehr schnell übergesprungen. Ihre Geschichte ist so außergewöhnlich, die Protagonistin so mutig und unkonventionell, dass ich gesagt habe: Das mache ich.

Und so trafen Sybille Schnehage und ich uns einige Male, um einander kennenzulernen. Sie stellte mir unzählige Fotos und private Aufzeichnungen zur Verfügung, damit ich mir ein Bild von Afghanistan und seinen Menschen machen konnte. Denn eines war mir von Anfang an klar: Ich selbst hätte nie den Mut, dorthin zu fahren.

Trotzdem wollte ich auf ihren Spuren wandeln und mit Hilfe meiner Fantasie die Leserinnen und Leser in das geheimnisumwitterte Afghanistan mitnehmen. Ich bedanke mich bei Frau Schnehage für die tolle Zusammenarbeit, die uns allen samt dem Diana Verlag großen Spaß gemacht hat.

Wenn Sie auch eine außergewöhnliche Lebensgeschichte haben, dann schreiben Sie mir unter heralind@a1.net. Ich lese alle Einsendungen selbst und wertschätzend. Aktuell biete ich in meiner Romanwerkstatt in der Salzburger Altstadt auch Schreibseminare an. Anmeldung ebenfalls unter: heralind@a1.net

Vielen Dank,
Ihre
Hera Lind

LESEPROBE

Der SPIEGEL-Bestseller Platz 1

Ein Tagebuch,
das ein ganzes Leben infrage stellt

ISBN 978-3-453-44341-9
Auch als E-Book erhältlich

Über den Roman

Paula findet in einer Küchenschublade das Tagebuch ihrer verstorbenen Mutter. Nie hatte Anna von ihrer Flucht mit Baby Paula aus Pommern nach Kriegsende 1945 erzählt. Doch beim Lesen offenbart sich Paula eine Wahrheit, die sie vollkommen aus der Bahn wirft. Ergreifend berichtet Anna von ihrem monatelangen Verstecken mit dem Säugling auf einem Dachboden, von ihrer Verzweiflung, immer den Tod vor Augen, und von dem Deserteur Karl, der Anna und die kleine Tochter in letzter Sekunde rettet. Als Paula von ihrer wahren Identität erfährt, bricht für sie eine Welt zusammen, und sie macht sich auf, um ihre Spuren zu finden.

1

PAULA

Bamberg, 20. April 2004

Nebenan polterte es in der Küche. Da war aber jemand sauer!

»Au! Scheiße! Verdammte Kacke!«

Also *bitte!* Doch nicht aus dem Munde meiner Tochter!

»Rosa? Alles in Ordnung?« Ich erhob mich mit schmerzenden Knien aus meiner unbequemen Position. Das Putzen unter dem klobigen Wohnzimmerschrank von meiner unlängst verstorbenen Mutter war nichts mehr für meine morschen Knochen. Jedenfalls bildete ich mir das ein, sollte ich doch in Kürze sechzig werden. Dieser runde Geburtstag lähmte mich, und jetzt auch noch dieser verdammte Streit mit Rosa. Ja, es war eine vertrackte Situation, in der wir uns da gerade befanden. Rosa und ich hatten gemeinsam Mutters altes Haus geerbt … und ich hatte Rosas heiß geliebten Opa, meinen Vater Karl, ins Heim gesteckt!

Aber was sollte ich denn machen, jetzt, wo er Witwer war und allein nicht mehr zurechtkam? Schließlich war ich als Oberstudienrätin voll berufstätig. Ich liebte meinen Job und meine Schüler! Rosa hingegen hatte gerade das Referendariat beendet und würde nach den Sommerferien ebenfalls mit einer vollen Stelle an meinem Gymnasium anfangen: am E.T.A.-Hoffmann Gymnasium, wo schon mein Vater Karl und davor sein Vater

Karl senior Direktor gewesen waren. Stolz hielten wir die Familientradition hoch, doch wenn Opa Karl zu Hause weiterleben sollte, musste eine von uns beiden den alten Mann pflegen und zu ihm in dieses Haus ziehen.

Rosa befand, dass sie dafür zu jung sei, und ich, dass ich mit sechzig noch lange nicht den Schuldienst quittieren wollte. Das aber verlangte mein Fräulein Tochter dreist von mir!

Darüber waren wir so in Streit geraten, dass wir gerade schweigend das Haus ausräumten, ohne zu wissen, was damit geschehen sollte. Es war doch mein Elternhaus, und Rosa hatte bei ihren geliebten Großeltern ebenfalls eine schöne Kindheit verbracht.

Dass meine Tochter jetzt so fluchte, lag auch an ihrer inneren Zerrissenheit.

Niemand von uns beiden konnte sich um meinen 89-jährigen Vater kümmern, der in letzter Zeit ziemlich dement wirkte. Er redete inzwischen häufig ziemlich wirres Zeug, manchmal sprach er mich sogar mit falschem Vornamen an. Es würde also das Beste sein, das Haus so schnell wie möglich zu verkaufen. Es befand sich nämlich in einer Traumlage, direkt an der Regnitz in Bambergs bezaubernder Altstadt, und Rosas Zukunft würde durch den Hausverkauf ebenso abgesichert sein wie mein späterer Ruhestand. Schließlich wollten Rosa und ich auch noch reisen, solange sie nicht verheiratet war. Also *ich* wollte das. Denn eigentlich standen uns Rosa und ich sehr nahe. Ich hatte sie ganz allein großgezogen, und die Großeltern Anna und Karl hatten sich stets liebevoll um ihre einzige Enkelin gekümmert, sie mit Liebe und Zuneigung überschüttet, wenn ich arbeiten musste. Wir waren eine kleine heile Familie gewesen, immer für den anderen da. Bis Oma Anna ganz plötzlich verstorben war. Und ich Opa Karl schweren Herzens, in Rosas Augen herzlos, »ins Heim gesteckt« hatte.

Stumm wühlten wir uns durch Schränke und Schubladen und wurden von den vielen Erinnerungen förmlich erschlagen.

In der Küche fluchte Rosa gerade, dass sich die Balken bogen, und machte ihrem Herzen auf diese Weise Luft.

Beunruhigt spähte ich um die Ecke. Rosa saß mit Tränen in den Augen vor der alten Küchenkommode und lutschte an ihrem Finger.

»Hast du dich verletzt, Rosa?«

»Das Scheißding hat geklemmt!« Ihr Tonfall klang so vorwurfsvoll, als wäre das meine Schuld. Natürlich. Ich war gerade an allem schuld.

Da lag sie, die alte Schublade, auf dem Gesicht, und um sie herum tausend Krümel, alte Salmiakpastillen, verstaubte Pralinen, ein Nadelkissen, Würfel ... Zeugen eines gelebten Lebens, verstreut auf dem Küchenfußboden.

Habe ich eigentlich jemals so einen Streit mit meiner Mutter gehabt?, fragte ich mich, während ich dieses »Stillleben« betrachtete. Hatte ich es jemals gewagt, sie so anzugreifen? Und von ihr verlangt, dass sie in Frührente ging? Mutter hatte bis zuletzt mit Freude und Fleiß den Kiosk gegenüber unserer Schule betrieben. Und damit tausend Schülerherzen die Geborgenheit geschenkt, die auch Rosa und ich durch sie stets erfahren durften.

»Und jetzt hab ich mir einen Splitter eingezogen!« Rosas Gesicht war schmerzverzerrt. Es ging um die hölzerne Schublade mit der Aufschrift »Feigenkaffee«. Die anderen Schubladen hießen »Mehl«, »Salz« und »Grieß« – sie hatten sich problemlos herausziehen lassen. Die »Feigenkaffee«-Schublade hingegen hatte sich heftig gewehrt, weil sich das vergilbte Wachspapier, mit dem sie ausgeschlagen war, wohl verkeilt hatte. Das schaute jetzt unter der auf dem Boden liegenden Schublade hervor. Das und etwas Schwarzes. Ein Fotoalbum?

Doch zunächst inspizierte ich den Splitter, der fest im Zeigefinger meiner Tochter steckte.

»Brauchst du einen Arzt?« Ich zog eine spöttische, aber liebevolle Grimasse. »Oder soll ich pusten?«

»Nein. Mit einer desinfizierten Nadel dürften wir den Übeltäter schon loswerden. Du bist gut in so was, Mama. Also mach schon.«

Na also. War das jetzt schon Frieden oder noch Waffenstillstand? Rosa ließ mich wieder an sich heran, nach fast einer Woche Funkstille. Danke, liebe Schublade!

Ich hielt eine Nadel über die Gasherdflamme, und während ich, ganz Mama, vorsichtig den Splitter entfernte, sah ich mich wieder als Kind in dieser Küche stehen und meine eigene Mama Anna für mich sorgen.

Meine Mutter war ebenfalls streng gewesen, konsequent, aber auch fürsorglich und liebevoll. Ich war ihre einzige Tochter gewesen, genau wie Rosa meine einzige Tochter war, und diese weiße Küchenkommode hatte meine Kindheit begleitet. Immer waren köstliche Dinge darin gewesen, angefangen vom duftenden Kakao in der goldenen eckigen Dose über selbst gebackene Kekse in der runden roten Dose bis hin zu Malstiften und Fotoalben, in denen meine sorglose Kindheit erst in Schwarz-Weiß und später in Farbe zwischen knisternden Pergamentseiten festgehalten worden war. Von Pagenkopf bis Petticoat: Es war die typische Zeit der Fünfziger-, Sechzigerjahre.

So. Der Splitter war raus. Kein »Danke, Mama«. Da wurde noch ein bisschen nachgeschmollt.

Ich griff zu einem aus der Schublade gefallenen Album. »Schau mal hier, darin habe ich ja schon ewig nicht mehr geblättert!«

»Mama, willst du jetzt Fotos schauen oder weiter ausräumen?« Rosa hatte den Finger wieder in den Mund gesteckt und sah mich vorwurfsvoll an. »Schließlich willst du dieses Haus ja so schnell wie möglich verkaufen!«

Schon wieder dieser unterschwellige Vorwurf. Sie ahnte wahrscheinlich gar nicht, was so ein Heimplatz in einem privaten

Pflegeheim mit Rundumbetreuung kostete! Ich fühlte mich einfach nur erschöpft.

»Gönn deiner alten Mutter doch mal eine kleine Pause!«

Versöhnlich legte ich den Arm um sie.

»Schau, das bin ich mit Opa Karl und Oma Anna, an meinem dritten Geburtstag. Ich konnte kaum über den Tisch schauen, um die Kerzen auszublasen.«

Rosa war immer noch mit der kleinen Wunde an ihrem Finger und wahrscheinlich auch an ihrem Herzen beschäftigt. Als ob mir mein Vater nicht auch leidgetan hätte! Bisher hatte er sich noch nicht eingelebt, fragte immer nach seiner Anna oder nach ganz anderen Frauen und wollte nach Hause. Ich versuchte mein schlechtes Gewissen zu verdrängen. Es ging eben nicht anders!

»Und da siehst du mich mit Tante Martha, mein erster Schultag, das war 1950, hier in Bamberg. Ich weiß noch, dass ich das kleinste Kind der Klasse war und die größte Schultüte hatte!«

Rosa schaute mir immerhin über die Schulter. »Logisch, wenn deine Mutter einen Kiosk hatte. Die anderen Kinder müssen ganz schön neidisch gewesen sein!«

»Das stimmt.« Ich grinste meine Tochter über die Schulter hinweg an. »Niemand hat es je gewagt, mir etwas zuleide zu tun, denn durch mich kam man an Brausepulver und Abziehbildchen, später dann an Zeitschriften wie die *Bravo*, die ich heimlich irgendwo versteckt hatte.«

Rosa lächelte inzwischen und blätterte eine Seite weiter.

»Das Klassenfoto. Gott, wie viele ihr da seid! Das sind ja fast fünfzig Kinder! Welches bist du?«

»Da, ganz außen links in der ersten Reihe. Der blonde Winzling mit den Zöpfen.«

»Mama, du warst aber wirklich klein. Warum wurdest du nicht einfach für ein Jahr zurückgestellt?« Die angehende Lehrerin sah mich missbilligend an. »Haben die keinen Schulreifetest mit dir gemacht?«

Ich zuckte mit den Achseln. »Keine Ahnung. Ich bin im Mai geboren. Damals wurde nicht lange nach Schulreife gefragt. Es gab ja nur eine Klasse pro Jahrgang, so kurz nach dem Krieg.«

»Heute gibt es Kinderpsychologen, die sich ausgiebig mit solchen Fragen beschäftigen.«

»Ich weiß«, sagte ich. »Heute gibt es Vorschulen und Förderprogramme und so was alles.«

Ich hob die Schublade auf, die immer noch auf dem Fußboden lag. »Oh, schau mal, was sich hier noch versteckt!«

Mit spitzen Fingern befreite ich eine alte schwarze Kladde, die von einem Einweckglas-Gummiring zusammengehalten wurde, vom Wachspapier.

»Wieso war das *unter* dem Wachspapier?«

Vorsichtig nahm ich das schwarze Büchlein in die Hand. Ich hatte es noch nie gesehen.

Rosa entriss es mir neugierig und setzte sich im Schneidersitz auf das Küchensofa. »Vielleicht Omas geheime Kochrezepte: Die pommersche Küche. Das könnte ein Bestseller werden!« Schon streiften ihre Finger eifrig den dicken Gummiring ab, der mehrfach darumgeschlungen war, als sollte er ein Geheimnis wahren.

»Das sind keine Kochrezepte.«

Rosa gab mir das Büchlein enttäuscht zurück. Ich musste erst meine Lesebrille suchen. Ächzend ließ ich mich auf das bequeme Sofa fallen, auf dem Opa Karl immer so gern seine Zeitung gelesen hatte.

»Rutsch mal.«

Ich zog die Leselampe näher und fühlte mich plötzlich so wie früher, voller Vorfreude und Neugierde auf eine spannende Geschichte. Wie oft hatte meine Mutter Anna mir hier Märchen vorgelesen! Später hatte Vater mich dann Lateinvokabeln abgefragt und mir mathematische Formeln erklärt.

»Gott, das ist noch ein ganz altes Schulheft mit vorgezeichneten Linien und Löschblatt.«

Ehrfürchtig schlug ich das Büchlein auf. Und entdeckte ein mir vertrautes Kinderlied:

Maikäfer, flieg!
Der Vater ist im Krieg.
Die Mutter ist im Pommerland.
Pommerland ist abgebrannt.
Maikäfer, flieg!

Mit einer merkwürdig heiseren Stimme trug ich es meiner Tochter vor. Wie lange hatte ich es schon nicht mehr gehört? Mich überzog eine Gänsehaut.

»Kennst du das noch? Meine Mama hat es mir oft vorgesungen, als ich klein war.«

»Ist das politisch korrekt? Oder diffamiert es Migranten mit pommerschen Wurzeln?« Rosa rieb sich die Nase. »Was heißt das überhaupt, Pommerland?«

»Damit ist das heutige Polen gemeint.« Ich schüttelte den Kopf. »Über so was haben wir uns damals keine Gedanken gemacht.«

»Pommerland ist abgebrannt, wie traurig. Warum schreibt sie das auf die erste Seite?«, fragte Rosa.

»Meine Eltern sind nach dem Krieg aus Pommern geflohen, aber mehr wollten sie darüber nie erzählen.«

»Warum eigentlich nicht? Hast du nie gefragt?«

»Sie haben das Thema immer gemieden. Es war offensichtlich zu schmerzhaft. Sie haben es verdrängt, wie so viele, die nach dem Krieg neu angefangen haben. Irgendwann habe ich es nicht mehr gewagt zu fragen.«

Ich blätterte weiter und zuckte mit den Schultern. »Aber es ist ein Tagebuch, schau mal.«

Rosa legte die Hand darauf. »Wenn sie es so gut versteckt hat … meinst du, sie möchte, dass wir das lesen?«

Ich überlegte. »Sie hat uns ihr Haus vererbt, mein Schatz. Dir und mir. Und damit auch diese Küchenkommode. Mitsamt ihrem Tagebuch.«

»Wir könnten es Opa Karl mitbringen, wenn wir ihn nachher im Altersheim besuchen. Und ihm daraus vorlesen. Das freut den alten Herrn vielleicht.«

Merkwürdigerweise spürte ich ein Unbehagen. Er wollte doch nie über die Vergangenheit reden! Wusste er überhaupt von Mutters Tagebuch?

»Opa Karl wird nicht mehr viel davon mitkriegen. Weißt du, Oma Anna war ja bis zuletzt geistig fit. Warum hat sie *uns* wohl das Haus vererbt? Weil sie genau wusste, dass es Opa Karl nicht alleine schaffen würde. Sie war sehr praktisch veranlagt und hat sich bestimmt gewünscht, was wir jetzt vorhaben: das Haus verkaufen und Opa Karl von dem Erlös ein luxuriöses Pflegeheim finanzieren.«

»Mama, fang jetzt nicht wieder damit an!« Rosa rückte sofort wieder von mir ab. »Das wollte Oma Anna ganz bestimmt nicht, dass du den armen Opa einfach abschiebst.«

»Ich? Oder wir? Du bist doch auch erwachsen, Rosa! Willst du ihn hier zu Hause pflegen? Hm? Und deine Stelle im Gymnasium erst antreten, wenn Opa Karl gestorben ist? Du hast noch keine eigene Klasse. Aber ich schon. Und die steht kurz vor dem Abitur.«

Rosa schüttelte verärgert den Kopf. »Ich bin sechsundzwanzig und muss in den Beruf. Aber *du* musst nicht mehr, Mama. Deine Pension wäre schon jetzt fett genug.«

»Rosa, diesen Ton verbitte ich mir! Das steht dir nicht zu, so mit mir zu sprechen!«

»Streiten wir also doch wieder?«

»Nein. Verschieben wir es auf morgen.«

Wieder warf ich einen Blick auf die Kladde.

»Nachstehendes schreibe ich für meine Tochter Paula, damit sie in späteren Jahren einmal die Wahrheit erfährt. In Liebe, immer deine Mutter Anna.«

»Also möchte sie es. Sie hat es für mich geschrieben, Rosa! Machst du uns einen Tee, Liebes?«

»Mama, willst du jetzt von alten Zeiten schwärmen?« Rosa war wieder aufgesprungen. »Wenn du das Haus verkaufen willst, müssen wir es wohl oder übel vorher ausmisten!«

Wollte ich mein Elternhaus wirklich verkaufen? Die vertraute Handschrift meiner Mutter versetzte mir einen merkwürdigen Stich. Nicht auszudenken, wenn Fremde dieses Büchlein gefunden hätten!

Neugierig blätterte ich hin und her. Die Kladde war vollgeschrieben bis zur letzten Seite. »Ich nehme Pfefferminztee, die Schachtel liegt da auf der Erde!«

»Jetzt?« Rosa sah mich an. »Du willst jetzt in dieser Kladde lesen?«

»Jetzt.« Ich hielt ihrem Blick stand. »Gehetzt und nach der Uhr gelebt habe ich mein Leben lang. Und jetzt gönne ich mir ein Lesestündchen. Vielleicht erfahre ich ja etwas über Oma Anna, was wir beide noch gar nicht wussten!« Und vielleicht ändere ich meine Meinung über den Hausverkauf!, dachte ich, sagte aber nichts.

Rosa musste lächeln. Sie stellte zwei dampfende Tassen Tee auf den Tisch, und ich sah ihr an, dass sie mit sich kämpfte, ob sie nun weiterputzen oder sich gemütlich neben mich setzen sollte.

»Komm, Schatz, wir schmökern ein bisschen darin. Leiste mir doch Gesellschaft! Die Zeit mit dir ist so kostbar für mich.«

Bald würde sie nur noch mit ihrem Fabian verreisen. Ich ahnte, dass dies unser letzter gemeinsamer Sommer werden würde – und selbst wenn wir gerade häufig stritten: Ich wollte ihn genießen und mit ihr noch mal nach Amerika reisen. Nur wir zwei.

Rosa ließ sich neben mich fallen und rührte in ihrem Tee.

»Okay. Dann lass mal hören. Vielleicht hatte Oma Anna einen heimlichen Geliebten!«

»Oma Anna doch nicht!« Ich warf ihr einen amüsierten Blick zu. »Oma Anna war die preußische Korrektheit und Anständigkeit in Person!«

»Oder sie hat irgendwo ganz viel Geld versteckt …«

»Also bitte, Rosa. Reicht es dir nicht, dass sie uns dieses Haus vererbt hat?«

»Oder sie hatte vor Opa Karl schon einen anderen Mann …«

»Wie kommst du denn darauf?«

»Steht doch da. – Nee. Echt?« Rosa beugte sich mit großen Augen vor und tippte mit dem Finger auf eine bestimmte Stelle. »Wie, sie hat 1944 Egon geheiratet? Wer war Egon?«

Das fragte ich mich allerdings auch. Von einem Egon hatte ich noch nie gehört.

2

ANNA

Auf einem Bauernhof in Pommern, 25. Juni 1943

»Wie, du heiratest Egon? Wer ist Egon?«

Vater saß in seiner bäuerlichen Arbeitskluft am Mittagstisch und ließ sich von Mutter mit der Holzkelle Suppe in den Teller schöpfen. Seine verdreckten Schuhe standen draußen vor der Stube, die ich eben noch ausgekehrt hatte. Trotzdem hatte er den starken Geruch nach Pferd und Landwirtschaft mit in die Stube gebracht.

»Vater, sei bitte nicht besorgt! Aber ich bin jetzt sechsundzwanzig und will keine alte Jungfer werden!«

Mit Herzklopfen drehte ich den Brief in den Händen, den Mutter mir ausgehändigt hatte.

Egon war im letzten Sommer Pensionsgast bei uns gewesen. Ein älterer Junggeselle aus Hannover. Schneidig, zackig, mit modisch kurzem Haarschnitt und angesagtem Schnauzbart. Er war Beamter bei der Post und hatte nie schmutzige Hände, dafür Ärmelschoner. Das hatte mich schwer beeindruckt.

Er hatte deutliches Interesse an mir gezeigt, und wir waren ein paarmal Tanzen gewesen.

»Egon schreibt, er hat eine Wohnung in Hannover für uns, und er mag auch nicht mehr warten. Man weiß schließlich nicht, was kommt, in diesen Zeiten. Er möchte ein tüchtiges, fleißiges deutsches Mädchen heiraten.«

Vaters Mund wurde zu einem schmalen Strich.

»Egon ist erstens viel zu alt für dich und wird zweitens sicherlich noch an die Front einberufen!« Verärgert zupfte er seine Brotscheibe in grobe Stücke und warf sie in die Suppe. »Als überzeugter Nazi.«

Mutter stand mit der Schüssel im Arm daneben und sah mich warnend an.

»Anna, wir sind im Krieg, und nachdem deine Brüder an der Front sind, brauchen wir hier auf dem Hof jede helfende Hand.«

»Ach. Und deswegen soll ich auf Mann und Kind verzichten.« Trotzig hielt ich ihrem Blick stand. Bis eben hatte ich noch unsere zwölf Kühe gemolken und deren Mist weggeschaufelt. In einer groben Schürze und mit Gummistiefeln. Am Nachmittag wartete der Kartoffelacker auf mich. Und am Abend wieder zwölf Kühe. Und so ging das jeden Tag.

»Alle sind verheiratet«, begehrte ich trotzig auf. »Meine Schwester Frieda hat schon zwei Kinder und meine Schwägerin Renate ebenfalls.« Ich schluckte die Tränen herunter. »Nur ich soll als einsamer Blaustrumpf vertrocknen und versauern. Aber das ist euch ja wohl egal.«

Vater schüttelte missbilligend den Kopf. Dieses Gesicht kannte ich aus meiner Kindheit: Immer wenn eines von uns sechs Kindern etwas angestellt hatte, überlegte er auf diese Weise, wie er reagieren sollte. Er war ein ruhiger, bedachter Mann, der selten aus der Haut fuhr.

Ich war das Nesthäkchen, der Nachkömmling, und mir sahen sie so manchen trotzigen Anfall nach. Meine Eltern waren beide schon fast siebzig und rackerten immer noch von früh bis spät.

»Renates Mann ist im Krieg, und Friedas Mann ist verwundet zurückgekommen«, murmelte Vater in seine Suppe hinein. »Der ist ihr im Moment mehr Last als Hilfe. Und mit sechsundzwanzig ist man noch lange keine alte Jungfer.«

»Aber Egon ist gesund und hat zwei Beine«, brauste ich auf. »Und er ist Beamter mit einem sicheren Einkommen. Ich will auch noch Kinder haben!« Selten hatte ich so energisch gegen meine Eltern aufbegehrt. Ich hatte das Gefühl, dass meine Zeit ablief, und das versetzte mich mehr und mehr in Alarmbereitschaft. Mit sechsundzwanzig lief man doch nicht mehr unverheiratet in der Gegend herum, außer man war hässlich wie die Nacht.

»So nimm dir doch wenigstens einen Mann aus unserer Gegend!« Energisch stellte Mutter die Suppenschüssel auf den Tisch, setzte sich und füllte ihren Teller.

»Dieser Egon ist uns einfach nicht sympathisch! Er ist Nationalsozialist, ein Büromensch, der gar nicht richtig zupacken kann. Eine Landwirtschaft ist nichts für den. Und er spricht auch ganz anders als wir. So hochgestochen, so näselnd.« Mutter setzte einen arroganten Blick auf und sprach mit gekünstelter Stimme: »Der stolpert übern spitzen Stein!« Das entlockte Vater ein harsches Lachen. »Recht hast du, Margret, genau. Der passt doch gar nicht zu uns. Er war bei uns Feriengast, und so wird er sich auch immer benehmen!«

»Ach. Nur weil er kein Bauer ist.« Meine Stimme wurde schriller als beabsichtigt. »Und wen bitte schön soll ich denn in dieser Gegend noch finden? Es sind doch alle brauchbaren Männer an der Front!« Und die Hinkebeine will ich nicht!, schoss es mir durch den Kopf. Ich will tanzen und schöne Blusen tragen!

»Du solltest mitten im Krieg überhaupt nicht ans Heiraten denken.« Vater schaufelte sich die eingeweichten Brotbrocken auf den Löffel. »Ihr Mädels müsst uns Eltern kräftig unterstützen, solange unsere Jungs im Krieg sind. Es fehlt doch jetzt jede Arbeitskraft. Und Frieda muss sich ja auch noch um ihre Kleinen kümmern.«

Ich presste die Lippen zusammen. So war das also. Mein Glück war nichts wert. Ich wurde als billige Arbeitskraft gesehen. Dabei war ich eine blühende junge Frau, die endlich mal wieder leben und Spaß haben wollte! Feriengäste kamen keine mehr. Nur polnische Fremdarbeiter. Bald würde ich verblühen! Und dann würde mich niemand mehr wollen. Warum verstand denn das keiner?

Meine Eltern hatten hier in einem winzigen Dörfchen im Kreis Köslin eine beachtliche Landwirtschaft erarbeitet. Sie waren sehr stolz auf ihren Besitz, denn sie hatten ihn durch jahrelange Entbehrungen vergrößert. Jedes Jahr war ein neues Kind dazugekommen; erst die vier Buben, die nun alle an der Front waren, dann Frieda und drei Jahre später schließlich ich, Anna, das Nesthäkchen. Das Wohnhaus und die Stallgebäude hatten meine Eltern zusammen mit meinen Brüdern im Lauf der letzten Jahre neu erbaut. Mit knapp siebzig wollten sie ihnen den Hof, die Landwirtschaft und die dazugehörige Pferdezucht übergeben und dann ihren wohlverdienten Ruhestand antreten, ihren Lebensabend sorgenfrei beschließen.

Aber dann war der Krieg dazwischengekommen. Und alle Pläne und Träume hatten sich in Luft aufgelöst. Ihre und meine. Und die von Millionen anderen Menschen auch. Hitler hatte Millionen von Männern nach Russland geschickt, wo sie »uns verteidigen« sollten. Damals ahnte noch niemand von uns, was für Dimensionen des Schreckens er und seine Gefolgschaft weltweit anrichteten. Am Ende würden weltweit über sechzig Millionen Kriegstote zu betrauern sein. Allein im benachbarten Polen sollte ein Sechstel der Einwohner getötet werden, sechs Millionen Menschen. Am schlimmsten erging es den Juden. In ihren Familien zählte man nicht die Toten, sondern die Überlebenden.

Aber all das wusste ich als junge Frau damals nicht. Das Einzige, was mich interessierte, war, bald zu heiraten und von dieser schweren körperlichen Arbeit wegzukommen. Ich träumte mich in ein Kleid und Seidenstrümpfe, ich träumte mich in eine Großstadt, ohne zu ahnen, dass Hannover schon bald in Schutt und Asche liegen würde.